HEYNE <

Aus der Serie RHIANA DIE AMAZONE
erschienen folgende Romane in der Reihe
HEYNE SCIENCE FICTION & FANTASY:

1. Band: Hans Joachim Alpers, *Der Flammenbund* · 06/6101
2. Band: André Wiesler, *Das Artefakt* · 06/6102

Ein Verzeichnis aller im WILHELM HEYNE VERLAG erschienenen Romane aus der aventurischen Spielewelt finden Sie am Schluss des Bandes.

Das Buch

Eigentlich sind Rhiana und die Halbelfin Finni auf dem Weg in die Sicherheit, nachdem ihnen die Flucht aus den Fängen des Flammenbundes gelungen ist. Doch die Dinge entwickeln sich anders als geplant, und so finden sie sich im verwunschenen Farindelwald wieder, wo sie sich nicht nur gegen den alten Feind, sondern auch gegen mysteriöse Feenwesen behaupten müssen.
Bei dem Versuch, ein mächtiges Artefakt vor dem Zugriff des Flammenbundes zu schützen, geraten die beiden jungen Frauen in einen Konflikt, der älter ist, als sie ahnen können. Werden sie sich behaupten, oder wird es über sie wie über so viele heißen: Die hat der Farindel einbehalten?

Der Autor

André Wiesler wurde 1974 geboren. Seit seinem Studium der Germanistik ist er als Übersetzer, Freier Redakteur und Rollenspiele-Autor tätig und arbeitete an zahlreichen TV-Produktionen mit. Im Wilhelm Heyne Verlag erschien neben einer Erzählung zuletzt sein *Das Schwarze Auge*-Roman »König der Diebe« (06/6073). Der Autor lebt in Wuppertal.

Rhiana
DIE AMAZONE

André Wiesler

Das Artefakt

Ein Roman aus der Welt des Rollenspiels
DAS SCHWARZE AUGE

Originalausgabe

WILHELM HEYNE VERLAG
MÜNCHEN

HEYNE SCIENCE FICTION & FANTASY
Band 06/6102

Umwelthinweis:
Dieses Buch wurde auf chlor- und
säurefreiem Papier gedruckt.

Serienredaktion: Hans Joachim Alpers

http://www.heyne.de
Printed in Germany 2004
Karten: Ralf Hlawatsch & Don-Oliver Matthies
Umschlagbild: Jan Patrik Krasny/Agentur Schlück
Umschlaggestaltung: Nele Schütz Design, München
Satz: Schaber Satz- und Datentechnik, Wels
Druck und Bindung: Ebner & Spiegel, Ulm

ISBN 3-453-87545-1

In Erinnerung an die, die wir lieben,
weil sie im Herzen ewig bei uns bleiben!

Vielen Dank an meine Frau Janina,
dass sie mich so oft mit fremden Welten teilt.
An Johannes von Vacano, David Grade,
Christian Falck und Michael Wilming für ihre
schamlose und kathartische Nörgelei.
An Thomas Römer und Florian Don-Schauen
für die fachliche Beratung in Sachen Aventurien.
An Thomas Echelmeyer für seine Großzügigkeit.

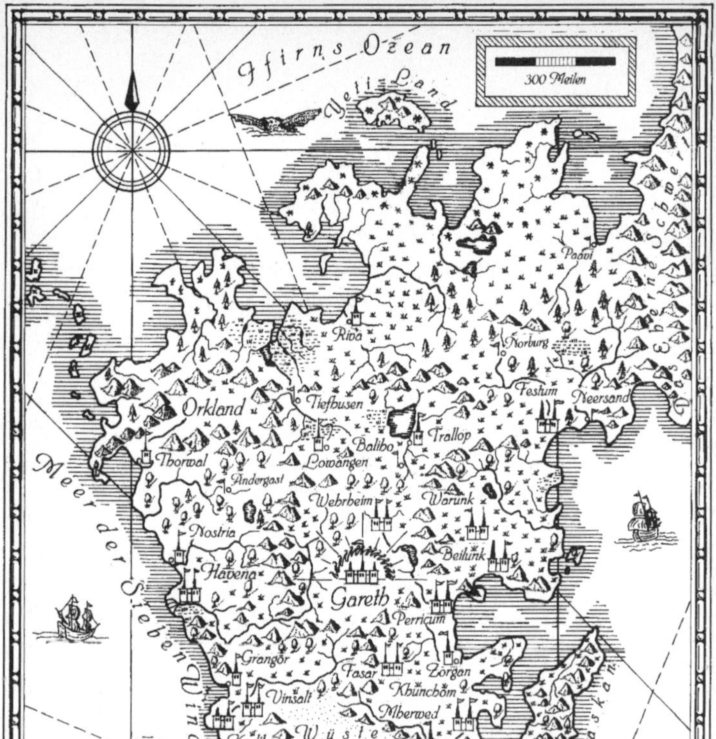
Ifirns Ozean
300 Meilen
Yeti-Land
Paavi
Norburg
Riva
Festum
Neersand
Das Eherne Schwert
Orkland
Tiefhusen
Trallop
Baliho
Thorwal
Lowangen
Andergast
Wehrheim
Warunk
Nostria
Beilunk
Havena
Gareth
Perricum
Grangor
Fasar
Zorgan
Khunchom
Vinsalt
Mherwed
Kuslik
Wüste Khom
Thalusa
Tuzak
Maraskan
Meer der Sieben Winde
Zyklopen-Inseln
Al'Anfa
Altoum
Brabak
Perlenmeer
Waldinseln
Aventurien

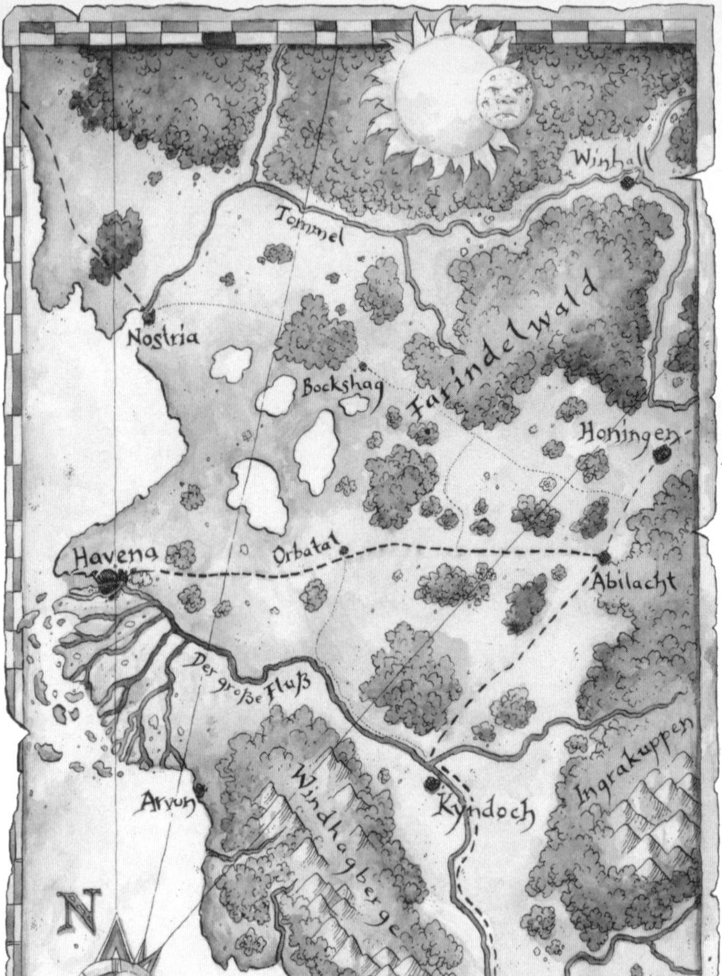
Winhall
Tommel
Nostria
Farindelwald
Bockshag
Honingen
Havena
Orbatal
Abilacht
Der große Fluß
Ingrakuppen
Arvun
Windhagberge
Kyndoch
Elenvina
N

Was bisher geschah

Prinzessin Rhiana, die schöne Tochter des gestürzten Königs von Talania, einem kleinen Inselstaat, lebt mit ihrem thorwalschen Ziehvater Tjalmar, ihrer Amazonen-Ausbilderin Neel, ihrer Druiden-Mentorin Maruna und den übrigen Flüchtlingen Talanias in einer geheimen, ländlichen Zuflucht in Albernia. Doch die Ruhe wird gestört, als mutmaßlich der alte Feind, der schon den Putsch zu Talania zu verantworten hatte, die *Zuflucht* angreift. Tatsächlich sind es jedoch Schergen des Flammenbundes, einer Geheimorganisation, die den Drachen Pyrdracor aus seiner magischen Verbannung befreien will und dafür ein mächtiges Artefakt finden muss: das erste Schwarze Auge, mit dem man in die Vergangenheit, Gegenwart und die Zukunft schauen kann. Der Angriff wird verlustreich zurückgeschlagen, aber dann muss Rhiana miterleben, wie ihre Lehrerin Neel ihren Ziehvater ermordet. Als die Prinzessin die Meuchlerin bis nach Abilacht verfolgt, stellt sich jedoch heraus, dass ein Gestaltwandler Neels Gestalt angenommen hat. Das Wesen wird getötet, Ausbilderin und Schülerin versöhnen sich wieder. In der Zwischenzeit hat sich Rhiana mit der Halbelfin und Gauklerin Finni angefreundet, die sie in die Burg Abilacht begleitet, die ein Stützpunkt des Feindes zu sein scheint. Die beiden belauschen den zwielichtigen Ritter Mortenberg bei einer Besprechung mit dem Magier Zaraldus und dem skrupellosen Hauptmann Dom Lando, wodurch sie erfahren, dass diese beiden den Überfall auf die *Zuflucht* auf dem Gewissen haben und sich nun auf die Suche nach einem mächtigen Artefakt im Farindelwald machen wollen.

Rhiana und Finni können fliehen und sind nun auf dem Weg nach Havena, wohin sich die übrigen Flüchtlinge zurückgezogen haben. Doch vorerst werden sie dort nicht ankommen – warum, das erzählt dieses Buch.

Aventurien
im Jahre 913 BF...

Kapitel 1

Der Wind drehte, und der weiße Windsack an der Spitze des Mastes folgte seinem Beispiel. Korin Jorason schirmte seine Augen gegen die Mittagssonne ab, deren Licht von der Gischt vielfach gebrochen wurde, und spähte nach vorn zum Bug des Schiffes, an dem sein Hetmann und guter Freund Hardred Bjarnison seit Stunden beinahe unbewegt stand und Ausschau hielt.

Hjore, der dicke Steuermann, lehnte sich gegen die Stange des Ruders, und das Schiff legte sich knarrend gegen den Wind. Kurs halten, lautete Hardreds Befehl, und den musste er nicht wiederholen. Seine Mannschaft wusste, was zu tun war.

Der Wind war für diesen Teil der See im Ingerimm nicht sehr stark, aber die *Swafnirsdotter* war ein schnelles Schiff, und so machten sie gute Fahrt. Hardred hielt sich am Hals des prunkvoll geschnitzten Drachenkopfes des Schiffes fest und beugte sich über die Reling. Der Fahrtwind wirbelte die langen Zöpfe des Haupthaares und die zahlreichen kleinen Haare seines Bartes durcheinander, und eine Schnur aus Meerwasser lag darauf, als er sich wieder aufrichtete.

Ein lautes, schmerzerfülltes Stöhnen lenkte Korin von seinem gedankenverlorenen Blick ab – Suras Verband wurde gewechselt. Korin ging zu der kleinen Gruppe hinüber und hockte sich nieder. Drei ausgewachsene Männer waren nötig, um die kräftige Frau auf dem Boden zu halten, während ihr Thorgun den blutigen Verband von den Resten ihres Armes zog. Der Gestank von geronnenem Blut mischte sich mit der scharfen Note der Heilkräuter und des Premer Feuer, mit dem man die Wunde und Sura selbst behandelte.

»Lasst mich los, ihr Schnaken, dass ich ihm von seiner eigenen Medizin zu schmecken gebe«, grollte die Kämpferin und bäumte sich auf.

»Haltet sie gut fest«, mahnte der Mann, der an Bord für alle Fragen der Heilkunst zuständig war. Als die drei die Arme und Beine der Frau fester gepackt hatten, goss er einen großzügigen Schwall Schnaps auf die Wunde, bis der gesplitterte Knochen und das ausgebrannte Fleisch unter dem Blut zum Vorschein kamen. Sura brüllte vor Schmerz auf, dann erschlaffte sie in Borons seliger Umarmung.

Thorgun kratzte sich den grauen Bart und schüttelte den Kopf: »Korin, sprich mit ihm. Das nimmt kein gutes Ende!«

»Wird sie ...«, deutete Korin an, aber Thorgun schüttelte den Kopf.

»Sie wird es überleben, aber ich habe kein gutes Gefühl. Diese Jagd steht seit Anbeginn unter einem schlechten Zeichen.« Thorgun streute aus einem kleinen Lederbeutel eine Kräutermischung auf ein sauberes Stück Tuch und goss vorsichtig Schnaps dazu. Während er beides zu einer grünlichen Paste verrieb, deutete er zum Heck des Bootes, wo ein großes Stück der Reling durch einfache Bretter ersetzt war. »Das da hätte uns beinahe leckgeschlagen, wir haben Cern verloren, und Sura wird die Axt nie mehr recht gebrauchen können. Außerdem habe ich heute Morgen in meinem Zwieback eine zweiköpfige Made gefunden – du weißt, was das bedeutet.«

Korin nickte. Er sah sich gerne als Vernunftmensch, aber schlechte Vorzeichen konnte und durfte man nicht leugnen. Zudem hatte auch er schon seit dem ersten

Zusammentreffen mit dem Seeungeheuer ein schlechtes Gefühl, und das lag nicht nur daran, dass er sich zu Tode gefürchtet hatte, als das Wesen sich Cern gegriffen und ihn in einem Stück verschlungen hatte.

Er blickte sich erneut um und schaute in besorgte und matte Gesichter. Die Männer und Frauen der Ottajasko der Schwerthaie waren am Ende ihrer Kräfte und ihres Mutes.

Er würde versuchen müssen, Hardred von diesem Irrsinn abzubringen. Er nickte Thorgun noch einmal zu und ging zum Bug. Er kannte diese zweiunddreißig Schritt in- und auswendig, er war sie oft genug gegangen in diesen zehn Jahren, seit er mit Hardred ausfuhr, um die Sklavenhändler, die Waljäger und die fetten Händler das Fürchten zu lehren.

Der Hetmann stand immer noch mit dem Rücken zu ihm, aber bevor Korin etwas sagen konnte, drehte er sich um: »Wir sind ihm nah, ich spüre es, Korin. So nah.«

Korin schaute zu seinem Freund auf, der ihn mit einer Größe von über zwei Schritt um mehr als einen Kopf überragte. Hardred rückte seinen Gürtel zurecht, und dabei zuckten und tanzten die im wilden Kampf verschlungenen Wale und Seeschlangen auf seiner gewaltigen Brust und seinen starken Armen.

»Hardred, mein Freund und Hetmann«, begann Korin.

Hardred runzelte die Stirn. »Nein, Korin, ich kenne diesen Blick. Sprich nicht weiter, wir geben nicht auf, und wir kehren nicht um, bevor ich nicht den Kopf dieses Wesens aus Hranngars Stall abgetrennt vor mir liegen habe!«

Korin unterdrückte ein Seufzen. »Wir haben die Fässer seit Stunden nicht mehr gesehen, wissen nicht mal, ob wir in die richtige Richtung fahren. Die Männer und Frauen sind müde und mutlos. Lass uns umkehren. Wenn wir uns eilen, schaffen wir es noch rechtzeitig zum Hjalding zurück – es ist wichtig, dass du deine Ansprüche dort durchsetzt, mein Hetmann.«

»Das wohl! Und du kannst Premer Feuer drauf pinkeln, dass wir zur rechten Zeit zurückkehren. So Swafnir will, sind wir zurück, bevor die Fässer für das Hjalding aufgebaut sind. Wenn die Leute müde sind, dann lass sie schlafen, sind sie mutlos, gibt ihnen Schnaps, und wenn du dabei bist, bring mir auch ein Horn voll. Ich weiß, dass wir auf der rechten Spur sind.«

Er wies zum Heck. »Das Ungeheuer hat uns ein Andenken hinterlassen, aber das reicht mir nicht. Ich hole mir eine Trophäe, die mir gefällt!«

Korin blickte in das erhitzte Gesicht seines Freundes und erinnerte sich einmal mehr, warum so viele ihm folgten: Er war voller Begeisterung, voller Tatendrang und ohne jede Furcht. Man traute ihm zu, eine Seeschlange mit bloßen Händen zu erwürgen, wenn er sich dies vornehmen würde.

»Wie lange willst du ihm noch folgen?«, fragte Korin.

»So lange es nötig ist. Leg dich schlafen, mein Freund, du siehst müde aus. Wir brauchen dein gutes Auge, wenn es so weit ist!« Hardred legte ihm die rechte Hand auf die Schulter.

Korin gab auf und nickte. Wie hatte er glauben können, dass Hardred auf ihn hören würde? Man nannte ihn seinen Berater, aber Hardred nahm nur selten Rat von irgendjemandem an.

Als er zu Thorgun zurückkehrte, musste er dessen erwartungsvollen Blick mit einem Kopfschütteln beantworten. Der Schiffsälteste schnalzte mit der Zunge und schüttelte ebenfalls den Kopf: »Das nimmt kein gutes Ende, ich sag es dir.«

Als hätte Hardred den Ausspruch gehört, drehte er sich um, trat mit dem ihm eigenen majestätischen Gang neben den schweren Aal und legte eine Hand auf das

Öltuch, das über dem Geschütz lag, um es vor Feuchtigkeit zu schützen.

»Otta des Schwerthais, hört mir zu«, rief er, und seine volltönende Stimme war auch über das Knattern des bunten Segels mühelos zu hören. »Ich sehe, ihr seid müde, und manch einer von euch will vielleicht nach Hause, zu seiner Familie, und das große Hjalding mit ordentlich Met und Feuer feiern.«

Zustimmendes, aber verhaltenes Gemurmel erklang. Die Mannschaft kannte ihren Kapitän zu gut, um freudig loszujubeln.

»Dann sage ich, wir kehren um. Lasst uns zu Hause feiern und diese Fahrt vergessen.«

Die Männer und Frauen schauten sich verwundert an, blickten dann fragend zu Korin, der auch nicht wusste, worauf der Hetmann hinauswollte. Aber er war sicher, dass er nicht umkehren würde.

»Lasst uns umdrehen und nach Hause segeln.« Er blickte sich einmal mehr um und fuhr dann fort: »Aber wer von euch wird Tuwine Laskedottir sagen, dass wir das Ungeheuer, das ihren Mann fraß, haben entkommen lassen? Wer wird Torben Korjasson berichten, dass wir das Ding, das sich am Arm seiner Frau labte, an dem Arm, in den er selbst das Bild ihrer Liebe eingestochen hat, haben entkommen lassen? Wer wird ihm sagen, dass es noch lebt? Thorgun, wirst du es sein? Oder du, Oremo? Lialin, Iskra, Solvi, einer von euch?«

Die Angesprochenen blickten beschämt zu Boden oder zur Seite.

»Wollt ihr zum Gespött Thorwals werden? Soll man sagen, die Mannschaft der *Swafnirsdotter* ist feige und gibt auf, nur weil die Augenlider schwer werden? Wollt ihr das?« Hardred hob die Stimme an.

Halblaute Äußerungen mischten sich unter das Platschen der See und das Knattern des Segels.

»Wollt ihr«, fuhr der Hetmann fort, »dieses Ungeheuer weiter in Efferds Meer sein Unwesen treiben lassen?«

»Nein«, kam es vom Steuermann, und einige andere schüttelten ebenfalls den Kopf.

»Wollt ihr diese Beleidigung Swafnirs weiterleben lassen, obwohl wir doch so nah dran sind, ihr den Garaus zu machen?«

Jetzt war die Verneinung schon lautstärker, und obwohl Korin durchschaute, was Hardred da tat, packte seine Rede auch ihn bei der Ehre.

»Wollt ihr auf das Hjalding zurückkehren als Helden? Als die, denen der berüchtigte Diener Hranngars zum Opfer fiel?« Hardred sprach jetzt sehr laut und erntete ebenso laute Zustimmung.

»Das wohl!«, rief Hjore vom Steuer her.

»Dann sage ich«, brüllte der Hetmann und riss mit Schwung das Tuch von dem Geschütz, »wir holen uns das Vieh, denn bei Swafnir, da vorne sehe ich eines unserer Fässer!«

Korin wandte sich um, und tatsächlich tanzte eines der rot angemalten, mit Pech abgedichteten Fässer auf den Wellen, mit denen sie das Ungeheuer bei seinem ersten Angriff bestückt hatten.

»Hjore, hart Steuerbord! An die Waffen, Männer! Korin, zu mir!«, rief Hardred, und in die eben noch so trägen Männer und Frauen kam Bewegung. Noch während das Schiff die Wende machte, hatten sie ihre Waffen bei der Hand, die Harpune oder Wurfaxt für den ersten Angriff, die Axt, falls das Biest es noch einmal wagen sollte, an Bord zu kommen.

Korin eilte an Hardreds Seite, der den Aal räumte. »Verpass ihm einen guten Treffer, Mann, noch einmal soll es uns nicht entkommen!«

»Das wohl!«, sagte Korin und schwenkte mit einiger Mühe das Geschütz herum in Richtung Fass. Er war nicht gut mit der Axt oder der Harpune, auch im Faustkampf unterlag er regelmäßig. Aber niemand in ganz Thorwal schoss mit dem Aal wie Korin, das musste er sich bei aller Bescheidenheit selbst zugestehen. Mit geübten Bewegungen prüfte er die Verdrillung der Seile, aus der das Geschütz seine Schusskraft bezog, und die Lage der Harpune – alles gut. Jetzt musste er nur noch treffen. Gerskir und Rordik, die Zwillingsbrüder, standen bereit, um den Aal wieder zu spannen und eine weitere Harpune für einen möglichen zweiten Schuss einzulegen.

Das Fass kam immer näher, und Korin folgte ihm mit dem Aal, doch dann wurde es von der Bugwelle zur Seite geschoben.

»Haken«, verlangte Hardred und lief an der Reling auf Höhe des Fasses mit, bis man ihm einen Schifferhaken gereicht hatte. Den schlug er ins Fass und zog es ohne große Mühe aus dem Wasser – einmal mehr wurde Korin bewusst, wie unglaublich stark sein Freund war. Das am Fass befestigte Tau war nur noch knapp zwei Schritt lang und endete in Fransen.

»Verdammt!«, fluchte Hardred und griff danach sofort erschrocken an den Lapislazuli in Tümmlerform, der an einem Lederband um sein Handgelenk hing. An Bord eines Schiffes zu fluchen war niemals gut.

»Es ist uns entwischt«, sagte Thurgon, und er klang fast enttäuscht.

Der Hetmann schüttelte wütend den Kopf, aber dann ließ er die Schultern sinken und wies Hjore an: »Kurs auf die Heimat setzen, Steuermann. Swafnir will diesen Fang wohl für sich.«

Der dicke Mann stemmte sich in das Ruder und wendete das Schiff. Plötzlich legte sich die *Swafnirsdotter* mit lautem Knirschen so weit in die Wende, dass Wasser über die Schilde an Lee schwappte, die rundum an der Reling hingen. Irgendetwas hatte das Schiff unter der Wasserlinie gerammt, und als sich die *Swafnirsdotter* wieder aufrichtete, schoss ein großer Schatten an Backbord heran. Das Ungeheuer näherte sich so schnell, dass eine große Bugwelle an den Rumpf des Drachenschiffes klatschte, Augenblicke vor dem zweiten Rammangriff. Erneut neigte sich das Schiff zur einen Seite, nur um sich Augenblicke später knarrend auf die andere zu legen, als das Wesen sich an den Aufstieg machte.

Die Männer und Frauen an Deck ruderten mit den Armen, und nur die jahrelange Erfahrung an Bord einer Otta bewahrte sie vor größeren Blessuren. Thorgun wurde von den Füßen geholt, konnte sich aber unter lautem Fluchen an der Reling festhalten.

Zuerst wanden sich zwei schneckenartige Fortsätze an Deck. Sie ähnelten den Fangarmen eines Kraken, besaßen jedoch in Abständen von etwa einem Schritt Wülste, die mit Hornspitzen versehen waren. Das Ungeheuer schlug die Hornspitzen in das Holz, um sein gewaltiges Gewicht hochzuziehen. Korin starrte voller Angst auf den unförmigen Leib, der nun über die Reling kroch. Auf den ersten Blick hätte man es für ein riesiges Stück Treibholz halten können, von graubrauner Farbe, über und über mit weißen Muscheln besetzt. Doch unterhalb der auf diese Art geschmückten Platte lauerte in einem weichen Leib von der Farbe eines verwesenden Fisches ein gewaltiges Maul, rund und mit nach innen gerichteten Zahnkränzen besetzt, groß genug, um einen ganzen Mann am Stück zu verschlingen.

»Korin!«, riss ihn der wütende Ruf seines Hetmannes aus der Starre, und mit einem Schrei, der Wut und Angst zugleich nach draußen ließ, schob er den Aal herum, zielte kurz und ließ die Harpune fliegen. Das Knarren der sich entwindenden Seile mischte sich unter das Knirschen und Krachen des Schiffs, und dann schlug der große Bolzen in den Leib des Wesens ein. Eine übel riechende Flüssigkeit, gelblich fahl wie eine an den Strand gespülte Qualle, quoll hervor, und der Körper des Wesens zuckte um die Wunde herum, als habe man einen Stein in geronnene Milch geworfen. Doch es gab keinen Schmerzenslaut von sich. Von dem Treffer unbeeindruckt, hatte es sich mittlerweile mit der gesamten Hornplatte auf das Deck gezogen.

»Los!«, brüllte Hardred, und die Mannschaft der *Swafnirsdotter* schleuderte ihre Wurfäxte und Harpunen auf das Ungeheuer. Einige prallten an seinem Hornschild ab, andere glitten in das weiche Fleisch und schnitten es auf. Plötzlich löste das Wesen einen seiner Fangarme vom Deck und ließ ihn auf den nächststehenden Thorwaler zuschießen. Der schmächtige Laske warf sich zur Seite, aber der Fortsatz wand sich um sein Bein und hob ihn mühelos in die Luft. Blut quoll unter den Verdickungen hervor und vermischte sich an Deck mit dem Schleim des Wesens.

Korin trieb die Zwillinge zur Eile an, die schon wie in Walwut an den Rädern drehten, mit denen die Seile des Aals wieder gespannt wurden. Sie schnauften, und ihre Muskeln traten deutlich hervor. Korin legte mit zitternden Händen eine weitere schwere Harpune ein und zwang sich, den Blick vom schreienden Laske abzuwenden. Als er wieder hinter den Aal sprang und aufschaute, vermischten sich die Schmerzenslaute mit dem lauten Gebrüll Hardreds, der vorsprang und mit seiner Orknase auf den Fangarm des Ungeheuers einschlug. Die Axt, deren Blatt fast doppelt so groß war wie das anderer Orknasen, sang und hieb den Tentakel glatt durch. Laske schlug auf das Deck auf und wurde von dem armdicken, zuckenden Strang aus fahlem Fleisch hin und her gerissen. Thurgon sprang vor und zog ihn aus dem Kampfbereich. Mehr sah Korin nicht, denn als hätte man einen Damm geöffnet, stürmten die

Seeleute vor und droschen mit ihren Äxten und Entermessern auf das Wesen ein, verdeckten damit aber Korins Schussfeld.

Besorgt wand er sich hin und her im Versuch, eine Lücke zu finden, als der zweite Fangarm über das Deck zuckte und die erste Reihe der Kämpfer von den Beinen fegte. Das Wesen wandte sich um und wollte offensichtlich, aus Dutzenden klaffender Wunden blutend, die Flucht antreten. Als es sich zur Seite legte, erkannte Korin einen dunklen Fleck unter der durchscheinenden Haut. Etwas wand sich dort und zuckte – ein Herz?

Korin zögerte nicht lang, verdrängte die Angst, dass einer der Seeleute in die Schussbahn springen könnte, und schoss. Die Harpune traf, aber eine Elle zu weit vorn. Sie drang ein, verfehlte jedoch das schwarze Herz.

Das Ungeheuer peitschte mit dem Tentakel über die Hornplatte, um die Angreifer fern zu halten.

»Es entkommt!«, rief Thurgon

»Niemals!«, antwortete Hardred. Der riesige Thorwaler duckte sich, und es sah aus, als würden sich die Wale auf seiner Brust im Kampf mit den Seeschlangen zum entscheidenden Biss krümmen. Dann sprang er unter dem peitschenden Tentakel hindurch, der hinter ihm an den Mast schlug. Das markerschütternde Krachen peitschte über die aufgeregten und wütenden Rufe der Seeleute und das Geschrei des Verletzten, doch der Mast hielt.

Hardred ließ die Axt fallen und warf sich gegen die Harpune, die Korin just abgefeuert hatte. Er stemmte sich mit den Füßen an der Hornplatte des Wesens ab, schob die Spitze der Harpune durch das Fleisch und rammte sie dann mit seinem ganzen Gewicht in den schwarzen, pulsierenden Fleck. Das Ungeheuer erzitterte, der Tentakel peitschte über das Deck, und im

Todeskampf traf er Hardred an der Brust. Der kräftige Kämpfer wurde durch die Luft geschleudert und krachte gegen das große Schnapsfass, das sicher am Mast verzurrt war. Es brach, und Maß um Maß des kostbaren Premer Feuers ergoss sich auf das Deck. Hardred stieß einen lauten Schrei aus, als der Branntwein über die tiefen Schnitte auf seiner Brust lief, aber dann war er schon wieder auf den Beinen und stürzte sich auf das nur noch zuckende Seeungeheuer. Seine Leute hackten und stachen gemeinsam mit ihm auf den Gegner ein, bis dessen Leib in sich zusammensank, weil er zu viel seiner schleimigen Flüssigkeit verloren hatte.

Korin eilte zu Thorgun, der sich bereits um den jungen, noch immer wimmernden Laske kümmerte. »Gebrochen«, verkündete er ungefragt und ohne aufzuschauen. »Aber das bekommt unsere Frenja schon wieder hin!«

Korin nickte. Frenja war die Kräuterfrau und Heilerin, die in Thorwal unter anderem die Otta der Schwerthaie betreute. Eine schwere, mit Schleim bespritzte Hand legte sich auf seine Schulter.

»Das Feuer zieh ich dir von der Heuer ab«, sagte Hardred lachend, als Korin sich umwandte. »Wenn du ordentlich schießen würdest, wäre das Fass noch ganz.«

»Und wenn du mit deiner Axt so gut umgehen könntest, wie du mit betrunkenem Kopf immer prahlst, bräuchtest du keinen Schützen«, konterte Korin.

Lachend schloss er Hardred in die Arme, der zurückzuckte, als Korin mit seinen Brustwunden in Berührung kam. »Du bist verletzt!«, sagte er und kam sich dumm vor, das Offensichtliche ausgesprochen zu haben.

Hardred winkte ab. »Ein paar Kratzer – die Narben werden schöne Gischt ergeben für mein Kampfbild.«

Er fuhr die Wunden mit dem Finger nach, ohne sie zu berühren, und tatsächlich konnte man sich mit etwas Phantasie vorstellen, dass die Narben, die sich zweifellos ergeben würden, wie weiße Gischt in seinem Hautbild wirkten.

»Du solltest Thorgun trotzdem einen Blick darauf werfen lassen«, mahnte Korin.

Hardred nickte und wandte sich um. »Hjore, wir fahren heimwärts. Thivar, Asleif, Akja, Egil, an die Riemen. Segel setzen! Wer dann noch nichts zu tun hat, der schneidet mir den Panzer von diesem Vieh, und dass ihr ihn mir schön sauber schabt. Wer Fleisch darauf vergisst, muss es aufessen!« Hardred erntete lautes Lachen und fuhr fort: »Branntwein für alle, aber nur einen Krug – mehr haben wir ohnehin nicht mehr.«

»Du musstest dich ja darin wälzen«, rief Akja, die gerade ihren Riemen durch die Schlaufe an der Reling schob, und Hjore ergänzte: »Umso wichtiger, dass wir rasch nach Hause kommen!«

»Das wohl!« und »Wahr gesprochen!«, kommentierten die Männer und Frauen lauthals und machten sich an die Arbeit. Die Otta der Schwerthaie hatte einen weiteren Sieg errungen, und sie freuten sich darüber mit der Unbeschwertheit, die den Thorwalern im Blute lag.

Sie fuhren schon einige Stunden an der Küste entlang, als laut der Ruf »Ugdalf in Sicht!« über das Deck schallte und Korin aus einem Dämmerschlaf riss. Er hatte seine Stunden an den Riemen hinter sich gebracht, wie jeder an Bord, und die Zeit bis zur Ankunft genutzt, um etwas Kraft zu schöpfen. Das Hjalding hatte am Morgen begonnen, und nun näherte sich schon der Abend. Hardred würde darum keine Zeit verlieren und hatte klar gemacht, dass er Korin an seiner Seite haben wollte.

Korin rieb sich den Schlaf aus den Augen und schüttelte die Glieder, um die Müdigkeit daraus zu vertreiben. Vor sich, auf der Spitze der thorwalschen Steilklippen, viele Dutzend Schritt über ihnen, konnte er Ugdalfskronir erkennen, das jedoch alle Welt nur ›den alten Ugdalf‹ nannte, die kaiserliche Zwingfeste, die seit kurzem eine Kriegerakademie beherbergte. Wenig später kamen auch die großen Windmühlen und das Leuchtfeuer des Hjaldingard-Turmes in Sicht. Thorwal war nah.

Korin warf einen Blick zu seinem Hetmann und sah die Verwandlung vor sich gehen, derer er schon so oft Zeuge geworden war – immer, wenn das Schiff Thorwal erreichte. Der unbeschwerte Seefahrer Hardred verwandelte sich in den Staatsmann, das verspielte Lächeln wich einer ernsten Miene, die Haltung wurde noch stolzer, die Bewegungen wirkten herrischer.

»Lasst sie wissen, dass wir kommen«, rief er und bedeutete damit der Skaldin Solva Oriksdotter, das riesige Horn zu blasen, das sie allein kaum heben konnte. Es stammte von einem Rind aus fernen, südlichen Gestaden, war über einen Schritt lang und gebogen. Sein tiefer, dröhnender Klang mit langem Nachhall war bei den Thorwalern bekannt und bei den Feinden gefürchtet. Nicht umsonst nannte man es den ›Schreckensdonnerer‹. Solva ließ das Horn dreimal lang gezogen tönen, und der Schall wurde von der hohen Klippe zurückgeworfen.

»Korin«, sagte Hardred und winkte ihn mit einer knappen Geste an seine Seite. Vorbei war die Zeit des Scherzens. Jetzt sprach der Hetmann zu seinem Berater, nicht mehr der Freund zum Freund. »Wir halten den Besuch im Badehaus kurz, und dann will ich, dass Hjore, Thorgun und die Zwillinge mit uns sofort zum Hetmannshaus gehen. Sorg dafür, dass man die Hornplatte vorbereitet und unsere Prunkgewänder herauslegt.«

Korin nickte und sagte: »Du solltest Sura mitnehmen und, wenn er schon wieder laufen kann, auch Laske.« Er wies mit einer Kopfbewegung auf die Verletzten, die ausgestreckt auf dem Ersatzsegel lagen. »Außerdem solltest du Tuwine Laskedottir die Axt ihres Mannes bringen.«

Auch Korin legte im Innern das Seefahrergewand ab und wappnete seinen Geist gegen die Unbilden der Politik. Die Thorwaler standen nicht in dem Ruf, sich Intrigen hinzugeben oder Machtkämpfe abseits des Streitplatzes auszufechten, aber Korin hatte in den letzten Jahren – seit sein Herr begonnen hatte, die Thorwaler hinter sich zu einen – lernen müssen, dass sogar der Kaiserhof in dieser Beziehung noch vom Rat der Hetleute lernen könnte.

Hardred runzelte die Stirn, dann nickte er: »Ja, zeigen wir ihnen, welche Opfer die Otta der Schwerthaie zu bringen bereit ist!«

Sie hatten die Südspitze hinter sich gelassen und hielten auf den Hafen Thorwals zu. Korin ging ein freudiger Stich durchs Herz, als er die unzähligen Drachenschiffe und Knorren sah, die dicht an dicht an den Kais des Hafens lagen. Sogar den Winterhafen hatte man mit einbeziehen müssen, um Platz für all die Schiffe zu finden, die sich versammelt hatten, und trotzdem musste im Hafen in zwei Reihen geankert werden, wobei die Mannschaft des hinteren Schiffes über das vordere auf die Kais gelangte. Es waren so viele, dass Korin glaubte, von jeder Otta der Thorwaler müssten wohl zwei Schiffe vor Ort sein. Und doch war der Platz der *Swafnirsdotter* freigehalten worden. Vor den Langhäusern und Wällen, den Palisaden der Ottaskin, wie die Viertel der Ottajasko genannt wurden, und den Lagerhäusern hatten sich Dutzende, nein Hunderte Thorwaler aus den verschiedensten Regionen des Landes eingefunden, Mitglieder der Ottas der zum Hjalding erschienen Hetleute, aber auch die Familien der *Swafnirsdotter*-Mannschaft. Sie stießen laute Jubelrufe aus, als Hjore das Schiff aus sanfter Fahrt elegant in einem halben Bogen gegen die Pier steuerte, wo es mit Schifferstangen gehalten wurde, bis es vertäut war. Dann legte man die Planke aus, und als Hardred darauf erschien, die Brustwunden offen zur Schau tragend, wurde der Jubel noch lauter.

Korin sah Hardred an, dass er etwas sagen wollte, aber mit einem kurzen, für andere unsichtbaren Zupfen am Gürtel seines Hetmannes verhinderte Korin dies. Es würde zu lange dauern, bis die Menge beruhigt war, und es war besser, sich feiern zu lassen. So hob Hardred nur die Hand und ging durch die sich bildende Gasse auf das kleine Badehaus zu, das man für ihre Rückkehr stets vorbereitet hielt. Korin ging hinter ihm her, wohl wissend, dass die anderen mit Verzögerung folgen würden – außer ihm war auf der *Swafnirsdotter* keiner ohne Familie, und die wollte begrüßt werden, wenn auch nur kurz.

Korins Blick wanderte über die Menge, und er fand, was er gehofft hatte, nicht finden zu müssen: die runde, freundliche Tuwine Laskedottir, die Hand auf den hochschwangeren Bauch gelegt und mit der zugleich besorgten und vorfreudigen Miene derjenigen, die auf die Rückkehr der ihren warteten.

Er warf einen Blick zu seinem Hetmann, aber der hatte sie nicht gesehen. Also schloss er mit eiligen Schritten auf und legte kurz die Hand auf seinen Arm. Als er sich umwandte, wies Korin mit dem Kopf zu der Frau, die für eine Thorwalerin erstaunlich klein war, sich aber jetzt mit wuchtigen Ellenbogenstößen in die erste Reihe vorarbeitete.

Hardreds Augen weiteten sich in unbemerktem Schrecken, dann nickte er einmal stumm und wandte sich wieder um. Korin trat zu zwei älteren Frauen hinüber, guten Bekannten von Cern und seiner Frau, und sagte: »Tuwine braucht euch jetzt!«

Das fröhliche Lachen wich erst Schrecken, aus dem dann Trauer wurde. Mehr Worte brauchte es nicht. Alle Thorwaler waren sich der ständigen Gefahr bewusst, in welche die Besatzung der Schiffe sich begab, um den Ruhm der Ottajasko zu mehren und die Familien zu versorgen.

Die Frauen traten zu Tuwine, an die sich nun auch Hardred wandte. Korin konnte nicht hören, was der Hetmann sagte, aber das freudige Lächeln der Frau verschwand, und ihre Knie gaben nach. Hardred packte die Schwangere bei den Ellenbogen und hielt sie mühelos, bis die beiden Frauen sie ihm abnahmen. Er strich ihr noch einmal väterlich über das Haar, wandte sich dann der Menge zu und rief: »Macht Platz für eine Witwe!«

Ein erschrockenes Gemurmel verbreitete sich unter denen, die seine Worte gehört hatten, und sie bildeten eine Gasse, durch die Tuwine mit tränenüberströmtem Gesicht halb getragen werden musste. Korin blickte ihr mit schwerem Herzen nach – hoffentlich geschah nicht auch noch dem Kind etwas.

Hardred trat an ihm vorbei und sagte leise, grimmig: »Tuwine nicht!«

Korin nickte, um zu zeigen, dass er verstanden hatte, und war froh, dass sein Freund die Witwe nicht auch noch vor dem Rat der Hetleute antreten lassen wollte.

Den Besuch im Badehaus hielten sie so kurz wie möglich. Heute musste eine Katzenwäsche mit dem eisigen Wasser ausreichen, um den Schmutz der Ferne abzuwaschen – es gab Wichtigeres zu tun. Dann legten sie ihre prunkvollsten Gewänder an: Korin schlüpfte in eine Wollhose mit eingewebten roten und blauen Streifen, ein mit blauen Wellenmustern verziertes weißes Hemd und eine Wolfsfellweste. Hardred hüllte sich in einen Bärenumhang, dessen Fell er zur Zierde nach außen gewendet trug und den er mit einer großen, goldenen Fibel in Tümmlerform schloss. Drunter trug er ein seidenes Schnürhemd, das er im oberen Bereich offen ließ, damit man seine Wunden erahnen konnte, und seine Beinkleider waren aus golddurchwirkten Stoffen aus Thalusa gefertigt. Seine gewaltigen Unterarme wurden von ledernen Schienen umschlossen, um die er wiederum eine Vielzahl an goldenen Kettchen und seidenen, bunten Stoffstreifen gewunden hatte – eine für jedes Schiff, das die *Swafnirsdotter* unter seiner Führung aufgebracht hatte. An seinem Gürtel mit einer silbernen Schließe in Wellenform prangte die gewaltige Orknase in einer ledernen Schlaufe.

Es war ein beeindruckender Anblick, als sich der Hetmann nun umwandte. »Wir gehen!«

Korin nickte. Ohne dass ein weiteres Wort nötig war, schlossen sich Sura und der humpelnde Laske an, der von Thurgon gestützt werden musste. Sogar zu dritt hatten die Zwillinge und Hjore, der Steuermann, ihre liebe Not, die in Öltuch geschlagene Hornplatte des Ungeheuers anzuheben, und sie keuchten vor Anstrengung, als man endlich die Ottaskin der Hetleute und dort das große Langhaus erreichte.

Hardred schlug eines der Felle am großen Eingang zur Seite und trat in das Gebäude, das für seine Länge niedrig wirkte, aber doch hoch genug war, dass sogar der große Hetmann aufrecht stehen konnte. Die anderen blieben draußen – sie wussten, worauf sie warten mussten.

Um eine schwere Tafel saßen auf Bänken und dazu gestellten Hockern wohl 200 Männer und Frauen. Die Hetmänner und Hetfrauen der Ottas und Städte und die Jarle der Dörfer hatten sich versammelt, um Hardred zu beraten, und in einer zweiten Reihe hinter ihnen saßen wiederum deren Berater.

Der Geruch von Honig- und Branntwein lag ebenso in der Luft wie das laute Rufen und Streiten der Anführer Thorwals. Etwa an der Mitte des langen Tisches stand ein dicker, bärtiger Mann – der Jarl einiger nördlicher Dörfer, wie sich Korin zu erinnern glaubte, aber der Name des Mannes wollte ihm nicht einfallen – bereits mit einem Fuß auf dem Tisch und war drauf und dran, sich auf eine laut rufende junge Frau zu stürzen, die Korin nie zuvor gesehen hatte. Der Tisch war dicht mit Hörnern in Eisenhaltern und Schalen mit Trockenobst, Geflügelbraten und Rüben bestellt, die sicher allesamt schon mehrfach nachgefüllt worden waren, seit sich die Hetleute und Jarle hier versammelt hatten, um auf ihren obersten Hetmann zu warten. Dass Hardred noch nicht vor Ort gewesen war, hatte sie keinesfalls vom Streiten abgehalten.

Obwohl es schon recht kühl war, hatte man außer einigen Tranfunzeln und Fackeln an den Mittelpfosten kein Feuer entzündet – wer fror, sollte sich eben mit Branntwein oder einem weiteren Fell behelfen. Das Stimmengewirr verebbte, als die ersten auf die Ankunft von Hardred Bjarnison, ihres gewählten Anführers, aufmerksam wurden und ihre Sitznachbarn anstießen. Nach einer kurzen Weile, in der Hardred die volle Länge des Versammlungshauses bis zu dem schweren Thron aus dunklem Holz am Kopfende der Tafel durchschritt, war es still, bis auf das laute Gezanke der beiden Streithähne in der Mitte. Erst als sich jetzt alle Anwesenden erhoben, bemerkten sie ihren obersten Hetmann und verstummten, nicht ohne sich weiterhin hasserfüllte Blicke zuzuwerfen.

Korin stellte sich zur Rechten hinter seinen Freund und Herren und musterte die Gesichter an den Tischen. Viele waren voller Freude oder Ehrfurcht, einige ausdruckslos oder schon vom Branntwein glänzend und mit glasigen Augen – um all die brauchte er sich nicht zu sorgen. Doch am anderen Ende der Tafel, in ihrer Abneigung so weit entfernt wie in ihrer Sitzposition, hatten sich die Gegner von Hardreds Vorhaben versammelt. Das Kopfende war den Rädelsführern vorbehalten: Garald Garaldsson VIII., Ältester der wohl reichsten Kauffahrersippe des Landes und ein Sturkopf mit langen grauen Zöpfen. Links neben ihm, wie immer in lächerlich bestickten, prunkvollen Gewändern, saß Thinmar Walkir, der Hetmann der Otta der Windschmecker. Doch der größte Feind saß zur Rechten des Sippenältesten: Swafindra Hyggeliksdotter, die Tochter von Hyggelik dem Großen. Seit ihr Vater vor wenigen Jahren sechs Ottas in einem beispiellosen Raubzug anführte, bei dem erst Chorhop und Mengbilla und zu guter Letzt Brabak fielen, war er hoch angesehen. Zu ihrem Glück stand Hyggelik voll hinter ihrer Sache – zu ihrem Pech tat es seine Tochter nicht, und das Schicksal wollte es, dass Hyggelik ausgerechnet zu diesem Hjalding nicht selber erschienen war.

Diese drei stellten das Schlangennest dar, das auszubrennen Hardred sich vorgenommen hatte, denn ohne die Unterstützung dieser drei und der ihnen folgenden Ottas und Jarle würde sein Vorhaben schwer werden.

»Ich grüße euch«, sagte Hardred laut, und seine Stimme füllte den Raum. »Gut, dass ihr alle da seid, und gut, dass ihr bereits angefangen habt zu trinken!«

Die Männer und Frauen setzten sich wieder, und in das Scharren der Stühle und Knarren der Bänke mischte sich der Ruf: »So lange, wie du uns warten lässt, wären wir sonst verdurstet.«

Hardred stimmte in das Gelächter ein, blieb aber stehen.

»Das wohl«, sagte er, »aber ich hatte noch etwas zu tun.«

Garald zwirbelte seinen ungeflochtenen Bart, und seine buschigen Augenbrauen zuckten: »Wichtigeres, als auf dem großen Hjalding zu deinen Leuten zu sprechen?«

Korin musste sich ein Lächeln verkneifen – Garald würde sich für diese Worte bald selbst verfluchen.

»Das sag du mir, werter Freund«, antwortete Hardred und nickte Korin zu, der daraufhin auf den Fingern pfiff.

Von draußen erklang ein gedämpftes »Zu-gleich!«, dann trugen die Männer die eingewickelte Hornplatte herein – sie passte nur knapp durch die große Tür. Die Verletzten Sura und Juske kamen hinterdrein.

Neugieriges Gemurmel brandete auf, Einzelne erhoben sich, um einen besseren Blick zu erhaschen. Dann war die Platte durch den Raum zu Hardred gewuchtet, und er legte eine Hand auf das Öltuch.

»Drei Wochen ist es her, dass die *Goldglanz* sank, drei Wochen ruht deine Tochter im Schoße Efferds«, sagte der Hetmann, und Korin wusste, dass Schmerz in Garalds Augen zu sehen sein würde – erkennen konnte er es durch den langen Raum nicht.

»Du hast viele gute Leute verloren und eine wertvolle Fracht. Auch wenn es deinen Schmerz nicht lindern mag, ich habe deinen Verlust gerächt.« Hardred riss das Tuch herunter und erntete überraschte Rufe, als die Platte des Ungeheuers zum Vorschein kam. Torfin Garaldsson, der Bruder Garalds und einer seiner engsten Berater, brachte einen erschreckten Schrei hervor und sprang von seinem Hocker auf. Er war ein brillanter Geist, aber ein Feigling sondergleichen – doch sein Schrei war Beweis genug, dass sie das richtige Ungeheuer zur Strecke gebracht hatten, denn Torfin war einer der wenigen Überlebenden des Unglücks der *Goldglanz*.

»Ich tat es, weil wir Thorwaler geeint gegen jede Gefahr stehen und uns stützen müssen«, erklärte der oberste Hetmann und wies auf seine verletzten Seeleute. »Egal, was der Preis ist!«

Garald blickte Hardred düster an, und für einen Augenblick fragte sich Korin, ob sie den falschen Weg gegangen waren. Hatten sie es zu weit getrieben? Würde der Sippenälteste an die Ehrentat glauben, die doch nur ein Teil des Ganzen war, oder würde er die Berechnung hinter der Tat erkennen?

Alle Augen wandten sich Garald zu, der schließlich sein Horn packte, aufstand und »Das wohl!« rief. Beinahe alle anderen Anwesenden stimmten ein, nur Hyggeliks Tochter blieb trotzig sitzen. Sie war nun allein – wenn Garald sich Hardred anschloss, würde auch Thinmar Walkir fallen, und mit der Windschmecker-Otta standen endlich die südlichen Dörfer ebenfalls an Hardreds Seite.

Garald setzte sich wieder, und nun nahm auch Hardred Platz, prostete dem Sippenältesten noch einmal zu und leerte dann sein Horn – vorrangig, um sein zufriedenes Lächeln hinter dem Met zu verbergen, wie Korin von seiner Warte aus sehen konnte.

Hardred wischte sich den Mund ab und stellte das leere Horn auf die Öffnung, was mit lautem »Ho!« und »Met für den Hetmann« beantwortet wurde. Während ein Diener nachfüllte und das volle Horn in den Eisenständer steckte, sprach Hardred wieder: »Ihr sitzt hier schon den ganzen Tag, und Korin schläft bald im Stehen.« Er winkte hinter sich, und Korin gähnte ausgiebig, was lautes Gelächter hervorrief. »Darum wollen wir heute nur das Wichtigste klären und dann trinken und feiern. Morgen ist auch noch ein Tag.«

Hardred blickte in die Runde, und die meisten nickten. Also fuhr er fort: »Ich sehe Hyggelik nicht ...«

Seine Tochter Swafindra erhob sich. »Mein Vater bereitet eine Expedition ins Orkland vor und schickt mich an seiner Statt.«

Hardred nickte. »Gut, dann höre gut zu, dass du deinem Vater berichten kannst, was ich von ihm erwarte.«

Die drahtige Frau stemmte die Hände in die Hüfte: »Ich werde meinem Vater berichten, was hier beschlossen wurde, aber ich spreche für ihn und alle Ottas, die sich ihm angeschlossen haben. Alles, was du von ihm willst, hast du mit mir zu besprechen!«

Jetzt erhob sich der Hetmann ebenfalls und stützte sich auf dem Tisch ab. »Hör mir gut zu, du Küken.« Swafindra schnappte nach Luft. »Hyggelik hat mir seine Leute versprochen, und ich werde mich nicht damit abgeben, dass ein Kind, das eben erst laufen gelernt hat, dieses Versprechen jetzt widerrufen will.«

Swafindra lächelte böse. »Wenn du nicht mit drehendem Wind segeln kannst, steht vielleicht der falsche Mann am Steuer!«

Hardreds Augen wurden schmal. »Glaubst du, du könntest es besser?«

Swafindra zuckte mit den Schultern. »Es gehörte nicht viel dazu.«

Hardred richtete sich auf, griff zur Seite an den Gürtel des Thorwalers zu seiner Rechten und schleuderte eine Wurfaxt vor der Frau in den Tisch. »Dann beweise es mit deinen Fäusten!«

Dreißig starke Männer und Frauen bildeten einen lebendigen Ring, um den sich unzählige Schaulustige drängten. Hardred und Swafindra hatten bereits damit begonnen, sich zu umkreisen, als Korin es bis zum Ring geschafft hatte. Er hatte noch dafür sorgen müssen, dass für die Rückkehr in das Langhaus des Hetmannes genug Premer Feuer bereitstand, denn so oder so würde gefeiert werden.

Laute Rufe feuerten die beiden Kämpfer an, und als

jetzt Hardred mit einem wuchtigen Schwinger auf Swafindra eindrang und sie geschickt zur Seite tanzte, bildeten sich zwei Chöre, die ihre Namen brüllten. Swafindra ließ eine schnelle Reihe von Schlägen auf den unteren Rücken des viel größeren Gegners trommeln, aber sie zeigten keine Wirkung. Hardred wirbelte herum und ließ seine Faust nach vorne schnellen, aber wieder war die Frau nicht mehr dort. Sie rollte über den Boden und trat Hardred mit voller Wucht von hinten in die Kniekehle, dass er auf ein Knie sank. Korin war beeindruckt – die junge Frau bewies nicht nur Mut, indem sie sich gegen den obersten Hetmann stellte und sich mit ihm in den Ring wagte, sie schlug sich bisher auch besser, als manch eine erfahrene Seefrau oder ein Seemann vor ihr. Jetzt sprang sie vor, holte weit aus und drosch dem sich erhebenden Hardred mit voller Wucht aufs Ohr. Hardred grunzte schmerzerfüllt auf und schüttelte verärgert den Kopf. Er hatte die Frau wohl unterschätzt.

»Man merkt, dass du Hyggeliks Tochter bist – er hat dich gut unterrichtet«, sagte er laut, und die Umstehenden stimmten ihm nicht minder laut zu. »Aber nicht gut genug!«, setzte Hardred hinzu, und das Lächeln der Frau verschwand. Harded sprang vor, deutete eine rechte Gerade an, aber als sich Swafindra zur Seite beugte, rammte er ihr die Linke mit einem Haken in den Magen.

Die Frau taumelte zurück und ging auf Abstand. Als sie wieder Luft bekam, deutete sie auf Hardred und murmelte etwas. Der Hüne stöhnte erstaunt auf und rieb sich erschrocken die Augen, als wäre er blind oder eher geblendet. Korin war verblüfft. Das war ein Zauber gewesen! Er hatte gar nicht gewusst, dass Swafindra magisch begabt war. Aber es war nicht die feine thorwalsche Art, bei einem Faustkampf Magie einzusetzen, und als sie jetzt auf den Hetmann zusprang, musste sie merken, dass Hardred auch blind noch ein ernst zu nehmender Gegner war, denn sein Bein schoss vor und traf sie am Bauch.

Die Frau stieß zischend die Luft aus und sackte auf die Knie. Hardred schüttelte den Kopf, konnte offensichtlich wieder klar sehen und packte sie am Hemd. Dann zog er sie auf die Beine und sandte sie mit einem Schlag ins Gesicht hintenüber. Aus ihrem Ausschnitt rutschte eine Kette mit einer silbernen Phiole als Anhänger.

Dann warf Hardred sich auf die benommene Frau und schlug erneut zu. Korin musste lächeln, als er an die erschreckten Blicke dachte, die ein solcher Kampf im Mittelreich hervorgerufen hätte. Aber bei den Thorwalern gab es keine falsche Scham den Frauen gegenüber – warum auch –, und manchmal musste Ehrfurcht eben mit Fäusten eingetrichtert werden.

Swafindra drehte das blutverschmierte Gesicht zur Seite und spie einen Zahn aus. Sie hatte verloren, das wusste sie, denn Hardred kniete auf ihren Armen und nagelte sie durch sein schieres Gewicht am Boden fest. Seine Faust schwebte drohend vor ihrem Gesicht, als er fragte: »Haben wir die Unterstützung von Hyggeliks Tochter?«

Sie schüttelte den Kopf – wirklich, eine mutige Frau und mit der gleichen Starrsinnigkeit gesegnet wie ihr Vater. Hardred runzelte die Stirn und schlug erneut zu, aber nicht mit voller Kraft und seitlich auf die Wange. Trotzdem war es ein wuchtiger Treffer, der den Kopf der Frau zur Seite riss und ihr Blut spritzen ließ.

»Ich schwöre bei Swafnir, ich führe die Ottas gen Havena, und wenn ich dafür dein hübsches Gesicht zu Brei schlagen muss!« Die beiden starrten sich an, und Korin sah, wie sich Ehrfurcht in die Züge der jungen Frau schlich – keine Angst, wohlgemerkt, sondern eine widerwillige Anerkennung von Hardreds Qualitäten.

»Hyggeliks Ottas kommen mit dir!«, sagte sie schließlich, und lauter Jubel erklang. Sogar Korin entfuhr ein Freudenschrei. So lange hatten sie darauf hingearbeitet. Jetzt endlich waren die wichtigsten Hetmänner unter ihrem Segel vereint. Die Pfeffersäcke Havenas würden sich warm anziehen müssen, denn bald würde wieder der gefürchtete Ruf über die Küste schallen: »Die Thorwaler kommen!«

Kapitel 2

Rhiana schaute sich einmal mehr um, aber der Staub, den die Hufe ihrer Pferde aufwirbelten, machte es schwer, etwas zu erkennen. Praios stand bereits hoch am Himmel und brannte mit der Macht nieder, die ihm in seinem eigenen Monat zueigen war. Die junge Frau wischte sich eine schweißnasse blonde Strähne aus der Stirn und wandte sich ihrer Begleiterin zu. Sie musste nach unten schauen, denn sie überragte die zierliche Halbelfin ohnehin um gut eine Hand, und zudem ritt sie den großen Rappen Rabe, neben dem sogar Sturmbraut klein wirkte. Rhiana hatte ihrer Weggefährtin Finni ihre Schimmelstute für den Moment überlassen, und deren Wallach Windspiel trottete nebenher, beladen mit dem Wenigen, das sie nach ihrer Flucht aus Burg Abilacht im Lager der Gaukler in eiliger Hast zusammengestellt hatten. Bei alledem hatte Rhiana sich aber die Zeit genommen, ein Versprechen zu erfüllen: Eisfell hatte für sein braves Warten eine Wurst bekommen.

»Finni, glaubst du, wir haben sie abgehängt?«, fragte Rhiana die schlanke Frau, die ihr Hemd wegen der Wärme weit aufgeknöpft hatte, sodass der Wind gelegentlich ihre kleinen Brüste entblößte.

Sie wandte sich um, und ihre kurzen Haare wirbelten im Wind wie Gras in der Morgenbrise um ihre spitzen Ohren. »Schon möglich, aber nicht wahrscheinlich. Sie haben Pferde zum Wechseln dabei. Vielleicht sind wir sie losgeworden, als wir die Reichsstraße verlassen haben, aber auf diesem Weg hier sieht man unsere Spuren natürlich deutlich.«

Rhiana beugte sich zum Hals ihres Pferdes hinab und legte eine Hand darauf. Sogar Rabe wurde langsam müde, und er war ein unermüdlicher Läufer. Sie würden bald Rast machen müssen.

Ein Knacken ließ sie aufschauen, aber es war nur Eisfell, der aus dem kleinen Wäldchen heraussprang, an dem sie seit einiger Zeit entlang ritten. Die Ränder des Eichen- und Buchenwaldes waren mit dichtem Gestrüpp bedeckt, dessen Reste sich der große Wolfshund jetzt aus dem schönen eisblauen Fell schüttelte und dann die Pferde mühelos einholte. Seine langen, kraftvollen Schritte ließen keine Müdigkeit erahnen. Er könnte wohl noch tagelang so weiterlaufen, nur unterbrochen von kleinen Ausflügen in ein Gebüsch oder eine Höhle, um sich ein Kaninchen oder anderes Kleinwild zu erjagen.

»Der Wald verbirgt uns vor ihren Blicken«, sagte Finni, doch es klang eher wie eine Hoffnung und nicht wie eine Feststellung. Trotzdem hatte sie vermutlich Recht – zumindest bot er mehr Sichtschutz als das flache Heideland mit seinen gelegentlichen Krüppelkiefern und den weiten, purpurnen und schön anzuschauenden, aber höchstens hüfthohen Flächen mit Jasalinkraut.

Wut brandete in Rhiana auf – sie waren nun wirklich lange genug weggelaufen. Erst aus der *Zuflucht*, dann aus der Burg und nun vor Verfolgern, die sie bisher nur im Morgengrauen auf einem entfernten Hügel als dunkle Schemen gesehen hatten.

»Dazu hat mich Onkel Tjalmar nicht erzogen«, sagte sie trotzig, und der Schmerz beim Gedanken an ihren ermordeten Ziehvater krampfte Herz und Magen zusammen.

Finni schaute zu ihr auf. »Zum Weglaufen«, erklärte

Rhiana und zog grimmig ihr Lederhemd zurecht, das schweißnass an ihr klebte. »Wir sollten ihnen hier auflauern und sie zurückschlagen! Wenn wir die Pferde in den Wald bringen und eine Stolperschnur spannen ...« Sie wandte sich um und wies auf einige Bäume zu beiden Seiten des Weges, die sich für so einen Hinterhalt eignen würden, aber Finni unterbrach sie: »Sie sind uns fünf zu eins, vielleicht sogar sechs zu eins überlegen.«

Rhiana schürzte trotzig die Lippen: »Na und? Ich nehme es leicht mit fünf Schurken auf.« Natürlich war sie nicht wirklich dieser Meinung, aber es wäre ihr peinlich gewesen, ihre Aussage zurückzuziehen.

Finni schüttelte energisch den Kopf: »Aber ich nicht. Ich bin keine Kämpferin wie du, Rhiana, ich bin Gauklerin.«

Rhiana starrte nach vorne. Natürlich hatte die Halbelfin Recht, ein solcher Kampf wäre völlig aussichtslos, und auch wenn ihre Amazonenlehrerin Neel und ihr thorwalscher Ausbilder Tjalmar sie zu einer Kriegerin im Sinne Rondras erzogen hatten, so hatten sie doch deutlich gemacht, dass bei einer Übermacht keine Schande in der Flucht lag.

Sie ließen den Wald hinter sich und ritten in eine lang gestreckte Senke ein. Die Gräser hatten sich hier den Weg schon an vielen Stellen zurückerobert, und als sie auf der anderen Seite die Senke fast wieder verlassen hatten, verschwand er schließlich an einer Feuerstelle ganz unter Wiesengräsern. Um die schwarzen Reste des letzten Feuers standen in einem fast geschlossenen Kreis hohe Wacholderbüsche. Finni blickte zum Himmel und orientierte sich kurz, dann wies sie in eine Richtung: »Dort lang!«

Rhiana nickte und trieb Rabe an, der sich durch die Büsche drängte und dahinter wieder in Trab verfiel. Rhiana blickte sich nach Finni um, die knapp hinter ihr folgte, als Rabe plötzlich mit lautem Wiehern unter ihr wegsackte. Rhiana warf sich nach hinten und glitt seitlich aus dem Sattel, als der große Rappe auf die Seite schlug und vor Schmerzen wieherte. Sein Fuß war in einen Fuchsbau geraten und umgeknickt, das Gelenk verdreht. Rhiana stand starr vor Schreck neben ihrem Tier, und es war ihr, als ob sein Schmerz direkt in ihren Körper fuhr und sie mitriss. Erst als Finni neben ihr vom Pferd sprang, legte sich dieses Gefühl.

»Halt ihn am Boden!«, rief Finni über die markerschütternden Schmerzenslaute des Pferdes hinweg, und Rhiana befolgte ihren Befehl wie in Trance. Sie würden das Tier von seinem Leiden befreien müssen, denn sie hatten keine Heilkräuter bei der Hand, und ein gebrochenes Bein konnte bei Pferden nicht geschient werden. Ihre Glieder waren zu zart dafür.

Finni kniete sich vor den verletzten Huf und musste dem anderen Bein ausweichen, mit dem das Pferd im Versuch, auf die Beine zu kommen, wild ruderte. Eilig stand sie wieder auf und band das gesunde Bein mit dem Zügel an die Hinterbeine. Rhiana strich Rabe über den Kopf und flüsterte beruhigend auf ihn ein, und wie so oft schon schien es, als würde das Tier sie verstehen. Sein Wiehern verklang. Ängstlich zitternd, aber ruhig blieb der Hengst liegen. Eisfell kam heran und leckte sich die Lefzen. Er begann, wie ein Wolf – von dem ja ohnehin viel in ihm steckte – auf und ab zu laufen und Rabe zu beäugen, denn ein krankes Tier war für ihn Futter. Auf der anderen Seite gehörte Rabe für ihn zumindest am Rande zu seinem Rudel. Er schien nicht so recht zu wissen, was von beidem Vorrang hatte. Rhiana wies ihn mit einem ärgerlichen Blick und einem Fingerzeig an, nur ja keine Dummheiten zu machen. Der Wolfshund legte die Ohren an, gähnte, wie um seine Unantastbarkeit zu beweisen, aber dann trottete er ein Stück weg und setzte sich mit gespitzten Ohren an den Wacholderbusch.

Finni wandte sich wieder dem verletzten Fuß zu. Erst als sie in einen leisen Singsang verfiel, erkannte Rhiana, was sie vorhatte: eine magische Heilung!

Es dauerte lange, bis der Zauber seine Wirkung tat. Einmal schüttelte Finni trotzig den Kopf und begann erneut, aber dann knackte und knirschte es im Lauf des Pferdes, und der Huf richtete sich. Finni drückte mit einem triumphierenden Lächeln auf dem Gelenk herum und verkündete dann stolz: »So gut wie neu!«

Während sich Rabe schnaubend erhob, stieß Eisfell ein lautes Knurren aus. Rhiana wollte ihn zurechtweisen, aber dann entdeckte sie, dass er den Kopf durch die Holunderbüsche gesteckt hatte und seine Rute steil nach oben zeigte. Sie eilte zu ihm und spähte ebenfalls durch die Büsche.

Die Verfolger standen auf der Spitze des Hügels und waren deutlich im Licht der Sonne zu erkennen. Elf Reiter waren es, ausschließlich Männer, in unauffälliger Reiterkleidung oder Lederrüstungen. Einer von ihnen war abgestiegen und schritt, den Blick auf den Boden gerichtet, auf und ab – offensichtlich hatten sie für den Augenblick ihre Spur verloren. Ein kleiner, aber stämmiger Kerl ritt nun neben ihn und trat ihn so hart in den Rücken, dass der Spurensucher auf den Boden schlug. Das war wohl der Anführer des Trupps. Sein Kopf war unbedeckt und kahl rasiert, aber irgendetwas Helles hing hinten daran herunter – Zöpfe möglicherweise, das konnte Rhiana auf diese Entfernung nicht erkennen. Silberner Schmuck glänzte an seinem Hals, und das breite Gesicht machte einen irgendwie zerfressenen Eindruck, war wohl von Narben verunziert.

Finni fragte von hinten: »Was ist?«

Rhiana schob wortlos die Zweige des Busches etwas weiter auseinander und hörte, wie Finni aufkeuchte.

»Wir müssen uns beeilen.« Rhiana wandte sich um

und ging zu Rabe. Mit einer Geste erklärte sie: »Wenn wir dort dem abfallenden Hügel folgen, sollten die Büsche uns noch eine Weile vor ihren Blicken schützen.«

Sie machte Anstalten aufzusteigen, als ihr auffiel, dass Finni ihr nicht folgte. Die kleine, fast verloren wirkende Halbelfin stand noch immer am Holunder, und ihr ganzer Leib bebte. Erschrocken eilte Rhiana zu ihr und sah Tränen die Wangen der Frau herablaufen. Ihre Hand hatte sich so stark um den Griff des Dolches geschlungen, dass sich die Knöchel weiß abzeichneten.

»Finni, was hast du?«, fragte Rhiana besorgt. »Wir müssen weiter, sonst finden sie uns.«

»Ich bleibe!«, erklärte Finni mir leiser, hasserfüllter Stimme. »Ich werde ihn töten.«

»Töten? Wen? Kennst du einen von ihnen?« Rhiana spähte durch das Gebüsch und folgte Finnis starrem, wütendem Blick, der so gar nicht zu der lebensfrohen Frau passen wollte. Rotes Jasalinkraut wirkte wie Blutflecken auf den sanften, grünen Hügeln, und Rhiana erkannte, dass ihre Begleiterin den Anführer im Visier hatte.

»Kennst du ihn? Den Anführer?«, fragte Rhiana.

Finni nickte stumm und grimmig.

Der Spurensucher rief etwas, das Rhiana nicht verstand, aber offensichtlich hatte er ihre Spur entdeckt, denn er schwang sich in den Sattel und ließ sein Pferd in ihre Richtung trotten.

Finni griff zu ihrem Bogen und blickte sich offensichtlich nach einem geeigneten Versteck um.

»Finni«, versuchte Rhiana es noch mal, »es sind zu viele, wir haben keine Chance!«

»Dann geh«, sagte Finni rau. »Ich töte ihn, egal was es kostet.«

»Auch dein Leben? Das sind fast ein Dutzend kampferprobte Männer. Du kommst nicht mal in seine Nähe, bevor sie dich in Stücke hauen. Du selbst hast mir doch gesagt, dass es keinen Sinn hat. Komm zu dir!« Rhiana packte die Halbelfin an den Schultern.

»Das verstehst du nicht!«, fauchte Finni.

»Du willst Rache – ich kenne diesen Blick. So muss ich ausgesehen haben, als man Tjalmar getötet hatte. Ich weiß nicht, was dir dieser Mann angetan hat, aber Rache nützt nichts, wenn man nicht überlebt, um die Genugtuung über ihr Gelingen zu genießen. Willst du diesem Kerl die Freude machen, dich hier und heute niederzustrecken?« Rhianas eindringliche Worte schienen Finni wieder in die Wirklichkeit zurückzuholen. Sie starrte noch einmal durch die Wacholderzweige, schob dann mit einem wütenden Schnauben den Dolch in die schmucklose Scheide an ihrem Ledergürtel, lief zu der Stute und saß auf. Rhiana beeilte sich, es ihr gleichzutun, und gab Rabe die Sporen.

Sie hatten gerade den steilen Hügel umritten, als sie hinter sich den lauten, wütenden Ruf einer unangenehmen Stimme hörten, die Rhiana seltsam bekannt vorkam: »Du hast ihre Spur schon wieder verloren?«

Kapitel 3

Jast der Köhler blickte missmutig auf den Meiler vor sich und schob hier und da die Tannenzweige zurecht, damit nicht zu viel Luft an das glimmende Holz kam. Das Geschäft lief nicht gut, so kurz vor Beginn des Monats Rondra. Praios stand zu heiß am Himmel, und wenn alles schwitzte, kaufte keiner Kohlen. Zum Winter hin, da würden sie ihm wieder die Tür einrennen, und dann könnte es gar nicht genug Kohle geben, aber heuer kam nur ab und an der Schmied aus dem Dorf und holte sich was. Wie sollte man davon ordentlich leben?

Er seufzte und ging zum Unterstand. Fein säuberlich in ein Tuch gepackt, barg er dort einen Bogen und einige Pfeile zwischen dem gelagerten Holz, damit der Schulze sie nicht zufällig erblickte, wenn er vorbeikam, um den Zehnt einzutreiben. Jetzt blickte er sich noch einmal um, spannte die Waffe, warf sich den Lederbeutel um und gürtete das Messer. Es war wieder einmal Zeit, das Glück selbst in die Hand zu nehmen und seiner Familie was Ordentliches auf den Tisch zu holen. Er näherte sich dem Waldrand und blickte sich einmal mehr um. Es wäre zwar ungewöhnlich, wenn so spät am Nachmittag sich noch jemand zu ihm an den Rand des Farindelwaldes wagen würde, aber sicher war sicher.

Niemand zu sehen – er schob einen schweren Tannenast zur Seite und durchschritt die schmale Bresche, die er ins Unterholz geschlagen hatte. Er musste sie alle paar Tage nachschlagen, denn der Wald mochte es nicht, wenn man ihn sich zugänglich machte. Im Dorf sagte man, der Wald wolle die Menschen nicht, es ginge dort um, und Jast wusste, dass es stimmte. Er hatte im Halbdunkel der dichten Haine schon seltsame Schatten gesehen, und an der Stelle eines vom Wind umgebrochenen Baumes, den er für seine Meiler herausgezogen hatte, stand am nächsten Tag ein neuer, der wirkte, als sei er 60 Jahre alt. Jast ging nicht mehr in die Nähe dieser Stelle, überhaupt ging er nur noch so weit in den Farindelwald, wie es nötig war, um an sein Holz zu kommen oder um – wie heute – einen saftigen Braten zu schießen.

Aber es schien wie verhext – Jast erschauderte bei diesem Gedanken und sandte ein Stoßgebet zu Phex, dass er ihn auf seinem Raubzug beschützen möge –, es wollte sich einfach kein Jagdziel zeigen. Kein Reh, kein Fasan, kein Hase – der Wald um ihn herum wirkte wie ausgestorben, obwohl lauter Tumult überall erklang: Vogelgesang, Mäusefiepen und allerlei andere Tiergeräusche, aber zu sehen bekam er keines dieser Tiere.

So stapfte er eine ganze Weile vor sich hin, passierte dichte Haine, in die er sich aus gutem Grund nicht wagte, verwachsene Gebüsche, die ihn zwangen, einen anderen Weg zu nehmen, und gelangte schließlich auf eine kleine Lichtung. Der Glanz der Sonne sickerte durch ein lichtes Blätterdach, und in einem goldenen Fleck auf der niedrigen Wiese stand eine Rehkuh mit einem Kitz. Noch schien die Mutter ihn nicht entdeckt zu haben. Jast blickte sich um, aber vom Hirsch oder anderen Kühen war nichts zu sehen. Offenbar hatte sich diese Kuh von der Gruppe getrennt – sein Glück. Er legte an, spannte, zögerte kurz und feuerte dann einen Schuss auf das Kitz ab – ohne die Mutter würde es ohnehin sterben, und es brachte gerade so viel Fleisch, dass man es noch gut verbergen konnte. Aber Bruchteile bevor er den Finger von der Sehne löste, schrie ein Falke über der Lichtung auf, und die Rehe zuckten zusammen. Der Pfeil traf das Kitz in die Flanke, das aufmeckerte, und sofort preschten Mutter und Junges in den Wald. Jast fluchte und rannte hinterher. Seine geübten Augen fanden die Blutspur und folgten ihr geduckt durch ein Blätterdickicht, über die Wurzeln einer uralten Buche und weiter an einer Schule von Tannen vorbei. Plötzlich verlor sich die Spur, und Jast blieb schwer atmend stehen – er zählte bald vierzig Sommer und wurde langsam zu alt für solche Geschichten. Er kniff die Augen zusammen und bemerkte erschreckt, dass er die Spur nicht verloren hatte, sondern es mit einem Mal zu dunkel war, um sie zu erkennen. Die Jagd musste länger gedauert haben, als er bemerkt hatte – und wo war er überhaupt? Die Umgebung kam ihm nicht vertraut vor. Er hatte sich verlaufen oder besser: Der Farindelwald hatte ihn in sein Inneres gelockt.

Hinter ihm erklang ein lautes Krachen und Schnauben, wie von einem wütenden Wildschwein oder Schlimmerem. Jast schrie auf und stürmte los, ohne Ziel, voller Angst. Es wurde Nacht im Farindelwald, und nachts gingen hier Dinge um, die für das menschliche Auge nicht gedacht waren. Schreckliche Ungeheuer fingen jeden ein, der sich im Dunkeln hierher wagte, und schleiften ihn ins Feenreich, wo er für immerdar Qualen erleiden musste, oder sie steckten ihn in ein Gefängnis aus Baumstämmen, triezten ihn von Stund an mit ihrer grausamen Magie und spielten ihm üble Streiche.

Jast blickte über die Schulter, aber mittlerweile war es so dunkel, dass er schon die nächsten Bäume nur noch als Schatten erahnen konnte – wo Praios' Licht sich noch einen Weg bahnen konnte, musste das Madamal die Waffen strecken. Er lief weiter, atemlos, immer wieder um sich schauend, stolperte über Wurzeln, blieb mit dem Ärmel an einer Dornenhecke hängen, schlug sich den Kopf an einem Ast, und die ganze Zeit erklangen seltsame Geräusche um ihn her. Er sank keuchend auf die Knie und lehnte sich gegen einen hohlen Baum, nur um im selben Augenblick wieder aufzuspringen und schreiend weiterzulaufen, als rote Augen im Inneren des Stammes aufglommen.

Er war am Ende seiner Kräfte, fiebrig vor Angst und Anstrengung, als plötzlich vor ihm aus dem Dunkel eine große Ruine auftauchte – oder vielmehr Steinwände, die wirkten, als seien sie zwischen große, alte Bäume gebaut. Erst auf den zweiten Blick offenbarte sich dem Köhler, dass die Bäume, die Sträucher und die Schlingpflanzen sich die Ruine zurückerobert haben mussten. Alles, was eine Tür besaß, versprach Schutz vor den Wesen des Waldes. So zögerte er nicht lange, sondern taumelte in die Eingangshalle. Die Tür zerbrach unter seinen Fingern, als er sie schließen wollte, und im gleichen Augenblick erklang vor dem leeren Türrahmen ein lang gezogenes Heulen, das wie Wolfsgeheul und zugleich wie der Wind in den Ritzen klang, und der Köhler glaubte sterben zu müssen, als das Heulen in den Ruf seines Namens überging.

»Jast«, klang es gedehnt, aus keiner menschlichen Kehle, aber unverkennbar sein Name. Seine Beine gaben nach, und keuchend und jammernd kroch er über den Boden rückwärts von der Tür weg, bis er an eine Wand in seinem Rücken stieß. Er schob sich daran hoch und eilte eine alte, halb zerfallene Steintreppe nach oben, warf immer wieder einen Blick über die Schulter und sah durch ein Fenster ein helles Licht vor der Eingangstür. Er wandte sich um und schlug mit dem Kopf aus vollem Lauf gegen das abgesackte Kopfteil eines Türrahmens. Er spürte noch, wie er hintenüber fiel und die Treppe herunter krachte. Dann wurde er ohnmächtig.

Er träumte wirr in seinem erzwungenen Schlaf von einem Faun mit langen Hörnern am Kopf, der ihn aufzuspießen versuchte, und von einem Einhorn, das ihn schützte. Aber am seltsamsten erschien ihm, dass Nebel über der ganzen Szenerie lag, wo es doch so warm war, und dieser Nebel sang, mit einer sanften, unendlich süßen Stimme.

Er setzte sich ruckartig auf und blickte sich um. Durch die Fenster der Ruine sickerte das sanfte, mattweiße Licht eines Sommermorgens im Wald. Vögel sangen, eine vorwitzige Maus nagte an seinem Schuh, und eine Krähe lugte von einem steinernen Löwenkopf an einem von Ranken überwucherten Kamin auf ihn herab. Die vage Erinnerung an einen Traum sickerte durch seinen Verstand wie Wasser durch ein Loch im Krug und war alsbald verschwunden – doch der Geschehnisse der letzten Nacht war er sich sehr wohl gewahr. Nie wieder würde er den Farindelwald betreten, egal wie sehr der Hunger nagte. Die Götter hatten ihn einmal geschützt, aber ob sie es beim nächsten Mal wieder tun würden, war mehr als ungewiss. Er schwankte, als er sich erhob. Eine Welle des Schmerzes ging von einer gewaltigen Beule an seinem Kopf aus, und er musste sich an der Wand abstützen. Dabei polterte ein kleiner Schmuckschild zu Boden, drehte sich ein paarmal und blieb dann scheppernd liegen. Jast sah zu seiner Verwunderung goldene Einlegearbeiten auf dem Metall und blickte sich nun etwas genauer um. Nach einigen Augenblicken war es sicher: Diese Burg war nie geschliffen oder geplündert worden. Das Holz und die Tücher waren so brüchig, dass sie bei jeder Berührung in sich zerfielen, aber Gold und Silber konnte die Zeit nichts anhaben. Es mussten unglaubliche Schätze hier liegen, und er war der Einzige, der ihre Lage kannte.

Ein lautes Brummen und Grunzen erklang von oberhalb der steinernen Treppe, und schwere Tatzenschritte waren zu hören. Jast nahm die Beine in die Hand.

Es war fast Mittag, bis er zerkratzt, erschöpft und mit dröhnendem Kopf wieder an seiner Hütte angekommen war, aber nicht, ohne sich den Weg zu der Burgruine gemerkt zu haben. Er würde zurückkehren und sich die Taschen voll stopfen, aber – er blickte auf den dunklen, abweisenden Rand des Waldes – er würde nicht allein gehen!

Kapitel 4

Hardred hatte die Hände hinter dem Rücken ineinander gelegt und schaute aus dem Fenster des Langhauses, das wegen der Wärme des Hochsommers unverhangen war, auf die halb fertigen Schiffsrümpfe, die überall in der Stadt aufgebaut standen. Jetzt in der Mittagshitze gingen die Arbeiten schleppend langsam voran, die meisten Arbeiter hatten sich in den Schatten der Gestelle gelegt und warteten darauf, dass es kühler wurde. Dann würde das Hämmern und Werken bei Laternen und Fackeln bis spät in die Nacht weitergehen. Eine leichte Brise glitt hinein und brachte den salzigen Geruch des Meeres, aber auch den fauligen Gestank der Hornplatte des Seeungeheuers mit sich, die am Durchgang zum Ottaskin der Garaldsson-Sippe aufgehängt worden war. Bald elf Wochen, seit seiner Jagd im Ingerimm, hing sie nun schon da, und immer noch belästigte sie die Stadt mit ihrem Gestank – ob er jemals weichen würde?

Er wandte sich um und blickte auf die versammelten Hetmänner. Auf diesem Hjalding berieten sich nur ein gutes Dutzend, die ausgewählten Anführer der übrigen Sippen, Dörfer und Ottas, und doch zog sich das Palavern und Verhandeln endlos hin. Hardred knirschte unbemerkt mit den Zähnen und ging mühsam beherrscht wieder zu seinem Platz am Kopfende zurück. Korin, sein Berater und ein treuer Freund, beobachtete derweil die Abgesandten bei ihrem Geschacher.

»Wir müssen uns endlich auf eine Verteilung der Beute einigen. Es geht nicht an, dass die Sippen weniger bekommen sollen als die Ottas, wo sie doch den Bau der Schiffe umso stärker unterstützen«, entschied Garald Garaldsson und klopfte zur Bekräftigung mit seinem goldenen Ring auf den Tisch.

»Unfug!«, beschied Swafirna Hyggeliksdotter mit einer wegwerfenden Geste. »Die Gefahr liegt bei den Seeleuten. Darum kriegen sie den größten Anteil, so war es immer, so soll es immer bleiben.«

»Ohne unser Geld könntet ihr die Schiffe gar nicht bauen!«, trotzte der Alte und strich sich herausfordernd am Kinn entlang.

So ging das nun schon zwei Tage. Es war kaum auszuhalten. Dazu kam, dass der Bau der Schiffe einfach nicht so schnell voranging, wie er gehofft hatte. Hier brach ein Mast durch Unachtsamkeit durch das Deck, ein anderes Schiff brannte vollständig aus, weil der Schmied nicht aufpasste, und das Tuch für die Segel, das eigentlich schon seit Wochen vor Ort sein sollte, ließ immer noch auf sich warten. Was nützte ihm die Unterstützung des ganzen Landes, wenn er doch nicht auf die Fahrt gehen konnte? Nicht dass die Unterstützung einig war – kaum ging es um die Pfründe und die Kosten, stritten die Hetleute wie die kleinen Kinder.

Havena prangte wie eine reife Frucht vor seiner Nase, und er konnte sie nicht pflücken. Das machte ihn wild wie einen Eber.

»Sprechen wir doch mal über den Schiffbau – ich höre keine Hämmer und keine Sägen«, warf Hasgar Torkelson ein, Vertreter der nördlichen Ottas. »Vielleicht hätten wir unsere Zimmerleute doch mitbringen sollen? In Thorwal scheint man das Arbeiten verlernt zu haben.«

Garald erhob sich für sein Alter erstaunlich flink.

»Willst du damit andeuten, wir würden uns auf die faule Haut legen?«

Auch Hasgar stand auf. »Was heißt hier andeuten? Ich spreche es deutlich aus. Wenn *wir* die Schiffe bauen würden, wären sie bereits auf dem Weg nach Havena, alter Mann.«

Korin erhob sich nun ebenfalls. »Werte Herren, bitte. Ich bin sicher, dass die Schiffsbauer ihr Bestes geben, aber durch unglückliche Zufälle ist die Arbeit in Verzug geraten. Kein Grund zum Streit – wir sind hier, um Wichtigeres zu klären.«

Garald setzte sich wieder. »Genau, die Beuteaufteilung.«

Hardred hätte laut aufheulen mögen – dieser Gold scheffelnde Alte ging ihm gehörig auf die Nerven. Wenn er ihn und seine Freunde nicht so dringend bräuchte …

»Nein, sprechen wir über die Unfälle und das Unglück, das auf der Baustelle umgeht«, meldete sich der schweigsame Orm Frenjason zu Wort. »Die Zeichen stehen schlecht, und alle Weissager sehen Stürme voraus. Wir sollten die Fahrt ins Frühjahr des nächsten Jahres verlegen, dann haben die Männer und Frauen genug Zeit, um die Boote fertig zu bauen und sich den Winter über zu erholen.«

Hardred traute seinen Ohren nicht. Es war Hochsommer, und dieser Kerl wollte seinen Raubzug bis ins nächste Jahr verschieben?

»Das ist eine gute Idee«, stimmte Garald zu.

»Ja«, meldete sich auch Thinmar Walkir zu Wort, »ich bin mir immer noch nicht sicher, ob wir überhaupt auslaufen und unsere Küsten ungeschützt lassen sollten.«

Hardred sprang von seinem schweren Stuhl auf, packte ihn an der Lehne und warf ihn zwischen die Hetleute, die erschrocken aufsprangen oder zusammenzuckten. Trinkhörner und Geschirr polterten zu Boden und untermalten das dröhnende Brüllen Hardreds: »Nein! Bei Swafnir, nein! Wir brechen im Herbst auf! Bis Travia ist jedes einzelne Schiff auf See, bemannt und bereit zum Auslaufen, und jedem, der etwas anderes behauptet, schlage ich selbst den Kopf herunter.«

»Aber …« Garald hob vorsichtig sie Hand, aber Hardred brachte ihn mit einem lauten Schnauben zum Schweigen.

»Albernia wird von Tag zu Tag fetter, und ich will es haben, für unser Volk, zum Ruhme Swafnirs. Das Jahr 913 nach Bosparans Fall wird in die Geschichte eingehen als das Jahr, in dem die Ottas geeint und gen Albernia geführt wurden, so wahr ich Hardred Bjarnison heiße. Verhandelt, so lange ihr wollt, aber mit dem ersten Stoß des Herbstwindes laufen wir aus!« Er ließ die Hetleute stehen und stapfte wütend hinaus, gefolgt von dem rotwangigen Korin. Er war eine treue Seele, aber schwach auf der Brust und im Kampf ungeübt. Wenn er nicht einen so scharfen Geist und eine so gute Beobachtungsgabe hätte, dann hätte Hardred ihn höchstens Töpfe schrubben lassen. So aber war er ihm seit einigen Jahren ein treuer Begleiter, Freund und Berater. Aber auch das würde ihn nicht vor einer Tracht Prügel schützen, wenn er ihn jetzt aufhielt.

»Hardred«, sagte Korin und lief neben ihm. »Das war nicht sehr klug.«

Hardred blieb stehen und packte Korin am Kragen. »Willst du mir sagen, wie ich Swafnirs Kinder zu führen habe?«

Korin umgriff die Hand, die ihn vom Boden hob, und keuchte: »Keineswegs, Herr. Ich gebe nur zu bedenken, dass Allianzen schnell gelöst sind.«

Hardred schnaufte und ließ Korin fallen. »Sollen sie sich abwenden – wenn es sein muss, nehme ich Albernia allein!« Er setzte sich wieder in Bewegung und trat einem schlummernden Arbeiter gegen das Bein. Der

Mann schmatzte verblüfft und richtete sich schlaftrunken auf.

»Warum arbeitest du nicht, Kerl?«, fragte ihn Hardred grimmig.

»Zu warm«, murmelte der Mann und wollte sich wieder schlafen legen. Hardred packte ihn, riss ihn auf die Beine, zerrte ihn über den Platz und drückte seinen Kopf in den Zuber, in dem der Schmied seine Nägel löschte. Prustend und japsend wand sich der Mann und rang nach Luft, als Hardred ihn wieder auftauchen ließ.

»Ist dir immer noch zu warm?«, fragte Hardred und tauchte ihn erneut kurz unter. »Na?«

Der Mann hob abwehrend die Hände und schüttelte den Kopf. Mittlerweile waren wegen des Tumults auch die anderen Arbeiter herbeigelaufen und scharten sich um den tropfnassen Mann, den Hardred jetzt nach hinten stieß.

»Ich will, dass diese Boote schneller fertig sind, als ein echter Thorwaler ein Horn leeren kann. Wer gut arbeitet, kriegt Met, wer faulenzt, spürt die Knute. Habt ihr mich verstanden?«, rief er laut.

Die Männer und Frauen schauten ihn verwirrt an, und Hardred fühlte sich nah der Walwut. Hatte die Hitze den Leuten den Verstand ausgebrannt? Er packte eine der Frauen und stieß sie in Richtung Boot. »Ihr sollt arbeiten, bei allen Winden, oder soll ich euch den Schädel einschlagen?«

Die Leute wichen zurück und eilten zu ihren Schiffen. Hardred packte Korin, der mittlerweile hinter ihm stand, und schleifte ihn am Oberarm mit sich: »Korin, bring sie zum arbeiten, bei Swafnir, oder ich erschlage sie einen nach dem anderen!« Seine Stimme vibrierte vor Zorn. Er entließ Korin aus seinem Griff, stapfte in sein Haus und schlug den kleinen Tisch am Fenster mit einem Hieb seiner Faust entzwei.

Kapitel 5

Rhiana schreckte hoch, weil Eisfell ein verhaltenes Bellen von sich gab, und konnte sich gerade noch im Sattel fangen. Sie war wieder eingeschlafen und vornüber gesunken. Aus schmerzenden, empfindlichen Augen, denen sogar das fahle Licht des Mondes zu viel war, blickte sie zu Finni zurück, der es nicht anders ging. Ihr Kopf wippte im Takt des Pferdetrabs auf und ab, und sie schwankte im Sattel. Rabe trabte hinter ihr, denn sie wechselten, um die Pferde zu schonen, in regelmäßigen Abständen das Reittier, sodass eines sich immer ausruhen konnte.

»Finni«, krächzte Rhiana mit belegter Stimme, und ihr Hals schmerzte. »Finni«, rief sie noch einmal, lauter, und die Halbelfin schreckte hoch. Sogar völlig unausgeschlafen und schmutzig, wohnte ihren zarten Gesichtszügen eine gewisse Eleganz inne.

»Wir müssen rasten«, beschied Rhiana und zügelte Sturmbraut, die Schimmelstute, und rutschte kraftlos aus dem Sattel. Sie hatte nicht mehr die Kraft, die Pferde abzureiben oder einen geeigneten Rastplatz zu suchen. Auf Finnis mattes Drängen hin führten sie die Pferde wenigstens hinter eine wilde Ginsterhecke, schnallten die Sättel ab, warfen ihre Decken auf den Boden und ließen sich darauf fallen. Eine Distel stach durch die Decke in Rhianas Arm, aber es dauerte einen langen Augenblick, bis sie die Willenskraft fand, sich auf die andere Seite zu drehen. Eisfell kam zu ihr und legte sich an ihrem Kopfende auf die Wiese, die Augen geschlossen, aber die Ohren gespitzt. Die Verfolger würden nicht unentdeckt herankommen, aber im Moment wusste Rhiana nicht, ob sie wieder aufstehen könnte, selbst wenn ihr Leben davon abhing. Ihr Körper war schwer wie Blei, aber ihre Gedanken rasten und ließen sie bei aller Müdigkeit keine Ruhe finden.

Die Geschehnisse der letzten Wochen traten ungefragt in ihren Geist, so sehr sie sich auch dagegen verschloss. Der Überfall auf die *Zuflucht*, das schreckliche gestaltwandelnde Wesen, das ihren geliebten Tjalmar tötete, die Flucht von Burg Abilacht und das seltsame Gespräch mit dem Ritter Mortenberg – all das zog in ihrem Geist seine Kreise und drohte sie in einen Strudel der Trauer zu ziehen.

Schließlich sank sie doch in einen unruhigen Schlaf, und sie träumte: von einem sonnenüberströmten Feld, auf dem ihre Freunde arbeiteten, vom Übungsplatz, auf dem sie sich gegen Hauptmann Tjalmar und die Amazone Neel im verwirrenden Wechsel behaupten musste, weil mal der eine, dann die andere auf sie eindrang. Die Holzwaffen verwandelten sich in bösartige, zackige Mordwerkzeuge, von denen das Blut troff, und als Tjalmar das nächste Mal einen Angriff führte, war sein Gesicht totenbleich, die Wangen eingefallen, die Augen gebrochen, und aus seiner Brust ragte ein Dolch. Seine Schläge prasselten schnell wie nie zuvor auf ihren Schild ein, zerbrachen ihn und schlugen ihr das nutzlose Holzschwert aus der Hand. »Lerne zu herrschen!«, verlangte der untote Hauptmann, als er zum letzten, tödlichen Schlag ausholte. Aber er erfolgte nicht, denn ein helles Licht fraß die düstere Szenerie auf, bis nur noch weißes Gleißen zu sehen war.

Aus dem Weiß ertönte eine Stimme. »Prinzessin Rhiana«, rief sie in sanfter, aber befehlsgewohnter Tonlage. »Prinzessin Rhiana, hört mir zu.« Rhiana wandte sich um, versuchte die Quelle der Stimme zu finden, und da trat ein Schatten aus dem Licht. Rhiana schirmte ihre Augen gegen die Helligkeit ab und erkannte zu ihrer Überraschung Maruna, die nackt dort stand, und doch trotz ihrer Blöße nichts von ihrer stolzen Haltung einbüßte. Die langen, ergrauten Haare der Druidin wehten in einem Wind, den Rhiana nicht spürte.

»Es freut mich, Euch wohlauf zu sehen«, sagte Maruna mit ernstem Gesicht. »Aber wir haben nicht viel Zeit, darum hört gut auf meine Worte.«

Rhiana blickte sich nach dem Luchs um, der die weise Frau auf Schritt und Tritt begleitete, aber er war nirgendwo zu sehen. *Warum auch,* fuhr es Rhiana durch den Sinn, *das hier ist ja nur ein Traum.*

»Kein Traum – oder besser, mehr als nur ein Traum«, sagte die Druidin, als habe sie ihre Gedanken gelesen. »Die Verbindung wird schon schwächer, Euer Schlaf ist unruhig. Also hört: Jene, die Euch folgen, stellen eine Gefahr dar. Ihr müsst um Sumus willen helfen.«

»Aber wir haben sie fast abgehängt, wir kommen zu Euch nach Havena ...« Unmut regte sich in Rhiana. Was sollten sie denn tun, gegen ein Dutzend bewaffneter Männer?

»Prinzessin Rhiana, ich bitte Euch. Von diesen Männern geht eine Gefahr aus, für und durch den Farindelwald. Wenn sie dort ungestört tun können, was immer sie vorhaben, ist unser Feind gestärkt – das spüre ich.« Die Stimme der Druidin wurde leiser, und ihre Gestalt verlor an Substanz. »In Hauptmann Tjalmars Gedenken, Prinzessin, handelt richtig!«

Rhiana erwachte mit einem Schrei auf den Lippen und setzte sich auf. Sie war trotz der warmen Luft ausgekühlt, denn sie war in der Nacht von der Decke auf den nackten Boden gerollt, und der Boden, so hatte sie von Onkel Tjalmar gelernt, stahl dem Körper die Wärme leichter als die Luft.

Sie blickte in Eisfells treue Augen, der sich aufgesetzt hatte und sie mit schräg gelegtem Kopf und gespitzten Ohren begutachtete. Als er entschieden hatte, dass es ihr gut ging, stand er auf, streckte sich und sprang kopfüber in das Gebüsch, wo er raschelnd nach einem Frühstück suchte.

Rhiana rieb sich das nasse Gesicht und spähte zum Himmel. Sie hatte kaum vier oder fünf Stunden geschlafen, der Morgen deutete sich erst als sanfter, roter Schimmer am Horizont an. Finni schlief zusammengekrümmt wie ein Kind, wimmerte leise, und ihre Hände zuckten. Auch für sie hielt Boron den Segen eines angenehmen Traumes wohl zurück.

Rhiana erhob sich und versuchte einen Sinn in ihren Albtraum zu bekommen, während sie nachsah, wie es den Pferden ging. War das nur ein Traum gewesen, oder hatte die Druidin einen Weg gefunden, ihr auf diese Weise eine Nachricht zukommen zu lassen? Und selbst wenn, sollte sie ihr folgen? Immerhin war ja auch schon im Gespräch zwischen Ritter Mortenberg, Dom Lando und Zaraldus vom Farindel die Rede gewesen.

Finni schreckte hoch, als Rhiana den Rucksack öffnete und das Holzgeschirr dabei aneinander schlug. Die Halbelfin schaute sich erschrocken um und rieb sich dann mit ernster Miene die Unterarme warm.

»Guten Morgen«, sagte sie schließlich.

Rhiana nickte und zog Brot und Speck hervor. »Frühstück!«, verkündete sie.

Während die beiden Frauen auf dem harten, vertrockneten Essen herumkauten, berichtete Rhiana ihrer Wegbegleiterin von ihrem Traum. Die schaute sie lange schweigend an, dann sagte sie: »Meine Mutter hat immer gesagt, jeder Traum hat eine Bedeutung. Man muss nur den Mut haben, sie zu erkennen.«

Rhiana nickte nachdenklich.

»Wenn du diesem Traum glaubst, komme ich mit

dir«, sagte die Halbelfin lächelnd und biss ein großes Stück Brot ab, nur um es dann wieder aus dem Mund zu holen und es doch langsam zu knabbern. »Zu hart«, verkündete sie.

»Du willst mich begleiten?«, fragte Rhiana erstaunt.

»Na, irgendwer muss doch auf dich aufpassen. Und ich kann und will im Moment ohnehin nicht zurück zu den Gauklern – das bringt nachher noch diese Schurken auf den Plan.«

Daran hatte Rhiana noch gar nicht gedacht. Wenn diese Häscher ihnen weiter erfolgreich folgten, würde Rhiana sie direkt zu den anderen Flüchtlingen in ihrem neuen Versteck in Havena führen. Das ging auf keinen Fall. Traum oder nicht – sie würden den Spieß umdrehen, die Jäger zu Gejagten machen, und sollte sich herausstellen, dass diese Schweinehunde nichts im Farindelwald zu schaffen hatten, konnten sie immer noch umkehren. Sie durften sich nur nicht erwischen lassen. Sie schnitt ein großes Stück Speck ab, pulte eine Made heraus und steckte sich das Fleisch dann in den Mund. Ja, das war eher nach ihrem Geschmack – jetzt eröffneten sie die Hatz, und vielleicht ergab sich ja eine Gelegenheit, Onkel Tjalmar zu rächen!

Es dauerte bis zum frühen Abend, bis die Verfolger an ihr Versteck gelangten, und Rhiana beglückwünschte sich im Stillen dafür, dass sie so viel Abstand zwischen sich und die Schergen der Verschwörer bringen konnten. Sie hatten die Pferde ein gutes Stück weit weg angebunden und Eisfell als Wache gegen wilde Tiere dort gelassen. Rhiana hoffte nur, dass er bis zu ihrer Rückkehr keine interessantere Aufgabe entdeckte und die Pferde ihrem Schicksal auf der Jagd nach einem Fuchs oder Ähnlichem überließ. Aber das war jetzt ihre kleinste Sorge.

Sie lagen in den Wipfeln einer alten Weide auf der

Lauer, hatten sich mit Blättern und Ästen nach Finnis Anweisung getarnt und spähten nun auf die Reiter herunter. Die Anzahl ihrer Pferde war stark geschrumpft – offensichtlich hatten sie auf der Verfolgung einige zuschanden geritten, aber dafür sahen sie auch ausgeschlafener aus als die beiden Frauen.

Was die Männer redeten, konnten Rhiana und Finni nicht hören, denn sie hatten mit Bedacht diese Stelle für ihren Hinterhalt gewählt: Ein kleiner Bach floss laut murmelnd über ein Steinbett, bot eine Erklärung für ihre hier endende Spur und überdeckte eventuelle Geräusche, die sie versehentlich verursachen könnten.

Sie hatten einen guten Blick auf den Anführer, der wirklich ausnehmend hässlich war. Sein Gesicht ähnelte einem Stück ausgetrockneter Erde, mit unzähligen Narben und Pockenlöchern darin. Er war ein kleiner Mann, aber augenscheinlich sehr kräftig und trug eine am Kragen dunkel geschwitzte Lederrüstung. Seine Augenbrauen waren durch rote Striche ersetzt worden. Der Gestank der Männer stieg bis in den Wipfel des Baumes, und Rhiana verzog das Gesicht. Sie warf einen Blick auf Finni und erschrak. Die Halbelfin hatte einen Pfeil auf die Sehne ihres Kurzbogens gelegt und starrte mit hasserfüllten Augen auf den Anführer hinunter. Sie hatten darüber gesprochen: Rhiana hatte ihr klar zu machen versucht, dass ihnen mit einem Kampf nicht geholfen wäre, aber jetzt war sie sich nicht mehr sicher, ob die Gauklerin sich an ihr Versprechen halten würde. Immerhin, der Bogen war nicht gespannt, aber was immer dieser Kerl ihr angetan hatte, es musste schrecklich gewesen sein.

Jetzt sprang der Anführer ab und ging zu dem Spurenleser, einem jungen, gut aussehenden Mann, dessen Gesicht jedoch von einer tiefen Hasenscharte entstellt wurde. Sie wechselten aufgeregte Worte, der stämmige Krieger wütend, sein Spürhund ängstlich. Rhiana nickte Finni zu, die das aber nicht wahrnahm – sie hatte nur Augen für ihren Feind. Dabei hatte Rhiana sie nur loben wollen. Es hatte einiges an Mühe gekostet, ihre Spuren mit Besen aus Weidenästen zu verwischen, und offensichtlich hatten sie ihre Arbeit gut genug gemacht.

Eine plötzliche Bewegung zog Rhianas Blick wieder auf die Szene unter ihr. Sie sah noch, wie der Krieger einen großen Dolch wieder aus der Brust des Spurenlesers riss und dieser erst auf die Knie und dann auf die Seite fiel. Sein Mörder stieß ihn mit dem Fuß an, sodass er den kleinen Hügel herunter und in den Bach rollte. Sein Blut wurde von dem murmelnden Wasser den Berg hinabgetragen.

Der Mann rief etwas, das Rhiana nicht verstand, aber seine Geste machte offenbar, dass er nicht begeistert war von der Lage der Dinge.

»Ihr habt Oberst Lando gehört, wir brechen die Verfolgung ab. Auf die Pferde!«, rief ein magerer Kerl mit Spitzbart, offensichtlich sein Adjutant. Die Männer saßen wieder auf und ritten los, den Weg zurück, den sie gekommen waren.

Das war also Dom Lando – der Anführer der Schurken, einer der Drahtzieher des Mordes an Tjalmar, wie sie aus dem auf Burg Abilacht belauschten Gespräch wusste. Eine kalte Wut stieg in Rhiana auf, die in Finnis Verhalten einen Widerhall fand.

»Oberst Lando heißt er also«, flüsterte Finni, und der Pfeil zerbrach in ihrer Faust.

Kapitel 6

Jast blickte die drei abgerissenen, gerüsteten Gestalten, die vor ihm um den schmutzigen und schartigen Schenkentisch saßen, der Reihe nach an und fragte sich, ob er das Richtige tat. Er wollte zurück in den Farindelwald und sich die Taschen mit den zurückgelassenen Schätzen alter Herrscher voll stopfen, aber keine zehn Pferde würden ihn allein zurück in den verhexten Hain bringen. Also war er nun hier und verhandelte mit drei versoffenen, schmutzigen Söldnern aus Havena, die auf der Durchreise waren. Niemand sonst in den Städten und Dörfern um den Farindelwald würde sich ihm anschließen, das stand fest, da brauchte Jast gar nicht erst zu fragen und so zu offenbaren, was er im Hain zu schaffen hatte.

Die stämmige Frau, Ainsel war wohl ihr Name, setzte den Krug ab, wischte sich mit dem Handrücken über den Mund, rülpste und fragte dann: »Und warum holst du dir deinen Schatz nicht alleine?«

Jast hatte sich die Antwort auf diese Frage lange überlegt, und so flüsterte er nun: »Ich kann all das Gold und die Schätze dort nicht allein tragen, und es gibt wilde Tiere.«

Der größere der beiden Männer – Moisi, Noisi oder so ähnlich – verzog den Mund und offenbarte, dass ihm hinter seinem verfilzten Bart beinahe alle Zähne fehlten. »Der Wirt sagt, es geht um im Farindelwald, und in Havena erzählt man sich die Geschichte von der Fürstin Orgala. Den Arm soll ihr ein Baum beim Fällen aus reiner Boshaftigkeit eingeklemmt haben, dass ihr Sohn sie abstechen musste.«

Jast winkte ab. Natürlich kannte er die Geschichte und noch viele mehr, die man sich über das Farindel erzählte, und er zweifelte nicht daran, dass sie allesamt wahr waren. Aber selbst wenn es ihn seine Seele kosten würde, so eine Gelegenheit würde er sich nicht entgehen lassen. Bald war er ein reicher Mann, und dann würde er den Schulzen für sich tanzen lassen, in ein prächtiges Haus in Havena ziehen und jeden Tag im Rahjatempel oder einem Freudenhaus verleben.

»Ich dachte, Ihr wäret mutiger als das ganze feige Pack hier – wollt Ihr Euch von ein paar Irrlichtern und vielleicht einem Bären ins Bockshorn jagen lassen?«, lockte er die Söldner. Dabei schlotterten ihm die Knie unterm Tisch bei dem Gedanken, in den finsteren Wald zurückzukehren. Seine einzige Hoffnung war, dass die Wesen des Farindel kein Interesse an ihnen hätten, weil sie nur Menschendinge herausholten.

Roisi, oder wie er hieß, blickte fragend zu dem kleineren Mann, dessen Name Jast nicht kannte. Er hatte bisher noch kein Wort gesprochen – vielleicht hatte er seine Zunge verloren –, aber jetzt nickte er und griff nach seinem Helm.

»Was denn, Ihr wollt sofort …«, stammelte Jast.

Die Frau packte ihn am Kinn, drehte sein Gesicht zu ihr und klatschte ihm dann mit der flachen Hand auf die Wange. »Verlässt dich der Mut, Köhlersmann?«

Praios leuchtete hell am Himmel und zauberte doch nur matte Lichtflecken hier und da auf den dichten grünen Moosmantel, der die Steineichen und Blutulmen einhüllte. Die gewaltigen Bäume bildeten eine schmale Gasse und wiesen dem Köhler Jast so den Weg – im Licht des Vormittags hatte er sich bei seiner

Flucht Wegmarken merken können, die sich sogar im Farindelwald wieder finden ließen.

Ein Fasan der im lichten Unterholz nach Würmern und Insekten suchte, hob den Kopf, flatterte dann mit einem Krächzen ein Stück weg und verschwand im charakteristischen Wiegeschritt im Gebüsch. Foisi, der größere Söldner, zog einen Wurfdolch und grinste in die Runde: »Wollen wir eine kleine Pause machen und uns einen leckeren Braten zubereiten?«

Jast eilte zu ihm. »Um der Götter willen, tut nichts, was die Wesen des Farindel auf uns aufmerksam machen könnte! Es wäre unser Ende!«

Der Mann musterte den Köhler. Für einen Augenblick schlich sich Unbehagen in seine Züge, und er blickte sich verstohlen um. Dann lachte er. »Ihr seid wirklich der jämmerlichste Feigling, der mir je begegnet ist. Wir sind nun schon eine ganze Weile in diesem angeblich verfluchten Wald unterwegs, und außer normalem Viehzeug ist nichts aufgetaucht.«

»Dankt den Göttern dafür, Koisi, dankt den Göttern dafür«, sagte Jast.

Der Söldner packte ihn plötzlich am Kragen. »Mein Name ist Noisi, Köhler, merk es dir endlich, oder ich lasse es dich mit deinem eigenen Blut hundertmal auf den Boden schreiben!«

Jast nickte eilig, und der Söldner stieß ihn die Baumgasse entlang.

»Sind wir bald da?«, fragte die Frau und spie aus.

Jast nickte erneut und wies nach vorn. »Gleich hinter diesen Büschen.«

Und er hatte sich nicht getäuscht: Die alte Ruine, so moosbedeckt und überwuchert, dass es fast wirkte, als sei sie gewachsen und nicht gebaut worden, erhob sich vor ihnen. Zuerst staunend, dann voller Vorfreude erkundeten die Söldner das Gebäude und schleiften Jast mit sich. Der gesamte hintere Trakt der

Feste war in sich zusammengefallen, und die Steine waren so stark mit Flechten überwuchert, dass man sie nicht bewegt bekam. Aber auch so lohnte sich der Aufwand. Sie fanden mit Grünspan überzogenes, aber intaktes Bronzegeschirr. Zwischen alten Gewändern, die unter ihrer Berührung zerfielen wie eingeweichtes Brot, lag eine goldene Mantelschließe, und sogar eine silberne Kette mit einem Edelstein konnten sie aufspüren. Da es schon Nachmittag wurde, drängte der Köhler zum Aufbruch. Aber die Söldner waren noch nicht zufrieden.

»Den weiten Weg für so ein bisschen Plunder? Da bleibt ja höchstens ein Dukaten für jeden«, maulte die Frau.

»Ganz recht«, sagte Noisi, grinste aber breit. »Aber eins hast du vergessen: Wo ist in jedem ordentlichen Schloss die Schatzkammer?«

Der Stumme zeigte nach unten.

»Ganz recht, im Keller«, stimmte Noisi zu und schob den Köhler auf die Treppe zu, die nach unten führte. Obwohl die Decke an vielen Stellen durchbrochen war, herrschte hier unten nur ein dunkles Zwielicht, sodass die Söldner eine Fackel entzündeten.

Sie mussten sich bei ihrer Suche ducken, denn die dicken Wurzeln der alten Bäume hatten sich durch die Decke gebohrt und wanden sich erstarrten Schlangen gleich umeinander. Aber auch der Keller offenbarte im ersten Moment nur eine Enttäuschung. Außer den verrosteten Beschlägen alter Fässer fanden sie nichts und schon gar nichts von Wert, bis der Stumme plötzlich laut grunzte. Die Söldner eilten zu ihm, und Jast folgte ihnen, weil er keinesfalls ohne Licht zurückbleiben wollte. Im Halbdunkel am Rand des Fackelscheins schienen dic Wurzeln lebendig zu werden und sich zu regen, nach ihm zu greifen. Er beschleunigte seinen Schritt und wäre fast gegen die Söldnerin gelaufen.

Alle drei starrten auf eine Lücke in der Wand, an der eine dicke Wurzel offensichtlich durch einen früher einmal versteckten Durchgang gebrochen war.

»Na, das sieht doch viel versprechend aus«, sagte Noisi, zog seinen Säbel und wollte auf die Wurzel einschlagen.

Jast sackte das Herz in die Hose, und er warf sich dem Söldner an den Arm. »Nein!«

Der kräftige Mann starrte auf den Köhler herunter, der schnell den Arm losließ. »Ihr dürft kein Holz schlagen in diesem Wald. Es wäre Euer sicheres Ende.«

»Ach so. Na, dann sollten wir schnell nach Hause gehen«, säuselte der Söldner und schlug Jast plötzlich mit voller Wucht ins Gesicht. Der Treffer ließ den Köhler rückwärts taumeln, über eine Lücke im Boden stolpern und der Länge nach hinschlagen. Blut troff aus seiner gebrochenen Nase und lief über sein Kinn auf das kohlenstaubige Hemd. Als er sich wieder aufrichtete, hackten die Söldner bereits mit Säbeln und Messern auf die Wurzeln an dem Durchgang ein, und das heruntertropfende Harz wirkte im rötlichen Licht der Fackel ebenfalls wie Blut. Jast hörte die Tiere im Wald aufgeregt aufkreischen, bellen und krächzen – das Farindel hatte sie entdeckt, und jetzt würde es kommen und sie holen. Seine Glieder begannen zu schlottern, und er konnte vor Angst nicht mehr tun, als am Boden liegen zu bleiben und angstvoll auf die Taten der Söldner zu starren. Er rechnete fest damit, dass sich die Wurzeln jeden Moment um ihre Hälse legen würden. Mit jedem gehetzten Atemstoß sandte er eine Fontäne seines Blutes auf den moosbedeckten Boden.

Die Söldner nahmen keine Notiz von ihm. Mittlerweile hatten sie die größeren Wurzeln durchgehackt und rissen die Mauer ein. Dahinter kam ein kleiner Raum zum Vorschein, in dem auf einem hüfthohen steinernen Umlauf Reste von Samtkissen lagen. Aus den zusammengefallenen, verrotteten Haufen zogen die Söldner Geschmeide: Ringe, Ketten, sogar eine schmale Krone oder einen Stirnreif mit hellen, blauen Edelsteinen. Jast konnte so etwas nicht schätzen, aber die Wertsachen, die da in den Tuchbeutel wanderten, waren sicher einige hundert Dukaten wert. Das war eine Menge Gold für jeden, mehr als genug, um ihm ein sorgenfreies Leben zu ermöglichen, wenn sie es nur aus dem Wald heraus schafften. Zögerlich stand er wieder auf.

Der Stumme öffnete gerade eine lederne Pergamentrolle und schüttelte zwei Schriftrollen heraus. Jast erwartete, sie zu Staub zerfallen zu sehen, wie alles andere Pergament in der Ruine, aber obwohl es alt und fleckig wirkte, hielt es den prüfenden Fingern des Söldners stand, als er sie aufrollte. Es waren seltsame Zeichen darauf, die Jast noch nie gesehen hatte, geschweige denn lesen konnte.

»Schaut mal«, sagte die Frau und wies auf einen metallenen Block, der trotz der langen Zeit noch immer glänzte, dass man sich darin spiegeln konnte. In einer Vertiefung an seiner Oberseite ruhte ein faustgroßes eiförmiges Gebilde aus dem gleichen Metall.

»Was ist das?«, fragte Jast fasziniert und versuchte an den breiten Rücken der Söldner vorbeizuspähen.

Noisi zuckte die Schultern und stupste es mit seinem Dolch an – nichts geschah. »Was immer es ist, es ist bestimmt wertvoll.« Er streckte die Hand aus und griff nach dem metallenen Ei, aber als sich seine Finger darum schlossen, erschlaffte sein Leib, und er fiel um.

Jast sprang erschrocken zurück, und für einen Augenblick glaubte er, dass der Söldner tot war, aber dann schlug der Mann die Augen auf und sprang entsetzt auf die Beine. »Was zur Niederhölle …«, stammelte er und blickte auf seine Hand, ballte sie prüfend zur Faust. Es war wohl kein bleibender Schaden entstanden.

»Ein magischer Schutz«, staunte die Frau. »Das muss ein Vermögen wert sein!« Sie packte Jast bei der Schulter, drückte ihm ein schmutziges Schnupftuch mit einem Wappen darauf in die Hand, das sicherlich nicht ihr gehörte, und schob ihn vor. »Hol es, Köhler.«

Jast drängte zurück, aber die starken Arme der Frau hielten ihn. »Hol es, sagte ich!«, grollte sie drohend in sein Ohr, und zögerlich gehorchte Jast. Er legte das Tuch über das glänzende Gebilde und griff mit verkniffenem Gesicht zu. Nichts passierte. Er packte fester zu und hob das Ei aus seiner Halterung. Sofort sprang die Frau vor und riss es ihm aus der Hand. »Das Haus dankt!«

»Machen wir uns aus dem Staub«, sagte Noisi heiser. Von seiner großspurigen Art war nichts mehr geblieben, in seinen Augen stand die gleiche Angst, die auch Jast empfand. Eilig verließen sie die Ruine und waren gerade an der Allee aus Blutulmen und Steineichen angekommen, als die Frau Jast am Arm aufhielt. Sie sah den Stummen an. »Findest du den Weg von hier aus?« Ein wortloses Nicken war die Antwort.

Die Frau wandte sich an den Köhler. »Dann ist es Zeit, sich zu trennen. Ich wünsche dir noch ein schönes Leben. Es wird kurz genug sein!« Die Hand der Frau ruckte vor, und ein brennender Schmerz schoss durch Jasts Oberschenkel. Er blickte an sich herunter, und während er hinsackte, sah er das blutbeschmierte Messer aus seinem Bein herausrutschen. Das Blut schoss stoßweise aus der Wunde, und Schwindel erfasste ihn, als er auf den Boden fiel.

»Weißt du, wir teilen nicht gerne. Grüß Boron, wenn du ihn siehst!« Die Frau lachte, und der Stumme gab ein Grunzen von sich, das wohl ebenfalls ein Lachen darstellen sollte.

Jast versuchte sich aufzurichten, wollte um Hilfe flehen, aber das Bild verschwamm vor seinen Augen. Er hörte noch, wie sich die Söldner entfernten, dann füllte nur noch der langsamer werdende Rhythmus seines eigenen Herzens seine Ohren. Es wurde dunkler, aber Jast wusste, dass es seine Augen waren, die brachen. Sein Leben endete, und er konnte nicht sagen, dass es ein Gutes gewesen war.

Da spürte er plötzlich einen Windhauch über seinen Körper gleiten, und der Schmerz trat in den Hintergrund. Nebel erschien vor seinen Augen, und in das Pochen in seinen Ohren mischte sich ein sanftes Summen, wie es seine Großmutter immer an seinem Bett von sich gegeben hatte, um ihn zu beruhigen. War das der Tod? Kam Boron als sanfte Stimme zu ihm?

»Nein, kleiner Mensch, ich bin nicht dein Totengott«, sprach eine wohlklingende, warme Stimme. Ein heller Schemen bildete sich aus dem Nebel und blickte auf ihn herab. Jast blinzelte, und tatsächlich klärten sich seine Augen so weit, dass er das schimmernde Gesicht einer wunderschönen Frau unbestimmbaren Alters vor sich sah. Mal wirkte sie jung, aber der Blick ihrer Augen ließ sie unendlich alt erscheinen. Ihr weißes Haar wogte um sie, als schwämme sie rücklings in einem See, aber an den Rändern faserte es aus wie Spinnweben im Sommerwind und verlor sich vor dem grünen Hintergrund des Blätterbaldachins.

»Mich dauert dein Leiden. Ich werde es beenden und dich ein für alle Mal von den Sorgen des Menschseins erlösen«, sagte die Frau.

Jast spürte eine Welle der Angst aufsteigen – sie wollte ihn töten.

»Aber nein!« Das Wesen lachte glockenhell, und dabei loderten ihre Haare wie eine Flamme. »Sei ohne Furcht!«

Jast versuchte den Kopf zu wenden, um den Söldnern nachzublicken, aber er war zu schwach.

»Deine Mörder überlasse ich der Anderen. Sie haben ihren Zorn verdient«, sagte die Frau. Sie verschwand aus seinem Blickfeld, und plötzlich war die Luft voller Tumult: Vögel sangen, Raubtiere brüllten und brummten, die Blätter der Bäume rauschten laut wie das Meer. Plötzlich verschwand der Schmerz in seinem Bein, nur um von einem Ziehen und Stechen im ganzen Leib abgelöst zu werden. Er schrie vor Schmerz, doch sein Schrei ging in ein lautes Blöken über. Dann war die Pein so schnell verschwunden, wie sie gekommen war, und Jast fühlte sich gut. Er stand auf und versuchte ein paar übermütige Sprünge, preschte durch den Wald und kam schließlich am Rand eines kleinen Teiches zum Stehen. Da er Durst hatte, beugte er den Kopf und trank. Dabei sah er sein Spiegelbild: Er war ein prächtiger Hirsch geworden, mit einem weit ausladenden Geweih mit sechzehn oder mehr Enden und einem auffälligen weißen Fleck auf der Stirn, der wie eine Axt aussah. Das Bild eines rußigen Menschengesichts huschte kurz durch seine Erinnerung, und das Wort Jast klang in seinen Ohren, aber so wie das kühle Wasser seine Kehle hinabrann, rann auch die Erinnerung an sein menschliches Leben aus seinem Bewusstsein.

Kapitel 7

Korin schaute seinem Hetmann nachdenklich zu, wie er über die *Tümmlerbraut* schlenderte, hier prüfend an das Holz klopfte, dort Seile nachzurrte und den Blick über den Mast schweifen ließ. An den Riemenschlaufen erregte etwas seinen Unmut, dafür lobte er das Ruder überschwänglich. Aber die an Deck versammelte Schiffsbaumannschaft freute sich nicht so recht über den guten Anklang, den ihre Arbeit bei dem obersten Hetmann fand. Korin sah sie hinter seinem Rücken mit Glücksbringern, Amuletten und allerlei anderem Tand die Stellen bestreichen, die er berührt hatte. Korin schüttelte den Kopf über diesen Aberglauben, aber wer wollte es den Männern und Frauen verdenken? Immer wenn Hardred ein Schiff inspiziert hatte, brach etwas ab, Seile rissen, Planken lösten sich wie von Geisterhand, meist dort, wo er besonders gelobt hatte. Korin war sich sicher, dass Sabotage der Grund für all diese kleinen Missgeschicke war, aber der Täter verstand sein Handwerk. Das Seil wurde so angeschnitten, dass es wie durchgeschabt wirkte, die Planken nur so weit gelöst, dass sie beim nächsten Kontrollgang abfielen, die Mastverspannung der Länge nach gespalten, sodass der nächste Wind sie brechen ließ, ohne dass man Gewalteinwirkung sah. Zudem wollten die abergläubischen Arbeiter ohnehin lieber an schlechte Vorzeichen denken. Damit fühlten sie sich wohler als bei dem Gedanken, dass einer der ihren Übles im Schilde führte.

Korin konnte es bisher nicht beweisen, aber er vermutete einen Verräter in den oberen Reihen, einen Jarl, möglicherweise sogar einen Hetmann – Feinde, die dem Raubzug ablehnend gegenüberstanden, gab es genug.

Hardred verließ das neu gebaute Schiff mit der Anordnung, es am nächsten Tag zu Wasser zu lassen, und kam zu Korin.

»Stell Wachen auf – ich will, dass sich von Stund an niemand mehr diesem Schiff nähert, der nicht meine ausdrückliche Erlaubnis hat«, sagte er grimmig.

Korin nickte – das hatte zwar bei den letzten beiden Schiffen auch nichts geholfen, aber man sollte die Hoffnung nie aufgeben.

Hardred blickte zum Himmel. »Wo bleiben sie nur?«

Korin schmunzelte. »Aufgeregt?«

Hardred winkte ab, konnte sich aber selbst ein Lächeln nicht verkneifen.

Da erklang ein lautes Doppelhorn dreimal kurz hintereinander – das Zeichen der *Morgenstolz*, dem Schiff von Karva Hardredsdotter. Der Hetmann wirbelte lächelnd herum und schaute zum Hafen, wo das prächtige Langschiff mit dem gelbroten Segel gerade einlief.

»Schnell, meinen Umhang!«, befahl Hardred und lief zu seinem Haus in der Ottaskin der Hetleute.

Korin folgte ihm eilig – wenn es um seine Tochter ging, war sein Freund nicht zu zügeln. Seit Hardreds Frau vor einigen Jahren auf See geblieben war, legte er alle Hoffnung in sein einziges Kind. Sie sollte einmal seine Nachfolge antreten und den Großteil der Schiffe befehligen, die ihm bei der Fahrt gegen Albernia unterstellt waren.

Wenig später stand der kräftige Mann im vollen Ornat auf der Pier und schloss seine hoch gewachsene, schlanke Tochter in die Arme. Sie hatte nicht erst gewartet, bis die Planke ausgelegt war, sondern die drei Schritt mit einem beherzten Sprung überwunden. Diesen Übermut hatte sie von ihrer Mutter geerbt, wusste Korin, und sie war für ihn wie eine Schwester.

Gemessenen Schrittes näherte sich nun auch der frisch gebackene Schwiegersohn Hardreds. Er war einen Kopf kleiner als seine Braut, aber von drahtiger, geschmeidiger Gestalt und angenehmem Äußeren, obwohl er keinen Bart trug. Hardred nannte ihn einen »alten Haifisch« und war froh darüber, dass seine Tochter sich mit Oremo Teeffarski einen einflussreichen Hetmann zum Mann gewählt hatte.

Oremo und Hardred gaben sich die Hand, und der größere Mann legte seinem neuen Familienmitglied die Hand auf die Schulter. »Gut, euch hier zu haben«, sagte er leise zu den beiden frisch Vermählten und fügte lauter hinzu: »Thorwal begrüßt die Otta der Kammspringer.«

Lautes Jubeln und zustimmende Rufe der Umstehenden antworteten ihm, und die Wachen der Hetgarde mussten sich bei den Händen packen, um die aufgeregte Menge von den Eheleuten fern zu halten. »Bereitet alles für die Ottajara vor, sie beginnt um Mitternacht«, verkündete Hardred und führte seine Tochter und ihren Mann zum Langhaus der Hetleute zurück. Korin schloss sich an – die Leute wussten, was zu tun war.

Der Hafen Thorwals war ein Lichtermeer. Auf allen Piers, auf den Kaimauern und auf den Schiffen, die nun im dunklen Wasser verteilt ankerten, standen die Männer und Frauen der anwesenden Ottas und Sippen mit Kerzen und Fackeln. An jeder freien Stelle hatte man Holz- und Ölfeuer in eisernen Becken aufgestellt, die sich auf der Oberfläche des Hafenbeckens spiegelten. Lauter Gesang klang aus Hunderten von Kehlen und vermischte sich so sehr, dass man nur mit Mühe das Jurga-Lied erkennen konnte.

Korin stand neben Hardreds Thron an der Pier und schaute auf die *Morgenstolz*, die in der Mitte des Hafens ankerte, und auf die Tochter seines Herrn, die nun mit erhobenen Armen den Jubel der Menge entgegennahm. Sie war in eine kurze Schifferjungen-Hose aus Leder gekleidet und trug ein geschnürtes Mieder. Die Frau wirkte ruhig und fast vorfreudig, was nicht verwunderlich war, denn dies war bereits ihre zweite Ottajara. Die erste Prüfung dieser Art hatte sie wie jede Seefrau und jeder Seemann ablegen müssen, als sie Teil ihrer Otta wurde, und heute wiederholte sie die Prüfung, um Hetfrau der Kammspringer-Otta werden zu dürfen und den anderen anwesenden Hetleuten zu beweisen, dass sie das Zeug hatte, den Sturm auf Havena zu leiten.

Der Efferdpriester brachte ihr einen hell leuchtenden Stein, der in einen Gürtel gefasst war, und sprach einen Segen, als er ihr den Gürtel umlegte. Dann trat er beiseite, um ihrem Mann Platz zu machen, der ihr eine kleine Axt und das mit einer Zinnkappe versiegelte Trinkhorn, Thin genannt, brachte. Er überreichte ihr beides feierlich und gab ihr dann unter dem lauten Johlen der Menge einen Stoß, der sie kopfüber ins Wasser beförderte. Mit einem vollendeten Kopfsprung tauchte sie in die dunklen Fluten ein, und die jubelnde Menge konnte ihre Bahn unter dem Bug des bald dreißig Schritt langen Schiffes an dem von den Wellen vielfach gebrochenen Licht an ihrem Gürtel verfolgen. Sie schwamm mit regelmäßigen, ruhigen Zügen, wie man es beim Entern beigebracht bekam. Korin hatte damals seine Ottajara an einem halb so langen Schiff gerade so hinter sich gebracht – in seiner Brust war scheinbar viel weniger Platz für Luft als in der jedes anderen.

Plötzlich kam Unruhe in die Zuschauermenge. Der leuchtende Punkt verharrte für einen Moment auf der Stelle. Dann wurde er blitzschnell nach vorne durch das Wasser geschoben und von einer Bugwelle in die Luft gehoben, die mit einem lauten Platschen an der Kaimauer brach und die Feuer dort zum Erlöschen brachte. Ein riesiger, geschuppter Buckel tauchte bald fünf Schritt hoch aus dem Wasser auf, sandte eine neuerliche Welle an die Kaimauer, von der die dort Stehenden von den Füßen und zum Teil in das Hafenbecken gespült wurden. Wer noch stand, wandte sich schreiend zur Flucht. Im selben Augenblick zersplitterte die *Morgenstolz* in der Mitte, als ein gewaltiger Schlag sie von unten traf und schritthoch aus dem Wasser hob. Die Mannschaft sprang von Bord, um ihr Leben zu retten, und Korin sah, dass viele Seeleute unter Wasser gesaugt wurden, als das riesige Ding wieder in den Fluten verschwand. Jetzt tauchte Gischt speiend ein gewaltiger dreieckiger Schädel aus den Fluten auf, der mehr als mannshoch und bald dreimal so lang war. Er wand sich auf einem sicher zwei Schritt durchmessenden, geschuppten und mit Seetang behangenen Schlangenleib unendlich hoch in die Luft, verharrte kurz und zermalmte dann mit einer schrecklich schnellen Bewegung das versinkende Heck der *Morgenstolz* zwischen seinen aufgerissenen Kiefern. Korin glaubte vor Schreck blind werden zu müssen: eine Seeschlange im Hafen von Thorwal!

Neben ihm schüttelte Hardred den Schreck ab und sprang auf. »Hetgarde, einer von euch auf jedes Schiff! Sie sollen sofort ablegen! Wir müssen das Ungeheuer aufs Meer hinauslocken! Und feuert, was die Geschütze hergeben!«

Er rief etwas in Richtung der wild durcheinander laufenden Menge, aber sein Ruf verklang ungehört. Kurzerhand riss er seinem Skalden das Horn aus der Hand und blies es abwechselnd in kurzen und langen Tönen. Wer nicht schon vor Angst halb wahnsinnig war, erkannte das Signal, das auf eine Flutwelle hinwies, und wusste, was der oberste Hetmann ihnen sagen wollte: Die Boote aufs Meer, damit sie nicht im Hafen zerschmettert werden, die Menschen ins Landesinnere. Während die Menschen flohen oder zu ihren Booten stürmten, tauchte die Seeschlange erneut auf und zerquetschte eine Knorre mit einer ihrer unzähligen Windungen mühelos an der Kaimauer.

Erste Harpunen und Bolzen sirrten von den umliegenden Schiffen und schlugen in das Fleisch der Schlange ein. Ihr feuchter Leib erzitterte unter einem wütenden Kreischen, das wie Donner im Hafen widerhallte. Korin war wie gelähmt in der Betrachtung dieses gewaltigen Schauspiels, sodass er sich der Gefahr nicht bewusst wurde. Erst als beim nächsten Angriff des Seeungeheuers vor seiner Nase eines der neu gebauten Schiffe brach und er sich nur mit einem Sprung hinter einen Ballen Stoffe vor dem Splitterregen retten konnte, wurde ihm klar, wie nah er am Geschehen stand. Das Wesen tauchte erneut auf und überragte sogar den höchsten Mast noch um viele Schritt – dieses Ungeheuer konnte ein Beiboot am Stück schlucken! Es verharrte kurz zitternd. Dann traf es die nächste Salve von den Schiffsgeschützen, und es ließ sich seitlich auf zwei Schiffe zugleich fallen. Beide hatten dem Gewicht der Seeschlange nichts entgegenzusetzen. Das eine brach krachend in der Mitte, das andere wurde am Stück untergetaucht und blieb am Grund. Doch der Mast war in den Körper der Schlange eingedrungen, knapp unter dem Kopf, und aus der mannsgroßen Wunde troff schwarzes, zähflüssiges Blut.

Mit einem lauten Zischen tauchte die Schlange im Hafenbecken unter, wand sich um die treibenden Schiffe herum und hielt auf den Hafenausgang zu. Die Seile der Harpunen, die man dem Wesen ins Fleisch gejagt hatte, spannten sich, und ein Ruck ging durch die Schlange und die ankernden Schiffe, als ihre volle

Länge erreicht war. Viele Seile rissen knallend, und Korin sah, dass auf einem Schiff in seiner Nähe ein Teil der Reling abgerissen wurde. Die Schlange stieg höher auf als jemals zuvor, und diesmal blutete sie aus zahlreichen großen Wunden, wo sie sich mit den gezackten Harpunen zusammen selbst Schuppen vom Leib gerissen hatte. Die Geschütze feuerten erneut, die Bolzen und Harpunen prasselten auf die kreischende Schlange ein, und als sie nun wieder ins Wasser schlug, wirkten ihre Bewegungen schwerfälliger. Der Schlangenleib pulsierte und zuckte, aber noch immer war Kraft in ihm. Das mannsdicke Monstrum schlang seine Windungen um ein weiteres Langschiff und drückte zu. Korin sah einen Seemann, der zwischen die Windungen und die Schiffswand fiel. Dann verbarg die Gischt gnädig das Weitere.

Korin schaute sich um. Mittlerweile waren die meisten Menschen von der Kaimauer verschwunden. Nur noch die Seeleute auf den Schiffen und einige Furchtlose oder Dumme wie er blieben, um Zeuge des ungleichen Kampfes zu werden. Die Schlange hob mit einem Schwanzhieb eine Knorre aus dem Wasser, die auf ein Langschiff fiel und den Mast umriss.

Korin war den Tränen nah. Schiff um Schiff ging dahin, und die Schlange schien nicht müde zu werden, obwohl schon Dutzende Bolzen und Harpunen sie spickten. Da fiel sein Blick auf die *Swafnirsdotter,* und er erschrak. Der Mast war bereits umgerissen, und trotzdem hielt das Schiff genau auf die Schlange zu. Nein, nicht umgerissen … umgelegt war der Mast und an der Reling festgezurrt. Die Seeleute an Deck ruderten hart und schnell, und das Schiff nahm Fahrt auf. Der Hafen maß nur gut zweihundert Schritt in jede Richtung, aber es war genug, dass die *Swafnirsdotter* ordentlich in Schwung kam. Korin sah Hardred am Heck stehen und Hjore etwas zubrüllen. Die Schlange löste sich gerade von ihrem letzten Opfer, als das Langschiff seines Hetmannes herumschwang und sich der festgebundene Mast wie ein Rammsporn in den Leib des Ungeheuers bohrte. Das Gewicht des Schiffes schob den Mast durch den Leib des Gegners, dass er auf der anderen Seite wieder austrat. Die Schlange zuckte, wand sich am Spieß, und das Langschiff wurde hin und her geworfen. Dann erschlaffte das Monstrum, schlug auf das Wasser und versank rasch. Eilig hackten die Leute der *Swafnirsdotter* die Seile durch, die den Mast hielten, und er versank mit dem Ungetüm im schwarzen Hafenwasser.

Korin erhob sich nun ganz aus seinem Versteck, musste sich aber mit zitternden Beinen auf dem Stoffballen abstützen. Er schaute sich um und sah ein Bild des Schreckens: Wrackteile und Leichen schwammen im Hafenbecken, Verletzte und Tote lagen vor Schmerzen schreiend auf den Hafenmauern. Ein halbes Dutzend Schiffe, vielleicht mehr, zerstört, wie viele gute Menschen tot? Korin riss sich zusammen – er musste jetzt helfen, nicht jammern! Er wollte eben loslaufen, um einen kleinen, weinenden Jungen bei der Hand zu nehmen, als ihm ein brandiger Geruch in die Nase stieg. Er schaute sich suchend um, ob ein Feuerbecken umgestürzt war und Fracht in Brand gesetzt hatte, aber die meisten Feuer in den Becken waren erloschen, und ein offenes Feuer konnte er nicht entdecken. Da fiel sein Blick auf eines der Lagerhäuser, aus dem sich eine noch dünne Rauchfahne wand. Eilig lief er hin und zog die schwere Tür auf. Der Rauch hing bereits dicht unter der hohen Decke, und in einer Ecke sah er Flammen lodern. Mehrere Klafter Bauholz hatten Feuer gefangen, und Segeltuch brannte lichterloh. Rasch lief er wieder hinaus, packte sich ein um den anderen der aufgeschreckt Umherlaufenden und verdingte sie zu einer Eimerkette. Schnell war das Feuer gelöscht, und von diesem zweiten Schreck blieb nur aufgeweichtes, schwarzes Tuch zurück. Aber was mochte das Feuer ausgelöst haben? Die Vorschriften für offene Flammen waren gerade in den Lagerhäusern sehr streng. Nicht auszudenken, wenn ein Feuer übergriff. Die Ladung aller Schiffe wäre in Gefahr. Die Löschhelfer wandten sich zögerlich wieder anderen Dingen zu. Es war noch mehr zu tun im zerstörten Hafen.

Korin zupfte mit spitzen Fingern an dem Segeltuch. Dann seufzte er und packte mit beiden Händen in die glitschige Masse und zog sie ächzend beiseite. Darunter kam nach einiger Mühe eine zweite Lage Tuch zum Vorschein, die zwar ebenso nass, aber ansonsten intakt war. Und darunter wieder machte Korin eine schreckliche Entdeckung. Ein Mann lag, mit dem Gesicht nach unten, in seinem eigenen Blut. Jemand hatte ihm die Kehle durchschnitten, ihn dann unter das Tuch gestopft und wohl alles in Brand gesteckt. Aber warum das Feuer? Morde geschahen auch in Thorwal unter Seeleuten, und selten wurden sie aufgeklärt. Er schaute sich genauer um, hob das Stroh an und legte so eine seltsame Zeichnung am Boden frei, auf der dunkle Wachsflecken klebten. Zeichen in einer unbekannten Schrift umrahmten eine verschlungene Zeichnung aus schwarzen und weißen Bändern. Er erhob sich und trat einen Schritt zurück. Hier war das Stroh weniger dicht – vielleicht, weil es jemand nur eilig wieder hingescharrt hatte? Er fischte mit den Fingern durch die feuchten hellen Halme und brachte einen schwarzen Kieselstein zum Vorschein, der in der Form eines Diamanten geschliffen war – nein, es war ein Diamant, aber sein Innerstes war schwarz gefärbt, als hätte jemand Tinte in ihn eingefügt. Er suchte weiter, und wieder erfasste seine Hand etwas Hartes, Kaltes. Ein gebogenes Stück Jadestein, am unteren Ende gebrochen, die eine Seite flach, die andere bearbeitet. Er drehte den Stein um und erkannte eine Seeschlange in der Steinmetzarbeit. Wut und Schrecken ließen ihn hochschnellen – irgendjemand hatte die Seeschlange auf magischem Wege hierher gerufen, mitten in den Hafen von Thorwal, und hatte unzählige Leben auf dem Gewissen. Hardred musste davon erfahren!

Als er in das Langhaus trat, saß der Hetmann am Kopfende der schweren Tafel und starrte auf ein Horn voll Met in seiner Hand. Als er Korins Eintreten bemerkte, schaute er kurz auf, dann wieder auf den Honigwein.

Ein schrecklicher Verdacht befiel Korin. »Karva?«

Hardred winkte ab: »Das Bein gebrochen, und sie hat viel Wasser geschluckt, aber sie kommt nach ihrem Vater.« Er klopfte sich traurig auf die Brust. »Wir vom Otta der Schwerthaie sind unverwüstlich. Das gilt für viele andere nicht.«

Er nahm einen tiefen Schluck aus dem Horn. Dann straffte er sich, und aus dem besorgten Vater wurde wieder der gefasste Hetmann. »Was gibt es, Korin?«

Korin trat neben seinen Herrn und berichtete flüsternd von seiner ungeheuerlichen Entdeckung. Hardred nahm es mit steinerner Miene auf, überlegte kurz und sagte dann: »Bring mir den Mann oder die Frau, der oder die das getan hat. Und sonst – zu keinem ein Wort! Ich habe für diese Schlange eigene Geschichten im Kopf, da kann ich kein Hexenwerk gebrauchen.«

Korin nickte und wandte sich ab, um seinen Freund mit seinen Gedanken allein zu lassen, aber bevor er den Raum verlassen konnte, sagte Hardred: »Korin?«

Er hielt inne und wandte sich um.

»Sorg dafür, dass man mir die besten Schutzamulette besorgt, die es gibt, aber mache es heimlich!«

Korin nickte erneut und ging hinaus. Er würde auch für sich selbst eine Hand voll besorgen lassen. Gegen so einen Gegner konnte man gar nicht genug Schutz haben.

Kapitel 8

Das laute Ächzen, mit dem sich Keta auf dem umgestürzten Baum niederließ, rief die krächzende Antwort von einigen Krähen hervor, die sich am Rande der Lichtung um die prallen, roten Beeren eines Strauches stritten. Keta kicherte leise, wühlte sich durch ihre unzähligen Röcke und Unterröcke und kratzte sich das nackte Knie und dann die nackte Brust, auf der zwei Männer in eindeutiger Pose miteinander tätig waren – das Hautbild verbog sich, als würde der hintere kräftig zustoßen. Wenn sie allein war, ließ sie die alten Glocken gerne frei schwingen und – wie sie mit einem weiteren leisen Kichern dachte –, um bei der Wahrheit zu bleiben, auch, wenn sie nicht allein war. Sie hatten bessere Tage gesehen, sie und ihre Brüste, aber auch schlechtere, und was sollte sie sich drum grämen?

Sie breitete ihre Beute vor sich aus, die sie in ein faltiges, aber sauberes Tuch eingeschlagen hatte: Vragiswurzeln, einige Blüten des purpurnen Lotos, und zu ihrer Verwunderung hatte sie sogar einen Merach-Strauch gefunden und ernten können, der sonst nur viel weiter südlich wuchs. Zu guter Letzt lagen zwischen all den Giftpflanzen auch noch etwas Kamille und Ulmenwürger für ihre Blase.

Es gab doch keinen Platz wie den Farindelwald, wenn man Gutes und Schlechtes aus dem Pflanzenreich sammeln wollte. Obwohl gut und schlecht im Auge des Betrachters lagen, und wenn einer diese Kräuter betrachten wollte, würde sie seine Augen bald geschlossen haben. Sie kicherte einmal mehr und dachte kurz an ihre Geschäfte in Havena. Ihre Schätzchen würden sich schon um alles kümmern. Sie hatte sie sich gut genug erzogen.

Etwas knackte im Gebüsch neben ihr, aber Keta zuckte nicht zusammen. Die Leute sollten sich über den Farindelwald erzählen, was sie wollten, so ein bisschen Feenvolk schreckte keine Frau, die sechs Kinder auf die Welt gebracht und fünf von ihnen sie wieder verlassen sehen hatte. Für die eine Art möglicher Feinde hielt sie ihren alternden Schritt bereit, für die andere ihr Gift – aber sie wusste, dass man im Farindelwald kaum etwas befürchten musste, wenn man sich der Natur gegenüber ehrfürchtig verhielt, keinen Schaden an ihr verübte und nicht bis zur Dunkelheit blieb. Und die Natur war eines der wenigen Dinge, die sie noch ehrte – das Menschenvolk hatte ihr Mitgefühl nicht verdient. Wenn es nach Keta ging, waren die Menschen vor allem dazu da, dass es ihr selber gut ging. Wenn man zu diesem Zweck einige von ihnen reiten oder töten musste, war das der Lauf der Dinge.

Es knackte erneut, und dann brach ein Tier aus dem dichten Unterholz. Zuerst dachte Keta, es wäre ein Bär, aber dann trat das Tier in die Sonne und offenbarte sich als riesiger schwarzer Eber mit gewaltigen Hauern. Sein gewölbter Rücken würde Keta im Stehen bis zum Kinn reichen, jetzt im Sitzen überragte das gewaltige Tier sie um Längen. Seine dunklen Borsten waren an vielen Stellen vernarbt, von Pfeilen und Speeren vermutlich, aber auch von länglichen Striemen wie von Seilen. Das riesige Wildschwein stand ganz ruhig da, aber Keta spürte die Kraft, die in diesem Leib steckte, und die Wut, die das Tier entfesseln könnte. Ruhig sah sie sich um – der nächste Baum, der dem Ansturm dieser Kreatur standhalten könnte, war nur fünf Schritt entfernt. Ein Katzensprung eigentlich, aber mehr, als ihre alten Knochen schaffen konnten, bevor das Monstrum sie überrannt hätte. Vom Aufstieg ganz zu schweigen – sie war flink für ihr Alter, aber nicht so flink. Also blieb sie einfach sitzen, faltete langsam die Arme und schaute zu Boden. Angst hatte sie kaum. Auch wenn sie noch nicht sterben wollte, war sie bereit dazu, wenn die Götter es denn so fügten.

Plötzlich erklang lautes Rascheln, das Ächzen von Holz, und die von der Sonne beschienenen Flecken der Lichtung wurden kleiner. Keta wandte den Blick nach oben und zuckte zusammen, denn die Äste der Bäume wanden und streckten sich aufeinander zu, wickelten sich wie Schlangen umeinander und überzogen die Lichtung mit einem dichten Blätterdach, bis nur noch ein mattes Zwielicht übrig war, in dem die Augen des Ebers rot glühten. Ein Windstoß wisperte durch die Bäume, zerrte an Ketas Röcken und ließ sie frösteln. Die frivolen Hautbilder auf ihrem Oberkörper und den Armen wurden von einer Gänsehaut aufgeraut.

Keta wurde eines hellen Schimmers gewahr, der sich wie Nebel neben dem Eber sammelte, und zugleich kroch eine unangenehme Kälte in ihre Glieder, wie nach einer Herbstnacht im Freien.

Der Eber stieß krächzende Laute aus, die erst wie das Schnauben und Knurren eines Tieres klangen, dann aber langsam zu knarrenden Worten wurden: »Eindringling! Du wagst es, meinen Wald zu betreten …«

Keta schluckte, um den Kloß in ihrem Hals zu lösen, aber es hatte keinen Zweck. Jetzt hatte sie Angst, das war unbestreitbar. Im nebeligen Schimmer neben dem Eber glaubte sie kurz die Gestalt einer schönen Frau aufschimmern zu sehen.

»Ich habe keine der Regeln verletzt«, sagte sie ruhig und war froh, dass ihre Stimme nicht zitterte. »Ich nahm nur, was hier im Überfluss wächst, und ich störte die Tiere nicht, so wie es seit Generationen die Abmachung ist.«

Der Eber machte einen steifen Schritt vorwärts, als wäre er nicht recht Herr über seine Glieder, und der Nebel sickerte um ihn herum auf die andere Seite. Nun konnte Keta deutlich Haupt und Haar einer Frau erkennen, die jung und doch irgendwie auch wieder alt wirkte. »Nicht ich habe diese Abmachungen geschlossen«, grollte der Eber.

Keta hätte beinahe mit den Schultern gezuckt, aber dazu war ihr die Gefahr zu bewusst, in der sie steckte. »Ich handelte nach bestem Gewissen.«

»Gewissen«, brummte der Eber und klang fast nachdenklich. »Ein Menschenwort«, spie er dann aus.

Keta nickte, weil ihr keine Erwiderung darauf einfiel.

»Du wirst etwas für mich tun, furchtloses Weib«, forderte er.

Keta nickte erneut, setzte dann aber hinzu: »Wenn die Bezahlung stimmt, gern.«

Der Eber röhrte auf und stürmte auf Keta zu, die ihm angstvoll, aber unbewegt entgegensah. Wenige Spann vor ihrem Kopf kam die dunkle Schnauze des Tiers zum Halt, und es drehte den Kopf zur Seite, um sie aus nun mattweißen Augen zu mustern. »Du wagst es zu fordern?«

Nun zuckte Keta wirklich die Schultern. »Ich bin, wie ich bin.« Wenn ein Feenwesen schon einmal etwas von einem wollte, dann sollte man einen ordentlichen Batzen herausschlagen.

»Was willst du?«, keuchte der Eber.

»Gold wäre mir recht«, sagte Keta ruhig. Sie spürte, dass ihr Tod noch immer in der Luft hing, aber da war auch die Gewissheit, dass der andere ihre Ware dringend brauchte und sie den Preis selber festsetzen konnte, wenn sie es nicht übertrieb.

»Gold sollst du haben.« Die Augen des Ebers glommen auf, und Keta erblickte eine verschlungene Höhle, in der Dukaten um Dukaten übereinander geschichtet lagen, von Flechten überwachsen und mit Tierdreck besudelt, aber unverkennbar golden.

»Deine untertänige Dienerin«, sagte Keta lächelnd und deutete eine Verbeugung an.

»Du wirst Menschen in den Wald führen. Dieses eine Mal ist es ihnen erlaubt. Sie werden der Anderen ihr liebstes Kind nehmen, dass sie unterliege und der Wald mein wird.« Der Eber keuchte aufgeregt, das Bild in seinen Augen verschwamm, und als es sich wieder klärte, zeigte es einen kleinen See, an dessen sanften Ufern zahlreiche Tiere standen. Füchse tranken hier einig neben Wildgänsen, Waldhasen und Fasanen, Hirsche störten sich nicht an der prächtigen Waldlöwin und ihren Jungen am anderen Ufer, und ein Dutzend Streifenhörnchen jagte sich auf einer stämmigen Weide, deren Wurzeln bis ins Wasser hingen.

Plötzlich brach der Eber durch das Gebüsch und krachte aus vollem Lauf auf den Stamm der Weide, die unter dem Ansturm wankte. Die übrigen Tiere flüchteten mit lauten Rufen in den Wald, und im selben Moment kam Bewegung in die Äste und Wurzeln des Baumes. Mit Wucht peitschten sie auf das Fell des Eber ein, der mit seinen Hauern tiefe Scharten in die Borke des Baumes riss, aber statt Harz trat dickes, rotes Blut aus. Das war kein Baum, sondern eine Kreatur, die nur wie ein Baum wirkte! Die Wurzeln des Baumwesens umschlangen den Leib des Ebers und hinterließen blutende Striemen. Der Kampf wogte hin und her, aber schnell wurde offenbar, dass die Wesen einander ebenbürtig waren und keiner siegen konnte. Sie ließen voneinander ab, und der Eber verschwand mit lautem Schnauben humpelnd im Wald. Dann blickte Keta wieder in matte Augen, in denen sich ihr Antlitz spiegelte.

»Gib den Menschen dies.« Der Eber stieß keuchende und würgende Laute aus, und seine Flanken zogen sich rhythmisch zusammen. Dann spie er ein schleimbedecktes Tuch aus einem weißen, glänzenden Stoff aus. Als Keta es mit spitzen Fingern aufhob, erkannte sie, dass es unendlich fein aus Spinnweben gefertigt war – der berühmte Feenstoff. »Der Träger hat meinen Schutz. Folge dem blutigen Vogel, er weist den Weg.«

Die Augen des Ebers klärten sich zu ihrem unnatürlichen Rot, und die Schnauze des Tieres bewegte sich witternd. Der Nebel löste sich in der warmen Sommerluft auf und ließ Keta mit dem Tier allein zurück, die sich jetzt besorgt an das alte Sprichwort erinnerte, dass Schweine alles fraßen, das kleiner war als sie. Doch da wandte sich das Wildschwein auch schon um und trottete in den Wald.

Keta atmete tief durch und erhob sich. Es gab viel zu tun – man machte nicht jeden Tag Geschäfte mit einer Fee.

Kapitel 9

Rhiana blickte sich noch einmal zu Eisfell und den Pferden um, die sie auf einer abgelegenen Wiese hinter einem Hügel zurückließen.

»Schnell!«, drängte Finni flüsternd und lief geduckt über die kniehohe Wiese auf die Rauchsäule zu, die sie ausgemacht hatten. Vier geschlagene Tage folgten sie den Schurken nun schon, und auch wenn es im Vergleich zu der Hetzjagd fast ein angenehmes Reisen gewesen war, fühlte sich Rhiana zerschlagen. Nachts hatten sie abwechselnd Wache gehalten, um den Aufbruch der Verschwörer nicht zu verpassen, und natürlich kein Feuer machen können. Also gab es Obst, die Reste ihres Brotes und, nachdem auch der Speck verzehrt war, vor allem Rüben und Beeren zu essen. Ihr Magen fühlte sich hohl an, sie starrte vor Dreck und wünschte sich nichts sehnlicher als ein heißes Bad. Zum Glück hinterließen die Reiter eine mehr als deutliche Spur, der Finni problemlos folgen konnte, sodass sie in sicherem Abstand geblieben waren. Nicht auszudenken, wenn sie ihren Häschern bei der Jagd auf die Burschen in die Arme gelaufen wären.

Aber jetzt zeigte sich der Rauch eines Feuers vor ihnen, und es sah nach einem Kamin aus. Möglicherweise kehrten die Mordgesellen in einem abgelegenen Rasthof ein oder hatten ihr Ziel erreicht.

Finni bedeutete Rhiana zu warten und ließ sich zu Boden gleiten. Jetzt hörte auch Rhiana die Stimmen und das Wiehern der Pferde – sie waren den Reitern nahe. Finni glitt geschmeidig wie eine Echse über den mit Gras und bunten Blumen bedeckten Boden und brachte so die karmesinroten, gelben, blauen und violetten Blumen in Bewegung. Einige Dutzend Schritt vor ihnen erhob sich ein schräg im Boden steckender, moosbedeckter Findling, auf den Finni nun kletterte. Rhiana ließ sich ebenfalls zu Boden sinken und folgte ihr, erst rasch, dann, als Finni über den Rand des zerklüfteten Felsens gespäht und ihr mit einer Geste Vorsicht geboten hatte, langsamer. Schließlich erreichte sie die Spitze des Findlings und erblickte eine Siedlung von drei kleinen, geduckten Häusern unweit des Waldrandes. Vor den einfachen Gebäuden, die wohl eher Hütten genannt werden mussten, glommen einige Meiler vor sich hin, und ein weiterer lag halb aufgeschichtet herum. Die Pferde der Schergen waren angebunden, und sie saßen auf kruden Hockern an kleinen Tischen, die man offensichtlich für sie ins Freie getragen hatte, im Schatten der Häuser und aßen und tranken. In Rhianas Bauch ertönte ein lautes Knurren, das ihr einen vorwurfsvollen Blick von Finni einbrachte. Rhiana sah genauer hin und entdeckte nun auch vierschrötige Frauen unter den Anwesenden. Sie zählte nach. Mit den Leuten, die zwischen den Häusern umhereilten, waren es bald zwanzig Bewaffnete, die dort lagerten. Sie suchte nach den eigentlichen Bewohnern der Behausungen, konnte sie aber nirgendwo entdecken. Vertrieben vermutlich, vielleicht sogar getötet? Rhiana spürte die alte Wut aufflammen.

Aus einem der Häuser trat Lando, der kleine, aber stämmige Anführer des Trupps. Er strebte auf die Ecke eines Hauses zu, von wo ihm eine hoch gewachsene Gestalt einige Schritt entgegenkam und so in ihr Blickfeld trat. Er war einen Kopf größer als der kräftige Krieger und dünn wie ein Besenstiel, doch seine Kleidung hätte protziger kaum sein können: Ein hoher, schwarzer Magierhut mit rotem Futter, ein ebenfalls schwarzer Umhang mit roten Säumen und glitzernden Brillantsplittern darauf, darunter ein rotes Seidengewand mit gelbem Drachen auf der Brust.

Der Magier blickte sich misstrauisch um, winkte dann genau in ihre Richtung und machte sich auf den Weg zu dem Findling! Rhiana fuhr der Schreck in die Glieder – aber wenn sie sich jetzt bewegten, würde man erst recht auf sie aufmerksam. So verharrten die beiden jungen Frauen bewegungslos auf dem Findling und trauten sich kaum zu atmen.

»Eure Leute müssen nicht wissen, worum es geht!«, sagte eine sanfte, schmeichelnde Stimme, die vermutlich dem Magier gehörte.

»Ja, Magister«, antwortete ein grobes, heiseres Grollen – unzweifelhaft Lando.

»Zaraldus, bester Lando, nennt mich Zaraldus. Wir ziehen doch an einem Strang, sitzen in einem Boot.« Die Worte waren freundlich, aber die Stimme stach wie ein Dolch ins Ohr, so scharf war ihr Unterton. Zaraldus! Das war der andere Kerl, den sie auf Burg Abilacht belauscht hatten!

Der Magier fuhr fort: »Ich habe das Artefakt aufgespürt, wenn auch gegen erheblichen Widerstand. Etwas in diesem Wald schaffte es, meine spürende Magie lange abzuwenden und zu verwirren.«

Rhiana erkannte, dass der Magister nicht beeindruckt, sondern erschrocken darüber war. Was auch immer dort im Wald sich ihm entgegengestellt hatte, jagte dem Mann Angst ein.

»Aber nichts widersteht einem Magister Zaraldus lange«, versuchte er die Unsicherheit zu überspielen. »Ich weiß, wohin wir uns wenden müssen, um den Gegenstand zu finden.«

»Ist es wirklich ein Schwarzes Auge?«, fragte Lando unterwürfig.

»Still, Ihr tumber Narr! Soll es die ganze Welt wissen?«, wies ihn der Magister zurecht und fuhr fort: »Wir gehen noch zur Stunde in den Farindelwald und werden holen, was uns bestimmt ist. Ich habe herausgefunden, wo es liegt.« Der Magister machte eine kurze Pause. »Auch wenn ich es im Augenblick nicht mehr aufspüren kann, ist es doch noch da. Es lag Jahrhunderte dort herum, da wird es nicht seit meinem Aufbruch bewegt worden sein!«

Lando antwortete nicht, aber Rhiana hörte sein widerliches Keuchen.

»Auf was wartet Ihr noch, Lando? Soll ich eine kaiserliche Depesche für Euch besorgen? Bringt Eure Leute auf Trab, wir fallen in den Wald ein!«

Lando grunzte eine Zustimmung und eilte zu seinen Gefolgsleuten, die er mit Gebrüll und Tritten auf die Beine zwang. Als auch der Magier wieder an den Häusern angekommen war, zogen sich die beiden jungen Frauen zurück.

Während sie die Pferde für einen längeren Aufenthalt vorbereiteten, erklärte Rhiana ihrer Freundin den Plan.

»Du willst ihnen in den verwunschenen Wald folgen?«, fragte diese entgeistert.

»Wenn sie wirklich ein Schwarzes Auge finden, können wir es ihnen vielleicht vor der Nase wegschnappen. Ich weiß nicht, wofür sie es brauchen, aber Marunas Botschaft macht deutlich, dass sie es auf keinen Fall in die Finger bekommen dürfen«, erklärte Rhiana, während sie ihr Schwertgehänge richtete.

»Aber dort ist es nicht geheuer«, beschwor Finni sie. »Ich spüre es in den Spitzen meiner Ohren – dieser Wald lebt. Er ist so alt, dass er schon ein eigenes Wesen hat. Und wer weiß, was für Tiere und andere Kreaturen dort hausen?«

Rhiana warf einen Blick über die Schulter auf den

Wald. Er sah wirklich nicht sehr einladend aus: Sträucher verschiedener Höhe bildeten einen farbenfrohen, aber lückenlosen Wall bis hinauf zu den Spitzen der Bäume. Hier und da streckte eine riesige Tanne ihre Spitze hervor, oder die weit ausladende Krone einer wohl hundert Jahre alten Steineiche überragte die umstehenden Bäume. In einem solchen Wald konnte alles auf sie warten, aber dennoch: »Wenn diese Leute da hineingehen, werde ich ihnen folgen, und ich wäre dir auf ewig dankbar, wenn du mit mir kämst, denn offen gesagt, mache ich mir vor Angst bald in die Hose!«

Finni kicherte und seufzte dann. »Na gut, ich begleite dich.«

Lando und seinen Leuten zu folgen, war keine große Schwierigkeit, denn sie machten Lärm wie bei einer Treibjagd. Wo sie nicht weiterkamen, hackten sie sich fluchend den Weg frei, und sie schwatzten, um ihre Angst zu überdecken. Sie hinterließen eine Bresche, wie sie eine ganze Rotte wütender Wildschweine schlagen würde, und es war nicht verwunderlich, dass Rhiana und Finni auf dieser Spur keinen Tieren begegneten – sie flohen vermutlich schon voller Angst, wenn sie die lärmende Horde von weitem kommen hörten.

Sie schlichen nun schon einige Zeit durch den Farindelwald, der ein wechselndes Gesicht offenbarte. Mal standen die Bäume in dichten Hainen beieinander, mit Ranken umwachsen und zu einer undurchdringlichen Mauer verbunden, zu deren Grund nur wenig Licht gelangte, dann wieder öffnete er sich zu vielfarbiger Pracht mit bunten Blumen und Früchte tragenden Büschen an den Rändern von kleinen Lichtungen. Aber über allem lag ein dunkler Schatten, und das kam nicht nur von den grausigen Geschichten, die man sich über den Farindel erzählte. Rhiana konnte die Tiere nicht sehen, die in diesem Wald lebten, aber sie konnte sie spüren, und ihre Gefühle waren mehr als deutlich: Menschen waren in diesem Wald nicht willkommen.

Finni hielt inne und drehte stirnrunzelnd den Kopf. Dann wandte sie sich um und blickte hinter sich auf die Bresche im Wald, dann wieder nach vorn. »Sie gehen im Kreis«, verkündete sie dann.

Rhiana blickte sich ebenfalls um, konnte aber nichts erkennen.

»Der Wald zwingt sie in einen Kreis. Lass uns hier in die Baumwipfel klettern und auf sie warten, ich bin sicher, dass sie in Kürze wieder hier ankommen«, sagte die Halbelfin und schaute sich nach einem passenden Versteck um.

»Woher ...«, setzte Rhiana an, aber da zuckte ihre Begleiterin schon mit den Schultern.

»Gefühl«, verkündete sie schlicht und war flink wie ein Affe den glatten, grauen Stamm einer Rotbuche nach oben geklettert und in der breiten, dichten Krone verschwunden. Rhiana fasste eine Linde ins Auge, aber als sie nach oben spähte und die Krone erst in gut zwanzig Schritt Höhe dicht genug fand, machte auch sie sich an den Aufstieg in die Buche.

Finni sollte Recht behalten. Es dauerte nicht lange, da hörten sie das Lärmen der Mordgesellen näher kommen, und schließlich traten sie nur wenige Schritt vor den beiden Verfolgerinnen wieder auf den von ihnen selbst geschlagenen Weg.

»Da soll mich doch ...«, stieß der vorn gehende Mann mittleren Alters aus und ließ den Säbel sinken, mit dem er sich den Weg geschlagen hatte. Wenig später hatten sich die Männer auf dem frei geschlagenen Stück versammelt und schauten auf den Magier, der mit ärgerlicher Miene Worte vor sich hinmurmelte und verwirrende Gesten vollführte, bei denen es Rhiana kalt den Rücken herunter lief. Dieser Mann war mit dem Bösen im Bunde, das spürte sie deutlich. Schließlich schnaubte der Magier triumphierend und wies in eine Richtung: »Da lang!«

Der Trupp wollte sich gerade wieder auf den Weg machen, als mit einem lauten, melodischen Schrei ein blutroter Vogel über sie hinwegzischte und auf einem Ast über ihnen landete. Als wäre das ein Signal gewesen, drangen plötzlich von beiden Seiten des Weges riesige Käfer, sicher über zehn Spann groß, auf die Männer ein. Sie trugen am Kopf gewaltige Geweihe – nein, es waren doch wohl Zangen, die mit bösen Spitzen versehen waren – und stürzten sich ohne zu zögern auf die Eindringlinge. Der erste Mann wurde von einem Käfer im Unterleib gepackt und umgerissen, die spitzen Scheren drangen mühelos durch seine Lederrüstung und zogen Blut. Schreiend drosch der Mann mit seinem Säbel auf das Ungetüm ein, aber seine Hiebe glitten an dem dicken Panzer des Rieseninsekts ab.

Zuerst wichen die Leute zurück, aber dann trieb sie ihr hässlicher Anführer nach vorn und stürzte sich selbst mit wuchtigen Schlägen seiner Streitaxt auf den ersten Käfer. Er musste unglaublich stark sein, denn jeder Hieb brach durch die dicken Panzer der Tiere und ließ aus tiefen Schnitten gelblichweiße Flüssigkeit austreten.

Die nachfolgenden Käfer – insgesamt mussten es wohl sieben oder acht sein, genau konnte Rhiana das durch die unter ihr liegenden Blätter nicht erkennen – kletterten einfach über ihre kämpfenden Kumpanen und griffen die nächsten Eindringlinge an.

Rhiana starrte mit wachsendem Mitgefühl auf die Kämpfer und Kämpferinnen. Vermutlich wussten sie nicht mal, was für Schweinehunde die Männer waren, für die sie ihren Dienst versahen, waren womöglich nur wegen ihrer Familie bei ihnen in Brot und Lohn getreten. Konnte man sie jetzt einfach so ihrem Schicksal überlassen? Sie schwang das Bein über den Ast, auf dem sie lag, und wollte sich an den Abstieg machen, aber Finni packte sie hart am Arm.

»Was soll das werden?«, zischte sie über den Kampflärm.

»Ich helfe ihnen«, sagte Rhiana trotzig.

Finnis Gesicht zeigte ungläubiges Staunen, als sie fragte: »Bist du von allen guten Geistern verlassen? Wenn du ihnen hilfst, werden sie dich danach fangen, schänden und im Wald für die Raubtiere zurücklassen oder zu ihren Herren schleifen. Denk nach, Rhiana. Wir sind im Krieg!«

Rhiana zog sich wieder auf den Ast und starrte grimmig nach unten. Finni hatte Recht – sie waren im Krieg. Sie hatte es bisher noch nicht wahrhaben wollen, aber sie waren im Krieg gegen den alten Feind, und auf diesem Feld hier waren sie die Armee. Sie schaute auf das Getümmel unter ihr, auf die Toten und Verletzten dort auf dem Waldboden, und ihr wurde bewusst, dass sie noch viele Menschen sterben sehen würde, bevor das alles beendet war. Ihr wurde übel.

Ein Käfer schaffte es, Lando seine Zangen in die Seite zu rammen, aber bevor er sie schließen konnte, zertrümmerte der entstellte Kerl dem Tier den Kopf mit einem krachenden Hieb. Er riss die Spitze aus seinem Fleisch, und ein dünner Blutstrom sickerte heraus. Ohne ihn zu beachten, stürzte sich Lando auf den nächsten Käfer. Plötzlich schoss ein flammender Strahl von der Hand des Magiers auf einen Käfer los, traf das Tier und hüllte es sekundenlang in Flammen. Es war nicht zu entscheiden, ob das hohe Kreischen und Pfeifen von dem Wesen ausgestoßen wurde oder von den Körpersäften des Tieres stammte, die kochend aus den Gelenken troffen. Ein heißer, stinkender Luftzug stieg zu den Frauen auf, und dann war der Kampf vorbei. Die Käfer waren besiegt, aber zu einem hohen Preis:

vier Kämpfer tot, noch mal so viele verletzt. Die Hälfte des Trupps war nicht mehr zu gebrauchen.

»Verdammt!«, grollte Lando und verscheuchte damit den prachtvollen roten Vogel, der seine langen Schwanzfedern schüttelte, den Kopf schräg legte, in die Luft stieg und im Nu, kunstvoll um die Bäume herumsegelnd, in der Tiefe des Waldes verschwunden war.

»Ihr da«, sagte Lando und zeigte auf zwei Männer, die nur leicht verletzt waren. »Packt euch diese beiden Verlierer« – ein Wink zu den schwerer Verletzten – »und geht zurück zum Lager. Die Toten lassen wir für das Viehzeug liegen. Der Rest: vorwärts!«

Die Leute zögerten, wohl weil sie ihre gefallenen Gefährten nicht liegen lassen wollten, aber als Lando erneut »Vorwärts!« blaffte, setzten sie sich in Bewegung.

Rhiana und Finni warteten, bis auch die Verletzten abgezogen waren. Dann stiegen sie mit mulmigem Gefühl über die Toten und machten sich wieder an die Verfolgung.

»Ich hoffe bloß, dass die Tiere uns in Frieden lassen«, sagte Finni und schaute sich misstrauisch um.

Rhiana legte den Kopf schief und lauschte auf die Tierstimmen, die langsam wieder einsetzten. »Ich denke schon.«

Sie folgten dem Trupp weiter durch den Wald, bis sie eine schmale Gasse von Blutulmen und Steineichen erreichten, die so gerade standen, als wären sie angepflanzt worden. Vom Ende der Allee war lautes Poltern, Scheppern und Fluchen zu hören.

»Wenn die zurückkommen, sehen sie uns hier sofort«, sprach Finni Rhianas Gedanken aus. Aber es gab keinen anderen Weg, zumindest keinen, der nicht laut wäre. Das umgebende Gebüsch war von Dornengewächsen durchwuchert und sehr dicht. Es war fast so, als wollte der Wald sie in diese Gasse zwingen. Sie müssten einen weiten Umweg gehen und liefen Gefahr, sich zu verlaufen. Also zuckte Rhiana mit den Schultern und schlich los.

»Wer nichts wagt, der nicht gewinnt«, flüsterte sie.

Finni schüttelte den Kopf. »Das musst du missverstanden haben. Wer nichts wagt, der länger lebt, heißt das Sprichwort richtig!«

Sie erreichten das andere Ende der Gasse und blickten auf eine alte, zerfallene Ruine, die sich der Wald schon zum größten Teil untertan gemacht hatte. Bäume sprossen heraus, und viele Mauern schienen nur noch vom Efeu gehalten zu werden. Die Frauen huschten in einen dichten Busch und bezogen dort Stellung. Die wüsten Geräusche, die sie vorher schon vernommen hatten, klangen an verschiedenen Stellen aus der Ruine. Offensichtlich durchstöberten die Verbrecher sie und fanden nicht, was sie suchten. Es verging eine lange Zeit, und das schwindende Licht zeigte an, dass Praios sein Tagwerk vollendet hatte und den Platz für das Madamal räumte. Rhiana hoffte gerade inständig, dass sie die Nacht nicht im Farindelwald verbringen mussten, als ihr Blick von einem dunklen Schatten angezogen wurde, der über den Waldboden huschte. Sie schaute nach oben, aber da war nichts, was den Schatten hätte hervorrufen können. Verwirrt suchte sie den dunklen Fleck und fand ihn an der seitlichen Wand der Ruine, die noch gut zwanzig Schritt in die Höhe ragte. Sie stieß Finni an und wies darauf, aber da war der Schatten bereits über die abgebröckelte Kante des Gebäudes gehuscht und außer Sicht im oberen Stockwerk verschwunden.

»Was denn?«, fragte Finni, doch bevor Rhiana antworten konnte, klang ein lang gezogener, angsterfüllter Schrei durch den Wald und hallte lange wider. Ihm folgten weitere, kürzere Schreie, und eine Frau aus

Landos Trupp erschien auf der Kante, an der Rhiana immer noch Ausschau nach dem Schatten hielt. Sie wischte sich immer wieder über das angstverzerrte Gesicht, als wollte sie sich etwas abstreifen, aber Rhiana konnte dort nichts erkennen. Mit kurzen, spitzen Schreien torkelte die Frau umher, trat auf einen lockeren Stein und stürzte zwanzig Schritt in den Tod. Das Krachen ihres Genicks war wie der Schlusston einer grausamen Melodie, mit dem ihre Schreie verstummten. Ihre Gefährten eilten zu ihr, aber jede Hilfe kam zu spät. Ihr Kopf stand in unnatürlichem Winkel ab, als man sie auf die Beine ziehen wollte, und Lando brüllte wütend: »Lasst die Hure liegen und sucht weiter. Zweiergruppen, damit so etwas nicht noch einmal passiert!«

Als die Leute wieder in der Feste verschwunden waren, sagte Finni leise: »Wie es scheint, sind die Tiere nicht das Schlimmste in diesem Wald!«

Rhiana erschauderte.

Sie warteten weiter, bis es dunkel war und in der Ruine Fackeln entzündet wurden. Dann kam der Magier mit missmutigem Gesicht heraus. Offensichtlich hatten sie das Schwarze Auge nicht gefunden.

»Wir kehren zurück. Irgendjemand hat uns das Artefakt vor der Nase weggeschnappt, und demjenigen mögen seine Götter gnädig sein, wenn ich ihn finde«, sagte er schneidend.

Lando nickte bekräftigend und schlug sich mit der Faust in die offene Hand. Der Magister warf ihm einen irritierten Blick zu. »Los, bevor die Nacht ganz hereinbricht – die Feen werden munter zu dieser Zeit, und wir wollen nicht noch mehr Leute verlieren, auch wenn es nur die Neuen sind!«

Unter lautem Gebrüll scheuchte Lando seine verängstigte Mannschaft wieder in den Wald. Erst lächelten sich die beiden Frauen noch an, denn wenn die Schurken nicht wussten, wo das Schwarze Auge war, standen die Chancen gut, dass Rhiana und Finni es zuerst fanden. Aber als sich der Lichtschein der Fackeln entfernt hatte, verschwand ihr Lächeln, denn es war mit einem Mal stockduster.

»Finni, hast du eine Fackel dabei?«, fragte Rhiana. Sie konnte das Gesicht ihrer Begleiterin nur erahnen, als diese verneinte.

»Ich dachte, du …«, setzte sie hinzu.

Rhiana schüttelte den Kopf, aber dann kam ihr eine Idee. Sie erhob sich, zog Finni hinter sich her und ging zu der toten Frau, die verkrümmt am Boden lag. Im Finstern wirkte es, als würden ihre Augen den Bewegungen der beiden Frauen folgen, aber der Gestank nach Urin und Kot machte klar, dass sie wirklich tot war. Rhiana nahm all ihren Mut zusammen und tastete sie ab. Tatsächlich, in ihrem Gürtel steckte eine Fackel, und Feuerstein und Stahl ließ sich ebenfalls finden. Kaum hatte sie beides in der Hand, drängte Rhiana die Halbelfin hinter sich zurück, um von der Leiche wegzukommen. Erst im dritten Anlauf gelang es ihnen, mit vereinten Kräften die Fackel in Brand zu setzen, aber das machte es nicht besser. Nun war der direkte Umkreis hell erleuchtet, aber hinter dem Schein des Lichts war es pechschwarz, und in den flackernden Schatten schienen sich Ungeheuer ohne Zahl zu bewegen.

»Lass uns von hier verschwinden!«, sagte Finni leise, als hätte sie Angst, laute Geräusche könnten etwas Böses anlocken. Rhiana nickte, und mit eiligen Schritten machten sie sich auf den Rückweg, passierten die Allee, erreichten den Kampfplatz, an dem sie zahlreiche Nager und Vögel aufscheuchten, die sich an den Leichen gütlich taten. Eine Krähe erhob sich laut protestierend vom Gesicht eines Toten, und aus ihrem Schnabel baumelte ein Auge.

Rhiana riss sich von dem schrecklichen Anblick der offenen Leiber los und lief weiter, nur um im selben Moment in ihrem Schritt zu erstarren. Vor ihnen, gerade in den Lichtkreis der Fackel getreten, stand ein Wesen, wie Rhiana es noch nie gesehen hatte. Der Körper erinnerte an ein Reh oder einen Ziegenbock, war mit dichtem braunem Fell bedeckt und endete in schwarzen Hufen. Das Wesen stand aufrecht auf den Hinterläufen, und etwa an der Hüfte ging die Form in den dicht behaarten Oberkörper eines Menschen über. Das Gesicht wirkte wild und war auch auf der Stirn und um die Augen behaart, aber diese Augen waren nicht die eines Tieres. Sie blickten verständig, aber auf eine unangenehme Art eindringlich, ja fast lüstern. Aus dem Kopf des Wesens ragten bald schrittlange, gedrechselte Hörner, die empfindlich spitz zuliefen. Lange starrten Finni und Rhiana das Wesen an, und Finni hauchte tonlos: »Ein Faun.«

Das Wesen bleckte raubtierscharfe Zähne, stieß ein Schnalzen aus, und Rhiana hätte schwören können, dass es ihr anzüglich zuwinkerte, bevor es mit gewaltigen Sprüngen im dunklen Wald verschwand.

Die beiden Frauen standen noch einen Augenblick wie gelähmt, dann liefen sie so schnell sie konnten und hielten erst keuchend an, als sie den Waldrand hinter sich gelassen hatten.

Kapitel 10

Cuil schnitt große Stücke von dem Fleisch ab, das dampfend in der Mitte des Tisches lag, und steckte sie sich gierig in den Mund. »Und was geschah dann?«, quengelte sein kleiner Bruder und wollte wissen, wie die Geschichte weiterging. Er war mit seinen acht Jahren halb so alt wie Cuil und von ungeduldiger Natur. Das hatte er von seinem Vater. Ein Stich fuhr ihm ins Herz, als er an seinen Vater dachte, der seit Tagen vermisst war. Seine Mutter war sicher, dass der Farindel ihn einbehalten hatte, und lag krank vor Trauer in der kleinen Kammer, mochte nicht essen und nicht reden. Aber Cuil wollte nicht daran glauben. Vielleicht war der Vater ungeahnt einem guten Geschäft über den Weg gelaufen und arbeitete wie damals für einen hohen Herren. So musste es sein. Da konnte man den reichen Herrschaften ja nicht sagen, man müsse seiner Familie Bescheid geben, als einfacher Köhler.

Aber sie hatten kein Geld für Mehl mehr gehabt, von Fleisch ganz zu schweigen, und als der Kleine Durchfall von der ewigen gestreckten Kräutersuppe bekam, hatte sich Cuil ein Herz gefasst und war selbst zum Jagen in den Farindel geschlichen – er war besser mit dem Bogen als sein Vater, hatte darum sogar einen eigenen geschenkt bekommen. Seine Mutter hatte es ihm strikt verboten, aber sie lag den ganzen Tag danieder und hatte es darum nicht bemerkt.

»Erzähl schon!«, drängte sein Bruder wieder. Cuil

bedeutete ihm mit der Hand zu warten und spülte den Braten mit altem Bier herunter. Außen war das Fleisch verbrannt, ihnen noch roh, aber trotzdem kam es ihm köstlicher als Honig vor.

»Wie ich also an diesen kleinen Bach komme, der mir nichts dir nichts durch den Wald plätschert, säuft da ein gewaltiger Hirsch, ein Sechzehnender! So groß!« Cuil stand auf und streckte sich fast bis zur niedrigen Decke, aber sein Bruder winkte ab: »Ja, ja, hab ihn doch gesehen, als du ihn hergeschleift hast. Weiter, Weiter!« Der Kleine wippte vor Aufregung auf der Bank.

»Ich schleiche mich an, leise wie ein Elf, aber trotzdem zuckt es in seinen Flanken, er hebt den Kopf und will eben zum Sprung ansetzen, als er plötzlich innehält. Er legt den Kopf schief und macht – du wirst es nicht glauben – einen Schritt auf mich zu, neigt den Kopf, als wolle er mich besser sehen. Ich hebe also …« Weiter kam Cuil nicht, denn nun sprang sein Bruder auf, verwischte eilig mit dem Handrücken eine Rotzfahne im Gesicht und stellte begeistert seinen Bogenschuss nach. »Zing, hast du ihn getroffen, mitten in den Hals!«

»Ganz recht! Ein Blöken noch, dann war er hin, und hier liegt er nun!« Cuil wies stolz auf den Braten, der nur ein winziger Teil des gewaltigen Hirsches war, der nun in ihrem kleinen Unterstand versteckt lag. Morgen würde er ihn ganz zerlegen und vergraben müssen, so wie es sein Vater immer mit den gewilderten Tieren tat. Wenn er es geschickt anstellte, könnte er das prächtige Geweih und das Fell vielleicht sogar an einen Durchreisenden verkaufen. Aber für heute langte es ihm, denn sein Rücken schmerzte – es war kein Zuckerschlecken gewesen, das riesige Tier durch den Wald bis zum Haus zu schleifen, und er hatte bald den ganzen Tag dafür gebraucht –, und sein Bauch war voll leckerem Fleisch. Zufrieden schlich er in die Schlafkammer, legte sich nieder und zog seinen Bruder trotz dessen Einwände an sich. Sie teilten sich eine Bettkammer, denn es war nicht genug Platz für zwei. Wenig später war er eingeschlafen, und er träumte:

Er fand sich an dem kleinen Bach wieder, aber statt des Hirsches stand dort nun eine wunderschöne Frau, licht und schlank, nackt bis auf nebelige Strähnen ihres langen, weißen Haares, die über ihren Körper glitten wie in einem unfühlbaren Wind. Sie lächelte, aber es war keine freundliche Geste, denn sie wirkte kalt, unnahbar und fast gehässig. »Du trägst den Farindel in dir, und damit öffnest du mir dein Herz!«

Cuil schaute sich im Traum um und erblickte den Hirsch, den er gejagt hatte. Er stand am Wasser, und aus der Pfeilwunde lief sein Blut in den Bach, färbte ihn in Augenblicken dunkelrot. Plötzlich brach auch eine Wunde am Bauch auf, dort, wo Cuil das Fleisch für den Braten herausgeschnitten hatte. Cuil wollte etwas sagen, sich verteidigen, aber es kam kein Laut aus seiner Kehle. Eine seltsame Verwandlung ging mit dem Hirsch vor: Das Geweih fiel ab, der Kopf wurde runder, der Leib kürzer, und das Fell rieselte wie die Nadel einer erkrankten Tanne zu Boden. Plötzlich stand da sein Vater, mit dem Pfeil durch den Hals und dem aufgeschnittenen Bauch. Er zeigte anklagend auf ihn. Dann brach er tot zusammen. Cuil spürte Wellen der Übelkeit und des Schreckens durch seinen Leib branden.

»Du mordetest ein Geschöpf der Anderen. Fahre damit fort, das gebiete ich dir!«, sagte die Frau, und Cuil nickte stumm. Er spürte Mordlust in seiner Brust und mit ihr das klare Wissen, welche Wesen er zu töten und welche er zu verschonen hatte im Farindel, seiner neuen Heimat.

Er erwachte und fühlte sich fiebrig. Ohne Mitleid blickte er auf seinen toten Bruder, dessen Genick er im

Schlaf gebrochen hatte, und warf ihn aus der Bettkiste. Der Junge blieb mit verdrehten Gliedern auf dem Boden liegen, aber Cuil stieg ohne Gefühlsregung über ihn hinweg und erschlug seine Mutter mit einem Schemel. Eine Weile betrachtete er vergnügt das rote Muster ihres Blutes auf der Maserung des Holzes, dann war es Zeit aufzubrechen.

Als er nackt, aber mit Bogen und Pfeilen bewaffnet nach draußen auf die nachtkühle Wiese trat, wartete dort bereits ein riesiger Eber auf ihn, der ihn aus rot glühenden Augen betrachtete. Mit der gewaltigen Schnauze stupste er einen Tiegel an, der nicht geschnitzt, sondern aus Holz gewachsen zu sein schien. In ihm war eine rote, scharf riechende Paste zu finden, die Cuil auf seine Pfeile strich – woher er wusste, dass es ein starkes Gift war, konnte er nicht sagen, aber es scherte ihn auch nicht. Er war auf der Jagd, für seine neue Herrin, und diese Jagd würde grausam werden.

Kapitel 11

Keta schlenderte über den nächtlichen Marktplatz des kleinen Dorfes und leuchtete sorgfältig mit ihrer Funzel vor sich. Das war nun schon das vierte Dorf, das sie in den letzten Tagen besuchte und das letzte in der Nähe. Wenn sie hier keine Schergen fand, die ihr die Arbeit abnahmen, musste sie sich etwas anderes einfallen lassen.

Sie stieß die Tür zur Schankstube auf – der einzigen in dieser winzigen Siedlung, die Dorf zu nennen eigentlich noch eine Übertreibung war – und blickte sich um. Wie nicht anders zu erwarten, tummelten sich hier albernische Bauern in einfacher Linnenkleidung, barfuss und schmutzig, aber mit viel Appetit. Müde vom Tagewerk, lümmelten sie auf den knarrenden Bänken und waren zufrieden mit einem Krug Bier, einem Kanten Brot und dem Gespräch mit dem Nebenmann über die Hitze und die kargen Zeiten, wie es Bauern seit Jahrhunderten in diesen Landstrichen führten.

Aber dann fiel der Blick der alten Marketenderin auf den Ecktisch und auf drei düstere Gestalten – zwei Männer, eine Frau, allesamt hässlich wie die Nacht zu den namenlosen Tagen –, die sich dort um einen großen Krug Branntwein versammelt hatten. Sie trugen zerkratzte und abgeschabte Lederrüstungen und schwiegen vor sich hin. Keta setzte ihr Marktlächeln auf und trat an den Tisch. »Na, wackere Streiter, was treibt euch in diese friedliche Gegend?«, fragte sie, stemmte einen

Fuß auf die Bank und stützte sich auf ihrem Knie ab. Aus der Nähe konnte sie trotz des schlechten Lichts unzählige kleine Narben und Schnitte auf den Gesichtern der drei sehen, die noch nicht verheilt waren. Der Frau fehlte ein Auge, die Höhle war zugenäht, aber auch diese Wunde war noch nicht alt.

Die drei musterten sie, und der Kleinere grunzte geringschätzig. »Pack dich, Hure, für dich ist hier kein Geschäft zu machen!«, sagte der andere, und hinter seinem stoppeligen Bart fanden sich keine Zähne.

Keta lachte laut, hielt sich den Bauch dabei und scherte sich nicht um die Blicke der Bauern und der Söldner. »Der war gut, Mann. Die Zeiten, wo ich hiermit Geld verdient habe«, sie packte sich zwischen die Beine, »sind lange vorbei. Heute funktioniert es hiermit.« Sie tippte sich an den Kopf. »Das bringt bei meiner verdorrten Pflaume auch mehr ein«, setzte sie hinzu, und der kleinere Söldner stieß ein hechelndes Krächzen aus, das wohl ein Lachen sein sollte. Er riss seinen Mund dabei auf und offenbarte, dass ihm die Zunge fehlte.

Unaufgefordert glitt sie neben den Stummen und flüsterte: »Nein, gute Leute, ich bin nicht hier, ein Geschäft zu machen, ich will euch eines anbieten.«

Die Söldner schauten sich an. Dann zuckte der Rädelsführer die Schultern. »Worum geht es?«

Keta rückte noch ein Stück näher. »Eine Kleinigkeit, sicher keine große Aufgabe für kräftiges Volk wie euch. Ihr sollt mir nur einen Baum fällen, im Farindelwald.«

Kaum hatte sie es ausgesprochen, sprang der Stumme mit einem erstickten Schreckenslaut auf und stieß dabei den Krug um, dass sich der Branntwein auf Tisch und Boden verteilte. Auch die Gesichter der beiden anderen Söldner zeigten großes Unbehagen.

»Setz dich, verflucht! Setz dich!« Der Stumme wurde

von seinem Gefährten auf die Bank zurückgedrängt. »Wir gehen nicht in diesen Wald. Nie wieder.«

Keta beugte sich interessiert vor. »Ach, ihr wart bereits einmal dort?«

Die Frau schnaubte. »Ja, und das hier hat es uns eingebracht«, sagte sie und wies auf ihr zugenähtes Auge.

Der Mann sagte: »Wir warten nur darauf, dass das hier verheilt.« Er legte sein linkes Bein über den Tisch. Vom Unterschenkel abwärts war es verdreht und geschwollen, mit dicken, blaugrünen Striemen darauf, so als habe man ihm das Bein mit Seilen ausgerenkt. »Sobald ich reiten kann, verlassen wir diesen unseligen Ort und machen uns von der Beute ein schönes Leben.«

Keta nickte. Da hatte sich wohl einer mit dem Farindel angelegt und verloren. Die kleinen Wunden mochten von Dornen stammen, den Fuß hatte ihm wohl eine Ranke zerbrochen. »Beute, sagt Ihr?«, fragte sie dann beiläufig. »Vielleicht können wir ja ins Geschäft kommen. Ich handele mit so manchem!«

Die Söldner blickten sich an. Dann zog die Frau ein Bündel aus ihrem Rucksack und breitete es nach einem misstrauischen Blick auf die Bauern aus. Es fand sich Schmuck darin, Ringe und Ketten aus Gold und Silber, ein Stirnreif mit blauen Steinen. Der Stumme legte auch noch zwei Pergamentrollen daneben, die Keta kurz aufzog, um einen Blick darauf zu werfen. Wie es aussah, waren sie in Altbosparan geschrieben – nicht dass Keta es lesen, geschweige denn verstehen konnte, aber wenn man so lange im Geschäft war wie sie, dann schnappte man so manches auf.

Keta verzog das Gesicht, wiegte den Kopf und sagte dann: »Ich gebe Euch fünf Dukaten.«

Nach langem Feilschen einigte man sich auf zwölf Dukaten, die Keta leichten Herzens zahlte, denn in Havena würde sie die Geschmeide für wenigstens zehnmal diese Summe weiterverkaufen können. Sie dachte darüber nach, die Söldner noch einmal auf den Farindelwald anzusprechen, da stieß die Frau den kleineren Haudrauf an. »Zeig's ihr!«

Er schüttelte leicht den Kopf. »Was wir haben, haben wir«, drängte die Frau, in deren Gesicht die Goldgier sich in einem Zucken am Mundwinkel offenbarte.

»Na gut«, gab der Kämpfer nach und zog ein kleines Bündel aus der Tasche, das in mehrere Lagen Tuch eingewickelt war. Als er es endlich aufgeschlagen hatte, befand sich darin ein glänzendes, etwa faustgroßes Gebilde aus Metall, das makellos gegossen oder gefügt war, denn auf den ersten Blick sah man keine Bearbeitungsspuren. Keta streckte die Hand aus, um es herauszunehmen und näher zu betrachten, aber der Mann hielt ihre Hand fest. »Nein, fasst es nicht an. Es ist eine mächtige Waffe. Sie streckt jeden sofort nieder, der es berührt.«

Keta kicherte. »Sicher. Und mich hat der Blitz schon dreimal beim Scheißen getroffen.«

»Ich sage es Euch, aber wenn Ihr mir nicht glaubt, berührt es. Ihr werdet sofort die Sinne verlieren«, sagte der Söldner und ließ ihre Hand los. Keta musterte ihn nachdenklich und zuckte dann mit den Schultern. Der Söldner glaubte, was er sagte, das war offenbar, und auch seine Gefährten musterten das Ei mit nur ungenügend verborgenem Unbehagen. Selbst wenn es keine magische Wirkung hatte, kannte sie einen Zwerg, Sammler großer Schmiedekunst, der ihr wohl zehn Dukaten für so ein einmaliges Stück zahlen würde.

»Ich gebe Euch fünf Dukaten dafür«, sagte Keta.

Sie sorgte damit für einen Unmutslaut bei der Frau. »Bietet Ihr immer erst mal fünf Dukaten?«

Keta schüttelte lachend den Kopf. »Nein, meist zahle ich weniger! Aber in diesem Fall bin ich bereit, eine Behandlung Eurer Wunden draufzulegen. Das Auge bringt es Euch nicht wieder, aber ich kann verhindern, dass Euch der Eiter in den Kopf läuft. Und Euch mag ich wohl den Fuß retten können, sodass man ihn Euch nicht absägen muss. Irgendwo bei meinem Plunder muss noch ein bisschen Heiltrank liegen.«

Der Söldner wurde blass bei dem Gedanken daran, ein Krüppel zu werden. Sie handelten Keta auf acht Dukaten hoch. Dann war man sich handelseinig, und sie versorgte die Wunden wie versprochen – natürlich ohne ihren letzten Heiltrank zu opfern.

Als sie am nächsten Morgen erwachte und der Schmuck unter ihrem Strohkissen klirrte, freute sie sich über das gute Geschäft, aber in der Farindelsache war sie trotzdem keinen Schritt weiter. Sie stand auf und kleidete sich an, ein Vorgang, der bei ihren unzähligen Röcken eine Weile dauerte. Wo war denn Oliva, dieses undankbare Ding? Sie brüllte nach ihr, bekam aber keine Antwort. Sie trat hinaus in die Stube, das zweite und letzte Zimmer des kleinen Bauernhauses, in dem sie sich eingemietet hatten. Offensichtlich hatte sie in der langen Zeit in den Städten die Preise auf dem Land vergessen, denn so unterwürfig und dienstbar, wie die ganze Bauernfamilie um sie herumscharwenzelte, hatte sie wohl zu viel geboten. Sei's drum. Auch hier war Oliva nicht zu finden, aber die dicke Bäuerin entschädigte Keta mit einem guten Frühstück dafür.

Erst als sie den letzten Rest Schmalz mit einem Stück Brot vom Holzteller wischte und in den Mund steckte, trat ihre Tochter ein. In ihrer kleinen, wohlgeformten Gestalt, ihren grünen Augen, der makellosen, hellen Haut mit einem Stich ins Kupferne erkannte Keta ihre eigene Jugend wieder.

»Oliva, wo warst du?«, herrschte sie das Mädchen an – nein, mittlerweile war sie eine junge Frau von bald sechzehn Jahren geworden.

»Mutter, ich habe grandiose Neuigkeiten«, sagte sie und strahlte breit. Keta entging der lüsterne Blick nicht, mit dem der älteste Knecht aus der Ecke auf ihre Tochter linste, während er Rüben schabte.

»Dann setz dich und berichte.« Keta machte eine gnädige Geste, und Oliva glitt neben ihr auf die einfache Bank.

»Finstere Gestalten haben sich in einer Köhlersiedlung eingenistet, das hat mir der Schafshirte verraten. Einer von ihnen war ein Magier mit einem gelben Drachen auf der Brust, ein anderer klein und von Narben entstellt. Könnte das nicht der sein, von dem du mir erzählt hast?« Oliva schaute sie erwartungsvoll an.

»Sieh an«, murmelte Keta und tätschelte den Kopf ihrer Tochter abwesend, wie man einen Hund tätschelt. Dom Lando war in der Nähe – Aventurien war doch klein. »Weiß man, was sie hier wollen?«

»Der Hirte sagte, sie seien im Farindel verschwunden, und abends wären nur wenige wiedergekehrt. Der Magier war sehr ungehalten, weil man etwas nicht gefunden hatte, es ihnen vor der Nase weggeschnappt worden sei.«

Keta nickte ihrer Tochter zu. »Und woher weiß der Hirte all das?«

Das Mädchen lächelte breit: »Er hat mit einer der Frauen des Trupps im Heu gelegen.«

Keta schürzte die Lippen. Dom Lando, der Schlächter und Schänder, tauchte hier auf und suchte etwas, für das er bereit war, Männer im Farindel zu opfern. Das musste etwas sehr Wertvolles sein … Sie zog das Bündel hervor, das sie den Söldnern abgekauft hatte. Etwas Wertvolles, das vor kurzer Zeit aus dem Wald entfernt wurde. Ob Phex ihr da endlich eine Gelegenheit lieferte, sich an dem Schreckgesicht Lando zu rächen? Wortlos stand sie auf und ging in den Stall, den fragenden Blick ihrer Tochter nicht beachtend.

Dort angelangt, wickelte sie das metallene Ding vorsichtig aus, achtete darauf, es nicht zu berühren, und drückte es auf den Rücken eines Schweins. Das Vieh grunzte verblüfft auf und schaute kauend zu ihr auf, aber nichts weiter geschah. Keta runzelte die Stirn und wandte sich dann zu dem jüngsten Sohn der Familie um, der in wenig mehr als Lumpen gekleidet den Mist auf einen Haufen schaufelte.

»He Junge, halt das mal kurz«, sagte sie und drückte dem Neunjährigen das Metall in die nackte Hand. Der Bursche verdrehte die Augen und schlug um.

»Sieh an«, sagte Keta leise und beugte sich zu dem Jungen herunter. Er lebte noch. »Was für ein nützliches Spielzeug.« Und mit großer Wahrscheinlichkeit das, was Lando im Wald gesucht hat. Da würde sie sich doch gleich nach der Mittagshitze einmal auf den Weg zu dem Köhlerdorf machen.

Kapitel 12

Finni verzog das Gesicht, als sie in die bittere Wurzel biss. »Glaubst du nicht, wir können es riskieren, in das nächste Dorf zu reiten und uns was Ordentliches zu essen zu besorgen? Dieser Magier ist fort, und ohne ihn werden sie sich wohl kaum in den Wald wagen.«

Rhiana würgte den Bissen herunter und stopfte sich schnell einige Beeren in den Mund, die sie am Waldrand gesammelt hatten, um den Geschmack zu übertünchen. »Ich weiß nicht, Finni. Dieser Lando ist ein ziemlich starrsinniger Kerl. Dem würde ich zutrauen, dass er allein in den Wald stapft, wenn er sich etwas davon verspricht.«

Bei der Erwähnung ihres narbigen Widersachers zuckten Finnis Nasenflügel. Die sonst so lebensfrohe Halbelfin war griesgrämig und nörgelte in einem fort. Das war so ganz gegen ihre Art.

»Finni«, sagte sie vorsichtig und legte ihre Hand auf die Schulter ihrer Freundin. »Möchtest du mir erzählen, was …«

Finni sprang auf und entzog sich ihrem Griff. »Das geht dich nichts an«, fauchte sie.

Rhiana nickte traurig. »Tut mir Leid. Ich wollte dich zu nichts drängen«, sagte sie entschuldigend.

Finni stand mit dem Rücken zu ihr und hatte die Arme verschränkt. Nun wandte sie sich langsam um, mit zerknirschtem Gesicht. »Nein, mir tut es Leid. Du kannst ja nichts dafür. Es ist nur so schwer, darüber zu reden, daran zu denken.«

Rhiana erhob sich und trat zu der kleineren Frau, die hilflos und ängstlich wirkte. »Wenn du darüber sprechen möchtest, bin ich für dich da!« Sie umarmte Finni, und nach anfänglichem Zögern erwiderte die zierliche Frau die Umarmung. Rhiana spürte, wie die Halbelfin weinte. Mit tränenerstickter Stimme fing sie an zu erzählen. »Es ist einige Jahre her, damals war ich noch …« Sie brach ab und hob das tränenüberströmte Gesicht aus Rhianas Schulterbeuge.

»Was?«, setzte Rhiana an, aber Finni bedeutete ihr zu schweigen und lauschte. Eisfell schaute von seinem Platz unter einem umgestürzten Baum hervor, wo er sich im Schatten wohlig zusammengerollt hatte, und knurrte leise.

»Reiter!«, sagte Finni, packte ihren Beutel, trat etwas Staub über die Reste ihrer Mahlzeit und eilte in Richtung Waldrand, wo sie die Pferde verborgen hatten.

Rhiana griff sich ihr Schwert und folgte. Im letzten Moment fiel ihr der Wasserbeutel auf. Sie eilte zurück, packte ihn und konnte gerade noch ins Gebüsch hechten, als zwei von Landos Schergen an ihrem Rastplatz vorbeigaloppierten. Eisfell sprang auf und musste von Rhiana mit einem Zischen davon abgehalten werden, bellend hinter den Reitern herzustürmen. Sein Nackenfell war gesträubt, und nun scharrte er ausgiebig mit den Hinterläufen, um klar zu machen, dass er hier der wahre Herr war. Er markierte den Stamm noch einmal und kam dann sichtlich stolz zu den beiden Frauen gelaufen.

»Eine Vorhut?«, fragte Rhiana, während sie sich zu Eisfell herunterbeugte und ihn streichelte.

»Oder Boten. So oder so sollten wir nachschauen gehen«, antwortete Finni, verstaute den Beutel am Pferd und spannte ihren Bogen. »Sicher ist sicher«, verkündete sie auf Rhianas fragenden Blick mit einem Augenzwinkern, das Rhiana aber nicht so unbeschwert vorkam, wie es wirken sollte.

»Wir haben beschlossen, uns nach Möglichkeit heimlich zu verhalten«, merkte sie an.

Finni winkte ab. »Ich war dabei, erinnerst du dich? Diese Ohren sind groß genug, um Worte zu hören, die in ihrer Nähe gesprochen werden.«

Rhiana seufzte. »Ich wollte nur ...«

»Du wolltest nur sichergehen, dass die törichte Gans keine Dummheiten macht. Verzeihung, Eure Prinzessin, dass ich nur eine Gauklerin bin und keine hochwohlgeborene Edeldame, die mit allen Wassern gewaschen und allen Ölen gesalbt ist.« Die Halbelfin deutete eine höhnische Verbeugung an.

Rhiana spürte Wut in sich aufkochen. Nach allem, was sie zusammen durchgemacht hatten – wie konnte Finni ihr da ihre Geburt vorhalten? Sie hatte es sich nicht ausgesucht, Prinzessin zu sein und für die Flüchtlinge zu sorgen. Jetzt, wo Tjalmar tot war, lastete die Verantwortung auf ihren Schultern, und sie war sich nicht sicher, ob sie unter ihrem Gewicht nicht zusammenbrechen würde.

»Wir müssen eben sehr vorsichtig sein«, sagte Rhiana mühsam beherrscht.

»Das sagt die Richtige«, murmelte Finni, als sie sich umdrehte.

Rhiana zog sie mühelos an der Schulter herum. »Was soll das denn heißen?«

Finni schaute auf Rhianas Hand, die noch immer auf ihrer Schulter lag, und dann mit schmalen Augen in ihr Gesicht. Rhiana ließ die Hand sinken und wiederholte: »Was willst du damit sagen?«

»Wer hat uns denn auf Burg Abilacht direkt in die Arme des Feindes geführt? Geheimgang, pah! Die ganze Stadt wusste wahrscheinlich davon.«

Rhiana keuchte empört auf. »Das war ja wohl etwas ganz anderes.«

Finni legte den Kopf schief und lächelte höhnisch: »Weil es da um dich ging?«

Rhiana runzelte die Stirn und schaute die Halbelfin lange an. »Denkst du wirklich so über mich?«, fragte sie dann leise.

Finnis Lächeln verschwand, und auch sie schaute ernst, vielleicht sogar betroffen. Dann wandte sie sich ab und ging in den Wald, durch den sie sich an die Köhlerhütten heranschleichen wollten. »Die Burschen warten nicht auf uns!«

Rhiana schaute ihr nach, warf einen Blick auf ihr Kettenhemd, ließ es dann aber beim Sattel liegen. Sie wollten sich heranschleichen – da störte das klimpernde Ding nur, und auch der Schild wäre nutzlos.

Schweigend huschten sie durch den Wald, Finni immer einige Schritte voraus und ohne sich umzuschauen. Rhiana schüttelte ärgerlich den Kopf – Finni war so unvernünftig! Andererseits, wenn Rhiana ehrlich mit sich selbst war, hatte sie auch schon öfter mal nicht besonders lange nachgedacht, wenn etwas ihr Gemüt erregt hatte.

Finni blieb stehen und gebot ihr mit erhobener Hand anzuhalten, riss Rhiana damit aus ihren Gedanken. Die Halbelfin wies zur Seite, und Rhiana erkannte, dass sie bereits auf Höhe der Hütten waren. Vorsichtig schlichen sie bis an den Rand des Waldes, glitten durch die Farne und das Moos bis zu einem Holunderbusch, dessen kleine schwarze Früchte von den Vögeln oder den Köhlern bereits bis auf wenige Ausnahmen abgeerntet worden waren.

Finni schob die Äste vorsichtig auseinander und legte einen von Farnen gesäumten Blick frei auf die schiefen, kleinen Häuser. Die Männer und Frauen waren offensichtlich im Aufbruch begriffen. Pferde wurden gesattelt. Man packte die Sachen zusammen, und Feuerstellen wurden zugescharrt.

»Sie verschwinden«, sagte Rhiana, und die Freude darüber klang in ihrer Stimme mit. Freude über die Niederlage der Gegner, aber auch Freude auf ein ordentliches Essen, ein Bad und ein weiches Bett im nächsten Gasthaus. Finni antwortete nicht, schlich einige Schritte zur Seite und spähte dort an dem Busch vorbei.

»Lando«, wisperte sie.

Rhiana schaffte sich an einer anderen Stelle ein Guckloch. Tatsächlich, da ging der Krieger, packte sich mit missmutigem Gesicht einen seiner Leute und schob ihn in Richtung Haus. Der Kerl stolperte, fing sich aber wieder und verschwand eilig in der Hütte, nur um wenig später mit der Streitaxt Landos wieder zu erscheinen. Der hatte sich aber bereits abgewandt und kam auf den Waldrand zu. Keine zwanzig Schritt entfernt stellte er sich an einen Baum, öffnete seine Hose und begann, sein Wasser abzuschlagen. Er war ein mickriger Widerling, vom Scheitel bis zur Sohle, und nach allem, was Rhiana erkennen konnte, auch überall dazwischen nicht eben von den Göttern gesegnet. Sie schaute auf und wollte Finni eben eine spöttische Aussage über diesen Umstand zuflüstern. Da sah sie die Halbelfin einen Pfeil auflegen.

»Finni«, zischte Rhiana.

»Lass mich, Rhiana. Er ist allein, unbewaffnet, seine Leute weit weg. So eine Gelegenheit kriegen wir vielleicht nie wieder!« Finni spannte den Bogen und zielte.

»Finni, nein!«, mahnte Rhiana.

»Du hast mir nichts zu befehlen«, sagte die Gauklerin. Ihr Gesicht war angespannt, aber ihre Hände zitterten nicht. Sie würde treffen, und Augenblicke später wären sie von den Schergen ihres Opfers überrannt.

Rhiana sprang auf und packte den Pfeil am Schaft. »Das kann ich nicht zulassen«, wisperte sie Finni eindringlich ins Ohr.

Finni wandte sich ihr schnell zu, senkte den Kopf und biss unvermittelt in Rhianas Hand. Diese konnte einen Schmerzensschrei nur knapp unterdrücken, ließ den Pfeil los und wurde von der Halbelfin zurückgestoßen. Doch Rhiana war eine geübte Kriegerin und fing sich mit einem Ausfallschritt ab. Bevor die Halbelfin den Pfeil lossenden konnte, streckte Rhiana sie mit einem geraden Schlag ans Kinn zu Boden. Der Pfeil kippte vom Bogen, die Sehne schnellte vor und sandte den Pfeil trudelnd ins Unterholz. Rhiana warf sich auf ihre Freundin, drückte ihre Arme mit den Knien auf den Boden und hielt ihr den Mund zu. »Sei still, Finni, oder ich muss dich bewusstlos schlagen!«

Finni blickte sie wütend an, aber ihre Gegenwehr erschlaffte, und sie schwieg. Atemlos lauschte Rhiana auf Rufe oder ein anderes Signal dafür, dass sie bemerkt worden waren, aber es kam nichts. Eine unendliche Zeit später wagte es Rhiana, Finni loszulassen und einen Blick aus ihrer Deckung heraus zu werfen, während Finni aufstand und sich das Kinn rieb.

Sie sah gerade noch, wie Lando aufsaß und den Abmarsch befahl. Dann preschten die Reiter davon und waren bald hinter den Hügeln verschwunden.

»Sie sind weg«, sagte Rhiana und drehte sich um. Finni war nicht mehr bei ihr, aber nach kurzem Suchen entdeckte sie die Halbelfin ein Stück weiter weg im Wald.

»Finni!«, rief sie, doch die Frau reagierte nicht. Unter weiteren Rufen holte Rhiana sie ein und sagte: »Finni, jetzt warte doch. Es tut mir Leid, ich …«

»Sei still!«, blaffte Finni sie an. »Wie sind fertig miteinander. Geh deiner Wege, Prinzessin.«

»Finni, wir sollten wegen so einer Kleinigkeit …«

Wieder wurde die Kriegerin unterbrochen. »Sprich nicht über Dinge, die du nicht verstehst! Ich dachte, man hätte dich zur Kriegerin erzogen, aber offensichtlich bist du nur ein jämmerlicher Feigling!«

Rhiana blieb wie vom Donner gerührt stehen. Das war wohl die größte Beleidigung, die man ihr jemals an den Kopf geworfen hatte. »Finni, sag so etwas nicht«, rief sie ihr wütend nach.

»Was sonst? Schlägst du mich wieder nieder? Reite nach Havena, Prinzesschen, und triff dich mit denen, die dir wirklich etwas bedeuten und die deinen Befehlen gehorchen.«

So dachte die Frau, die sie noch vor wenigen Augenblicken Freundin genannt hätte, also wirklich. Hielt sie für eine verzogene Edeldame, die Mut und Kampfkraft nur vorgab! Wut pulsierte durch Rhianas Adern, als sie rief: »Dann geh doch. Wer braucht dich schon! Verrotte im Wald! Hoffentlich fressen dich die Feen auf!«

Finni hob, ohne sich umzudrehen, den Arm in einer wegwerfenden Geste, trat hinter eine knorrige Silberbuche und damit aus Rhianas Blickfeld. Einige Augenblicke hörte man noch ihre leisen Schritte, dann war die Halbelfin ganz verschwunden.

Sollte sie doch bleiben, wo der Pfeffer wuchs! Rhiana brauchte keine trotzige Gauklerin, um ihren Weg zu finden. Wütend wandte sie sich ab und stapfte zu den Pferden zurück, wo Eisfell sich einen Spaß daraus machte, nach den Zügeln zu schnappen und die Tiere nervös zu machen, indem er unter ihren Bäuchen umherstrich. Rhiana wies ihn scharf zurecht, was ihn nicht wirklich beeindruckte. Dann rief sie ihn zu sich und drückte ihn an sich. »Jetzt sind wir allein, Eisfell«, sagte sie schwermütig.

Sie packte ihre Sachen zusammen, saß auf und ritt los, die beiden anderen Pferde im Schlepptau. Als sie den ersten Hügel hinter sich gebracht hatte, warf sie einen Blick auf den Falben Windspiel und entdeckte noch Sachen von Finni an seinem Sattel: das Holzgeschirr, ihr kleines Messer, drei bunte Holzkugeln. »Und wenn schon!«, sagte sie zu Eisfell, der neben ihr trottete und jetzt den Kopf zu ihr hob. »Wenn sie wegrennt, ist sie selber schuld.«

Aber keine hundert Schritt weiter kam ihr der Gedanke, dass sie damit eigentlich Diebstahl beging, denn auch das Pferd hatte sie Finni geschenkt, und was eine Frau von Ehre einmal wegschenkte, das holte sie sich nicht wieder. Tief im Inneren wusste sie, dass sie nur einen Vorwand suchte, um ihren Stolz zu bewahren und trotzdem hinter der Halbelfin herzulaufen, aber … Sie würde zurückreiten und Windspiel dort zurücklassen, aber das ging ja auch nicht. Wer konnte denn sagen, ob diese störrische Ziege überhaupt noch einmal dort vorbeikam? Am Ende verhungerte das arme Tier oder wurde von wilden Tieren gerissen. Nein, sie würde die Halbelfin einholen müssen und sie anweisen, sich gefälligst um ihr Pferd zu kümmern, ob es der dummen Kuh passte oder nicht.

Rhiana wendete ihr Reittier und lenkte es zurück in das Versteck, nicht ohne alle Pferde an dem kleinen Bach noch einmal saufen zu lassen. Hier, hinter den Büschen, würde niemand die Tiere entdecken, bis sie wieder da war, und sie hatten in der Zwischenzeit genug grüne Triebe, die sie bei Laune hielten.

»Komm Eisfell, du musst mir helfen!« Sie hielt ihm das Ersatzhemd der Halbelfin unter die Nase, und im Nu eilte sie hinter dem stolzen Tier durch den Farindelwald. Sie hoffte inständig, dass sie Finni fanden, bevor es irgendjemand oder irgendetwas sonst tat!

Kapitel 13

Keta wischte sich den mit Schweiß vermischten Staub von der Stirn und verharrte kurz im Schatten einer frei stehenden Kastanie. Das hatte sie nun von ihrem Geiz. Drei Heller hatte der Bauernjunge haben wollen, um sie mit dem Ochsenkarren hierher zu fahren, und wenn sie nicht eigentlich gut gelaunt gewesen wäre, hätte sie ihn dafür mit dem Besen verdroschen. Unverschämter Bengel, bei dem Preis, den sie seiner Mutter zahlte, sollte das eine Selbstverständlichkeit sein. Aber gut – vermutlich war es ohnehin besser, allein bei Lando aufzutauchen, denn wenn etwas schief lief, konnte sie sich nicht auch noch um einen vorlauten Bengel kümmern.

Seufzend machte sie sich wieder auf den Weg. Wenn sie wenigstens etwas Wein oder Kautabak dabei hätte. So blieb ihr nichts anderes, als die Landschaft zu betrachten, um sich zu unterhalten. Sie konnte den geschwungenen grünen Hügeln mit den mal roten, mal gelben und blauen Blumenflecken nicht viel abgewinnen. Der knorrige alte Wald war ihr da schon lieber, so verdreht und hartborkig wie sie selbst. Aber am wohlsten fühlte sie sich in einer vollen Soldatenschenke, mit dem Geruch von billigem Fusel, Schweiß und Rauschkraut in der Luft. Stattdessen roch sie jetzt den süßen Hauch der Blumen. Sie zuckte mit den Schultern. Was tat man nicht alles für seine Rache …

Endlich kamen die Köhlerhütten in Sicht, von denen Oliva berichtet hatte, aber schon von weitem sah Keta, dass der Vogel ausgeflogen war. Hufspuren von zahlreichen Pferden hatten die Wiese drum herum aufgerissen, kalte Feuerstellen säumten die Zwischenräume der Häuser, und abgenagte Hasen- und Rebhuhn-Knochen lagen um sie verstreut. Langsam näherte sich Keta und warf einen Blick in die Häuser – sie waren einfach eingerichtet und klein, mit Bettkammern, der Boden bestand aus verzogenen Holzbohlen über nackter Erde, bedeckt von einer Lage alten Strohs. Als sie das letzte Haus, das etwas abseits stand, erreichte, stieg ihr ein Geruch in die Nase, den sie aus zahlreichen Kriegen kannte. Das eine, winzige Fensterloch war mit einer Decke verstopft. Keta zögerte nur einen Augenblick. Dann öffnete sie die Tür und erwartete niedergemetzelte Köhlerleute vorzufinden, aber zu ihrer Verwunderung waren sie in vergleichsweise gutem Zustand, was vor allem erst einmal hieß, dass sie lebten.

Sie lagen gefesselt dort, Männer, Frauen und Kinder, insgesamt wohl vierzehn an der Zahl, teilweise übereinander und von der Hitze entkräftet. Sie waren an Händen und Füßen gebunden, immer zwei mit einem kurzen Seil aneinander, und schmutziges Tuch diente als Knebel. Der Gestank rührte von ihren Ausscheidungen her, die man sie offensichtlich nicht hatte draußen loswerden lassen. Keta seufzte, zog sich ihr Hemd über die Nase und trat zu dem ersten Köhler hin, um ihn loszuschneiden.

Es dauerte eine Weile, bis der bärtige Mann sie und seine neu gewonnene Freiheit überhaupt bemerkte, aber als er ihrer gewahr wurde, kämpfte er sich unter atemlosen Danksagungen auf die Beine. Keta drückte ihm das Messer in die Hand. »Befreie deine Freunde.« Dann ging sie hinaus. Es war nun wirklich nicht ihre Aufgabe, voll geschissene Gefangene zu versorgen. Stattdessen setzte sie sich auf eine Bank vor dem Haus, beobachtete, wie sich die Köhlerleute gierig auf Wasser und das bisschen Essen stürzten, das Landos Leute übrig gelassen hatten, sich wuschen und ihre Glieder streckten. Aus dem Haus klang lautes Wehklagen, und ein kleines Kind schrie wie am Spieß. Als sechsfache Mutter erkannte Keta sofort, dass es Hunger hatte. Sie hörte sich das Geplärre eine kurze Weile an, ging dann zurück in die Hütte und sah sich um. Am Boden neben der Leiche eines alten Mannes hockte seine Frau, die ebenfalls schon graues Haar hatte und weinend die Hand des Toten hielt. Da konnte Keta nichts mehr tun. Den Alten hatte wohl die Hitze hingerafft, denn sie konnte keine Wunden entdecken. Aber am Geschrei des Kindes konnte man etwas tun: Die Mutter versuchte bereits, es zu stillen, aber da sie selber völlig ausgetrocknet war, hatte sie keine Milch mehr in der Brust.

Keta murmelte leise wütend vor sich hin und stapfte nach draußen. Statt ein lohnendes Geschäft mit dem Halsabschneider Lando zu schließen und ihre Rache zu erhalten für den grausamen Angriff auf ihren Leib und ihre Seele, für den er verantwortlich war, spielte sie jetzt Großmutter für diese verwanzten, stinkenden Köhlerkinder. Als wenn sie nicht schon genug Sorgen hatte.

»Du!«, rief sie eine junge Magd zu sich heran, die sich ihr mit verweinten Augen ängstlich näherte. »Hör auf zu flennen«, befahl Keta und drückte ihr zwei Silbertaler in die Hand. »Los, geh mit zwei oder drei anderen ins nächste Dorf und kauf Essen und Milch. Die Milch ist das wichtigste – dass du mir die nicht vergisst, sonst gibt's Senge!«

Das Mädchen schaute erschrocken, nickte dann aber und stakste auf wackeligen Beinen davon. Hoffentlich brach sie mit Ketas Geld nicht unterwegs zusammen – sie musste von der grausamen Gefangenschaft ziemlich geschwächt sein. Vielleicht hatten sich Landos Leute auch auf sie und ihre Schwestern geworfen, wenn es ihnen langweilig wurde. Aber die Mädchen würden damit fertig werden, andere schafften es auch, und die Frau an sich war stark. Außerdem würde sie schon dafür sorgen, dass die Schweinehunde mit Lando zugrunde gingen.

Sie sah, wie das Mädchen ihre Begleiter zusammensuchte und sich auf den Weg machte. Als sie verschwunden war, setzte Keta sich wieder an den Tisch. Wenig später trat ein Bärtiger zu ihr, nach dem Tod des Alten möglicherweise das Oberhaupt der Familie – bei den Köhlern bestimmten meist die Männer. »Wie können wir Euch nur jemals danken?«, fragte er, während er seine Hände knetete und verlegen wie ein Kind zu Boden schaute.

Keta schnüffelte. »Nun, zum einen könntet Ihr Euch gründlicher waschen gehen. Das wäre schon ein großes Zeichen der Dankbarkeit und würde von meiner Nase freudig aufgenommen. Zum anderen gibt es nichts auf dieser Welt umsonst. Also freut Euch nicht zu früh!«

Der Mann runzelte die Stirn und schaute enttäuscht drein.

»Na, nun fangt mal nicht gleich an zu flennen«, beschwichtigte Keta ihn. »Ich will ja nicht Euren Erstgeborenen. Bringt mir rasch mal ein Stück Pergament oder ein weißes Tuch oder etwas anderes, auf das man schreiben kann.«

Der Mann schaute sie immer noch an. Keta seufzte. »Habe ich zu schnell gesprochen? Soll ich Euch eine Kindergeschichte erzählen, dass Ihr es versteht? Bewegt Euch, etwas zum Schreiben!«

Endlich kam Bewegung in den Köhler, und er eilte davon. Keta schüttelte lächelnd den Kopf – dieses Dorfvolk war wirklich erfrischend dumm und leicht zu durchschauen.

Als der Bärtige ihr ein weißes Tuch gebracht und sie es mit vier Steinen auf dem Tisch ausgebreitet hatte, überlegte sie kurz. Dann schrieb sie Lando mit Kohle eine kurze Notiz, die besagte, dass sie wahrscheinlich habe, was er suche, und man sich über den Preis sicher einigen könne, wenn er zurück zum Farindel käme. Ihren Namen darunter, fertig war der erste Schritt. Jetzt musste sie die Nachricht nur noch zu Lando bekommen. Sie schaute sich nachdenklich um und entdeckte schließlich einen Mann mittleren Alters, der trotz der schwächenden Gefangenschaft munter Eimer mit Wasser heranschaffte. Sie wies den Bärtigen an, ihn herzuholen, und als er vor ihr stand, fragte sie: »Kannst du reiten?« Der Mann nickte unverständig. »Und wie steht es mit dem Spurenlesen?«

»Leidlich«, brummte der Kerl mit einer überraschend tiefen Stimme. Keta nickte und befahl dann: »Du leihst dir zwei Pferde. Hier hast du einen Silbertaler, das sollte reichen. Und dann folgst du den Reitern, die euch hier eingesperrt haben.«

Der Mann wollte etwas einwenden, aber Keta hob drohend die Hand zur Ohrfeige, und er verstummte. Es war eine wahre Pracht, wie die Dresche der Mutter die Männer ihr ganzes Leben im Bann hielt. »Sobald du sie eingeholt hast, rufst du immer wieder laut, dass du Nachricht vom Farindelwald bringst. Kannst du lesen?« Der Mann schüttelte stumm den Kopf. »Gut. Du gibst dem Mann mit den Narben, und nur ihm, das hier.« Sie überreichte dem Mann das gefaltete Stofftuch. »Pass auf, dass es nicht nass wird. Falls die Nachricht verloren geht, sagst du ihm einfach, dass Keta etwas hat, das er haben will, und er soll zurück zum Farindel kommen. Hast du das verstanden?«

Der Mann nickte wieder, aber zur Sicherheit ließ Keta ihn alles noch einmal wiederholen, was sie ihm aufgetragen hatte.

»Gut, dann mach dich auf den Weg. Wenn du deine Aufgabe gut machst, kriegst du zwei weitere Silbertaler!«

Man sah dem Mann an, dass er sich Gedanken darüber machte, woher eine Hure wie sie so viel Geld hatte, und Keta musste kichern. »Ich musste viel liegen, bevor ich so aufrecht stehen konnte«, sagte sie, und der Mann errötete, was Keta in noch lauteres Lachen ausbrechen ließ. Was war das für ein Landstrich, in dem sogar die Köhler schamhaft waren?

Der Mann verabschiedete sich von seiner Familie, die ihn nicht gehen lassen wollte, machte sich schließlich aber doch auf den Weg, und Keta schaute ihm nach.

Da würde sie wohl eine Weile hier bleiben müssen, denn bis der Mann die Reiter eingeholt und die Nachricht übergeben hätte, konnten ein paar Tage vergehen. Sie hoffe nur, dass Lando so dumm war, wie sie hoffte. Sie kicherte, denn daran bestand eigentlich gar kein Zweifel.

Als ein kleiner Junge ihr unterwürfig eine Schüssel mit frisch gepflückten Beeren vorsetzte, schaute sie auf. Das war recht so. Sie würde Oliva holen und mit ihrer Tochter hier wohnen, bis Lando zurückkehrte – hier würde man die beiden wenigstens angemessen behandeln, wo sie doch allen das Leben gerettet hatte. Und mehr Geld würde es sie auch nicht kosten. Keta lächelte zufrieden und stopfte sich mit beiden Händen Beeren in den Mund, dass der Saft aus ihrem Mund in ihren Ausschnitt troff und der Junge mit offenem Mund seiner Spur folgte.

»Warte ein paar Jahre«, sagte Keta, »dann darfst du bei einer anderen neben den Blicken auch die Hände oder andere Sachen drüber gleiten lassen!« Der Junge blickte erschrocken auf, dass sie seinen Blick bemerkt hatte, und stürmte dann unter Ketas lautem, krächzendem Gelächter beschämt davon.

Kapitel 14

Rhiana sah sich einmal mehr um. Hüfthohe Farne wuchsen in diesem Bereich des Farindelwalds, an den Stämmen der Bäume wucherten Schwämme, und zu ihren Füßen standen Pilze. Eisfell schnüffelte ausgiebig an einem kleinen Rotbuchen-Sprössling, wandte dann den Kopf und lief weiter, wie Rhiana hoffte, auf der Spur der Halbelfin. Ihr Zorn auf Finni war lang schon verraucht. Jetzt wollte sie die Törichte nur wieder finden, bevor es dunkel im Farindel wurde. Eine Schreckensnacht in dem verwunschenen Wald hatte ihr gereicht, und auch jetzt lief es ihr kalt den Rücken herunter, wenn sie sich vorstellte, was hinter den Büschen und Bäumen alles lauern konnte. Sie fasste ihr Schwert, zog es aber nicht und wunderte sich über ihren Mut. Offensichtlich hatte Taljmar sie gut genug erzogen, und auch Neel hatte ihr immer wieder eingetrichtert, dass ein guter Soldat keinen Kameraden im Stich ließ.

Der Wolfshund wurde wieder schneller, wand sich um Stämme, übersprang Unterholz und tauchte unter Ästen hindurch. »Eisfell!«, zischte sie, als sein Schwanz in einem Gebüsch weit vor ihr verschwand und nicht mehr zu sehen war. Es dauerte einen Moment, dann kam das prächtige Tier mit gespitzten Ohren aus dem Gebüsch getrottet, blieb stehen, und der Gesichtsaudruck wirkte, als wollte er fragen, warum sie so langsam war. »Ich habe nur zwei Beine«, sagte Rhiana fast entschuldigend und schloss zu ihm auf. »Lauf bitte etwas langsamer.«

Viele Leute, sogar in der *Zuflucht*, hatten sich darüber lustig gemacht, dass sie mit dem Tier sprach, als hätte es einen Geist, als würde es sie verstehen – aber genau das war der Fall, da war sich die junge Frau sicher. Und auch diesmal untermauerte Eisfell ihre Annahme, indem er langsam vor ihr einher schritt, immer wieder nach hinten schaute, um sich zu vergewissern, dass sie noch folgte, und enge Stellen mied.

Plötzlich brach etwas durch das lichte Blätterdach. Rhiana zuckte zusammen und riss ihr Schwert heraus. Es war ein großer Vogel mit Flügeln von sicher zwei Schritt Spannweite. Erst einen Schritt über ihrem Kopf fing der hellbraun gemusterte Raubvogel seinen Sturz ab – es war ein ungewöhnlich großer Sturmfalke, erkannte sie nun, nachdem sie vor dem gewaltigen Ansturm in die Hocke gegangen war. Aber das Tier wollte nicht sie angreifen. In seinen Klauen hatte er eine Schwalbe gefangen. Ein Tropfen Blut löste sich aus dem Gefieder des erjagten Vogels, bevor der Falke sich mit weiteren kraftvollen Flügelschlägen entfernte. Rhianas Herz pochte bis zum Hals, Schweiß stand ihr auf der Stirn, der rot vom Schwalbenblut war, als sie ihn wegwischte. Was für ein Schreck.

Eisfell bellte auf, und Rhiana wirbelte herum, um zu sehen, was das Tier ihr anzeigen wollte. Ihr Herz machte einmal mehr einen Satz, denn hinter ihr drängten sich knarrend und raschelnd Eichensprösslinge aus dem Boden, wie Kerzenfäden, die man aus dem heißen Wachs zog. Sie wurden zusehends größer und dicker. Rhiana drehte sich um. Auch hinter ihr stachen Bäume wie Speere aus dem Boden. Bald würden sie mastdick sein und wenig später eine undurchdringliche Wand bilden, wenn sie mit unverminderter Geschwindigkeit weiter wuchsen.

Rhiana überlegte nicht lange. Mit einem beherzten Sprung warf sie sich durch die noch dünnen Bäume hindurch, schlug dabei schmerzhaft mit der Hüfte an und krachte auf den Boden. Ihre Beine lagen zwischen zwei Bäumen, und behände wie eine Schlange wand sich ein Ast um ihr Bein. Bevor sie reagieren konnte, sprang Eisfell herbei und biss zu. Seine scharfen Zähne zermalmten das fingerdicke Holz, sodass sich Rhiana mit einer Rückwärtsrolle aus dem Gefahrenbereich bringen konnte.

Schwer atmend starrte sie auf die krachend und knirschend wachsenden Bäume, voller Bewunderung für die Kraft der Natur und voller Angst vor ihrer Gewalt. Es dauerte nur Augenblicke, dann war die Baumfront geschlossen – wäre sie noch immer im Inneren des Kreises, bliebe sie wohl auf ewig darin gefangen.

Sie ließ sich zu Eisfell herunter und drückte ihn an sich. Wieder einmal hatte das kluge Tier ihr Leben gerettet. Eisfell schmiegte sich an sie, drängte seinen Kopf in ihre Armbeuge und stieß sie damit fast um. So verharrten sie einen Augenblick, bis ein schriller Vogelschrei über ihnen ertönte. Eisfells Kopf ruckte hoch, und mit dieser Bewegung warf er sie vollends um. Rhianas Angst und Anspannung entluden sich in einem befreienden Lachen, das ihr jedoch in der Kehle stecken blieb, als sie den Vogel sah, der den Schrei ausgestoßen hatte. Er war ein kleines, langschwänziges Tier mit blutrotem Gefieder, so wie der Vogel, der den Angriff der Riesenkäfer auf die Soldaten eingeleitet hatte. Vielleicht war es sogar genau dieser Vogel. Das Tier wandte den Kopf hin und her, um Rhiana und Eisfell besser betrachten zu können. Dann schwang es sich in die Luft, schraubte sich in einem halsbrecherischen Sturzflug durch einige Äste und verschwand im Wald.

»Auf den müssen wir achten, Eisfell, der bedeutet nichts Gutes«, sagte sie leise. Eisfell knurrte, und es klang in ihren Ohren zustimmend.

Nach einem kurzen Moment der Sammlung stand

Rhiana mit einem Ruck auf. »Wir müssen Finni finden, und dann nichts wie weg hier!«

Eisfell lief einen Augenblick schnüffelnd im Kreis. Dann stürmte er zielstrebig los. Rhiana folgte ihm und konnte im letzten Moment den langen braunen Trieben einer Ogerbeerenranke ausweichen, weil sie die kleinen gelbgrauen Blüten entdeckte. Das fehlte noch, dass sie sich die Stacheln dieses Dickichts ins Fleisch stach und mit schmerzhaften Entzündungen zu kämpfen hätte. In einem weiten Bogen umlief sie das Gewächs und folgte Eisfell, der sie immer weiter in den Farindel führte.

Es mussten Stunden vergangen sein. Rhianas Beine schmerzten, und sie war vollends durchgeschwitzt, als sie an eine kleine Lichtung gelangten, die eine umgestürzte Kastanie bei ihrem Fall gerissen hatte. Das Unglück musste schon eine ganze Weile her sein, denn der Stamm des Baumes war weitgehend verrottet, und die Reste waren mit dichtem Moos überwachsen. Trotzdem hatten sich die Büsche und anderen Bäume die von ihm gebrochene längliche Lichtung noch nicht zurückgeholt – aber im Farindel, das hatte Rhiana mittlerweile gelernt, folgte auch die Pflanzenwelt ihren ganz eigenen Gesetzen.

Eisfell blieb stehen und spitzte die Ohren. Da hörte auch Rhiana ein Schnauben und das Rascheln von Blättern. Aber Eisfell schaute nicht auf die Lichtung hinüber, sondern spähte in den Wald dahinter. Vorsichtig ging Rhiana um den Baum herum, der ihr den Blick auf die offene Fläche versperrte, und entdeckte zu ihrer Überraschung Finni, die mit einem verzückten Lächeln auf den Resten eines Astes saß und auf den hinteren Teil der Lichtung schaute. Ihre Sachen lagen hinter ihr verstreut, als wenn sie den Rucksack, den Tuchbeutel und ihren Bogen achtlos fallen gelassen hatte. Rhiana ging weiter um den Baumstamm herum und wollte sie eben rufen, als mit einem Schnauben ein wunderschönes Pferd in ihr Blickfeld trat. Nein, kein Pferd, ein Einhorn. Auf der Stirn des glänzend weißen, prächtigen Tieres, umrahmt von einer Mähne wie Seide, ragte ein etwa zwei Spann langes, gedrechseltes Horn, das schimmerte wie Perlmutt. Die Nüstern waren rosig, der Schweif von der Farbe frischer Milch. Das einzig Dunkle an dem Einhorn waren die vom Gras der Lichtung fast verdeckten Hufe.

Es war mit einem Stockmaß von höchstens sieben oder acht Spann klein, zumindest im Vergleich zu Rabe, dem Rappen Rhianas, aber seine Bewegungen drückten Stärke und Selbstsicherheit aus. Es hob schnaubend den Kopf, als es Rhiana und Eisfell bemerkte, aber es zeigte keine Angst. Das hier war sein Wald, und das machte das Wesen durch seine stolzen Bewegungen mehr als deutlich.

Finni drehte den Kopf und sah Rhiana an, erkannte sie und hob die Hand zum Gruß. Ihr Lächeln blieb so breit wie vorher, und kein Zeichen des früheren Ärgers war zu erkennen. Rhiana lächelte erleichtert zurück, wollte auf die Lichtung treten, hielt dann aber inne. So schön wie das Einhorn war, durfte man doch Schönheit nicht mit Güte gleichsetzen. Früher, so hatte Onkel Tjalmar erzählt, hatte man Einhörner mit Jungfrauen angelockt, und wenn sie dann vor Ort waren, hatten mutige Männer einen gefährlichen Reigen mit dem Tier getanzt. Sie wichen seinen blitzschnellen Hornstößen aus, bis es in seiner Wut das Horn in einen Baum rammte und sich nicht mehr befreien konnte. Erst dann hatten die Männer eine Chance, das Tier zu töten. Sicher hatte Tjalmar übertrieben, wie er es so oft getan hatte, wenn er Rhiana vor etwas besonders eindringlich warnen wollte, aber wenn er sich diese Mühe machte, waren Einhörner auf jeden Fall mit Vorsicht zu genießen.

Rhiana winkte Finni zu sich heran, aber sie schüttelte den Kopf, als fürchtete sie, das Tier könnte verschwinden, wenn sie nicht bei ihm blieb. Rhiana rang mit sich. Einerseits wollte sie das stolze Tier gerne aus der Nähe betrachten, und sie hatte auch nicht das Gefühl, dass es bösartig war, auf der anderen Seite würde sie ein Fehler in dieser Sache teuer zu stehen kommen. Ach, genug der Sorgen, das war wahrscheinlich die einzige Gelegenheit, die sie bekam, ein Einhorn zu sehen, und sie würde sie nutzen! Rhiana ging los, doch Eisfell stellte sich ihr in den Weg.

»Schon gut, mein Freund, es wird mir nichts tun«, beruhigte sie ihren treuen Begleiter. Aber der wandte sich um, die Haare an seinem Rücken stellten sich auf, und er zog knurrend die Lefzen hoch. Seine Aufmerksamkeit galt nicht dem Einhorn – er witterte etwas im Wald hinter der Lichtung.

»Was spürst du da, mein guter Eisfell?«, fragte Rhiana, kraulte ihn hinter den Ohren und starrte in den Wald, aber sie konnte nichts erkennen. Hier und da raschelte es – vermutlich kleine Tiere, die nach Nahrung suchten oder herumtollten. Dann, unvermittelt, änderte sich Rhianas Wahrnehmung. Es war, als würde sie herunterfallen und von weiter unten auf den Wald schauen, aber das Bild wurde nicht von den Augen gebildet, sondern war vorrangig eine Mischung aus Geruch und Gehör. Die unerklärliche Nähe, die Eisfell und Rhiana verband, hatte einmal mehr dafür gesorgt, dass sie Bilder aus seinem Geist wahrnehmen konnte. So erkannte sie nun im Wald ein Wesen, das sich langsam parallel zur Baumlinie an das Einhorn und Finni heranpirschte, konnte aber die Form nur erahnen.

So plötzlich der Eindruck gekommen war, verschwand er wieder, und Rhiana musste sich wieder auf ihre eigenen Sinne verlassen. Doch nun wusste sie, wo sie hinschauen musste, und erspähte eine Gestalt im Wald, etwa so groß wie ein Mensch und von ebensolcher Form, wohl mit einem Bogen bewaffnet. Genau konnte sie es nicht erkennen, denn auf dem Wesen lag ein Schimmer, der die Farben der Bäume in seiner Umgebung spiegelte oder annahm. So wirkte es, wenn man nicht genau wusste, wo sich das Wesen befand, als würde nur eine Brise durch den Wald rascheln. Ein elfischer Zauber möglicherweise? Oder ein Spuk des Farindel?

Das Wesen hielt an, und mit zusammengekniffenen Augen beobachtete Rhiana, wie es den Bogen spannte. Da erst erkannte sie die Gefahr: Das Wesen wollte auf das Einhorn oder, schlimmer noch, auf Finni schießen.

»Vorsicht!«, schrie Rhiana und rannte auf den Waldrand zu, das Schwert in der Hand. Das Einhorn wieherte und stieg auf. Seine Vorderhufe zischten mit so gewaltiger Kraft durch die Luft, dass sie den alten Stamm zum Einsturz brachten, als das Einhorn ihn versehentlich traf. Finni sprang mit einem erschrockenen Schrei zur Seite und lief um das Einhorn herum. Rhiana hatte den Waldrand erreicht und stürzte sich auf den Angreifer, aber Augenblicke zu spät. Als sie ihn zu Boden riss, sirrte der Pfeil bereits durch die Luft, und erneut schrie die Halbelfin auf. Entsetzt ließ Rhiana von dem Schützen ab und starrte auf ihre Gefährtin, aus deren Bauch der federgeschmückte Pfeilschaft ragte. Die zierliche Frau zog daran, aber der Pfeil steckte fest. Dann sackte sie in sich zusammen.

Ein schwerer Schlag in den Rücken trieb Rhiana die Luft aus den Lungen und ließ sie auf die Lichtung stolpern – sie hatte sich ablenken lassen von ihrem Gegner, war unachtsam wie eine Novizin gewesen. Doch nun wirbelte sie herum, wütend und kampfbereit. Der Gegner trat aus dem Wald, und wie Wasser floss der magische Effekt von ihm ab, tanzte noch einen Augenblick auf den Grasspitzen, war dann verschwunden. Vor ihr stand ein schmutziger, blutverschmierter Kerl, nur mit einem zerrissenen Lendenschutz bekleidet. Um die Hüfte trug er einen Gürtel, an dem viele Tierohren verschiedener Art baumelten, abgerissen oder abgebissen. Rhiana erkannte Rehohren, Hasenlöffel, aber es waren auch Ohren dabei, die annähernd menschlich wirkten, von starker Behaarung, seltsam geformter Spitze und Ohrläppchen abgesehen. Egal was oder wen der Junge getötet hatte, er war gefährlich, und ein Blick in seine blutunterlaufenen Augen machte klar: Er war nicht bei Sinnen.

Mit einem Schrei drang er wieder mit dem Bogen auf Rhiana ein, schwang ihn wie einen Knüppel, aber die geübte Kriegerin hatte keine Schwierigkeit, seinem ungestümen Ansturm auszuweichen. Sie deutete eine Finte gegen den Kopf an, und als der Junge den Bogen hochriss, holte sie ihn mit einem Fußtritt gegen die Brust von den Füßen. Sie holte aus und hielt dann doch inne, trotz aller Wut über den Angriff auf ihre Gefährtin. Das hier wäre kein ehrenhafter Sieg, es wäre ein Hinschlachten. Es wäre ihr ein Leichtes gewesen, den Attentäter zu töten – er hatte ihrer Kampfkunst nichts entgegenzusetzen, wie sie ohne Hochmut feststellte –, aber sie wollte es nicht. Vielleicht konnte das Fieber, das den Jungen gepackt hatte, geheilt werden. Vielleicht gab es Hoffnung für diesen Burschen.

Sie ließ das Schwert sinken, und der Junge lächelte, doch nicht erleichtert, wie sie erst dachte, sondern hämisch. Mit einer überraschend schnellen Bewegung sprang er auf, wich zurück und zog dabei zwei Pfeile aus dem Köcher. Es waren Jagdpfeile mit Widerhaken, und ihre Spitzen glitzerten rot-bräunlich. Er hatte ein Gift darauf gestrichen, schoss es Rhiana durch den Kopf, und ihre Angst um Finni wurde noch größer. Aber jetzt musste sie sich zuerst um sich selbst sorgen, denn auch ein ungeübter Kämpfer konnte mit einer vergifteten Waffe einen Glückstreffer landen. Dann nutzte es nichts, wenn man ihn anschließend niederstreckte. Der Junge packte die Pfeile wie Dolche, einen in jeder Hand.

Sie verlagerte das Gewicht und suchte nach einer guten Gelegenheit für einen Stoß oder einen Schlag. Die Schonzeit war vorbei, der Junge selbst hatte die Regeln geändert – wer feige kämpfte, hatte keine Gnade verdient.

Der Junge stach mit der Rechten zu. Rhiana zertrümmerte ihm mit einem Schlag das Handgelenk, führte das Schwert weiter und traf seinen Hals. Blut spritzte auf die Klinge. Der Junge sackte zusammen, keuchte noch einmal, zweimal. Dann erschlaffte er. Der Kampf war vorbei.

Rhiana schaute einen kurzen Augenblick bedauernd auf ihr Opfer hinunter – ein so junges Leben ausgelöscht durch ihre Hand. Aber es hatte sein müssen.

Finnis schmerzerfülltes Stöhnen scholl über die Lichtung und riss Rhiana aus ihrem Gram. Das Einhorn stand zwischen der Elfe und Rhiana und hatte das Horn drohend gesenkt. Das Fell schimmerte nun nicht mehr reinweiß, sondern hatte einen roten, bedrohlichen Glanz. Rhiana schluckte und holte tief Luft, doch da hob das Tier den Kopf wieder. Der rote Glanz verschwand mit einem Geräusch wie klirrendes Eis, und das Einhorn ging rückwärts aus dem Weg. Erst langsam, dann schneller, als sie an dem Wesen vorbei war, ging Rhiana zu Finni. Die Halbelfin war bleich, ihre Lippen blau, auf ihrer Stirn stand der Schweiß, und ihre Glieder zitterten.

»Mutter«, sagte sie mit matter Stimme, als Rhiana ihre Wunde betastete. »Mutter, ich sehe dich.«

Das Gift wirkte schnell, so viel konnte Rhiana sehen, auch wenn sie nicht viel von der Heilkunst verstand. Hätte sie sich doch nur öfter von Maruna oder der alten Usmida Heilkräuter und deren Verwendung zeigen lassen. Die Druidin oder die Heilerin könnten in einem Wald wie diesem vermutlich problemlos in aller Schnelle das passende Kraut finden, aber Rhiana war dazu verdammt, ihrer Freundin beim Sterben zuzusehen.

Entschlossen stand sie auf und hob Finni auf ihre Arme, die durch die Schwertübungen stärker waren, als sie aussahen. Sie lief los, wollte zum nächsten Dorf, wo es hoffentlich eine Hebamme oder einen Bader gab – auf einen vollwertigen Medicus oder gar einen heilkundigen Magier wagte Rhiana gar nicht zu hoffen. Sie hatte den Rand der Lichtung fast erreicht, als das Einhorn mit lautem Wiehern vor sie sprang und den Weg versperrte. Rhiana versuchte, um den kräftigen, geschmeidigen Pferdeleib herumzugehen, aber das Tier blieb zwischen ihr und dem Wald.

»Bitte«, sagte sie verzweifelt, und Tränen liefen ihr über die Wange, obwohl sie dagegen ankämpfte. »Sie stirbt!«

»Nicht weinen, Mutter. Ich freue mich doch darüber«, fieberte die Halbelfin und wand sich auf ihrem Arm hin und her. Doch das Einhorn kannte keine Gnade. Es versperrte auch weiterhin den Weg. Rhiana versuchte es auf der anderen Seite, aber auch hier versperrte es ihr den Durchgang. Der Kopf ruckte blitzschnell vor, und Rhianas Herz machte einen Sprung, aber statt sie mit seinem Horn zu durchbohren, stieß das Tier sie grob mit der Schnauze zurück auf die Lichtung. Voller Verzweiflung ließ Rhiana es geschehen, denn mit der sterbenden Finni auf den Armen konnte sie das Einhorn einfach nicht umlaufen. Es war zu schnell. Immer wieder stieß das Tier sie an, immer wieder flehte sie es an, bis sie sich schließlich resignierend umdrehte und tiefer in den Farindel treiben ließ. Mutlos setzte sie einen Fuß vor den anderen. Immer wieder schob das Einhorn sie in eine andere Richtung. Während sie durch den Wald stolperte, schaute sie Finni ins Gesicht. Die Haut war so bleich geworden, dass man die Adern unter der Haut sehen konnte, und ihre Lippen brachten nun keine Worte mehr hervor, sondern zitterten nur noch zu stummem Wimmern.

»Halte durch, Finni, halte durch!«, beschwor Rhiana sie, aber warum sie durchhalten sollte, das wusste sie selber nicht, denn das unnachgiebige Einhorn trieb sie immer weiter in den Wald, fort von möglicher Hilfe. Eisfell war nirgendwo zu entdecken, was die Hoffnungslosigkeit in Rhianas Herzen nur noch verstärkte. Ob das Ungetüm sie töten würde, wenn sie stehen blieb? Rhiana hatte nicht übel Lust, es auszuprobieren – oder ihm ihr Schwert in den Leib zu stoßen. Aber sie hatte gesehen, wie schnell das Tier war. Sie wären im besten Fall dann beide tot.

Plötzlich wichen die Blätter der dichten Büsche zurück und gaben den Blick frei auf einen kleinen See, der wie gemalt wirkte. Über eine Treppe von Steinen murmelte ein Rinnsal in den See, der selber kaum vier Schritt durchmaß. Direkt um ihn herum wuchs Moos, und etwas weiter entfernt standen Fruchtbäume und Beerensträucher dicht an dicht, teilweise sogar Pflanzen, die in diesen Gegenden Aventuriens gar nicht wachsen dürften: Ein Feigenbaum stand neben einem Rahjabeeren-Strauch, die saftigen Früchte eines Birnenbaumes hingen über einem Schneeballbusch. Kleine Vögel sangen lieblich und flatterten zwischen den Bäumen umher. Ein großer, vielfarbiger Schmetterling stieg in die Luft und umtanzte die Spitze des Einhorns, ließ sich schließlich sogar darauf nieder.

Rhiana schaute sich staunend um. Etwas Schöneres hatte sie selten gesehen. Aber was nützte ihr das, wo ihre Freundin im Sterben lag?

Das Einhorn trieb sie weiter auf die Lichtung, und

als sie aus der Waldgrenze heraustrat, hatte sie kurz das Gefühl, einen weiten Sprung gemacht zu haben. Das Moos federte unter ihren Schritten, und erst jetzt stiegen ihr auch der süße Geruch der Früchte und die Frische des aufgewirbelten, kühlen Wassers in die Nase.

Das Einhorn wieherte laut, und nur einen Wimpernschlag später krachte hinter Rhiana etwas aus dem Wald. Sie wollte herumwirbeln, aber da wurde sie schon von starken Händen an den Schultern und Armen gepackt und gehalten. Finni entglitt ihrem Griff, aber so schnell, dass sie nur als flirrender Schemen zu erkennen war, sprang eine Gestalt herbei und fing sie auf. Dann erkannte Rhiana das Wesen vor ihr: Es war ein Faun mit gedrechselten Hörnern und dem Unterleib eines Tieres.

»So sieht man sich wieder«, sagte das Feenwesen mit einer sonoren, aber auch lüsternen Stimme und schaute an ihr hinauf und hinab.

Rhiana wehrte sich mit aller Kraft, aber obwohl sie mit Tritten nach hinten die Angreifer – ebenfalls Faune von ähnlicher Gestalt – mehrmals traf, ließen sie nicht los, und ihr Griff war hart wie Eisen. Während sie sich wand und schimpfte, betrachtete der Faun die sterbende Finni in seinem Arm. »Oho, das ist eine böse Wunde. Tödlich, möchte ich meinen.«

Rhiana erkannte, dass sie sich so nicht befreien konnte. Sie musste auf eine bessere Gelegenheit warten. »Bitte«, sagte sie darum, »lasst uns gehen. Wir kommen auch nie wieder in den Farindel, ich verspreche es, nur lasst uns gehen!«

»Und auf eure ...«, er schaute auf Rhianas Brüste und ließ die Zunge zitternd hervorschnellen, »leckeren Rundungen verzichten?«

»Sie stirbt, wenn ich nicht schnell einen Heiler finde«, rief Rhiana verzweifelt und drängte die schlechten Gedanken daran zurück, was mit ihr geschehen mochte, wenn die Faune den Spaß an diesem Spiel verloren und ein anderes beginnen wollten.

Der Faun grinste und offenbarte sein Raubtiergebiss. »Ich glaube, sie stirbt trotzdem. Ist ja auch kein Wunder … da steckt ja noch was in der Wunde.« Er lagerte Finni mühelos auf einen Arm, wie man einen Säugling halten würde, und schnippte gegen den Pfeil. Finni stöhnte auf.

»Das muss raus!«, verkündete das grausige Wesen und riss den Pfeil in einer Blutfontäne mit einem Ruck aus dem Leib der Halbelfin. Finni schrie auf und mit ihr Rhiana. Finni krümmte sich auf dem Arm des Fauns, dann sackte sie in sich zusammen, das Gesicht vom eigenen Blut besudelt. Ihr Peiniger schüttete sich aus vor Lachen, und auch seine Kumpane meckerten ein grausames Gelächter.

»Och, jetzt ist sie ganz schmutzig«, sagte der Faun und warf Finni in hohem Boden in den See. Ihr lebloser Körper klatschte auf die Wasseroberfläche und versank langsam. Wenn sie nicht durch das Gift oder die Wunde starb, würde sie ertrinken.

Die Faune lachten noch lauter. Der vor ihr ließ sich sogar auf den Boden fallen und kugelte darauf herum. Aber durch das vergnügte, grausame Gelächter lockerte sich der Griff ihrer Wächter. Rhiana nutzte die Gunst der Stunde, riss sich los, rollte über den Boden, unter den grapschenden Händen der Faune hindurch und zog im Aufstehen ihr Schwert. Der Faun zu ihren Füßen schaute verblüfft zu ihr hoch, als sie das Schwert mit Wucht in seine Brust stieß und glutrotes Blut um die Schneide herum aus seiner behaarten Brust quoll. Rhiana wollte die Waffe wieder herausziehen, aber der Faun packte die Schneide mit der Hand und sandte Rhiana mit einem wuchtigen Tritt seines behuften Fußes nach hinten auf den Boden.

Er stand auf und zog das Schwert aus seiner Brust, die blutenden Wunden an seiner Hand nicht beachtend. »Mädchen!«, sagte er tadelnd. »Was soll denn das? Sieh doch richtig hin!«

Er wies mit dem Finger zum Teich, und obwohl Rhiana vermutlich besser den Gegner im Blick behalten hätte, folgte sie seinem Fingerzeig. Finni war von den Strudeln des Rinnsals auf den Rücken gedreht worden. Ihr Gesicht hatte wieder Farbe, und die Wunde an ihrem Bauch war spurlos verschwunden.

»Nicht mal mehr einen kleinen Scherz darf man machen«, maulte der Faun, ließ Rhianas Schwert zu Boden fallen und sprang kopfüber in den See. Als er wieder auftauchte, hatten sich grüne Wasserpflanzen um seine Hörner geschlungen, aber darauf achtete Rhiana kaum – ihr Blick haftete auf der tiefen Brustwunde, die sich zusehends schloss.

»Eine Heilquelle«, sagte Rhiana leise, aber der Faun hatte es trotzdem vernommen.

»Schön und auch noch klug«, spottete er. »Dich muss ich einfach haben!«

Wiehernd trat das Einhorn vor Rhiana und scharrte mit dem Vorderhuf.

»Ein Scherz!«, sagte der Faun gedehnt. »Hat denn der ganze Wald seinen Humor verloren?« Kopfschüttelnd und wassertriefend zog er sich den niedrigen, grasbewachsenen Überhang hinauf, der den kleinen Teich umringte, und fischte Finni aus dem Wasser. Vorsichtig bettete er sie auf eine Stelle, die mit besonders dichtem Moos bewachsen war und sich als Ruhestatt förmlich anbot. Rhiana konnte sich nicht erinnern, sie vorhin schon dort gesehen zu haben.

»So, wir sollten sie aus den nassen Sachen bekommen«, sagte der Faun, schnalzte vorfreudig mit der Zunge und machte sich daran, Finnis Oberteil aufzuschnüren.

»Nein«, rief Rhiana, und erst jetzt erhob sie sich. »Bitte, das mache ich.«

Der Faun runzelte die Stirn, schürzte die Lippen und trat dann von Finni zurück: »Bitte sehr. Da rettet man ihr das Leben, und dann darf man nicht mal einen Blick auf ihre Brüste werfen. Wie ich es immer sage: Undank ist der Menschen Lohn.«

Rhiana wollte etwas erwidern, einen Dank aussprechen, aber der Faun redete bereits weiter. »Das Gift steckt in ihrem Körper, und es wird dauern, bis es verschwunden ist. Gib ihr täglich mehrmals von dem Wasser zu trinken und schone sie, dann wird sie es überleben.«

Rhiana nickte stumm.

»Wenigstens ein Kuss?«, fragte der Faun mit breitem Grinsen, und das Gelb seiner Zähne war fast so kräftig wie das seiner Augen. Rhiana machte unwillkürlich einen Schritt zurück, und der Faun seufzte: »Prüde Ziege.«

Dann winkte er seinen Kumpanen, und sie verschwanden so schnell im Wald, wie sie gekommen waren. Rhiana eilte zu Finni, die triefend nass, aber äußerlich unverletzt im Schatten vor ihr lag. Schnell entkleidete sie die Halbelfin, legte ihre Kleidung zum Trocknen in die Sonne und zog kurzerhand ihr eigenes Hemd aus, um es über die knabenhafte Gestalt der Elfe auszubreiten.

Finni schlug die Augen auf. »Rhiana«, sagte sie matt, und ihre Hand glitt zu ihrem Bauch.

»Keine Sorge«, sagte Rhiana, »es ist eine lange Geschichte, aber du wirst wieder gesund!«

Der Kopf des Einhorns erschien über ihrer Schulter, und Finni lächelte. »Es ist noch da.«

Die Kriegerin nickte erleichtert auf ihre Gefährtin herunter. »Ja, es ist noch da.«

Dann sackte Finni wieder in einen Schlaf, aber diesmal ohne Fieberträume – es war ein tiefer, ruhiger, erholsamer Schlummer.

Rhiana blickte auf ihre eigenen nackten Brüste und wunderte sich einmal mehr, wie unterschiedlich Menschen sich entwickelten. Ihr Körper war trotz der unzähligen Übungsstunden irgendwie rund, auch wenn ihre Arme von manch einem muskulös genannt werden würden. Finnis Körper hingegen war schmal und zart. Sicher auch wegen des elfischen Blutes in ihren Adern.

Vor allem aber, musste sie feststellen, war ihr Körper verschwitzt und schmutzig und hatte ein Bad nötig. Ob es statthaft war, sich in einer Heilquelle zu waschen? Andererseits gab es in der Nähe sicher kein anderes Wasser, und sie konnte Finni nicht allein lassen.

Ihr Blick fiel auf die Bäume und Sträucher am Rande der Lichtung. Sie war auch sehr hungrig, und das reife Obst sah köstlich aus. Also stand sie auf, ging zu einem Birnenbaum und griff nach einer prallen, gelben Frucht. Doch bevor ihre Hand sie erreichte, schwebte die Frucht zur Seite weg. Rhiana trat verwundert einen Schritt zurück, blinzelte einige Male. Dann sah sie über der Frucht plötzlich eine kleine Gestalt schweben. Es war eine sehr kleine, nackte Frau, nicht mal fünf Finger groß, die von Libellenflügeln in der Luft gehalten wurde – eine Blütenfee! Rhiana starrte sie lächelnd an. Da kicherte die Fee und schleuderte ihr die Birne mitten ins Gesicht. Die reife Frucht zerplatzte, und Saft und Fruchtfleisch liefen Rhianas Wangen herunter, tropften auf ihren Oberkörper. Vielstimmiges, helles Gelächter erklang, und jetzt kamen Aberdutzende dieser winzigen Wesen auf die Lichtung geflogen, umkreisten Rhiana lachend, zupften an ihren Haaren, zischten zwischen ihren Beine und unter ihren Armen hindurch. Rhiana konnte gar nicht so schnell schauen, da hatten sie schon alles, was klein genug war, von ihr stibitzt.

»Kusch, geht weg«, rief Rhiana und wedelte mit den Händen. Dabei musste sie ein sehr lustiges Bild geboten haben, denn über das Gekicher der Plagegeister schallte nun das matte Lachen Finnis, die erwacht war und das Ganze mit angesehen hatte. Rhiana drehte sich zu ihr um, und durch einen schillernden Vorhang aus Feenwesen sah sie ihre Freundin aufgestützt auf dem Moos liegen und lachen. Sie stimmte in das Lachen mit ein, führte eine vollendete Verbeugung durch und ging langsam zu Finni hinüber, darauf bedacht, keine der Blütenfeen zu verletzen. Aber sie waren so flink, dass diese Sorge vermutlich ohnehin unbegründet war.

Als sie merkten, dass sich Rhiana nicht mehr an ihren Spielchen störte, ließen sie von ihr ab. Rhiana setzte sich neben ihre Freundin nieder, die matt lächelte.

»Schlaf ruhig, Finni, du brauchst Ruhe«, sagte Rhiana.

»Was ist geschehen?«

Rhiana lächelte und berichtete. Während sie sprach, kamen einige Blütenfeen angeflogen und legten Obst vor den beiden Frauen ab, die es lächelnd mit einem Dank entgegennahmen. Finni knabberte nur an einem Apfel, aber Rhiana griff voll zu und erzählte mit vollem Mund weiter. Es war gut, dass sie noch nicht baden gegangen war, denn die Früchte waren so saftig, dass der Saft ihr am Kinn herab bis auf den Bauch lief. Als sie geendet hatte und Finni lächelnd in den Schlaf gesunken war, ging Rhiana sich waschen. Das Wasser war kalt und bescherte ihr eine Gänsehaut, aber trotzdem: Was für eine Wonne!

Als Finni das nächste Mal erwachte, war es bereits Abend. Rhiana hatte sich Sorgen gemacht, weil sie kein Feuer entzünden konnten und es sicher sehr dunkel werden würde, aber ihre Sorge hatte sich als unbegründet herausgestellt. Das Moos, das auf dem kleinen

Felsen der Heilquelle wuchs, begann mit Einbruch der Dunkelheit bläulich zu leuchten und hüllte die Lichtung in ein mattes Licht.

Sobald Finni ganz wach war, reichte ihr Rhiana einen Kelch aus Blättern, gefüllt mit dem heilenden Quellwasser, und sie trank es gierig. Dann betrachtete sie das Gefäß. »Schön!«

Rhiana lächelte. »Danke. Maruna hat mir gezeigt, wie es geht.«

»Die alte Druidin aus eurem Dorf?«, fragte Finni.

Rhiana nickte.

»Du musst sehr glücklich gewesen sein. Wie war es denn dort?« Die Gauklerin setzte sich ächzend auf und lehnte sich gegen die Rückwand. Rhiana blickte traurig zu Boden, und Finni sagte schnell: »Tut mir Leid, ich wollte nicht …«

Rhiana winkte ab. »Schon gut. Ich denke, du solltest erfahren, mit wem du herumreist.«

Und Rhiana erzählte der Halbelfin von den Ereignissen der Vergangenheit, von ihrer Jugend in der *Zuflucht*, wo man sie zur Amazonen-Kriegerin und Prinzessin erzogen hatte. Von dem Wenigen, was sie über ihren Vater wusste, dem König Arlos des Inselreichs Talania, und den Thronräubern, vor denen die letzten Überlebenden heute noch auf der Flucht waren. Und auch Einzelheiten von den schrecklichen Ereignissen, die zum Tod ihres Ziehvaters und Lehrmeisters Tjalmar und schließlich zu ihrer Reise nach Abilacht geführt hatten: der Schlacht um die *Zuflucht*, die erneute Flucht, den Angriffen des Gestaltwandlers. Viel davon hatte Finni zwar schon gehört, aber nicht in dieser Ausführlichkeit und Klarheit.

Als ihr die schmerzhaften Erinnerungen die Tränen in die Augen trieben, schloss Finni sie trotz ihrer Schwäche lange in die Arme und flüsterte beruhigende Worte.

Rhiana schreckte hoch. Sie ruhte mit dem Kopf auf Finnis Schoß, die selber, im Sitzen an den Fels angelehnt, schlief. Sie murmelte im Schlaf, aber das war es nicht, was Rhiana aufgeweckt hatte. Ein lautes Knarren und Rascheln hatte sie aus dem Schlaf gerissen, und mit weit aufgerissenen Augen entdeckte Rhiana die Quelle der Geräusche: Im bleichen Licht des Madamals kam ein großer Baum auf die Lichtung geglitten. Er benutzte seine Wurzeln als Gehwerkzeuge. Sie schlängelten sich wie Würmer über den Boden. Rhiana stupste Finni an, die nur einmal aufbrummte und weiterschlief. Erst der zweite Stoß weckte sie: »Was ist?«

Rhiana zeigte schweigend auf den Baum. Finni rieb sich die Augen und schaute hinüber. Dann war auch sie mit einem Mal hellwach. »Ach du meine Güte!«

Der Baum nahm keine Notiz von ihnen, glitt vorbei und ließ sich mit einem knarrenden Laut, der fast wie ein zufriedenes Seufzen klang, am Rand des Sees nieder. Seine Wurzeln glitten in das murmelnde Wasser, ein Schaudern ging durch den gewaltigen Stamm bis in die langen Äste hinein. Dann war der Baum still, und niemand käme auf die Idee, dass er etwas anderes als eine ganz normale, wenn auch für die Gegend untypische Weide wäre.

»Du hast das doch auch gesehen, oder?«, fragte Finni.

Rhiana nickte. »An so was muss man sich im Farindel wohl gewöhnen. Ich glaube nicht, dass er uns etwas tun wird.« Sie schaute sich um. »Das Einhorn ist weg«, sagte sie dann.

Finni zuckte nur mit den Schultern. »Sie bleiben nie lange, das weiß man doch aus den Geschichten. Aber es war schön, eines gesehen zu haben. Davon kann ich meinen Enkeln noch erzählen.« Die Halbelfin lächelte zufrieden.

»Ich glaube, ich kann schon wieder aufstehen«, sagte sie, machte Anstalten sich zu erheben und sackte sofort wieder auf den Boden. Nur Rhianas schneller Griff verhinderte, dass sie mit dem Kopf an den Fels schlug. »Wohl doch nicht«, sagte sie kläglich und ließ sich von Rhiana helfen, sich zurechtzusetzen.

»Hunger?«, fragte Rhiana, und Finni nickte. An Schlaf war nach dieser Aufregung nicht mehr zu denken, also pflückte sie möglichst leise und vorsichtig einige Früchte. Aber nicht leise genug – eine der kleinen Blütenfeen erwachte, streckte sich mit einem putzigen Gähnen und schaute sich schmatzend um. Dann sah sie an Rhiana vorbei den Baum und weckte mit einem hellen Trillern ihre Gefährtinnen. Sofort war die Luft erfüllt vom Sirren ihrer Flügel, und sie umtanzten den Baum, als würden sie einen alten Freund begrüßen. Ein Knarren klang über die Lichtung, als das Baumwesen seine Äste öffnete und die Feen unter seine Krone ließ. Sofort verschwanden sie in den dichten Ästen, und man hörte sie darin umherschwirren.

Rhiana hatte nach einem Gesicht Ausschau gehalten, aber nichts verriet das Besondere des Gewächses. Solange er sich nicht bewegte, war er in allen Belangen ein Baum.

Sie reichte Finni die Früchte und biss selber in einen roten Apfel, nun vorsichtiger und zur Seite gebeugt, um sich nicht zu bekleckern. »Und?«, fragte sie dann. »Was hast du so alles erlebt, bevor du dich den Gauklern angeschlossen hast?«

Die junge Frau musterte sie einen Augenblick und sagte dann: »Das ist eine lange Geschichte.«

Es war nicht das erste Mal, dass Rhiana auffiel, wie ablehnend Finni einem Gespräch über ihre Vergangenheit gegenüberstand. Was konnte die Halbelfin in ihrem kurzen Leben so Schlimmes erlebt haben, dass sie nicht darüber sprechen wollte?

Die Kriegerin schaute sich um. »Du kannst nirgendwo hingehen, ich will nirgendwo hingehen, und wenn du nicht weißt, wie man mit einem Baum redet, wird es sonst sehr langweilig.«

Finni lächelte. »Ihr gebt wohl niemals auf, Prinzessin Rhiana.«

Die Angesprochene zuckte mit den Schultern, schmunzelte aber ob der förmlichen Anrede. Noch vor kurzem hätte sie sich darüber geärgert, aber seitdem war viel geschehen.

»Na gut, du sollst deine Geschichte haben«, sagte Finni mit einem schweren Seufzer, setzte sich wacklig zurecht und drohte mit dem Finger. »Aber dass du es nur weißt, wenn ich wollte, könnte ich vermutlich sogar wirklich mit dem Baum dort sprechen.«

Rhiana schaute sie erstaunt an. »Tatsächlich?«

»Das und einige andere Dinge, von denen ihr Rundohren nichts versteht.« Finni lächelte spitzbübisch und zupfte sich am spitzen Ohr.

»Na, wenn es danach geht, hast du ein halbrundes Ohr, und das sieht nun wirklich noch komischer aus als ein rundes!«

Finni lachte herzhaft über diesen doch recht albernen Scherz, und Rhiana vermutete, dass sie auf diese Weise über ihre Unsicherheit hinwegtäuschen wollte.

Rhiana wartete.

»Meine Mutter war eine Auelfe«, begann Finni schließlich. »Über meinen Vater weiß ich nichts, außer, dass meine Mutter ihn sehr geliebt hat.«

»Dann bist du bei Elfen aufgewachsen?«, fragte Rhiana staunend.

»Eine Zeit lang schon, bis ich acht war. Aber ich weiß von dieser Zeit nicht mehr allzu viel. Nur vage Erinnerungen und einzelne Bilder sind geblieben. Am klarsten steht mir noch die Liebe meiner Mutter vor Augen. Sie hat mich umsorgt und gepflegt, und weil sie mich liebte, nahm mich auch ihre Sippe an. Nur die Kinder haben mich verspottet. Das ist wohl überall so, egal, ob man unter Menschen oder Elfen ist.«

Rhiana nickte. Kinder mochten unschuldig geboren sein, aber sie konnten auch schrecklich grausam miteinander umgehen.

»Eines Tages kam meine Mutter von der Jagd nicht wieder nach Hause. Ein Rudel tollwütiger Wölfe hatte sie überfallen und so stark verletzt, dass auch ihre Heilmagie ihr nichts mehr nützte.« Finni zog die Beine an und legte das Kinn auf die Knie. Unter Rhianas Hemd war sie noch immer nackt, aber es war warm genug, dass dies ihrer Genesung nicht schaden würde. Auch Rhiana fror trotz bloßem Oberkörper nicht.

»Das tut mir Leid«, sagte Rhiana.

»Danke«, erwiderte Finni mit einem traurigen Lächeln. »Ich habe in den Jahren seitdem genug Tränen darüber vergossen, dass es den Yaquir über die Ufer treten lassen würde. Dort lebten wir, weißt du? Im Yaquirtal, im Lieblichen Feld. Ich entsinne mich an grüne Wiesen und das Rauschen des Flusses – in meinen Erinnerungen sah es dort überall so aus wie hier.« Sie umfasste die Lichtung mit einer kraftlosen Geste.

»Es muss sehr schön dort gewesen sein«, sagte Rhiana mitfühlend.

»Das war es. Aber als meine Mutter starb, hatte ich keinen Platz mehr bei den Elfen. Ich verstand ihre Sprache, aber ich beherrschte sie nicht in den Feinheiten, wie ein Elf es tut. Das hatte nichts mit Faulheit oder fehlendem Talent zu tun. Die Sprache der Elfen ist Ausdruck ihrer Gefühlswelt und ihrer Traditionen. Ich wusste oft nicht, was gemeint war, und konnte es auch dann nicht verstehen, wenn es mir erklärt wurde, weil diese Dinge bei einem Menschen, der ich zur Hälfte nun mal bin, keinen Widerhall finden. Und ich war auch nicht gut in ihrer Magie – aus den gleichen Gründen.« Sie seufzte. »Für Elfen ist die Magie ein Teil dessen, was sie umgibt, ein Teil der Natur. Sie zaubern nicht bewusst, sondern wenden Magie so selbstverständlich an, wie sie den Zweig eines Baumes zurückbiegen.«

»Da hast mal erwähnt, dass du auch etwas Koboldmagie beherrschst«, warf Rhiana ein.

»Das kam erst später, wie auch die menschliche Magie, und von Beherrschung kann keine Rede sein. Du weißt ja, meistens klappt meine Magie nicht. Oder nicht so, wie es sein soll.«

Rhiana schmunzelte. »Wie der Fesselzauber, mit dem du Neel und mich am tödlichen Duell gehindert hast und dabei selbst gefesselt wurdest? Oder der Zauber, der anfangs nicht das Türschloss des Kerkers öffnete, sondern mein Messer verbog?«

»Genau das meine ich.«

»Schon ein kleiner oder ein nicht ganz gelungener Zauber ist mehr, als ich jemals hinbekommen könnte«, beruhigte Rhiana sie. »Und vergiss nicht, am Ende warst du beide Male sehr erfolgreich.«

»Stimmt, aber eben nur mit sehr viel Glück.« Finni zuckte die Schultern. »Ich bin eben alles nur halb. Ein halber Mensch, eine halbe Magierin. Keine Ausbildung, nur abgeguckte Sachen. Und ich musste mich völlig umstellen, als die Elfen mich zu meinen Eltern – ich meine zu meinen menschlichen Zieheltern – brachten.«

»Die Elfen haben dich verstoßen?«, fragte Rhiana entsetzt und war verblüfft, als Finni lachte.

»Nein, Unfug. Sie haben mich zu den besten Eltern gegeben, die man sich vorstellen konnte, und mich auch danach noch immer gelegentlich besucht. Aber für Elfen vergeht die Zeit irgendwie anders, und so lagen zwischen zwei Besuchen mal Monate, mal nur Tage, und ich musste trotz allem, was sie mir zeigten und beibrachten, doch das meiste selber lernen.«

Finni legte sich zurück, und Rhiana glitt neben sie auf das Moos, das sich angenehm auf der Haut anfühlte und unter ihrem Gewicht leicht nachgab – es war bequemer als jeder Strohsack in einer Herberge sein könnte.

»Das waren gute Zeiten. Sicher, ich musste auf dem Feld mithelfen und auch sonst schwer arbeiten, aber es war immer jemand da, der einen in den Arm nahm. Wir hatten genug zu essen, und wenn die Ernte mal nicht reichte, halfen die Elfen mit Jagdwild aus.« Sie kicherte. »Einmal, ich erinnere mich noch genau daran, kamen Schergen des Grafen zu uns und behaupteten, mein Vater würde wildern. Zuerst war das gar nicht komisch, denn sie wollten ihn mitnehmen und anklagen, aber wie sie meinen Vater und den halben Hirsch herauszerrten, stand da die versammelte Elfensippe, die Bogen gespannt, und der Anführer fragte den Büttel, wohin er denn mit ihrem Hirsch wollte. Der stotterte rum, das wäre der Hirsch des Grafen, und darum wäre es strafbar, ihn zu schießen. Die Elfen trieben den Mann fast zum Wahnsinn, indem sie einfach nicht verstanden, wieso ein Hirsch, der durch den Wald lief, den sie Heimat nannten, plötzlich jemand anderem gehören könnte. Oder wie denn ein Hirsch, der offensichtlich bereits zur Hälfte in den Mägen der Familie lag, im Besitz eines anderen sein sollte. Und wenn ja, sollte er ihnen diesen Zauber beibringen, mit dem man bereits gegessenes Essen wohlbehalten wieder aus dem Leib herausbekäme. Das wäre in Hungerszeiten sehr nützlich.« Finni kicherte erneut. »Danach kam nie wieder jemand zu uns, um uns Übel anzutun.« Plötzlich verfinsterte sich ihre Miene. »Bis zu jenem Tag.«

Finni schwieg lange, und Rhiana hütete sich, sie zu drängen. Offensichtlich war sie an einem schweren Punkt ihrer Vergangenheit angelangt, und wenn die

Halbelfin ihn mit ihr teilen würde, dann sollte sie es aus freien Stücken tun.

Als Finni Luft holte, um weiterzusprechen, erstickte ein lang gezogenes Heulen die Worte im Hals. Es war kein Tier, das diesen Laut ausstieß: Ein starker Windstoß kam aus dem Wald gefegt und spielte auf den Astlöchern und den Wurzelspalten der alten Bäume eine grausige Melodie. Dem schrecklichen Laut folgte eine unnatürliche Stille. Sogar das aufgeregte Geschnatter der Blütenfeen war verstummt.

Zwischen den Farnen und Büschen am Rand der Lichtung sickerte Nebel auf die offene Fläche, umfloss Finnis Kleidung, ohne sie zu berühren, und schloss langsam, aber sicher einen Kreis um die beiden Frauen, die in der plötzlichen Kühle fröstelten.

Rhiana dachte an Flucht, aber der Nebel strömte überall gleichermaßen aus dem Wald heraus, hing in den Bäumen ringsum. Die milchigen Fluten türmten sich wie eine Wand vor ihnen auf, formten sich dann zu einer schwebenden Gestalt, verdichteten sich weiter, und schließlich war aus den Nebenschwaden eine Frau von elfengleicher Schönheit geworden, bei der nur noch ihre in einem unsichtbaren Wind wogenden, durchscheinend weißen Haare einen Hinweis auf ihre Übernatürlichkeit gaben. Sie sprach, aber ihre Lippen bewegten sich nicht: »Kleine Mädchen. Ich spüre Angst – was fürchtet ihr?«

Rhiana starrte das Wesen, die Frau, an und suchte fieberhaft nach einer Antwort, die nicht beleidigend wirkte. Das Gesicht der Frau war jung, mit zarten Zügen, aber ihre Augen wirkten unendlich alt und trotz ihrer perfekten Form auch wieder nicht wie die eines Menschen, Elfen oder Zwergs. Etwas lauerte dahinter, offenbarte, dass die menschliche Gestalt nur eine Larve war, die das Wesen anlegte, um mit ihnen zu sprechen.

Ein glockenhelles Lachen erklang überall in der Luft – oder doch nur in ihrem eigenen Kopf? Dann wieder die sanfte, wohlklingende Stimme der Frau: »Ihr fürchtet mich. Wie weise von euch und doch – wie unnötig. Von mir wird euch kein Leid geschehen.«

Die Frau machte einen Schritt zur Seite, der sie schwebend bis zu den Ästen der Weide brachte, die sich knarrend zu einer Art luftigen Thron verwandelten, in dem sie Platz nahm. »Ihr habt«, sprach sie weiter, »einen der Euren getötet, um einen der Unseren zu retten. Erklärt!«

Rhiana runzelte die Stirn und wollte eben zu einer Erwiderung ansetzen, als die Frau den Kopf schräg legte und amüsiert sagte: »Ihr versteht meine Frage nicht. Ich mache es klarer.«

Aus dem Wald trat das Einhorn, das der Pfeil des irren Jägers eigentlich treffen sollte.

»Jetzt versteht ihr«, stellte die Holde – denn eine solche hohe Fee, eine Adelige unter den Jenseitigen, musste sie sein – zufrieden fest und wartete.

Nach einer Weile nahm sich Rhiana ein Herz. »Ich sah meine Freundin in Gefahr, also handelte ich, wie ich es gelernt habe.«

Die Frau beugte sich vor und schaute auf Rhiana hinab. »Du zermalmst, tötest, verstümmelst, kämpfst.« In ihrer Stimme war kein Vorwurf, aber die Kriegerin hatte trotzdem das Gefühl, sich verteidigen zu müssen.

»Ich beschütze«, sagte sie trotzig.

Das Feenwesen legte den Kopf schräg und musterte Finni. »Du hast weise gehandelt. Diese da ist ein Opfer wert.«

Langsam fühlte sich Rhiana sicherer, auch wenn das Gefühl blieb, in der Anklage zu stehen. »Ich töte nur, wenn nichts anderes hilft.«

Die Frau glitt von ihrem Ast herunter wie Wasser, ihre Füße verschwanden kurz im Boden. Dann kniete sie wenige Spann vor Rhianas Gesicht und spähte in ihre Augen.

»Die Andere war in ihm«, sagte die Holde. »Er war nicht zu retten.«

»Welche Andere?«, fragte Finni mit leiser, ängstlicher, aber auch entzückter Stimme.

»Die Andere«, wiederholte die Frau und löste sich wieder in Nebel auf, der auf das Wasser sickerte. Über dem See fügten sich die Schwaden erneut zu ihrer Gestalt zusammen.

»Ich verstehe nicht. Wer ist die Andere?«, drängte Finni.

»Die Andere ist wie ich und doch so anders. Ist mir nah wie die linke Hand der rechten und doch so fern wie der Mond der Sonne.« Die Fee tippte mit ihrem Zeh auf die Wasseroberfläche, und silbern glitzernde Kreise breiteten sich davon aus. Wo sie an das Ufer stießen, stiegen goldene Funken wie Gischt auf, die sich langsam, Glühwürmchen gleich, auf der Lichtung verteilten.

»Sie ist auch eine Holde?«, fragte Rhiana und streckte einen Finger aus, um einen der goldenen Funken zu berühren, aber als er auf ihre Haut traf, verblasste er und wurde zu einem winzigen Wassertropfen.

»Dieser Begriff. Ihr Menschen nennt uns so, ja. Doch sie schätzt keine Menschen. Hasst euch.« Der Singsang der Fee stieg Rhiana in den Kopf und machte sie schwindelig.

»Und Ihr mögt die Menschen?«, fragte Finni hoffnungsvoll.

Wieder dieses Lachen, das jetzt beinahe spürbar vom Waldrand widerhallte. »Sie sind mir egal.«

Finni verzog enttäuscht das Gesicht.

»Der Wald ist unser, doch die Menschen sind verständiger, als die Andere glaubt. Ihr könnt lernen, könnt gehorchen. Das könnt ihr gut: gehorchen!« Die Fee glitt zum Einhorn hinüber und strich ihm über die Nüstern. Wo sie sein Fell berührte, glomm es noch eine Weile silbern nach.

»Darin unterscheidet ihr euch von uns«, offenbarte sie. »Der Wald ist unser. Euresgleichen sollte ihn nicht betreten, wenn ihr die Wege nicht kennt.«

Rhiana blickte Finni fragend an, aber auch sie schien die Worte der Holden nicht ganz zu verstehen. »Welche Wege?«, fragte Rhiana und kam sich sehr dumm vor, als die Fee wieder ihr Lachen erklingen ließ, das der Kriegerin bis in den Bauch drang.

»Wissen, was der Wald wünscht. Die Tiere ehren. Die Pflanzen lieben. Dann dürft ihr kommen, sage ich. Dann müsst ihr sterben, sagt die Andere.« Die Fee schwebte nun direkt über den Frauen, die ihren Kopf in den Nacken legen mussten, um zu ihr aufzuschauen.

»Wenn wir alles richtig machen, müssen wir sterben?«, fragte Rhiana verwirrt. Ihr Kopf klang mit jedem Wort der Fee mit, und sie glaubte die Laute nicht nur zu hören, sondern nun auch zu sehen, als helle Blitze in ihrem Blickfeld.

»Ihr müsst sterben, wenn ihr den Wald betretet. Das will die Andere. Hütet euch vor ihr!«

»Wie können wir das tun?«, fragte Finni, und ihre Aussprache klang verschliffen – offensichtlich beeinflusste der seltsame Zauber der Holden auch die Halbelfin.

»Folgt den Tierpfaden. Meidet den roten Vogel – er ist ihr Bote. Meidet den Eber – er ist ihr Gefährte. Meidet den Wald!«

Die Fee glitt durch den Felsen in ihrem Rücken und trat vor ihnen aus dem Boden wieder hervor, als wäre beides nur Luft.

»Dann müssen wir den Wald verlassen?«, fragte Rhiana besorgt. Finni wäre sicher noch nicht wieder in der Lage, die lange Reise zum nächsten Dorf zu unternehmen.

»Ich blicke in eure Herzen«, sagte die Holde, und mit diesen Worten löste sich ihr Leib einmal mehr in Nebel auf. »Ihr dürft bleiben. Hier seid ihr sicher!«

Mittlerweile drehte sich alles um Rhiana, und sie bekam nur noch am Rande mit, wie der Nebel sich in den Wald zurückzog, wie Tau in der Morgensonne verschwand. Der Baum ließ ächzend seine Äste sinken. Dann machte er sich knirschend und raschelnd auf den Weg, schüttelte sich am Rand der Lichtung heftig, bis die Blütenfeen laut schimpfend wie Spatzen aus seinem Geäst stoben, und verschwand dann im Wald. Es erschien Rhiana, als würden die anderen Bäume sich zur Seite neigen, um ihm Platz zu machen, aber das konnte auch der Schwindel sein.

Plötzlich erschien Eisfell am Waldrand, sprang wedelnd auf sie zu und warf sie um. In seiner Freude schleckte er ihr quer durch das Gesicht, ein Verhalten, das er sonst den gewöhnlichen Hunden überließ. Das Letzte, was Rhiana wahrnahm, bevor sie in einen traumlosen, erholsamen Schlaf glitt, war Eisfells Gefühl, sie nach einer langen Zeit endlich wieder gefunden zu haben. Er war eben doch nur ein Tier, sodass ihm ein Tag wie mehrere Wochen erscheinen konnte.

Kapitel 15

Cet streckte sich, aber er kam nicht an den kleinen Korkball, den sich die anderen Kinder reihum zuwarfen. Er schnaufte und wischte sich den Schweiß von der Stirn – immer kam es so! Irgendwann kam er in den Kreis, und dann blieb er darin, so lange, bis einer der anderen freiwillig hineinging und ihn erlöste oder das Spiel abgebrochen wurde. Aber heute war keiner gewillt, ihn aus seiner Pein zu befreien.

Prinzessin Rhiana war nun schon lange weg, und auch wenn es keiner zugeben wollte, die Eltern hatten Angst. Cet hatte selbst gesehen, wie der Vater sich in den Armen der Mutter in den Schlaf geweint hatte, und wo seine Eltern leise und traurig wurden, da griffen andere zur Knute und schrien herum. Idra hatte blaue und grüne Striemen an den Armen, und wie immer, wenn ihre Mutter sie für echte oder eingebildete Frechheiten vertrimmt hatte, ließ die starke Zwölfjährige es an Cet aus. Er war zwar beinahe so groß wie das Mädchen, aber erst acht und konnte bei weitem nicht so gut schlagen.

»Spring, du fettes Schwein!«, rief Idra und warf den Ball bis knapp unter die verfaulte Holzdecke des Raumes, so hoch, dass Cet ihn unmöglich fangen konnte.

»Nicht so hoch«, beschwerte sich Cet keuchend. Wenn er sich schnell bewegte, fiel ihm bald das Atmen schwer. Maruna, die Druidin, hatte mit seinen Eltern geschimpft, dass er zu dick sei und nicht so viel zu essen bekommen sollte, aber wenn er traurig war, machte ihm sein Vater Fettgebackenes oder gab ihm Honig. Das machte ihn wieder froh, und wenn Cet froh war, konnte auch sein Vater wieder lächeln. Cet war oft traurig in letzter Zeit und sein Vater auch – seit Selma tot war, seine ältere Schwester, waren alle in der Familie immer traurig, und sogar die kleine Trom weinte mehr als sonst. Die Mutter konnte das Kind, das erst vor ein paar Monaten in ihre Familie gekommen war, nicht mehr säugen. Vor Kummer, sagte sie und schimpfte oft mit Cet und dem Vater – dann gab es wieder gezuckerte Früchte und Honig.

»Na los, du Walfisch! Fetter, bleicher Walfisch! Spring um den Ball!«, rief Idra, und einige der anderen lachten über ihre Worte und über seine ungelenken Bewegungen. Cet streckte sich nach dem Ball. Er strengte sich wirklich an, denn sein Vater sagte immer, dass man alles schaffen konnte, wenn man es nur wirklich wollte. Cet wollte den Ball wirklich fangen, aber trotzdem segelte er gut einen Spann über seine kurzen Finger hinweg.

»Walfisch! Walfisch! Walfisch!«, rief Idra, und viele der anderen Kinder stimmten mit ein. Das war das Neueste. Walfisch nannten sie ihn jetzt, seit sie das Bild im unteren Teil des Hauses entdeckt hatten. Es war aus bunten Steinen an die Wand eines Raumes gefügt, der wohl vor der Großen Flut mal ein Badezimmer gewesen war. Jetzt war der Stein vergilbt und algenüberzogen, aber trotzdem konnte man den Wal sehen, der aus dem Wasser schnellte und sich vergeblich nach der Praiosscheibe streckte, so wie Cet nach dem Ball.

»Das reicht jetzt«, sagte Yann. Er war fast vierzehn und der Einzige, der Cet nicht hänselte. Der kleine, dicke Junge hätte ihn gerne als Freund gehabt, aber immer wenn er mit dem kräftigen Jungen spielen wollte, scheuchte der ihn weg. Es war wohl eher die Ungerechtigkeit, die seinen Retter einschreiten ließ.

»Halt's Maul, Bauernsohn!«, blaffte ihn Idra an. Ihre Familie hatte adeliges Blut in den Adern, wie sie oft und gerne betonte, und damit fand sie sich der einfachen Familie Yanns überlegen – dass ihre Väter Seite an Seite Äcker bestellt hatten, war ihr da egal.

»Halt selber das Maul, kleine Kröte!«, antwortete Yann.

»Komm doch her, wenn du was drauf willst!«, forderte Idra ihn auf, und der Junge ließ sich nicht lange bitten. Mit einem Wutschrei stürzte er sich auf Idra, und im Nu wälzten sie sich unter Anfeuerungsrufen ihrer Spielkameraden balgend am Boden. Cet nutzte die Gelegenheit, um sich zu verdrücken.

Er wollte so gern dazugehören, wäre so gern jemand, den ein anderer seinen Freund nannte, aber immer wenn er mit den anderen Kindern spielte, gab es Ärger, oder er rannte weinend weg. Auch jetzt lief ihm schon wieder die Nase, und er war den Tränen nahe.

Er kletterte die halb eingestürzte Treppe herab und tastete sich durch das Halbdunkel bis zu dem kleinen Durchlass im Boden. Dort legte sich auf den Bauch und steckte den Kopf hindurch. Unter ihm gurgelte der Große Fluss an den Hauswänden und einer Treppe entlang, von der nur noch ein kleines Stück aus dem Wasser ragte. Er ließ sich langsam auf die Stufen herab und schaute auf die Fluten, die nur einen Schritt unter ihm dahinströmten, als er sich niederließ.

Die unteren Räume füllten sich, wenn Flut war, darum konnten sie in dem großen Haus und in den Lagerhäusern nur oben wohnen. Sie würden nicht lange hier bleiben, sagte sein Vater immer, nur ein paar Monate. Spätestens wenn Prinzessin Rhiana wiederkam, würden sie aufbrechen und ein besseres Zuhause suchen, so eines wie die *Zuflucht*. Dort war Cet glücklich gewesen. Er hatte auf dem Feld mitgeholfen und weil er so fleißig war, hatten ihn die Leute gemocht. Aber hier war er zu nichts nütze, und alle hänselten ihn. Sogar die Erwachsenen lachten manchmal, wenn Idra ihm wieder Schimpfworte hinterher rief.

Er nahm einige abgebröckelte Steine auf und warf sie einen nach dem anderen in das grünliche Wasser, das hier mit Strudeln und weißer Gischt durch die Räume spülte. Cet stellte sich vor, wie er kopfüber hineinsprang und die Räume tauchend erforschte. In der *Zuflucht* und auch im späteren Versteck war er gerne mit den anderen zum Teich gegangen und hatte dort mit ihnen um die Wette getaucht. Er konnte lange die Luft anhalten, länger als fast alle anderen – aber hier nützte es ihm nichts mehr. Im Großen Fluss durften sie nicht baden – er war zu gefährlich, sagte der Vater. Er machte sich oft Sorgen um seine Kinder, manchmal sprach er sogar schon davon, die Gemeinschaft der Flüchtlinge aus Talania zu verlassen. Früher wäre Cet das undenkbar erschienen, aber seit alle so gemein zu ihm waren …

Er warf einen weiteren Stein ins Wasser und blickte ihm die wenigen Spann nach, die er ihn beim Versinken in der Tiefe noch sehen konnte.

Es wurde wohl Zeit, dass er zurück in die kleine Kammer ging, die ihnen als Unterkunft diente. Er hatte Hunger und war niedergeschlagen – vielleicht gab ihm Vater etwas Honig.

Er erhob sich. Da polterte plötzlich ein Stein auf die Treppe. Hatte Cet ihn unachtsam losgetreten? Cet wartete einen Augenblick, zuckte dann die Schultern und stieg die Stufen hinauf. Da, wieder ein Klackern von Stein auf Stein.

Cet drehte sich neugierig, aber auch etwas ängstlich um und schaute auf das Wasser. Zögerlich nahm er einen weiteren Stein und warf ihn hinein. Er versank trudelnd. Plötzlich schoss etwas Grünes, Großes auf die Wasseroberfläche zu und schleuderte den Stein wieder auf die Steinstufen.

Cet wäre vor Schreck fast seitlich von der Treppe gefallen und konnte sich im letzten Moment auf den Hosenboden setzen. Mit zitternden Händen nahm er noch einen Stein, warf – wieder das Gleiche: Augenblicke nachdem er vom Wasser verschluckt wurde, spie es ihn wieder aus.

Cet hielt inne – vielleicht war es nicht so klug, Efferd oder den Flussvater, einen Feenmann, der angeblich der Grosse Fluss selbst war, auf diese Weise herauszufordern.

Während er noch dort saß, den Stein zum Wurf erhoben, aber nicht mutig genug, ihn wieder ins Wasser zu schleudern, schob sich ein Kopf langsam aus dem Wasser. Schulterlange Haare in dunkelgrüner, algenähnlicher Farbe hingen feucht daran herab, und auch die Haut des nassen Besuchers war von einem blassen Grünschimmer überzogen. Ansonsten war sie glatt und fahl wie ein Fischbauch. Das Gesicht war das eines Menschen und doch wieder nicht. Die Wangen waren breiter, das Kinn schmaler, und die Lippen seltsam dick.

Cet konnte nicht sagen, woher er es wusste, aber er war sicher, dass auch dieses Wesen noch jung war. Vielleicht lag es an der Schlaksigkeit der menschenähnlichen Glieder, mit denen es jetzt langsam aus dem Wasser kletterte und sich am Fuß der Treppe hinkauerte, bereit, sich wieder ins Wasser zu stürzen. Vielleicht aber waren es auch die blassen, großen Augen, in denen so viel Neugierde lag.

Das war wohl ein Necker, ein Wassermensch – er hatte eine der älteren Frauen über sie reden und die Kinder ermahnen hören. Aber warum sollte man Angst vor einem so netten Wesen haben, einem so netten

Mädchen, wie er jetzt erkannte, als das Wesen sich kurz erhob und den Kopf neugierig schief legte. Sie war nackt. Ihr Körper war dünn und kindlich so wie der von der neunjährigen Lyn, mit der Cet manchmal zusammen baden musste.

Das Wesen hatte einen Stein in der Hand, den es jetzt vor Cet auf die Stufen warf. Der Junge erschrak, zuerst vor dem Stein, dann vor den Schwimmhäuten, die sich zwischen den schlanken Fingern des Neckermädchens spannten, aber der Schreck verging schnell, als sie mit einem hohen Sprung ins Wasser tauchte und dort abwartend auf der Stelle schwamm.

Cet dachte kurz nach und warf dann den Stein ins Wasser. Im Nu war die glatte Gestalt des Neckers verschwunden, und beinahe im selben Augenblick schnellte sie wie ein Tümmler aus dem Wasser, landete auf den Stufen und warf Cet den Stein zu.

Cet lachte und klatschte in die Hände, worauf das Mädchen erschrocken zusammenfuhr und sich mit einem Sprung ins Wasser rettete.

»Nein, bleib doch hier!«, rief Cet enttäuscht und schalt sich einen Narren. Warum war er nur immer so unbedacht? Er warf einen Stein ins Wasser, dann noch einen und einen weiteren, aber das Wasser blieb unbewegt. Nur das stetige Auf und Ab der Wogen blieb ihm. Er setzte sich und stützte den Kopf auf die Hände. Dann fiel ihm etwas ein. Er stand wieder auf und riss einen der Eisenknöpfe ab, der ohnehin nur noch an einem Faden an seiner Tuchweste hing. Er betrachtete ihn einen Augenblick, wog den Ärger ab, den es geben würde, wenn er berichtete, ihn verloren zu haben, doch dann warf er ihn ins Wasser.

Das Metallstück versank funkelnd in der Tiefe. Kurz bevor es aus seinem Blick entschwand, packte eine blasse Hand danach, und das Neckermädchen sprang wieder auf die Treppe. Sie betrachtete den Knopf neugierig und hielt ihn schließlich zögerlich Cet hin.

»Behalt ihn«, sagte er, aber das Mädchen verstand ihn offensichtlich nicht. Stattdessen begann sie in einem sanften Singsang zu sprechen, in den wiederum Cet einfach keinen Sinn bekam. Er deutete mit der Handfläche auf den Necker. »Behalt es.«

Das Wesen legte den Kopf schräg und rutschte dann mit einem unsicheren Lächeln eine Stufe tiefer.

»Nein, nicht nach hinten – behalten. Ach, egal!« Er erhob sich und ging langsam, mit zittrigen Beinen auf das Neckermädchen zu. Sie schaute ihm aufmerksam entgegen, ließ ihn aber so nah herankommen, dass er die Hand ausstrecken und die ihre berühren konnte. Vorsichtig, um die dünnen Finger nicht zu verletzen, bog er sie zu einer Faust und schob die geschlossene Hand dann an die kindliche Brust des Mädchens. Ihre Haut war wärmer als Cet erwartet hatte und gar nicht glitschig. »Behalte es!«, wiederholte er, und diesmal erschien ein freudiges Lächeln auf den aufgeworfenen Lippen der Meeresbewohnerin. Sie öffnete die Hand noch einmal, schaute freudig hinein, schloss sie gleich wieder, verschwand mit einem Kopfsprung in den Fluten und tauchte nicht mehr auf.

Schade, dachte Cet, aber vielleicht kam sie ja morgen mit der nächsten Flut wieder?

Kapitel 16

Korin blickte sich im Hafen um – die Thorwaler hatten ganze Arbeit geleistet! Knapp drei Wochen war der grausame Überfall der Seeschlange erst her, und doch sah man kaum noch eine Spur vom Angriff des Ungetüms. Die Trümmer und Boote waren längst geborgen, was noch zu verwenden war für die neuen Schiffe bereitgelegt und zum Teil bereits verbaut, was nicht mehr taugte als Brennholz für die Öfen eingelagert. Die Toten waren unter Tränen auf ihre Reise ins Leben nach dem Tod geschickt worden, und so war in der Stadt fast wieder alles beim Alten. Nur der Ruf des Hetmannes hatte erneut stark gelitten, denn viele sahen es als seine Schuld, als Strafe für seinen Hochmut, den Swafnir züchtigen wollte, indem er die Schlange in den Hafen gelangen ließ. Hardred hatte in einer aufrüttelnden Totenrede versucht, den Schaden zu begrenzen, hatte die Schlange eine Prüfung Swafnirs genannt. Swafnir habe in Erfahrung bringen wollen, ob die Thorwaler es wert wären, das reiche Albernia zu unterwerfen, und sie hätten dem Walgott bewiesen, dass sie würdig wären. Aber auch die ergreifendste Rede hielt dem nagenden Zahn der Gerüchte und üblen Nachreden nicht stand, und so musste Korin selbst erleben, wie die Fahne sich wendete. War er früher mit Lachen und Einladungen zu einem Humpen in den Kneipen und den Lagerhäusern des Hafens empfangen worden, kehrte man ihm immer öfter den Rücken. Wenn er nicht mit seinen Freunden trank, fiel es ihm in den letzten Tagen schwer, überhaupt jemanden zu finden, der mit ihm das Horn leerte. Er war der Vertraute des »glücklosen Hetmanns«, wie man ihn nannte, und einige üble Gesellen wollten ihn gar mit dem Beinamen Argbringa belegt sehen, was soviel wie ›Bringer von Schlechtem‹ bedeutete.

Aber Korin stand treu zu seinem Herren und Freund, denn er wusste ja, dass nicht ihn die Schuld traf, sondern ein heimtückischer Schurke dahinter steckte. Er musste es nur beweisen, und zwar so, dass auch die anderen Hetleute es endlich glaubten. Dass der oberste Hetmann von Tag zu Tag unbeherrschter und damit unbedachter wurde, war nicht eben hilfreich beim Versuch, den Schaden zu begrenzen. Schon sprachen die Hetleute hinter verschlossenen Türen darüber, ob man den Hetmann nicht besser loswürde und durch einen besonneneren Führer ersetzte. Garald Garaldsson war dafür im Gespräch und wäre wohl kaum abgeneigt. Aber noch hielt ihn die Schuld in Schach, die er Hardred gegenüber für die Rache an dem Seeungeheuer empfand, und natürlich der Rückhalt, den Hardred trotz allem noch bei vielen Ottas hatte.

Korin lenkte seinen Weg vom Hafen weg, in dem eines von Garaldssons Schiffen entladen wurde. Es brachte feine Tuche und Töpferwaren aus dem Süden, Säcke voll Gewürzen und kleine Kisten mit Glas – alles erhandelt, nichts davon geraubt. Für einen Augenblick überlegte Korin, ob das nicht der neue Weg der Thorwaler werden könnte. Ihre Schiffe waren zu Recht als die schnellsten aller Meere bekannt, und manch einer würde die Sicherheit zu schätzen wissen, die eine Otta seiner Ware bieten könnte. Aber wenn er sich Hardred vorstellte, wie er am Bug seiner *Swafnirsdotter* stand und lauthals mit einem Pfeffersack verhandelte … Nein, der Thorwaler war stark wie das Holz, schnell wie der Wind und mutig wie Swafnir selbst. Im Handel steckte keine Ehre. Das wahre Kind Efferds nahm sich, was ihm gefiel, und stach mit einem herausfordernden Lachen in See.

Korin stieg den seichten Weg hinauf, der zum Haus des Hetmannes führte, und hörte schon von weitem lautes Krachen und anfeuernde Rufe. Hardred übte sich im Kampf: In einem Ring von Seemännern und Seefrauen stand er schweißüberströmt. Obwohl es langsam kühl wurde, war er nur mit einem Lendenschurz sowie mit kleinen Säcken voll Steinen an Armen und Beinen bekleidet. Er hielt in der Rechten eine Axt, deren Blatt aus stumpfem Holz war, die Linke verdeckte ein schwerer Rundschild. Um ihn standen vier kräftige Kämpfer, zwei Männer und zwei Frauen, die ihrerseits ebenfalls mit Holzäxten und Schilden bestückt waren. Auch sie waren schon mit Schweiß bedeckt. Als Korin herantrat, stürmte gerade eine Frau auf Hardred zu, die Korin wohl um mehr als einen Kopf überragte und damit nahe an die Größe des Hetmannes herankam. Auch an Kraft schien sie ihm, nach dem Umfang ihrer Arme zu urteilen, nur wenig nachzustehen. Aber es fehlte ihr an der nötigen Erfahrung, um gegen einen Recken wie Hardred bestehen zu können. Der schwungvolle Hieb glitt an seinem Schild ab, und mit einer schnellen Bewegung zog er der Kämpferin die Beine mit der Axt unter dem Leib weg. Als sie noch waagerecht in der Luft hing, drehte er sich schon von ihr ab und brüllte: »Wechsel!«

Korin erkannte, wie schlecht gelaunt sein Hetmann war – normalerweise hätte er sich eine solche Gelegenheit für wohlmeinenden Spott oder ein anzügliches Kompliment nicht entgehen lassen, aber heute wollte er nur in Bewegung bleiben, seinen Körper spüren und alle Gedanken aus dem Kopf bekommen.

Ein Mann in Korins Alter kam der Aufforderung nach. Er hatte offensichtlich mehr Kampferfahrung, denn er durchschaute die Falle, die Hardred ihm mit dem einladend zur Seite gedrehten Schild stellen wollte, und griff von der anderen Seite an. Im letzten Moment konnte der Hetmann die Axt mit seiner eigenen abfangen und die Schneidblätter ineinander verhaken. Ein Ruck, und der Mann stand ohne Waffe da, ein Stoß mit dem Schild, und auch dieser Gegner ging zu Boden.

»Wechsel«, riefen diesmal auch die Umstehenden, und das zauberte wenigstens für einen Herzschlag ein Lächeln auf die Lippen des Hetmannes. Manchmal fragte sich Korin, ob es nicht besser für sie alle gewesen wäre, wenn Hardred einfach Kapitän Hardred geblieben wäre, Herr der *Swafnirsdotter*, statt oberster Hetmann zu werden, Herr über ganz Thorwal. Aber dann erinnerte er sich an den Ehrgeiz seines Herren, an seine Überzeugung, von den Göttern für Großes vorgesehen zu sein, und an die unzähligen Gelegenheiten, wo er mehr geleistet hatte, als es einem einzelnen Menschen möglich sein sollte. Nein, Hardred Bjarnison würde als Hetmann aller Hetleute triumphieren, oder er würde an der Aufgabe zugrunde gehen, aber ein Rückzug kam nicht in Frage.

Die zweite Frau griff mit einem Schrei und einem schnellen Stoß mit dem seitlich gehaltenen Schild gegen Hardreds Brust an. Die Holzkante klatschte gegen seinen Brustkorb, brachte ihn aber nicht mal aus dem Gleichgewicht. Die Frau freute sich einen Augenblick zu lang über den Dukaten, den jeder sich verdiente, der es fertig brachte, Hardred zu treffen, ließ ihren Schild sinken und wurde von einem Schlag mit der flachen Seite der Axt gegen den Kopf glatt niedergestreckt.

Hardred brüllte: »Wechsel«, aber niemand stimmte ein. Die Frau lag bewusstlos da, Blut lief aus ihrer Nase und aus einer Platzwunde an ihrer Schläfe. Die Übung sollte unterbrochen und die Verletzte versorgt werden. Korin betrachtete den breiten Rücken seines Hetmannes mit Sorge – war Hardred bereits so wütend, dass er sich nicht mehr um das Wohlergehen der Seinen scherte?

»Wechsel«, rief er erneut und machte einen drohenden Schritt auf den letzten Gegner zu. Aber der Bursche schaute ihn nur verächtlich an und ließ Axt und Schild zu Boden gleiten. Hardred grollte auf, sah sich um und bemerkte, dass sich die Aufmerksamkeit auf die niedergestreckte Frau verlagert hatte.

»Wenn sie keinen Treffer einstecken kann, soll sie nicht gegen mich antreten«, blaffte er, schleuderte Waffe, Schild und Gewichte von sich und verschwand in seinem Haus.

Korin eilte ihm nach, um ihm mitzuteilen, dass die Taufe kurz bevorstand, und um ihn zu beruhigen. Als er in die kleine, abgedunkelte Kammer eintrat, in der es seit Tagen nach schalem Met und Schweiß stank, scholl ihm ein »Raus!« entgegen.

Korin vergewisserte sich, dass keiner in der Nähe war, schloss zur Sicherheit die Tür und sagte dann: »Bist du von Sinnen?«

Der Hetmann saß zusammengesunken auf dem Bett, den Kopf in die Hände gestützt. »Raus, hab ich gesagt.«

»Was sonst? Schlägst du mich nieder wie die Frau dort draußen? Was ist los mit dir?« Korin trat näher und zuckte zurück, als Hardred sich ruckartig erhob. Erschrocken bemerkte er, dass er sich nicht einmal mehr sicher war, ob der Hetmann ihn nicht aus Wut wirklich niederschlagen würde.

»Sie entgleiten mir, Korin«, sagte sein Freund verzweifelt und stemmte beide Arme gegen die Wand. »Sie drehen mir den Rücken zu. Sogar meine Tochter macht mich für alles verantwortlich und sagt, sie kann es kaum erwarten, zu einer anderen Otta zu gehören, damit sich das Unglück nicht auf ihre Kinder vererbt.«

Korin schluckte – die Abkehr von einer Otta war schwer zu verkraften. »Sie ist wütend, der Zorn spricht aus ihr. Das hat sie von ihrem Vater«, versuchte Korin einen Scherz, aber Hardred ging nicht darauf ein.

»Der Rat der Hetleute hat entschieden, dass ihre Ottajara nicht gültig ist, weil sie nicht bis zum Ende durchgeführt wurde. Kannst du das glauben?«

Korin nickte traurig. Er hatte bereits davon gehört, dass die Hetleute sich nach langem Ringen darauf geeinigt hatten, Karvas Probe zur Aufnahme in die Otta ihres Mannes nicht anzuerkennen. Sie hatte sie, streng genommen, nicht bestanden, denn die gestellte Aufgabe war nicht gelöst worden. Und in letzter Zeit war manch einer nur zu gerne bereit, Dinge bei Hardreds Familie streng zu nehmen. Noch vor kurzem war klar gewesen: Die thorwalsche Flotte sticht gen Havena in See und bringt Hetmann Hardred damit Ruhm, Ehre und Reichtum. Jetzt war die Lage nicht mehr so klar. Das Fundament, auf das Hardred seinen Raubzug gestellt hatte – das mühsam erarbeitete Vertrauen und die Zuneigung seiner Untergebenen – wurde von einem scharfen Wind abgetragen.

»Wir müssen den Schuldigen bald finden, Korin, sonst sehe ich schwarz«, sagte Hardred, sank auf einen Hocker und wirkte schwach und kraftlos.

»Das werden wir!«, sagte Korin so zuversichtlich er konnte. Tatsache war aber, dass sich seit der Sache mit der Seeschlange nichts mehr ereignet hatte, das eine Spur hätte ergeben können. Möglicherweise war der Schurke zufrieden mit seinen Ergebnissen, wozu er jedes Recht hätte, denn er hatte wirklich ganze Arbeit geleistet. Auf der anderen Seite wartete er vielleicht nur auf die richtige Gelegenheit, um sein Werk zu vollenden. Sie würden auf der Hut bleiben müssen.

»Hardred?«

Sein Hetman blickte auf.

»Die Taufe findet gleich statt.«

Der kräftige Kerl nickte, blieb noch einen Moment sitzen, strafte sich dann und stand auf. »Lass meine Sachen zum Badehaus bringen«

Korin nickte und blickte seinem Freund hinterher. Hoffentlich zerbrach er an dieser Prüfung des Schicksals nicht, sondern würde, wie es bisher immer gewesen war, gestärkt aus ihr hervorgehen.

Korin blickte über die versammelte Menge und sah viele, die als Zeichen ihrer Trauer ein Arm- oder Stirnband aus Seeschlangenleder trugen, geschnitten aus der Haut des besiegten Ungetüms. Zwei Rechtschritt Leder und eine Schuppe war jeder Familie geschenkt, der Rest der Seeschlange als Opfer an Swafnir in einer Zeremonie dem Meer übergeben worden. Es hatte zwei Schiffe gebraucht, um das Ungeheuer aus dem Hafen hinauszuschaffen.

Doch heute galt es nicht, um verlorenes Leben zu trauern, sondern sich über neues zu freuen. Ein neuer Thorwaler war geboren worden, ein strammer Junge, der den Namen Tevil Jorason tragen sollte. Seine Mutter, Jora Brydadotter, hatte in einem guten, gerechten Wettsaufen über ihren Mann triumphiert und sich das Recht erstritten, ihren Namen an das Kind weiterzugeben.

Doch ein Makel lag für Korin auf der Freude. Unbemerkt von anderen war der Vater Raskir zu ihm getreten und hatte ihn vor wenigen Tagen ersucht, ob nicht er, Korin, das Kind bei der Namensgebung halten könne. Die Familie hätte Angst, dass Hardreds Unglück auf den Kleinen übergehen könnte. Was noch vor einigen Wochen, zur Geburt des Kindes, eine große Ehre war, galt nun als Schrecken: Hardred würde den Namen des Kindes verkünden. Korin hatte den Mann zurechtgewiesen, an seine Ehre erinnert und so dafür gesorgt, dass Hardred nicht auch noch diese Schmach erleiden musste.

Eben kamen die Eltern auf das Podest, das man in aller Eile errichtet hatte, aber ihre Mienen waren nicht freudig. So einen Ausdruck hätte man eher auf einem Richtblock erwartet. Die Decke des Säuglings war hellblau, aber von der Färbung sah man vor lauter Glücksbringern und Amuletten nicht viel. Es schien, als habe die Familie alle Schutzzeichen, die sie auftreiben konnte, an das Kind gehängt. Korin runzelte die Stirn, aber bevor er zu den beiden treten konnte, wurden die Hörner der zurzeit anwesenden Ottas geblasen, und Jubel brandete auf. Hochrufe wurden ausgestoßen, und Blumen segelten auf das Holz der Bühne. Endlich trat auch auf das sorgenvolle Gesicht der Mutter ein Lächeln, aber der Vater nahm die Freudenbekundungen mit steinerner Miene entgegen. Als Hardred in vollem Ornat auf die Bühne trat, im schweren Pelzmantel, behangen mit goldenem Schmuck von seinen zahlreichen Raubfahrten, wandte sich der Vater Korin zu und warf ihm einen flehenden Blick zu. Doch Korin verschloss sein Herz und sah nach vorn. Hardred brachte kein Unglück – das war feiges Geschwätz und törichter Aberglaube.

Hardred richtete einige Worte an die Anwesenden, erzählte mit großer Kunstfertigkeit von berühmten Männern, die vordem schon den Namen Tevil getragen hatten. Von Tevil Saldason, der aus der Sklaverei auf dem Rücken eines Wals in die Freiheit ritt, von Tevil Eirikson, dem man nachsagte, nach einem ganzen Krug Premer Feuer noch gerade auf dem Deck bei hoher See gestanden zu haben, und von Tevil Rordrikson, der einst einen Pfeil mit den Zähnen gefangen haben sollte. Er schloss mit der Geschichte von Tevil

Galske, der seinen Beinamen bei einem hohen Bankett in Havena errang, zu dem er unverständlicherweise eingeladen war. »Galske heißt kleiner Wind, und die Art kleiner Wind, den Tevil dort von sich ließ, der ist euch allen schon aus der Hose in die Nase gestiegen.« Das Gelächter war nicht ganz so herzlich, wie es wohl noch vor Tagen gewesen wäre.

Hardred nahm das Kind aus den Händen der Mutter, und für einen schrecklichen Augenblick befürchtete Korin, ihr Mann könnte es dem Hetmann wieder entreißen. Aber nichts dergleichen geschah, als Hardred den Jungen in die Luft hielt und verkündete: »Von nun an sollst du Tevil Jorason heißen, damit du ein glücklicher Walfreund, ein stolzer Kämpfer, ein rechter Säufer und ein lauter Furzer werdest!«

Jetzt vergaßen die Menschen ihre Sorgen und jubelten laut. Mit fürsorglichem Lächeln überreichte Hardred dem Vater den Sohn, und der nahm ihn schnell entgegen. Hardred bemerkte es. Seine Miene verfinsterte sich und wollte sich bis zum Gelage im Haus der Eltern nicht wieder aufhellen. Dort aber wurden er und Korin von dem alten, einbeinigen Großvater des Kindes so herzlich und überschwänglich willkommen geheißen, dass Hardred den Ärger vergaß. Wenig später tauschten die beiden Seebären Geschichten aus, sehr zur Unterhaltung der geladenen Gäste. In den Straßen und Gassen der Stadt feierte man ebenfalls, wie Korin berichtet wurde. In Tagen wie diesen genügte den Menschen schon so etwas Alltägliches wie die Geburt eines Kindes.

Zu seiner Überraschung waren noch andere Hetleute anwesend, einige wohl, um Hardred zu beobachten, andere, weil sie mit der Familie des Kindes bekannt waren. Garald Garaldsson war vor Ort, da der Vater des Kindes seiner Sippe angehörte. Thinmar Walkir war angereist, denn die Mutter war dereinst Teil seiner Otta der Windschmecker gewesen. Omar Teeffarski war anwesend, um Hardreds Tochter Karva zu vertreten, die immer noch mit ihren Verletzungen das Bett hüten musste. Die Mutter und Karva waren befreundet. Aber auch Swafindra Hyggeligsdotter war anwesend, und Korin wusste nicht so recht, warum. Sie war seit dem Hjalding in der Stadt, bei dem sie sich gegen Hardred gestellt und dafür die Zähne eingeschlagen bekommen hatte.

So hatte sich viel hohes Volk versammelt, aber das scherte die Thorwaler nach dem ersten Humpen Met herzlich wenig. Bald schon sangen sie das bekannte Trinklied von Torstor Om, und der Honigwein floss umso schneller die Kehlen herunter, aber Korin hielt sich zurück. Er wollte einen klaren Kopf und ein scharfes Auge bewahren, denn es hatte morgens beim Wasserlassen gebrannt, und das war ein schlechtes Vorzeichen.

Immer wieder führten der Vater oder die Mutter die Gäste zu dem Kleinen, um ihn noch einmal bestaunen zu lassen. Der Abend war schon weit vorangeschritten, als auch Swafindra in die Nebenkammer geführt wurde. Korin trank einen Schluck, warf einen Blick über den Tisch und bemerkte erstaunt, dass beide Eltern schon wieder dort saßen, Swafindra aber nicht zu sehen war. Er schaute sich um, und da kam sie aus der Kammer, wischte sich die Hände an der Hose ab und schloss leise die Tür – was unnütz war, denn wenn das Kind beim Lärm der singenden Thorwaler schlafen konnte, würde es eine schlagende Tür kaum wecken.

Der Vater des Kindes stellte sich auf den Tisch, hob einen schweren Krug in die Luft und verkündete: »Premer!«, was bei den angetrunkenen Gästen Laute des Wohlgefallens hervorrief. Als der irdene Krug bei Korin angelangt war, wollte er ihn ohne zu trinken weitergeben, aber das konnte der einbeinige Großvater nicht durchgehen lassen. Er sprang auf und drohte mit seiner Krücke. »Wenn du nicht auf unseren Jüngsten trinkst, Korin, verdresche ich dich, dass dir die Sonne aus dem Arsche scheint!« Seine Augen waren schon glasig vom Met.

Korin nickte lächelnd, nippte am Premer und reichte den Krug dann weiter. »Geht doch«, beschied der Alte und ließ sich wieder auf die Bank gleiten. Dabei entglitt ihm ein donnernder Furz, und die Mutter lachte. »Vielleicht sollten wir lieber dich Tevlin rufen.« Im Gelächter, das daraufhin ausbrach, schaute sich Korin erneut sorgsam um. Swafindra war nicht mehr am Tisch. Er wollte sich eben nach ihr erkundigen, als ein spitzer Schrei aus der Kammer des Kindes drang. Die jüngere Schwester des Vaters kam herausgestürmt, die Hände vors Gesicht gepresst. Wimmernd konnte sie nur eine lösen und in die Kammer zeigen. Nun kam es Korin zugute, dass er nüchtern geblieben war, denn er war schneller als die volltrunkenen Gäste bei der Wiege. Das Kind ruderte atemlos mit den Armen, die Haut rot und die Augen trüb. Die Adern traten deutlich hervor, und es schien schreien zu wollen, es aber nicht zu können.

»Ich wollte es hochnehmen, da …«, rief nun die Schwester und presste wieder die Hände vors Gesicht. Die Mutter wollte zu ihrem Kind stürzen, aber Korin stieß sie zurück, schloss die Türe zwischen sich und den entsetzten Gästen und legte den Riegel vor. Nun waren nur die junge Schwester und eine Tante des Kindes im Raum, die ihn entgeistert anblickten. Die Schwester wollte losschreien, die schlanke Tante ihm einen Schlag versetzen, aber Korin verblüffte sie, in dem er sie anbrüllte. Keine Worte – er stieß nur einen ohrenbetäubenden Schrei aus, der sie zurückweichen ließ.

»Gift!«, sagte er kurz angebunden. »Kontaktgift!«, erklärte er weiter, während er schon eine Decke aus einer Kiste zerrte und um das Kind schlang. Als sie immer noch nicht begriffen, zeigte er auf die geröteten und mit weißen Pusteln besetzten Wangen und Hände der Schwester. »Sie hat es ebenfalls abbekommen!« Er holte das Kind aus der Wiege, drückte es der Tante in den Arm und trat zum Fenster. Einmal, zweimal versuchte er die kleinen Haken des Schlagladens im Zwielicht zu öffnen – die Funzel erleuchtete nur die Wiege und den Eingang –, dann verließ ihn die Geduld, und er trat das vermaledeite Ding einfach auf. Knallend schlugen die Holzklappen gegen die Wand, und Korin hinderte sie am Zurückfedern. Dann drängte er die Tante: »Schnell, bring ihn zu Ahrim! Sag ihm, es ist ein Kontaktgift.«

»Du gehst mit!«, wies er die Schwester an und nahm der Tante noch einmal das Kind ab, damit sie durchs Fenster steigen konnte.

»Aber die anderen …«, stammelte das junge Mädchen.

»Zu betrunken, die können nicht mehr klar denken! Raus jetzt!« Er schob das Mädchen zum Fenster und achtete sorgsam darauf, dass er weder Hände noch Gesicht der Frau berührte. Dann wandte er sich um, griff sich einen Rückenkratzer von der Wand und wühlte damit schnell, aber vorsichtig durch die Wiege des Kindes. Ein weißes Pulver, das vom Schweiß des Säuglings stellenweise zu winzigen Fladen verklumpt war, rieselte aus der Unterdecke. Korin nickte grimmig – er hatte Recht gehabt.

Lautes Krachen erklang von der Tür, und der Riegel sprang in der Verankerung. Es wäre vermutlich nicht ratsam, noch im Zimmer zu sein, wenn die Tür sich öffnete und eine Horde wütender Thorwaler hereingestürmt kam, vornweg die Eltern, und bemerkte, dass das Kind nicht mehr in der Wiege war. Zum Glück hatten sie dem Met und Premer schon so stark zugesprochen, dass sie nicht auf die Idee kamen, dass man auch ein Fenster als Ausgang benutzen konnte. Bis das Kind – so Swafnir es fügen möge – gesundet und die Gemüter abgekühlt wären, würde er sich versteckt halten müssen.

Korin wollte eben aus dem Fenster klettern, als sein Blick auf etwas unter der Wiege fiel. Rasch nahm er sich eine Windel aus der Truhe und griff damit geschützt nach dem kleinen, silbern schimmernden Ding. Es stellte sich im Licht als eine silberne Phiole heraus, die er irgendwo schon mal gesehen hatte. Er schraubte sie auf und fand darin Reste des gleichen weißen Pulvers. Der Täter musste in Eile sein Mordwerkzeug verloren haben.

Der Riegel splitterte mittig – höchste Zeit für den Abgang! Korin sprang aus dem Fenster, schaute sich kurz um, ob auch keiner auf ihn wartete, und rannte dann geduckt los. Hinter ihm erklang ein letztes lautes »Zugleich!«, dann brach die Türe splitternd auf. Korin lief schneller, blieb in den Schatten der Häuser und erreichte schließlich, ungesehen, wie er hoffte, die Fremdenstadt und hier Ahrims Haus. Der Tulamide hatte in einem zweistöckigen Haus Quartier bezogen, das außen wie innen die Besonderheiten dreier Kulturen verband. Erbaut worden war es von einem Flüchtling aus Weiden und trug sein Fachwerk mit einer Art alterndem Stolz zur Schau, das Holz verfärbt, die hellen Flächen aber ordentlich gekalkt und mit Bildern von Palmen und Kamelen in tulamidischer Art bemalt. Zu guter Letzt hingen an den herausragenden Dachpfosten unzählige Glückbringer, Gehörn und sogar ein gewaltiges Haigebiss – Gaben dankbarer Thorwaler, die Ahrim geheilt hatte.

Er gelangte an die Tür und hörte Kindergeschrei aus dem Zimmer. Das war ein gutes Zeichen – tote Kinder schrien nicht. Nach kurzem Klopfen trat Korin ein –

Ahrims Türe stand immer offen, solange er nicht schlief. Der Geruch getrockneter Kräuter und Blüten sowie teuren Tabaks lag in der Luft, und ein prasselndes Feuer verbreitete für Korins Geschmack zu viel Wärme. Ein schlanker, pechschwarzer Hund sprang vor dem Kamin auf die Füße, stürmte mit weiten Sprüngen auf Korin zu und vollführte einen Tanz auf den Hinterläufen, bei dem er versuchte, Korins Gesicht zu lecken. Korin strich ihm einmal über den Kopf und sagte dann: »Nicht jetzt, Perle! Verschwinde!«

Der Hund gehorchte sofort, wandte sich um und drehte sich dann lange vor dem Feuer, bevor er sich mit einem Brummen auf den Boden fallen ließ. Neben dem Feuer, auf einem Schemel zusammengekrümmt und sich die roten Hände reibend, saß die Schwester des Kindes, deren Namen Korin immer noch nicht einfallen wollte.

»Ah, Korin«, sagt Ahrim, der in der Mitte des Zimmers stand, das nackte, schreiende Kind in den Händen, das er immer wieder in eine Holzwanne tauchte, sorgsam darauf bedacht, den Kopf über Wasser zu halten. Im Wust seiner Wohnstatt, die zugleich sein Behandlungszimmer war, wirkte er wie ein ruhender Pol. Auf dem Boden waren Pergamente in den unterschiedlichsten Sprachen verteilt, Bücher lagen neben Kräutern, die neben schmutziger Wäsche oder sauberen Tüchern lagerten. Überall stand und hing Schmuckwerk tulamidischer, mittelländischer und thorwalscher Art herum: Figurinen, Töpfe, bemalte Holz- oder Horngebilde, Gold- und Silberschmuck auf roten Kissen, bunte Teppiche mit kleinen Silberspiegeln oder Glocken daran. Ahrim hatte die Zwischendecke im vorderen Teil herausnehmen lassen, sodass hier der Blick bis auf ein gespanntes Tuch unter dem Dach frei war, auf dem der Sternenhimmel zur Stunde seiner Geburt mit Blattgold aufgetragen war.

»Ihr möchtet mir meine Unhöflichkeit verzeihen«, bat Ahrim in seiner wohltönenden Stimme, die schwer von tulamidischem Akzent war. »Ich kann Euch zum Augenblick leider weder Tee kredenzen, noch den Handschlag mit Euch vollführen, was aber bitte nicht als Zeichen meiner Geringschätzung aufgefasst werden sollte oder gar als Versuch, mich den Gesetzen der Gastfreundschaft zu entziehen.«

Korin lächelte. Der Tulamide hatte sich in den dreißig Jahren, die er nun schon in Thorwal weilte, eine Höflichkeit bewahrt, die kein Ansässiger jemals erlernen, geschweige denn recht verstehen könnte.

»Ich muss mich entschuldigen, dass ich den Meister bei der Arbeit störe«, sagte Korin und trat näher an den dunkelhäutigen Mann heran. Seine Haut war vermutlich in den Jahren fernab der Wüstensonne blasser geworden und hatte viele Falten bekommen – vor allem um die Augen, denn Ahrim lachte gerne und viel –, aber sie war immer noch von einem Wurzelholz-Ton. Seine lange Robe mit den bestickten Säumen zeigte schwarze Wasserflecken auf dem sandfarbenen Tuch, und auch an seinem grauen Spitzbart hingen einige Tropfen, wo das zappelnde Kind ihn nass gespritzt hatte.

»Ich habe bereits von Eurer ebenso forschen wie schlauen Tat gehört, zu der ich Euch untertänigst gratuliere. Ich denke, wir können das Kind retten, auch wenn ich noch keinen Schwur darauf ablegen könnte.« Der Tulamide hielt den Blick immer noch gerade auf das Kind gerichtet und tauchte es einmal mehr in das Wasser, auf dem eine dicke, ölige Schicht lag. »Da Ihr meine Hütte in Eurem Glanz erstrahlen lasst und mit Eurem Besuch ehrt, darf ich die Vermessenheit besitzen, Euch um eine Gefälligkeit zu bitten?« Ahrim drehte das Kind hin und her. Der rote Ausschlag war zurückgegangen, und als er jetzt die kleine Brust an sein Ohr hielt, nickte er zufrieden.

»Jede«, gab Korin zurück.

»Dort oben, in meinem Regal, werdet Ihr zur Mitte des dritten Brettes, von himmelwärts gezählt, eine längliche Phiole finden.«

Korin eilte die knarrende Holztreppe zum oberen Teil des Hause hinauf, von dem man auf das Behandlungszimmer hinuntersehen konnte, und stellte sich an das Regal. Dort standen mehrere längliche Phiolen auf dem dritten Brett von oben, doch bevor er etwas sagen konnte, drang Ahrims Stimme nach oben: »Ich bitte um Vergebung, aber in meiner Unzulänglichkeit habe ich die Behältnisse nur in meiner Sprache beschriftet. Haltet nach einem Zeichen Ausschau, das an eine schwangere Frau erinnert, die sich die Hand in den Rücken legt, oder nach einem blütenkelchähnlichen Schnörkel an einer runden Form.«

Korin ließ seine Augen über die Behältnisse gleiten und fand beides auf einer Phiole. Rasch, aber bedacht, nahm er sie und eilte die Treppen wieder herunter.

»Tupft die Flüssigkeit, so es Euch nicht zu viel Mühe macht, mit einem Tuch auf ihre Hände und das Gesicht, haltet es aber von Mund und Augen fern«, wies der Medicus ihn an.

Nachdem Korin das erledigt hatte, waren auch die Schreie des Kindes verstummt, und es schlief, in dicke Decken gepackt, friedlich im Arm des Heilers.

»Rastullah sei Dank, Swafnir sei gepriesen, das Kind wird leben«, verkündete er und bettete den Säugling in einen Weidenkorb, aus dem er vorher einige ungeöffnete Metflaschen genommen hatte. Ahrim hielt sich strickt an das Gebot seines Glaubens, keine vergorenen Speisen zu sich zu nehmen, was aber die Thorwaler nicht davon abhielt, ihn mit Met zu beschenken. Seine Ehre verhinderte, das Geschenkte zu veräußern oder weiterzuschenken, und so lagerte er überall Flaschen mit Schnaps, Likör und Met und war froh, wenn er einen Anlass fand, seine thorwalschen Freunde zu einem Gelage einzuladen – selbstredend nicht in seinem Haus, denn hier konnte zu viel zu Bruch gehen –, um so die Getränke loszuwerden und Platz für neue zu schaffen.

»Ihr habt sein Leben gerettet«, sagte Korin, aber der Tulamide lächelte nur sanft. »Mein Anteil war ein bescheidener.«

Er trat zu Korin, reichte ihm die Hand, schaute ihm aufrecht in die Augen, während er sie schüttelte, und sagte: »Ich freue mich, Euch in meinem Haus begrüßen zu dürfen.«

»Und ich freue mich, die Ehre zu haben, hier zu sein«, erwiderte Korin.

Dann bat ihn Ahrim, Platz zu nehmen, während er einen Tee bereitete und einen Blick auf die Hände der Frau warf. Er nickte zufrieden, flüsterte ihr beruhigende Worte zu und schickte sie, die Eltern zu benachrichtigen.

Als sie die erste Tasse Tee zum Mund geführt und auf ihr gegenseitiges Wohl getrunken hatten, fragte Korin: »Was war das für ein Gift, Ahrim?«

Der südländische Heiler wiegte den Kopf. »Ich vermute, ein stark verdünnter Sumpfknöterich, für einen Erwachsenen ärgerlich, für ein Kind tödlich. Der Assassine hat zu unserem Glück wohl keine umfassende Ausbildung in der Kunst des Tötens erhalten. Hätte er, wie es wohl vorgesehen war, das Pulver in Öl oder Wasser gelöst und auf den Säugling gegeben, wäre alle Hilfe vergebens gewesen – so aber konnte das Pulver abgewaschen und die Haut vom Gift gereinigt werden. Etwas Heiltrank, etwas Blütenöl, ein Hauch Mehl … nichts, was nicht jeder bescheidene Medicus sofort erkannt hätte.« Er nippte an seinem Tee.

Keiner der unseren, schoss es Korin durch den Kopf. Die thorwalschen Heiler waren unübertroffen, wenn es darum ging, Brüche zu schienen oder Wunden zu heilen, aber bei Giften fehlte ihnen einfach die Erfahrung.

Korin holte die kleine Phiole aus der Tasche, öffnete sie und schaute darauf. Wo hatte er sie nur schon einmal gesehen?

Die Tür flog auf, und die Eltern des Kindes kamen hereingestürmt, wutschäumend, aber nach einer kurzen Erklärung von Ahrim glätteten sich die sorgenvollen Gesichter, und sie schlossen ihr quäkendes Kind in den Arm.

Die Mutter trat zu Korin und schloss ihn in eine Rippen sprengende Umarmung. »Das dafür, dass du mein Kind gerettet hast.« Korin wollte etwas Bescheidenes erwidern, als ihn der Schlag der Seefrau mitten ans Kinn traf und ihn zu Boden schickte: »Und das dafür, dass du mich von meinem Kind fern halten wolltest.«

Korin rieb sich das schmerzende Kinn und verzog das Gesicht. Das hatte er nun davon, dass er so schlau und hilfsbereit war. Aber während die Mutter ihm lachend auf die Beine half – Ärger hielt bei den Thorwalern selten lange vor –, fiel ihm ein, woher er die Phiole kannte. Das Bild von Swafindras Niederlage gegen Hardred auf dem Hjalding schoss ihm durch den Kopf – als er sie zu Boden gesandt hatte, war eben diese Phiole an einer Kette aus ihrem Ausschnitt gerutscht. Und war sie nicht auch lange genug mit dem Kleinen allein gewesen? Korin musste dringend mit Hardred sprechen. Mit einem kurzen Gruß verabschiedete er sich und lief zu seinem Hetmann. Das würde seinem Freund nicht passen, denn dieser hatte Gefallen an der dickköpfigen Seefrau gefunden.

Korin war nicht glücklich darüber, dass Hardred ausgerechnet ihn zum Kommandanten des kleinen Trupps Hetgardisten machte, der Swafindra festnehmen sollte. Er hätte sich lieber fein im Hintergrund gehalten, aber das wollte sein Hetmann nicht zulassen. Korin hatte die Saboteurin enttarnt und sollte auch den Ruhm für das Dingfestmachen ernten. Denn es stand außer Zweifel, dass nicht der Tod des Kindes das vorrangige Ziel des Mordanschlages gewesen war, sondern sein Ableben nur Mittel zum Zweck gewesen wäre, um Hardreds Ruf vollends zu zerstören.

Also stand er nun mitten in der Nacht vor der Tür der Thorwalerin, hinter sich die Gardisten, und war im Begriff, Hyggeliks Tochter zu verhaften. Er holte tief Luft und klopfte, bereit, zur Seite zu springen, wenn sie axtschwingend herausgestürmt käme. Nach einer Weile klopfte er noch mal. Endlich antwortete ihre verschlafene Stimme: »Wer da?«

Er räusperte sich. »Korin Jorason hier, ich komme im Auftrag des obersten Hetmannes. Öffne!«

Schlurfende Schritte näherten sich der Tür, und Swafindra öffnete, nackt, aber in eine Decke gehüllt: »Was gibt es denn so Wichtiges mitten in der Nacht?«

Korin war beeindruckt, wie ruhig sie blieb. »Im Namen Hardreds verhafte ich dich.«

Sie runzelte sie Stirn. »Und warum, wenn ich fragen darf?«

»Die Gründe wird man dir später vortragen.«

Sie nickte mit finsterem Gesicht. »Darf ich mich vorher anziehen?«

Korin nickte, bedeutete aber einer Gardistin, dass sie mit ins Zimmer treten sollte. Swafindra nahm es zur Kenntnis, und ihre Miene wurde immer finsterer, aber sie enthielt sich eines weiteren Kommentars und schlug Korin die Türe vor der Nase zu. Sie spielte die Rolle der erzürnten Hetmannstochter wirklich gut, das musste Korin ihr lassen. Mal sehen, wie lange sie diese Maske noch aufrechterhalten konnte, wenn man ihre Taten offenbar machte.

Wenig später führten sie die Frau unter den verwunderten Blicken der gelegentlichen Zecher und Passanten durch die nächtlichen Straßen Thorwals bis in den großen Saal des Langhauses im Ottaskin der Hetleute, wo sie bis zum nächsten Morgen unter Bewachung verbleiben würde. Korin warf noch einen nachdenklichen Blick auf die stolze Frau und schüttelte traurig den Kopf. Wer hätte gedacht, dass ihr Hass auf Hardred so tief ging und dass sie ihn so gut verstecken konnte. Es war nicht mal Mitternacht. Es würde für Swafindra eine lange Nacht werden und wahrscheinlich die letzte ihres Lebens. Er gab Anweisung, dass man sie gut verköstigen sollte. Dann legte er sich schlafen.

Kapitel 17

Keta erwachte, weil sich etwas in ihren Schlaf schlich – das Gefühl, beobachtet zu werden. Sie schlug die Augen auf und sah gegen den hellen Nachthimmel einen dunklen Schemen im Fensterloch hocken. Es dauerte einen Moment, bis sie in der Form einen Vogel mit langem, prächtigem Schwanzgefieder erkannte.

»Na, wer dich wohl schickt«, sagte sie leise und nicht ganz so beschwingt, wie man es von ihr gewöhnt war. Es war nicht als Frage gemeint – sie wusste ganz genau, wer da ihre Aufwartung verlangte. Also erhob sie sich leise und zog den kleinen Beutel mit dem magischen Gegenstand unter dem Kissen hervor. Ihn am Körper zu tragen war ihr in den bald vier Wochen, die sie ihn schon besaß, zur zweiten Natur geworden. Ebenso wie das Schnarchen der Köhlerfamilie im Nebenraum und die jammernden Träume ihrer Tochter neben sich.

Sie schlich über den mit Stroh bedeckten Boden in die mittlerweile kühlere Nachtluft hinaus. Es ging auf Efferd zu, der Sommer verabschiedete sich langsam, aber sicher und machte dem Herbst Platz. Keta hatte sich nicht die Mühe gemacht, sich etwas anzuziehen, und die unzüchtigen Bilder auf ihrem Körper wurden von einer Gänsehaut aufgeraut.

Der Vogel erhob sich in die Luft, und jetzt erkannte die Alte, dass er von blutroter Farbe war. Sie folgte ihm bis zum Waldrand und stieg vorsichtig durch das Unterholz und an Brennnesseln vorbei. Hätte sie mal zumindest ihre Schuhe mitgenommen – aber wer konnte ahnen, dass es so weit ging?

Endlich, als ihre Füße trotz dicker Hornhaut von Dornen und Tannennadeln nach einem Marsch durch den Wald geschunden waren, setzte sich der Vogel auf einen vom Blitz gespaltenen Baum und plusterte sich auf.

»Da sind wir«, stellte Keta fest und schaute sich um. »Man lässt auf sich warten.« Nun, das war sie gewöhnt. Sie suchte sich eine Stelle im Gras, die nachweislich frei von Disteln und Nesseln war, und ließ sich darauf fallen. Nicht auszudenken, wenn sie etwas in ihre empfindlichsten Teile stach. Bei dem Gedanken daran musste sie kichern, und das heisere Geräusch klang laut auf der Lichtung wider. Unweit grollte ein Vielfraß oder ein Dachs auf seinem Weg durch den Wald, eine Eule stieß einen Jagdschrei aus, und die Maus, der ihr Angriff galt, quiekte wie am Spieß.

Keta kratzte Blut und Dreck von ihren Zehen und bemerkte den dichten Nebel erst, als er ihre Hände benetzte. Anders als beim letzten Mal nahm die Fee keine feste Gestalt an – sie blieb als wallender Nebel von wage menschlicher Gestalt vor Keta in der Luft hängen. Wo bei einem Wesen aus Fleisch und Blut das Gesicht gewesen wäre, hing der rote Vogel mit ausgebreiteten Flügeln in der Luft, und seine Augen waren von einer milchigen Farbe. Mit krächzender Stimme sprach er: »Wann?«

»Bald. Der Richtige ist schon auf dem Weg.« Tatsächlich hatte die alte Marketenderin keine Ahnung, wann Lando eintreffen würde, aber sie war sicher, dass er kam. Das Schreckgesicht wollte das Artefakt, und Lando war kein Mann, der leicht aufgab. Sie würden wiederkommen, und dann wäre sie bereit für das Schwein.

»Wann?«, wiederholte der Vogel ungehalten, und Keta musste einen Kloß im Hals herunterschlucken, bevor sie antworten konnte: »Es nutzt Euch nichts, wenn ich unbedarfte Männer gegen Euren Feind schicke. Ich warte auf einen, der siegen wird.«

Der Vogel schlug mit den Flügeln und glitt näher an sie heran. Der Rest der Gestalt folgte wie ein Schleier aus Spinnweben. »Tu es rasch«, drohte das rote Tier, und sein Schnabel berührte fast ihre Nase. »Meine Geduld hat bald ein Ende.«

Keta nickte und musste sich schwer zusammennehmen, vor dem starren, unwirklichen Blick des nebelumwaberten Vogels nicht zurückzuweichen.

»Er wird bald eintreffen, und wenig später ist Euer Feind nicht mehr«, versprach sie und hoffte inständig, dass Lando bald seine vernarbte Schnauze hier sehen lassen würde.

Ohne ein weiteres Wort löste sich die Fee in Nebel auf, und der Vogel fiel flatternd zu Boden. Er schüttelte sich, lief einige Schritte und hob sich dann in die Luft, wie ein Funke, der aus einem Feuer auffliegt. Wenig später war Keta wieder allein auf der Lichtung. Das war gar nicht gut! Bisher hatte es so ausgesehen, als könnte sie bei diesem Spiel nur gewinnen. Entweder sie rächte sich grausam an Lando, oder sie ging mit einer großen Menge Gold aus der Angelegenheit hervor. Jetzt aber lief sie wegen Landos Lahmarschigkeit nicht nur Gefahr, beides zu verlieren, sondern geriet möglicherweise auch noch auf den Kieker einer mächtigen Fee. Das gefiel ihr gar nicht, und immer, wenn Keta etwas nicht gefiel, sorgte sie dafür, dass es sich änderte.

Sie stand auf und klopfte sich feuchtes Gras von ihren alternden Pobacken, dass es laut klatschte. Und ebenfalls wie immer würde sie die Hauptarbeit bei solchen Sachen nicht selber machen. Sie stapfte durch den

Wald zurück zu der Köhlerhütte und blickte zum Himmel, als sie die letzte Baumreihe hinter sich gelassen hatte. Der Morgen graute schon, Zeit für das faule Pack, endlich ordentlich seine Dankbarkeit zu beweisen. Sie zog sich an, wodurch ihre Tochter erwachte und unlustig fragte: »Was gibt es denn schon so früh?«

»Frag nicht so dumm und steh auf!«

»Mag nicht. Will noch schlafen«, murmelte Oliva und drehte sich auf die Seite.

Keta packte sie an den Haaren und zog das kreischende Mädchen auf die Beine. »Wenn deine Mutter dir etwas sagt, dann wirst du gehorchen, haben wir uns verstanden?«

Oliva kreischte noch immer vor Schmerz und umklammerte den Arm ihrer Mutter. Sollte sie quieken, dann wachten wenigstens die Köhlerleute auch gleich auf. »Ob wir uns verstanden haben, frag ich.« Sie schüttelte das Mädchen hin und her.

»Ja«, brachte es unter Schmerzen hervor.

Keta ließ los und tätschelte die Wange ihrer Tochter: »Bist ein gutes Mädchen. So und jetzt zieh dir was an.«

Sie ging in die Stube der Köhler, aber es war niemand hier. Da verschliefen diese verwanzten Faulpelze doch sogar den Hilferuf einer holden Maid – so viel zu den Sagen, in denen der Köhler sich als rettender Prinz entpuppt.

Sie ging ins Zimmer des Familienoberhaupts, das schnarchend neben seiner viel zu fetten Frau lag, und hielt ihm die Nase zu, bis er erschrocken röchelnd erwachte. »Guter Mann, ich habe einen kleinen Auftrag für Eure Familie. Also seid so gut und weckt sie mir.«

Der Mann blickte einen Augenblick verwirrt, nickte dann und rieb sich die Augen. Es war schon ein Segen, dass das einfache Volk so spurte, sobald Silbertaler im Spiel waren.

Keta setzte sich auf die Bank vor dem Haus und wartete, bis die Köhlersippe, noch im Nachthemd oder Lendenschurz, sich versammelt hatte.

»Liebe Leute«, sagte Keta und ging vor den Köhlern auf und ab wie ein General vor der Schlacht. »Es ist sehr wichtig, äußerst wichtig, wirklich wichtig, dass ihr mir einen kleinen Dienst erfüllt.«

Die Männer und Frauen schauten verwirrt und müde, aber sie hörten wenigstens zu.

»Da unser guter Fann hier leider die Spur des Mannes verloren hat, den ich sprechen muss …« Sie wies auf den kräftigen Köhlersohn, den sie hinter Lando hergeschickt hatte. Unter seiner Schicht aus Schmutz hatte er zumindest den Anstand zu erröten.

»Ich habe mein Bestes getan, aber plötzlich war er …«

»Wie vom Erdboden verschluckt. Na ja, sprechen wir nicht mehr drüber«, sagte Keta mit einer wegwerfenden Handbewegung. »Auf jeden Fall muss ich sichergehen, dass er den Farindel nicht betritt, ohne dass ich mit ihm gesprochen habe. Also werdet ihr euch auf den Weg machen und in jedem Dorf und jedem Weiler rund um den Wald sagen, dass man diesem Mann sofort Bescheid gibt, wenn er irgendwo eintrifft.«

»Aber wie soll man den Mann denn erkennen?«, fragte ein Mädchen in Olivas Alter, mit schweren Brüsten und einem runden Bauch.

»Man wird ihn erkennen. Narben im Gesicht, hässlich wie ein Eimer Würmer, klein, aber kräftig, hört auf den Namen Lando. Verstanden?«

Das Mädchen nickte.

»Na, worauf wartet ihr dann noch?«, fragte Keta und scheuchte die Köhlerleute weg. »Zieht euch an, esst und dann nichts wie los! Und einer von euch soll mir ordentlichen Knaster mitbringen!«

Obwohl sie die Leute immer wieder zur Eile antrieb – und sich dabei durchaus der teils bösen Blicke bewusst war –, stand Praios schon hoch am Himmel, als die Köhlerleute endlich auf dem Weg waren. Zurück blieben nur die Alten und die ganz Jungen, der Rest zog wie eine königliche Botenschar durch Albernia, um ihre Befehle zu befolgen. Daran könnte sich Keta wirklich gewöhnen.

Sie winkte einen kleinen Köhlerjungen heran. »He, du! Hol mir mal einen Krug Wasser.«

Kapitel 18

Cet blickte sich um und huschte dann in Richtung der kaputten Treppe nach unten. Unter seinem Hemd hatte er eine kleine Bronzeschale seiner Mutter verborgen und in ihr allerlei Nägel und alte Beschläge, die er aus den Wänden geholt und poliert hatte, bis sie glänzten.

Jetzt schepperten sie nur leider bei jedem Schritt, und so richtig gut versteckt waren sie auch nicht. Die Beule an seinem Bauch war kaum zu verbergen.

»He, Walfisch, komm mit, wir spielen Korkballfangen!«, ertönte es hinter ihm, aber er drehte sich nicht um.

»Nein, Idra, danke, ich habe keine Lust«, sagte er so ruhig, wie seine Angst und seine Aufregung es zuließen.

»Komm schon, du Kloß, ich will was zum Lachen haben!« Idra packte ihn an der Schulter und drehte ihn um. »Was versteckst du denn da?« Sie deutete auf den Topf, der sich deutlich unter dem Hemd abzeichnete.

»Nichts, was dich was angeht!«, blaffte Cet und versuchte sich aus dem Griff des älteren Mädchens zu lösen, aber sie war einfach zu stark.

»Zeig mal!«, bestand sie und zog an seinem Hemd. Cet wand sich hin und her und protestierte, aber mit einem Mal entglitt ihm das Gefäß und polterte auf den schmutzigen Boden. Die glänzenden Metallteile verteilten sich auf dem Boden.

»Alteisen … was willste denn damit?«

»Nichts. Hau ab!«, sagte Cet und machte sich daran, die Sachen aufzulesen.

»Wie redest du mit mir?«, fragte Idra drohend und trat Cet auf die Hand. »Du sagst jetzt schön Entschuldigung!«

Cet verzog das Gesicht vor Schmerz, aber er war stolz, nicht geschrien zu haben. Statt sich zu entschuldigen, packte er mit der anderen Hand einen Nagel und stach ihn Idra durch die Hose ins Bein, nicht tief, aber stark genug, dass sie mit einem Aufschrei nach hinten sprang und an dem glänzenden Nagel Blut klebte.

»Bist du verrückt geworden?«, fragte Idra und zog ihr Hosenbein hoch – aus einem kleinen Loch in ihrer Wade tropfte Blut.

»Dafür gibt's Senge!«, rief sie und kam drohend auf ihn zu, aber Cet hatte plötzlich keine Angst mehr, war nur wütend wegen all dem, was Idra ihm angetan hatte.

»Komm nur her«, sagte er, hielt in der einen Hand den Nagel, der schon Blut geschmeckt hatte, und in der anderen ein scharfkantiges, gebrochenes Türscharnier. »Komm her, dann … dann bring ich dich um!« Die letzten Worte hatte Cet geschrien, und mit einem Mal trat Angst in Idras Augen. Einen Moment zögerte sie, dann wandte sie sich ab und lief davon. »Du bist ja völlig verrückt geworden«, rief sie noch. Dann hörte Cet ihre Schritte auf der Treppe im hinteren Teil des Hauses.

Mit zitternden Fingern legte er das Eisen wieder in den Kessel und ging zu der kaputten Treppe. Während er sie langsam herunterkletterte, lächelte er stolz – er hatte sich endlich einmal gewehrt, so wie seine Mutter es immer von ihm verlangte. Er hatte Idra, die schlimmste Plage, in die Flucht geschlagen. Er war ein Held!

Kurz kam ihm in den Sinn, was die anderen Kinder darüber wohl sagen würden, aber dann verwarf er den Gedanken. Wer brauchte die schon. Er hatte bessere Freunde.

Als er an den gefluteten Raum kam, warteten schon drei Neckerkinder auf ihn. Er hatte sie Breitmund, Narbe und Fischblau genannt, und obwohl sie die Namen natürlich nicht verstanden, wussten sie mittlerweile, wann sie gemeint waren, und schauten auf, wenn er sie ansprach.

Grünhaar, das Neckermädchen, das er am ersten Tag getroffen hatte, war heute nicht dabei. Vielleicht kam sie des Nachts – mittlerweile kamen ihn nämlich auch mit der Nachtflut Neckerkinder besuchen. Er war eine Berühmtheit in der Unterwasserwelt Havenas, stellte er sich vor, und die Kinder stritten sich darum, ihn besuchen zu dürfen. Immer wieder mal waren Neulinge dabei, für die er wohlklingende Namen erfand und die er mit einem Eisengeschenk in die geheime Bruderschaft König Cets aufnahm.

Die Necker hielten ihm die Hände entgegen und offenbarten die metallenen Dinge, die er ihnen geschenkt hatte. Narbe hatte einen silbernen Ring, den Cet mit sehr schlechtem Gewissen von seiner Mutter gestohlen hatte. Aber der Necker hatte ihn sich verdient, denn er war der Erste gewesen, der sich mit Grünhaar hierher getraut hatte.

Cet setzte sich nah zu den Neckern und lauschte auf den sanften, wohlklingenden Singsang ihrer Sprache. Vermutlich redeten sie nur miteinander, aber Cet gefiel der Gedanke, dass sie ihm erzählten, wie seine Geschenke in der Wasserwelt angekommen waren und wie man sich dort unten über ihn wunderte.

Der dicke Junge beugte sich vor und verteilte die Metallstücke unter den Anwesenden, die sie neugierig begutachteten und reihum gaben, damit jeder sie anschauen könnte. Dann zog Breitmund ein Netz aus Algenfasern heran, das mit einem Muschelknopf verschlossen war. Sie war die älteste der Necker, glaubte Cet, und wohl in Yanns Jahren – wenn die Wassermenschen genauso schnell wuchsen wie Menschen. Cet war stolz darauf, sie zum Freund zu haben. Hier kam ein viel älteres Mädchen und freute sich, wenn Cet mit ihr spielte.

Breitmund öffnete das Netz und reichte ihm eine seltsam anmutende Pflanze, die aussah wie ein dunkler, grüner Aal mit Flecken. Breitmund lächelte mit ihren wulstigen Lippen, führte die Hand zum Mund und machte schmatzende Geräusche.

Cet schaute sie skeptisch an. Da ahmten Narbe und Fischblau die Bewegung nach und nickten immer wieder lächelnd. Also rang sich Cet durch und biss in das eklige Gewächs. Es schmeckte überraschend süß und kribbelte auf seiner Zunge. Er kaute einen weiteren Biss und noch einen. Dann nahm ihm Breitmund die Pflanze hastig wieder weg und steckte sie in den Beutel. Cet war ein bisschen beleidigt, denn er hatte gerade Geschmack daran gefunden, und hungrig war er auch – vor lauter Polieren der Eisenteile hatte er ganz vergessen, zu Mittag zu essen.

Narbe sprang ins Wasser und tauchte mit lustigem Gurgeln unter. Cet stand auf und schaute dem Necker nach, der nun wieder an die Oberfläche kam.

Plötzlich stürzten sich Breitmund und Fischblau auf den verdutzten Cet, und Narbe schoss aus dem Wasser, um sich an Cets Hals zu hängen. Gemeinsam warfen sie ihn ins Wasser und zerrten ihn nach unten. Cet wehrte sich nach Kräften, aber sie waren stärker. Das dunkle Wasser brodelte um ihn herum, während er sich hin und her warf und die Luft aus seinen Kleidern aufstieg.

Cet schrie auf, bekam den Mund voller Wasser und

schloss ihn erschrocken wieder. Die helle Wasseroberfläche wurde über ihm immer kleiner, und plötzlich stand er auf dem Boden des überfluteten Raumes. Seine Lungen brannten, und er versuchte sich abzustoßen, aber die Necker hielten ihn mit grausamem Grinsen am Boden fest.

Cet konnte die Luft nicht mehr anhalten – er musste atmen, und dann würde er ertrinken. Hätte er doch nur auf die Warnungen der Erwachsenen gehört: Man konnte einem Necker nicht trauen. Als seine Lungen zu platzen schienen, machte sich Cets Körper selbstständig und atmete. Wasser drang in seine Lungen und – nichts weiter. Er bekam Luft – etwas schwerer, als er es gewöhnt war, denn immerhin musste er Wasser ein- und ausatmen, aber er ertrank nicht.

Die Necker ließen ihn los und umschwammen ihn mit hellen, singenden Tönen, die Cet als ihr Lachen kennen gelernt hatte. Er konnte nicht genau sehen, was sie taten, denn unter Wasser war alles verschwommen. Er fasste tastend um sich und spürte plötzlich eine Berührung in seinem Gesicht. Ein heller Gesang ertönte, seine Augen brannten kurz, und dann war seine Sicht in dem trüben Flusswasser so klar wie an einem lichten Sommertag.

Sie winkten ihm, und als er wegen der voll gesogenen Kleidung nicht hinter ihnen her schwimmen konnte, nahmen Narbe und Breitmund ihn bei der Hand und zogen ihn durch das Wasser.

Es war eine rasante Fahrt, und Cet lachte Luftblasen sprühend vom ersten bis zum letzten Moment. Er wusste nicht, wie lange sie durch das Wasser schossen, in alte, überschwemmte Häuser hinein und über Schiffswracks hinweg. Sogar an einer umgestürzten und halb versunkenen Statue Efferds führten ihn die Necker vorbei.

Sie ließen ihn durch lange Algenfäden gleiten und

setzten ihn auf einem umgestürzten Turm ab, um ihm Spiralen und andere Kunststücke vorzuführen.

Einmal drückten sie ihn zwischen zwei aneinanderlehnende Säulen und schwammen vor ihm, als ein erwachsener Necker vorbeiglitt, aber das Wesen nahm keine Notiz von ihnen.

Dann, für Cets Geschmack viel zu früh, tauchten sie wieder in den Unterschlupf der Flüchtlinge aus Talania und hoben ihn bis zu der Treppe hinauf. Cet kletterte hoch, noch immer lächelnd und winkte den Neckern lange nach. Das war ein Erlebnis, das er sein Lebtag nicht vergessen würde. Schade nur, dass er keinem davon erzählen konnte. Aber vielleicht würden ihn seine Freunde ja noch einmal mitnehmen und ihn erneut dieses Gefühl der Leichtigkeit erleben lassen.

Plötzlich hörte Cet über sich ein Knirschen. Er wirbelte herum und glaubte einen Schatten an der Treppe zu sehen. So schnell es seine nasse Kleidung erlaubte, lief er die Stufen hinauf und schaute sich um, aber es war niemand zu sehen. Er musste sich geirrt haben.

Die kleine Kerze, die er hatte stibitzen können, würde nicht mehr lange brennen, aber nach dem, was er am Nachmittag erlebt hatte, wollte er keinesfalls die Nachtflut verschlafen. Er tapste auf nackten Füßen die kaputte Treppe herunter, stieg in das überflutete Zimmer hinab und setzte sich kribbelig auf die Stufen. Die grüne Algenlinie war noch zu sehen. Das Wasser hatte seinen höchsten Stand noch nicht erreicht. Er musste also noch etwas warten. In seinem dünnen Nachthemd fror er ein wenig, aber es war eine gute Tarnung – wenn ihn auf dem Weg irgendwer erwischte, konnte er behaupten, in den Fluss pinkeln zu wollen.

Er starrte in Erinnerung an seine unglaubliche Reise unter den Wasserspiegel lächelnd vor sich hin, als erst Grünhaar, dann Breitmund und Narbe aus den Fluten auftauchten und auf die Stufen kletterten. Etwas zögerlicher kam ein sehr kleiner Necker hinzu. Er mochte nach menschlichen Maßstäben vielleicht drei Jahre alt sein, und für ihn einen Namen zu finden war ebenso einfach wie traurig: Einauge. Eine Reihe von kleinen, runden Narben zog sich durch sein Gesicht – offensichtlich hatte ihn ein kleiner Hai angegriffen. Ein Wunder, dass er es überlebt hatte.

»Hab keine Angst«, sagte Cet und streckte die Hand aus. Er hatte kein Eisengeschenk dabei, aber nachdem die anderen ihm sirrend und gurrend zugeredet hatten, trat der Kleine zu Cet und legte seine Hand in die größere menschliche.

»Willkommen, Einauge«, sagte Cet, und sein Lächeln wurde von den anderen Neckerkindern erwidert.

Plötzlich wurde es hell in dem Raum, und schwere Stiefel polterten die Stufen herab. Etwas sirrte durch die Luft und faltete sich auf – ein Netz! Breitmaul, Narbe und Grünhaar sprangen mit erschrockenem Gurren ins Wasser, aber Einauge war nicht schnell genug. Das Fischernetz breitete sich über ihn, bevor er den Treppenrand erreicht hatte, und er schrie herzzerreißend. Cet sprang auf und wich einige Schritte zurück.

»Ich hab's doch gesagt, der holt uns die Necker ins Haus!«, rief Idra, die mit bösem Lächeln am oberen Rand der Treppe stand. Vor ihr hielt ihr breitschultriger Vater den zappelnden Einauge im Netz hoch und lachte. Hinter ihm konnte Cet seine Mutter erkennen, die wütend die Arme verschränkte, und seinen Vater, dem Tränen über die Wangen liefen. Tränen der Enttäuschung, wie Cet vermutete. Aber all das war ihm egal. Seine Wut überwog.

»Lasst ihn sofort frei!«, rief er, hielt aber Abstand von Idras brutalem Vater, der noch immer lachte und das Netz mit dem Necker darin schüttelte.

»Nichts da«, sagt Idra. »Der wird verkauft! Das bringt viel Geld.«

»Das stimmt, meine Kleine, die Reichen der Stadt zahlen viel Geld für so ein Haustier!«, sagte ihr Vater und strich ihr über den Kopf. »Das hast du gut gemacht.«

Cet erkannte, dass Idra es genau aus diesem Grund getan hatte: Sie sehnte sich nach Zuspruch von ihrem Vater, den sie so viel seltener bekam als Schläge, und plötzlich konnte Cet ihr nicht mal mehr böse sein.

Er blickte auf das schwarze Wasser und konnte vage die Schemen der dort aufgeregt kreisenden anderen Necker erkennen.

»Wir sprechen oben weiter, Bursche!«, sagte seine Mutter und machte einen Schritt auf Cet zu.

Der Junge traf eine Entscheidung, sprang zur Seite und kopfüber in das Wasser. Er spürte Hände an seinen Beinen, aber nicht, um ihn herabzuziehen, sondern um ihn am Untergehen zu hindern. Mit Genugtuung hörte er den erschrockenen Schrei seiner Mutter.

»Lasst ihn sofort frei, oder ich gehe mit ihnen fort. Für immer!« Er hoffte inständig, dass seine Mutter diese Lüge nicht durchschaute. Aber andererseits – vielleicht könnte er mit Hilfe der Pflanze ja wirklich bei den Neckern leben?

»Komm da sofort raus, bevor diese Ungeheuer …«

»Das sind keine Ungeheuer!«, unterbrach Cet sie. »Sie sind nett, und sie spielen. Genau wie wir.« Sein Blick streifte über Idra hinweg. »Nur nicht so gemein!«

»Komm aus dem Wasser!«, rief seine Mutter, nun in einer schrillen Mischung aus Wut und Angst. Wenigstens hatte sie ihn noch lieb – bei seinem weichen, weinenden Vater war er sich da sicher, aber bei seiner Mutter steckte diese Liebe oft unter einer rauen Schale.

»Sie sind meine Freunde«, beschwor Cet sie. Ihm wurde langsam kalt, und seine Zähne klapperten.

»Tut nichts«, sagte Idras widerlicher Vater und lachte. »Der hier wird verkauft!« Er schwang den wimmernden Einauge im Netz hin und her.

»Sie sind meine Freunde!«, rief Cet erneut. Ihm fiel nichts anderes ein.

»Lass ihn frei«, sagte plötzlich Cets Vater leise.

»Was?«, fragte seine Mutter erstaunt.

»Ich sagte, lass den Necker frei«, wiederholte der Vater. Der breite Kerl mit dem Netz in der Hand wandte sich zu dem Mann um. »Was sonst?«

Cets Vater schlug zu und fällte den Hünen mit einem Schlag ans Kinn. Er schaffte es sogar noch, das Netz aufzufangen, bevor Einauge auf die nassen Stufen fiel. Vorsichtig befreite er den verängstigten Kleinen aus den Maschen und entließ ihn ins Wasser.

Cet spürte, wie seine Beine noch einmal gedrückt wurden, und Tränen stiegen ihm in die Augen. Dann war er allein in dem dunklen Wasser und sandte seinen Freunden einen letzten stummen Gruß nach. Sie würden niemals mehr wiederkommen.

Dann fiel sein Blick auf seinen Vater, der lächelnd am Rand der Treppe kniete und ihm seine Hand entgegenstreckte. Cet ergriff sie und ließ sich aus dem Wasser ziehen. Seine Mutter stand noch immer wütend, aber über ihren Mann auch verdutzt – und wie es schien erfreut – mit verschränkten Armen dort. Dann ging sie in die Knie und umarmte ihren Sohn. »Was machst du denn nur?«, fragte sie. Die übliche Frage, wenn ihr andere Worte fehlten.

»Bring Cet nach Hause, Liebste«, sagte der Vater sanft. »Ich bringe Idra und ihren Vater nach oben!« Er ging in die Hocke, um den ohnmächtigen Mann anzuheben, aber nach einem ächzenden Versuch gab er auf und fragte: »Hilfst du mir, mein Schatz? Ich bin zu schwach!«

»Gleich … Liebster«, sagte seine Mutter – so hatte sie seinen Vater schon lange nicht mehr genannt.

Cet presste seinen Kopf an die Brust seiner Mutter, aber plötzlich waren die Tränen versiegt. Er hörte leises Weinen aus einer anderen Richtung. Er drückte seine Mutter noch einmal und ging dann wortlos nach oben, zur kaputten Treppe und weiter nach links. Da saß Idra auf einer alten Bank und weinte vornübergebeugt bittere Tränen auf den Steinboden. Cet zögerte kurz, setzte sich dann neben sie und legte den Arm um das Mädchen. Für einen Moment schien sie versucht, seinen Arm abzuschütteln, aber dann legte sie den Kopf an die Schulter des kleineren Jungen und weinte.

Cet tätschelte sie unbeholfen. Vielleicht hatte er in dieser Nacht nicht nur Freunde verloren, sondern auch eine neue Freundin gewonnen.

Kapitel 19

Dom Lando durchritt den Eingang von Burg Abilacht und nahm den eingeschüchterten Gruß eines Soldaten entgegen, der das Tor in anderer Richtung passierte. Er wusste, dass man ihn hinter seinem Rücken nicht nur in seinem Regiment als »Hauptmann Gnadenlos« bezeichnete. Die Soldaten dachten, er würde es nicht bemerken, aber insgeheim genoss er es sogar, wenn sie ihn mit zitternder Stimme in ihren Quartieren so nannten – solange sie Angst vor ihm hatten, spurten sie wenigstens. So war es immer gewesen, und so würde es immer sein: Hatte man das Herz des Feindes erschüttert, war der Sieg schon fast errungen.

Umso mehr ärgerte es ihn, dass Ritter Mortenberg sich so ganz und gar nicht von ihm einschüchtern ließ. In dem dürren Schönling steckte mehr, als man auf den ersten Blick erkannte.

Lando gab einem herbeieilenden Knecht die Zügel seines Pferds und scheuchte ihn mit einer Handbewegung weg. Über den Hof liefen der Burgbäcker und seine zwei Gehilfinnen, schwer beladen mit frisch gebackenen Broten für das Abendessen. Lando knurrte der Magen – die ›Einladung‹ des Ritters hatte ihn kurz nach Mittag erreicht, bevor er sich den Wanst mit einem ordentlichen Mahl voll schlagen konnte. Na ja, das würde er später nachholen. Was Mortenberg immer so stolz seine Burg nannte – wobei er bewusst ignorierte, dass Baronin Sarja die eigentliche Herrin der

Burg und der Ländereien war –, war im Vergleich zu den Festen, die Lando in seiner Zeit als Söldner schon sehen und schleifen durfte, wenig mehr als eine Hütte. Der Burgfried war nicht sehr hoch, die Mauern waren mit nicht mal drei Spann für eine Burg dünn, und in dem Palas fand sich höchstens Platz für 100 Leute, weniger, wenn einzelne wie Mortenberg und die Baronin aufgrund ihres Standes entsprechende Räumlichkeiten beanspruchten. Diese Burg wäre gegen ein richtiges Heer unter seiner Führung kaum lange zu halten.

Lando stieg die Treppe hinauf und durch die offen stehende Tür. Erst am Durchgang zu den Gemächern des Adels wurde er von einem Lakai aufgehalten, der ihn offensichtlich noch nicht kannte.

»Hoher Herr«, sprach er ihn an und stellte sich ihm in den Weg. »Darf ich so unverschämt sein, nach Eurem Begehr zu fragen?«

Lando starrte den Mann an und sah dessen Blicke durch sein Gesicht wandern, die Narben bewundern, die rot gemalten Augenbrauen, die Ohrringe mit den Dämonenfratzen, und dann fand ein schon weniger arroganter Blick den Weg wieder in seine Augen. Lando schwieg noch immer und starrte weiter.

»Dies sind«, sagte der Lakai, und seine Stimme überschlug sich. »Dies sind die Gemächer der Hochwohlgeboren und …« Er gab auf, und Schweiß trat auf seine Stirn.

Lando schwieg noch ein bisschen, dann sagte er leise: »Ritter Mortenberg erwartet mich.«

»Der Ritter«, sagte der Lakai erleichtert, aber dann trat wieder Sorge auf sein Gesicht. Lando bemerkte, dass der Bursche sich nach Hilfe umsah, nach einer Wache oder einem kräftigen Knecht vielleicht. »Der Ritter ist zurzeit noch in einem Gespräch mit der Baronin.«

»In einem Gespräch«, sagte Lando.

»Ja«, kam die unsichere Antwort.

»Mit der Baronin.«

»J-ja.«

Lando war sich sicher, dass der Bursche in Kürze anfangen würde, wie ein Kind zu flennen, und er genoss es. Es war ihm stets eine Wonne, wenn er der Quell für das Leiden anderer war, egal ob dies nun der Gegner im Krieg war, dessen Frau nach dem Sieg kreischend unter ihm lag, oder ein solcher Lakai in Friedenszeiten.

Sein Gegenüber blinzelte jetzt nervös mit den Augen. Lando wusste, was er mit »Gespräch« meinte: Mortenberg vögelte die dralle Baronin nach allen Regeln der Kunst, dass sie am Abend vorsichtig auf ihrem Seidenkissen Platz nehmen musste. Auf das rotblonde Luder würde er sich selber gerne mal werfen.

»Dann wollen wir mal hoffen, dass ihr seine Worte lang genug sind, was? Dass sie das Gespräch befriedigt!«, dröhnte Lando laut und hieb dem Lakai auf die Schulter.

Der Mann zuckte erst erschrocken, dann schmerzhaft zusammen, rieb sich die Schulter und sagte mit einem wackligen Lächeln: »Gewiss, gewiss.«

Lando ließ sich in den Salon führen und ein ordentliches Essen auftragen: Wachtelbrüstchen in fetter Sauce vom Mittagstisch, die er mit viel Brot aufwischte, geschmorte Rüben mit Nelken und ordentlich Pfeffer, weidensche Kartoffeln in Salzkruste mit viel Butter und dazu ein gutes Bier. Als er sich nach einer ganzen Weile über gehacktes Obst mit Mandeln hermachte und sich dann die Hände an der Tischdecke abwischte, wunderte er sich doch langsam. Ob Mortenberg doch nur Probleme mit der Baronin wälzte und nicht sich selbst in den Kissen? Bei Letzterem würde der Ritter ganz sicher nicht so lange seinen Mann stehen können, und mit einem stumpfen Schwert war ein Krieger im Schlafgemach keine Freude für die Frauen.

Lando lachte laut über seine eigenen Scherze – man hielt ihn für dumm, darüber war er sich im Klaren, für einen grobschlächtigen Tor, aber es war ihm nur recht. Sollten ihn seine Feinde nur unterschätzen, er würde sie schon das Fürchten lehren, und eines Tages würde er Mortenberg aus dem Weg räumen und an seiner Stelle in den Flammenrat einziehen. Aber das waren ferne Träume – vorher wäre ihm schon mit einem weiteren Bier geholfen. Er brüllte laut nach dem Lakai, der auch umgehend auftauchte, aber nicht um ihm ein weiteres Bier zu bringen, sondern um ihn zum Ritter vorzulassen.

Mortenberg war über einen Spann größer als Lando, aber bei weitem nicht so kräftig gebaut. Er steckte in einem geschnürten roten Hemd aus Seide und einer glatten Lederhose. An seinen Händen trug er zahlreiche Ringe, sein Haar war sauber gekämmt und zurückgebunden. Der Bastard hatte sich noch in aller Ruhe zurechtgemacht, während Lando auf ihn wartete. Erst als der Lakai die Tür hinter Lando wieder zuzog, blickte Mortenberg von den Papieren auf dem Schreibtisch vor ihm auf, und das Lächeln, das auf seinen Lippen erschien, reichte nicht bis in seine stahlblauen Augen.

»Mein bester Hauptmann Lando. Welche Freude, Euch wieder zu sehen. Man trug mir zu, dass Ihr in der Stadt seid.« Mortenberg erhob sich und zeigte mit einer einladenden Geste auf einen dünnbeinigen, dunklen Stuhl mit roséfarbener Sitzfläche.

»Ihr habt mich warten lassen, Ritter«, sagte Lando vorwurfsvoll.

Mortenberg öffnete entschuldigend die Hände. »Doch nur, um den Schein zu wahren. Für die Öffentlichkeit seid Ihr nur ein Hauptmann, während ich der Vertraute der Baronin bin. Was sollen denn die Leute denken, wenn ich Euch umgehend hereinbitte? Man würde Unlauteres vermuten – und soll denn jeder wissen, dass wir Freunde, nein, mehr noch: Brüder im Geiste und im Bunde sind?«

Lando verzog das Gesicht. Wenn er für jedes unnütze Wort des Ritters einen Heller bekommen hätte, könnte er sich seine unehelichen Kinder in Gold aufwiegen lassen. Wortlos setzte er sich.

»Ich hoffe, Ihr bringt gute Nachrichten? Ich war etwas verwundert, als meine Späher Eure Ankunft meldeten, ich aber kein Gesuch um eine Audienz erhielt.« Mortenberg setzte sich wieder, goss aus einem Krug eine klare Flüssigkeit in zwei Becher und reichte einen an Lando. Der nippte – Wasser, wie er erwartet hatte – und stellte den Becher wieder weg. Audienz, das könnte dem Ritter so passen.

»Keine guten Nachrichten. Das heißt, wie man es nimmt. Zaraldus hat versagt – das Auge war nicht mehr dort, wo er es vermutet hatte, und er konnte es nicht mehr wieder finden«, berichtete Lando.

Mortenbergs Augen wurden schmal. »Zaraldus und Ihr habt also nicht nur die Spur der Prinzessin verloren, sondern Euch dann auch noch das Artefakt, das zu holen man Euch stattdessen aussandte, vor der Nase wegschnappen lassen?«

Lando gefiel der Tonfall des Ritters nicht. »Zaraldus sagte, er findet es wieder.«

»Und wo ist der Nichtmehr-Magister jetzt, wenn ich fragen darf?«

»Er ist in Honingen«, gab Lando knapp zurück.

»Wo er …«, fragte Mortenberg und drehte die Hand in einer Aufforderung, dass Lando den Satz fortführen sollte, aber der nahm erst mal einen tiefen Schluck aus seinem Becher. Er war doch nicht Mortenbergs Laufbursche.

Der Ritter seufzte, stand auf und lehnte sich auf die Kante des Tisches. »Ich bitte Euch um Verzeihung,

Hauptmann. Wenn man den ganzen Tag von kratzbuckeligen Lakaien umgeben ist, vergisst man, wie man mit seinesgleichen zu reden hat. Ihr habt also den Magier nach Honingen gebracht?«

Na also, das war doch schon besser. Lando nickte. »Er wollte sich dort mit wem treffen, der ihm helfen sollte. Bald, so sagte der Geck, würde er sich wieder auf die Spur des Artefakts setzen können und uns Nachricht geben. Er bat darum, dass ich Euch unterdessen Bericht erstatte.« Genau genommen hatte er es befohlen, und der Respekt Landos vor jedem, der ihn in eine Maus verwandeln könnte, war zu groß gewesen, ihm zu widersprechen. Wie er diesen aufgeblasenen Magier hasste!

Mortenberg rieb sich nachdenklich das Kinn. »Vor gut einem Monat gab der Dragor den Auftrag, und bis heute sind die Tage ins Land gegangen, ohne dass wir ihm ein Ergebnis liefern konnten. Das wird sich nicht gut machen. Vor allem nicht für Zaraldus, wenn ich das mal so sagen darf. Aber Ihr habt auch schlechte Karten. Und Euer … sagen wir mal … Misserfolg fällt leider auch auf mich zurück. Doch wir können diese Schlappe in einen Sieg umwandeln, wenn wir dem Dragor beweisen, dass nur die Unfähigkeit das Magisters für den Verlust des Besagten verantwortlich ist.«

Lando nickte zustimmend. Sollte der Glitzervogel doch die Schelte einstecken. Er hatte es ohnehin verdient, und sicher hatte Mortenberg auch schon einen Plan dafür parat. Er war in Landos Augen ein nichtsnutziger Hänfling, der sich seine Position mit Speichelleckerei erschlichen hatte, aber was das Planen anging, musste der Neid ihm ein gewisses Geschick lassen.

»Ihr solltet erneut zum Farindel gehen, dort, wo Ihr die Spur verloren habt. Wenn eines der Wesen im Farindel sich des Artefakts bemächtigt hat, dann werden wir nicht darum herumkommen, Magister Zaraldus eine zweite Chance zu lassen. Wenn aber – und das halte ich für wahrscheinlicher – ein nicht übernatürliches Geschöpf sich seiner bemächtigt hat, dann muss es die Hilfe eines erfahrenen Farindelreisenden gehabt haben.« Mortenberg spielte mit einem kleinen Schmuckstuck, einem stilisierten Dolch, den er zwischen den Fingern drehte.

»Und den finde ich und hole aus ihm heraus, wer das magische Ding hat«, versprach Lando.

Mortenbergs Augen weiteten sich für den Bruchteil einer Sekunde überrascht. *Ja,* dachte Lando, *das hättest du nicht erwartet, du Stinkstiefel, was?* Der Ritter war eben nicht der einzige schlaue Kopf im Raum.

»Ganz genau, Hauptmann Lando, wie immer trefft Ihr es ganz genau. Vorzüglich, dann sind wir uns ja einig. Wie schnell könnt Ihr wieder an der betreffenden Stelle am Farindel sein?« Mortenberg nahm wieder hinter dem Schreibtisch Platz und schenkte Lando nach.

»In fünf, vielleicht sechs Tagen, wenn ich genug Pferde mitbekomme«, sagte Lando. »Ach, und ich brauche mehr Leute.«

Mortenberg stellte den Krug ab und schaute verwundert. »Reichen Euch die zwanzig nicht, die ich Euch mitgab? Man sollte meinen, um ein paar Köhler und Dörfler aufzuschrecken …«

»Es sind noch acht übrig«, sagte Lando grimmig. »Den Rest hat sich der Farindel geholt.« Er dachte mit einem Schaudern an die Schrecken des Waldes zurück. Ein Gegner mit einer Waffe, das war etwas Handfestes, da entschied das Können und die Kraft. Aber wie erschlug man einen Schatten, und wie besiegte man ein Feenwesen?

Mortenberg legte die Stirn noch stärker in Falten. »Ich dachte, der Magister wollte sich um diese Angelegenheit kümmern?«

Lando zuckte die Schultern. »Das Maul des Magiers ist größer als seine Hände.«

»Ihr meint, er verspricht mehr als er halten kann?«

»Das hab ich doch gesagt.« Langsam minderte sich Landos Vorfreude auf die Schmach des Magisters und wurde durch das nagende Gefühl der Abscheu ersetzt, die er hochgestochen schwatzenden Adeligen gegenüber so oft verspürte. Er hätte nicht übel Lust, dem Gecken den zierlichen Stuhl auf dem Schädel zu zertrümmern. Seine Hände schlossen sich um die Armlehnen, und das Holz knarrte protestierend. Wie gern würde er die Hände so um den Hals des Ritters schließen, bis sein Leben mit dem letzten Röcheln aus ihm wich, ihn dann an seinen eigenen Gedärmen über dem Bett aufhängen und die Baronin zu seinen Füßen schänden, so lange sein Blut noch warm auf sie heruntertropfte.

»Hauptmann Lando?«, fragte Mortenberg, und sein Tonfall machte klar, dass er ihn bereits einmal angeredet hatte.

Lando riss sich zusammen und lockerte mühsam beherrscht den Griff. »Ich höre?«

»Ich sagte eben, dass Ihr die Burschen dort ruhig härter anfassen könnt. Besticht sie oder …«

»Ersticht sie«, vollendete Lando grinsend den Satz.

Mortenberg verzog den Mund. »Ja nun, wenn es sein muss, auch das.«

Lando kicherte leise über die Skrupel des Ritters. Eines Tages würde seine weiche Art ihn den Kopf kosten, und Lando wäre zutiefst dankbar, wenn er derjenige sein dürfte, der ihn herunterschlug.

»Was ist so komisch?«, fragte Mortenberg scharf.

Lando verkniff sich das Lachen. »Ich freue mich auf das Gesicht des Magisters«, log er.

Nun gestattete sich auch Mortenberg ein Lächeln, während er eine geschälte Nuss aus einer Holzschale nahm und sich in den Mund steckte.

»Aber die Leute werden Fragen stellen, wenn ich anfange, Bauern aufzuschlitzen«, sagte Lando.

Der Ritter schluckte, rieb sich die Hände unnötigerweise an einem Tuch sauber und zog eine Schublade mit Pergament auf. »Dem werden wir vorbeugen. Ich betraue Euch, Hauptmann Lando, treuer Gefolgsmann des Grafen Tedesco und Freund Albernias, mit der Untersuchung und Verfolgung einer Gruppe Aufständischer. Die Spur wird Euch schnurstracks zum Farindel führen, Ihr werdet sehen. Morgen Mittag wird man einen Schreiber auftun, bei dem man entsprechende Papiere findet – der alte Kauz ist mir ohnehin ein Dorn im Auge.«

Lando nickte grinsend. Dieser Ritter verstand sein Handwerk, denn der Schreiber war ohne Zweifel eine aufrechte Seele, die Mortenberg in den Weg gekommen war, und sicher kein Aufrührer. Aber das würde ihm den Weg freimachen, um ungestraft herumzuschnüffeln und Ohrfeigen oder Schlimmeres auszuteilen.

Mortenberg schrieb einen Text herunter und machte sich dann daran, ihn zu siegeln, hielt aber inne. »Den brauchen wir ja erst morgen. Kein Grund zur Eile.« Er legte das Wachs wieder zur Seite.

»Achtet nur darauf, dass Ihr vorsichtig seid und die richtigen Fragen stellt«, ermahnte er den Hauptmann, der schnaubte. War er etwa ein Kind, das solches Zureden brauchte?

»Keine Sorge, Ritter, es wird nachher niemand mehr da sein, der plaudern könnte.« Lando hielt es vor Vorfreude kaum noch auf dem Stuhl – es war bereits viel zu lange her, dass er jemanden aufgeschnitten hatte.

Mortenberg sah aus, als würde ihm auch das nicht recht sein, sagte aber nichts dazu. Stattdessen schob er die Rolle wieder in das Fach in seinem Schreibtisch und drehte den kleinen Schlüssel im Schloss. »Kommt morgen sofort zu mir, wenn man Euch benachrichtigt.

Sobald der Schreiber verhaftet und vernommen ist, erhaltet Ihr die Urkunde und könnt aufbrechen. Ich gebe Euch weitere fünf Mann mit, aber Ihr müsst vorsichtig sein – sie sind nicht eingeweiht.«

Lando nickte. »Wenn sie uns auf die Schliche kommen, strecken wir sie nieder.«

Mortenberg wandte sich ab und trat zum Fenster, aber Lando sah trotzdem, dass er mit den Augen rollte.

Wart's nur ab, dachte Lando. *Bald rollen dir die Augen, weil sie nach deinem Körper suchen.*

Kapitel 20

Als man Korin zu der Verhandlung rief, saß er gerade unter einer der großen Windmühlen und ließ den Blick über die Stadt schweifen, die nun, seit die Tage des Sommers nicht mehr ganz so brütend waren, auch über die Mittagszeit mit Leben gefüllt war. Am Hafen wurden Schiffe be- und entladen, die kaum noch Platz fanden neben den zahlreichen neuen Drachen, die wie ungeduldige Kinder auf den Wellen auf und ab hüpften und auf den Beginn des Raubzuges warteten.

Die Menschen eilten über die Straßen der Fremdenstadt mit ihren ungewöhnlich hohen Häusern unterschiedlichster Bauart, durchschritten die Holzpalisaden der Ottaskin der Windzwinger, der Sturmkinder und der Garaldssons, um zu den niedrigen Langhäusern zu gelangen, und Korin sah deutlich die dichten, dunklen Rauchschwaden, die aus dem Eisenhof aufstiegen. Dort, von hier aus gesehen hinter der Stadt, wurden die Waffen gefertigt, die Segel gewoben und die Seile geflochten, mit denen die Thorwaler einmal mehr ihrer Tradition folgen, Schrecken an der Küste verbreiten und Reichtümer einfahren würden.

Von hier oben betrachtet war es ein ganz normaler, friedlicher Spätsommertag in der Hafenstadt. Aber Korin wusste es besser, denn in Kürze würde die Tochter eines der angesehensten Hetmänner und Ottaführer angeklagt und zweifellos auch zum Tode verurteilt werden – für den Mordversuch an einem Kind, Sabotage und nicht zuletzt die magische Herbeirufung einer Seeschlange, die Dutzende guter Menschen das Leben gekostet hatte.

»Man wartet auf dich, Korin«, wiederholte der Hetgardist. Korin seufzte, schlug sich auf die Oberschenkel und stand auf. »Gehen wir es an!«

Der Weg in die Stadt hinunter erschien ihm länger und anstrengender als jemals zuvor. Er würde Swafindra Hyggeliksdotter an den Galgen bringen oder wahrscheinlicher noch ins Hafenbecken, wo man sie ersäufen würde für ihre Verbrechen, und obwohl es rechtens war, freute es ihn nicht. Zumindest würde man nun Ruhe haben, zumindest dann, wenn Swafindra allein gehandelt hatte – und wenn nicht, würde man die Namen ihrer Komplizen schon aus ihr herausbekommen. Korin verzog das Gesicht bei dem Gedanken daran, wie man die junge Frau einer hochnotpeinlichen Befragung nach Thorwalerart unterziehen würde. Kielholen würde man sie, ihr das Gesicht zerschlagen, sie hungern lassen, bis sie redete.

Korin erreichte die große Halle beinahe als Letzter. Nur Hardred fehlte außer ihm noch. Alle hohen Würdenträger, die Skalden und ausgewählte angesehene Bürger der Stadt waren anwesend. Swafindra saß auf einem Hocker mitten im Raum. Man hatte ihr allen Schmuck und jedes Zeichen ihrer Herkunft abgenommen, doch obwohl man sie in der Nacht sicher nicht hatte schlafen lassen und sie nur noch ihre Hose und ihr Hemd trug, hielt sie sich stolz und aufrecht. Sie spielte die Posse der untadeligen Thorwalerin noch immer, und wie es schien, würde man sie davon auch nicht so schnell abbringen. Korin empfand widerwillige Bewunderung für ihre Willenskraft. Aber die Beweise waren erdrückend, und er würde sichergehen, dass auch alle sie verstanden. Sein Blick schweifte über die grimmigen bärtigen Gesichter der Männer und die nicht minder mürrischen Mienen der Frauen, und er fragte sich, ob die Verurteilung der Schuldigen Hardreds angekratzten Ruf wieder kalfatern konnte. Würden die Hetleute und Jarle sich wieder hinter ihm einen, wenn die Wahrheit bekannt wurde, oder würden sie ihn dafür sprichwörtlich kielholen, dass er die Tochter eines der großen Helden ihrer Zeit schuldig sprach?

Als Korin entdeckte, wer für Swafindra sprechen würde, machte sein Herz vor Schreck einen Sprung. Es war Torkil Donnerstimme, der Haus- und Hofskalde der Sippe Garaldsson, einer der angesehensten und scharfzüngigsten Sänger Thorwals. Der rundliche Mann, der gut doppelt so alt war wie Korin, strich sich durch seinen buschigen, gürtellangen Bart und lachte zuversichtlich. Seine tragende Stimme trug das Lachen bis in die letzten Winkel des Langhauses und erhöhte die Spannung bei denen, die sich ein unterhaltsames Spektakel erhofften. Korin betrachtete Garaldsson nachdenklich. Ob der Alte mit Swafindra unter einer Decke steckte? Er konnte es sich nicht vorstellen, aber auf der anderen Seite hätte er auch Swafindra diese Übel niemals zugetraut.

Auch Korin war nicht ohne Unterstützung. Er nickte der Skaldin Solva Oriksdotter zu. Sie war klein für eine Thorwalerin, schmächtig und blass, und ihre glockenhelle Stimme eignete sich nicht so sehr für Trinklieder, aber wenn sie die traurigen Weisen über die große Einsamkeit fernab der Heimat und den Verlust der Freunde sang, trat auch dem härtesten Seebär eine Träne ins Auge. Was sie aber vor allem für Korin wichtig machte, war ihr umfassendes Wissen über die Rechtsprüche der Hetleute vergangener und bestehender Tage. Sie sog jede Nachricht über eine Anklage und deren Verlauf in sich auf und vergaß sie selten. Korin hatte ihr die Beweise dargelegt, und auch sie war der Meinung, dass Swafindra schuldig sein musste.

Gemurmel erklang, als Hardred den Raum betrat und mit eiserner Miene grußlos zu seinem Thron schritt. Er bedeutete den wenigen, die sich noch zu seinen Ehren erhoben hatten, mit einer herrischen Geste, sich zu setzen, warf den langen roten Brokatmantel zurück und sprach: »Wir sind heute hier, um über Schuld und Unschuld von Swafindra, Tochter des Hyggelik zu entscheiden. Als oberster Hetmann obliegt mir die schwere Pflicht, diesen Rechtsspruch im Namen aller aufrechten Thorwaler zu fällen.«

»Nicht in meinem Namen«, rief eine Stimme aus den hinteren Reihen, und auch wenn einige Anwesende nervös darüber lachten, hatte der Tonfall des Rufers klargemacht, dass er seine Aussage nicht als Scherz missverstanden sehen wollte.

Zu Korins Erleichterung blieb Hardred ruhig. »Bringt die Klagen vor«, sagte er und setzte sich.

Korin schaute in die teils neugierigen, teils feindlichen Gesichter der Anwesenden, gab sich einen Ruck und trat vor. »Ich bin Korin Jorason, und viele von euch kennen mich. Ihr wisst, dass ich nicht leichtfertige Anschuldigungen ausspreche und dass ich keinen Groll gegen diese Frau hege.«

Korin erwartete weitere Zwischenrufe, aber es erfolgten keine. Alle hingen an seinen Lippen und wollten erfahren, warum er eine untadelige Seefrau anklagte.

»Ich werfe Swafindra vor, großen Schaden an ihren Mitmenschen verübt zu haben.« Er ließ ihren Zunamen bewusst aus – hier sollte nicht über die Tochter eines Helden, sondern über eine Verbrecherin entschieden werden.

Er zögerte kurz und fuhr dann fort: »Diese Frau hat ihre magischen Kräfte missbraucht, um die Seeschlange herbeizulocken.« Korin musste natürlich nicht erklären, welche Seeschlange er meinte. Sofort erklang ungläubiges Gemurmel, und Swafindra schaffte es, so empört auszusehen, dass sogar Korin kurz zweifelte. Dann aber erkannte er: In Wirklichkeit versuchte sie nur den Schrecken darüber zu verbergen, dass er auch diese Schandtat enttarnt hatte.

Torkil Donnerstimme erhob sich, und nach einem gestattenden Nicken Hardreds übertönten seine Worte dröhnend die Geräusche im Langhaus: »Ich nehme an, du hast neben deinem untadeligen Wort noch weitere Beweise für deine Anklage?«

Korin nickte und nahm von einem kleinen Hocker die zerbrochene Statuette, die er im Lagerhaus gefunden hatte: »Dies fand ich neben magischen Zeichen und Utensilien unter dem Stroh eines Hafenlagers.«

Einige der Zuschauer umfassten Schutzamulette oder schlugen heilige Zeichen in die Luft, aber Torkil gab sich unbeeindruckt. »Es ist schrecklich, wenn stimmt, was du sagst – woran kein Zweifel sei –, aber wie bringst du Hyggeligs Tochter damit in Verbindung?«

Korin hätte beinahe das Gesicht verzogen – wie immer traf der Skalde mitten ins wunde Fleisch seines Gegners. Genau an dieser Stelle war Korins Anklage schwach und wacklig. »Sie besitzt magisches Talent, sie war vor Ort, und sie hatte einen Grund, es zu tun.«

Torkil lachte kurz und höhnisch auf. »Magisches Talent? Sicher, wenn man Taschenspielertricks als Magie bezeichnen will. Ich nehme aber nicht an, dass ein Magister mit dir einer Meinung wäre. Ich kenne ein Dutzend Menschen in Thorwal, die auch vor Ort waren und über mächtigere magische Kräfte gebieten.« Korin wollte antworten, aber Torkils donnerndes Organ übertönte ihn mühelos: »Und was für einen Grund soll sie haben?«

Korin versuchte, sich den Ärger nicht anmerken zu

lassen, als er jetzt auf Hardred zeigte. »Unser oberster Hetmann hat ihr Respekt eingebläut, bis sie Hyggeligs Entscheidung wiederholte. Das passte ihr nicht.«

»Und darum stürzt sie Thorwal in Angst und Schrecken, opfert gute Männer und Frauen? Das kannst du unmöglich selber glauben. Swafindra ist eine junge Frau voller Ungestüm, der man möglicherweise die Krallen stutzen musste.« Torkil legte Swafindra väterlich eine Hand auf die Schulter.

Solva Angasdotter erhob sich und sprach, nachdem auch sie die Erlaubnis dazu bekommen hatte. »Es gab einen Fall im Dorf Nyggenskir im Norden …«

Weiter kam sie nicht, denn Torkil unterbrach sie. »Sprecht bitte lauter, gute Frau, nutzt Eure Stimme – Ihr seid doch Skaldin.«

Die junge Wissensbewahrerin errötete vor Zorn und erwiderte: »Wenn Eure Ohren im Alter nicht mehr so gut sind, solltet Ihr vielleicht darüber nachdenken, mit dem Singen aufzuhören.«

Nun war es an Torkil, nach Luft zu schnappen, und während er noch nach einer Antwort suchte, berichtete Solva von zwei Fällen, in denen Thorwaler zu Mördern wurden, nachdem sie im offenen Wettkampf besiegt worden waren.

Torkil hatte seine Sprache wieder gefunden: »Selbst wenn – und das ist noch lange nicht klar für mich – Swafindra sich an unserem obersten Hetmann rächen wollte …« Der Skalde deutete eine Verbeugung an. »Warum dann so? Warum nicht ein Dolch ins Herz, wie es Rachsüchtige seit ewigen Zeiten tun.«

Korin merkte, dass er in diesem Punkt verloren hatte, denn diese Frage hatte auch er sich schon gestellt und keine Antwort darauf gefunden.

»Dies ist nicht das einzige Verbrechen, das ich ihr vorwerfe«, rettet sich Korin auf die nächste Insel.

Torkil öffnete die Hände. Mit einem überheblichen

Lächeln setzte er sich wieder und starrte Korin unverwandt erwartungsvoll an.

Korin holte das zweite Tuch, öffnete es und hielt den Inhalt Swafindra vor. »Ist das dein Anhänger?«

Die junge Frau starrte grimmig darauf und sagte dann: »Er sieht so ähnlich aus.«

»Nimm ihn ruhig zur Hand und schau genauer«, forderte Korin sie auf, aber sie starrte nur weiter darauf.

»Warum nimmst du ihn nicht?«, fragte Korin und hielt ihn ihr noch weiter unter die Nase. Sie wich zurück.

»Ich sage euch, warum sie ihn nicht nimmt«, rief Korin den Anwesenden zu. »Weil sie weiß, dass in diesem Anhänger ein Gift ist, das bei Berührung töten kann. Denn sie war es, die es einem unschuldigen Kind unterschob, dass es elendig verrecken sollte!«

Swafindra sprang auf, und bevor Torkil ihr Einhalt gebieten konnte, rief sie: »Das ist nicht wahr. Ich habe den Anhänger verloren, und ich wusste von dem Gift, weil sich die Wachen darüber unterhalten hatten.«

Korin unterdrückte ein Lächeln, als er in die erschrockenen Gesichter der Anwesenden und das grimmige Antlitz Torkils sah. Er hatte gewonnen. Der Rest war nur mehr Formsache: Die Wachen wurden befragt und beschworen, dass sie sich ganz nach Korins Anweisung über nichts unterhalten hatten, was mit dem Mordanschlag zu tun hatte. Die Eltern des Kindes bestätigten, dass Swafindra, kurz bevor man die Vergiftung entdeckte, mit dem Säugling allein war, und Ahrim, der tulamidische Heiler, bestätigte die Wirkungsweise des Giftes.

Als all diese Beweise geführt waren, bestanden bei den Hetleuten und Jarlen, bei den Skalden und den angesehenen Bürgern ohne Titel keine Zweifel mehr: Swafindra war eine Kindsmörderin, und wer so etwas tat, der beschwor auch Seeschlangen auf seine Landsleute herab.

Hardred saß noch immer mit unbewegter Miene auf seinem Thron, und Korin glaubte, dass er zu seinem Richtspruch ansetzen würde, als Torkil sich erhob. »Mit deiner Erlaubnis«, sprach er den obersten Hetmann an, und dieser nickte. Der imposante Skalde holte Luft und sagte dann traurig: »Ich muss gestehen, es scheint so, als wäre Swafindra schuldig und der Tod die einzig gerechte Strafe. Doch entsinnen wir uns an den Richtspruch der weisen Hetfrau Gera Liskolfsdotter über die Baderin Eindara, der euch allen sicher noch klar vor Augen steht, habe ich doch oft genug von ihr berichtet.«

Solva zischte Korin erschrocken ins Ohr: »Es gibt und gab keine Hetfrau dieses Namens.« Entsetzen schlich sich in ihre Stimme. »Er erfindet einen Richtspruch!«

Korin klopfte ihr beruhigend auf die Schulter. »Lassen wir ihn erst mal reden.«

Torkil sprach indes weiter. »Jene Baderin hatte vier Kinder ersäuft, die ihren Sohn geschlagen und verhöhnt hatten, und die weise Hetfrau war im Begriff, sie zum Tode zu verurteilen, als ein angesehener Held für sie Fürsprache hielt, Gnade erbat und versprach, sie tagtäglich hart zu bestrafen. Dies, so sagte er zu Recht, sei doch eine härtere Strafe als der Tod.«

Er machte eine bedeutungsschwere Pause, und Korin ahnte, was nun folgen würde. »Swafindras Vater ist einer der größten Helden, die wir kennen, und ich bin sicher, er würde auch gegen seine eigene Tochter mit schwerer Hand vorgehen. Nehmen wir ihm nicht das Recht, seine Ehre rein zu waschen, die von seinem eigenen Fleisch und Blut beschmutzt wurde.«

Die Anwesenden waren sich uneins. Einige unterstützten Torkils Ansinnen mit lautem: »Das wohl!«, andere schüttelten ablehnend den Kopf. Hardred besann sich eine Zeit. Dann erhob er sich. »Hört meinen Richtspruch.«

Er wurde sehr still im Langhaus, und Korin nutzte die Gelegenheit, einen Blick zu der Verbrecherin zu werfen. Sie war bleich, ihre Stirn schweißbedeckt, ihre Hände zitterten, und Tränen standen ihr in den Augen. Fast dauerte sie ihn, aber dann rief er sich das schreiende Kind vor Augen und verschloss sein Herz gegen das Mitleid.

»Swafindra Hyggeligsdotter hat Verbechen begangen, die schwerer wiegen als die Heldentaten ihres Vaters. Die gerechte Strafe ist der Tod durch Ersäufen. Ich gebe Hyggelik, dem Großen, ein Jahr und einen Tag Zeit, höchst selbst hier zu erscheinen und seine Tochter mit einhundert Dukaten für die Familien jeden Mannes, jeder Frau und jeden Kindes auszulösen, die von der Seeschlange getötet wurden, und zehn Dukaten für jeden ernsthaft Verletzten. Erscheint er nicht oder zahlt er das Thurgold nicht, soll sie am Morgen des auf diese Zeit folgenden Tages so lange wiederholt untergetaucht werden, bis sie ersoffen ist. Bis zu diesem Moment wird sie bei einfachster Speise und Trank, ohne Lager und ohne Besuch im Keller des alten Ugdalf unter Bewachung weggesperrt. Schafft sie weg!«

Swafindra schrak zusammen, als die Hetgarde sie grob bei den Armen packte und aus dem Raum schleifte. Korin blickte ihr nach und fragte sich, wie jemand zu so etwas fähig sein konnte. Hatte sie sich mit dem Namenlosen eingelassen, oder war ihr Geist verwirrt? Aber egal, was die Gründe waren, der Gerechtigkeit wurde Genüge getan.

Sein Blick fiel auf Garaldsson, der traurig den Kopf schüttelte. Weil eine Komplizin entdeckt wurde? Weil sein Skalde unterlegen war? Oder weil eine Frau, für die er sich eingesetzt hatte, in Wirklichkeit eine Verbrecherin war? Korin konnte es nicht ergründen, aber er würde Garaldsson im Auge behalten müssen.

Solva flüsterte ihm ins Ohr, immer noch sichtlich empört: »Er hat einen Richtspruch erfunden!«

Korin nickte und führte die Skaldin ein wenig zur Seite, damit sie ungehört von den Leuten reden konnten, die nun lauthals über das Geschehen sprachen. »Wir sollten ihm das nicht jetzt vorwerfen. Achte bei den nächsten Anklagen darauf, ob er weitere Entscheidungen von Hetleuten erfindet, und stell sicher, dass immer mindestens ein anderer Skalde bei dir ist, der es bestätigen kann. Wenn wir genug Beweise haben und genug Fürsprecher für unsere Anklage, werden wir ihm das Handwerk legen!« Solva nickte, aber so ganz zufrieden schien sie nicht.

Wenig später hatte man Braten, Met und Branntwein aufgetragen, und ein Gelage war in vollem Gange. Die Menschen wollten sich den Schrecken aus dem Leib spülen, ihn mit fettem Essen überdecken, und auch Korin langte ordentlich zu. Es gab Grund zum Feiern. Die Übeltäterin war überführt, alle wichtigen Leute machten Hardred fast schon unterwürfig vor Scham ihre Aufwartung, und Korin hatte großen Anteil daran, dass die Toten gerächt würden oder zumindest ihren Familien ein sorgenfreies Leben ermöglicht würde. Aber so recht konnte er sich nicht darüber freuen, denn Swafindras entsetztes Gesicht drängte sich immer wieder in seinen Geist.

Kapitel 21

Rhiana betrachtete die schlafende Halbelfin und lächelte. Vor zwei Tagen war die junge Frau noch dem Tode nahe gewesen und heute … Auch wenn ihre Haut immer noch blass war, leuchteten ihre Wangen rosig, und sie streckte ihren knabenhaften Körper wohlig, als sie jetzt erwachte.

»Guten Morgen!«, sagte sie und gähnte ausgiebig. Wie als Antwort ertönte ein leises Grollen aus Eisfells Magen, der den Kopf hob und sich mit gespitzten Ohren umsah.

Seltsamerweise weigerte sich das Tier, sich sein Fressen jenseits der dichten Buschgrenze im Wald zu jagen, und begnügte sich darum seit den drei Tagen, die er nun bei ihnen auf der Lichtung war, mit einer gelegentlichen Maus oder einem Vogel, den er erwischen konnte. Auch Rhiana hatte nach den dauernden Früchten umso mehr Appetit auf ein ordentliches Stück Braten oder doch zumindest Rübeneintopf oder Kartoffeln in Sauerrahm. Irgendetwas Herzhaftes eben.

Während sich Finni noch laut seufzend und stöhnend reckte, fiel ihr das letzte Stückchen Dörrwurst ein, das noch in einem Tuchbeutel bei ihren Sachen liegen musste. Sie hatte ihren Plunder einfach von sich geworfen am ersten Tag und bis heute nicht mehr daran gedacht, doch jetzt trieb es sie mit Wasser im Mund dorthin. Sie hatte den Tuchbeutel neben einem kleinen Wacholderbusch abgelegt, aber jetzt konnte sie ihn nicht wieder finden.

»Was suchst du denn?«, rief Finni von hinten, und Rhiana antwortete: »Unseren Proviant.« Enttäuscht richtete sie sich wieder auf und wandte sich der Halbelfin zu. »Aber er scheint verschollen. Wir geht es dir?«

Finni lächelte keck, machte einen Handstand und lief auf den Händen kopfüber über die Wiese. »Wie neu.« Sie lachte, doch da knickten ihre Arme weg, und sie purzelte ins Gras. »Oh«, sagte sie, blinzelte und packte sich an den Kopf. »Doch noch nicht ganz wie neu … Ist mir schwindelig!«

Rhiana hockte sich neben sie. »Übertreibt es mir nicht, Frau Spitzohr!«

»Wie Ihr wünscht, Prinzessin ohne Land«, neckte Finni zurück, und das versetzte Rhiana einen Stich. Als ihre Freundin bemerkte, dass dies kein gelungener Scherz gewesen war, richtete sie sich langsam auf. »Tut mir Leid, ich wollte nicht …«

»Vergeben und vergessen«, sagte Rhiana und tat fröhlich. »Aber wenn ich nicht bald ein Stück geräuchertes Fleisch bekomme, muss ich dich schlachten und essen!«

Rhiana sah in Finnis Augen, dass die junge Frau ihr den aufgesetzten Leichtmut nicht abkaufte, aber sie sagte nichts weiter dazu. Stattdessen stand sie auf und fragte: »Wo hast du unseren Proviant denn zuletzt gesehen?«

»Ich habe ihn neben einen kleinen Wacholderbusch geworfen.«

Gemeinsam suchten sie den Rand der Lichtung ab, aber der Tuchbeutel war nicht zu finden. Da rief Finni plötzlich: »Ist es der hier?« Sie fischte mit einem Stock über einen niedrigen Halmstrauch hinweg einen schmutzigen Beutel unter einem großen Wacholderbusch hervor.

Sollte sie sich so geirrt haben und diesen bald schulterhohen Busch mit einem jungen Strauch verwechselt haben? Sie war müde gewesen an diesem Abend, und viel war passiert. Sie kam näher heran, betrachtete den Beutel und sagte: »Nein, meiner war ganz neu. Der hier liegt ja sicher schon seit Wochen herum und ist oft voll geregnet worden. Was ist denn drin?«

Finni öffnete den Beutel und ließ ihn mit angewidertem Gesicht fallen. »Ungeziefer hauptsächlich. Igitt!« Sie stieß die Tasche mit dem Fuß ein wenig zur Seite, und weiße, fette Maden quollen heraus, die sich blind im Gras wanden. Plötzlich tauchte Eisfells Schnauze auf, und der große Hund begann die Maden mit großem Appetit zu verspeisen. Finni schüttelte sich. »Pfui, Eisfell, wie kannst du nur?«

Rhiana lachte und schob Finni zurück zu ihrem Lagerplatz: »Lass ihn ruhig, Maden sind gesund. Wenn Maruna und ich länger im Wald waren, haben wir selber welche gegessen. Aber wir haben sie vorher gebraten.« Finni schüttelte sich erneut, und Rhiana musste noch einmal lachen. Die Halbelfin würde sicher auch Würmer aus dem Apfel ziehen, bevor sie hineinbiss, oder die Maden aus dem Speck.

Eisfells wohliges Schmatzen klang über die Wiese, und Finni vernahm es mit vor Ekel verzogenem Gesicht, das aber in ein lautes Gelächter überging, als Eisfell mit der Tasche über dem Kopf über die Wiese tapste und verzweifelt versuchte, das Tuch von seinen Augen zu bekommen. Offensichtlich hatte er auf der Jagd nach den fetten Maden seinen Kopf etwas zu weit in den Beutel geschoben. Rhiana ließ Finni noch einen Moment den Spaß, dann befreite sie den Hund ebenfalls lachend von seinem unliebsamen Kopfschmuck und streichelte ihn ausgiebig, bis er sich mit einem wohligen Grunzen auf den Boden legte, auf den Rücken rollte und die Augen schloss.

»Ich würde sagen, wir bleiben noch ein oder zwei Tage hier, bis du dich völlig erholt hast«, schlug Rhiana vor.

»Müssen wir uns denn nicht beeilen?«, fragte die dunkelhaarige Frau zurück.

Rhiana schüttelte den Kopf. »Ich wüsste nicht, warum. Dieser Lando und seine Leute sind doch abgereist, und selbst wenn sie wiederkommen, dann sicher nicht innerhalb von ein paar Tagen. Und die Pferde halten es so lange auch allein im Freien aus – Rabe weiß sich zu wehren! Also ruh dich aus, dann können wir uns morgen oder übermorgen auf den Weg nach Havena machen.«

Finni nickte, schaute sich um, blies eine Haarsträhne aus ihrem Gesicht und fragte: »Und was machen wir bis dahin? Mir ist langweilig!«

Rhiana schmunzelte, überlegte und sagte: »Bring mir das mit den Bällen bei.«

»Jonglieren?«, fragte Finni.

Rhiana nickte, und ihre Freundin zuckte die Schulter. »Du bist zwar ein schwertschwingender Trampel, aber einen Versuch ist es wert.«

So vertrieben sie sich die Zeit bis zum Abend mit Spielereien und Tändelei und legten sich schließlich zur Ruhe. Rhiana war froh, hier, in diesem friedlichen Wald, einmal alle Sorgen hinter sich lassen zu können. Sie dachte nicht mehr an den Überfall, an die Flucht, an die Freunde und geliebten Menschen, die sie verloren hatte. Sie lag hier, matt von einem Tag fröhlicher Unternehmungen, und das Einzige, was ihr fehlte, war ein fettes Stück Braten. Mit einem Lächeln schlief sie ein.

»Keiner von uns und doch uns ähnlich«, sagte eine heisere Stimme und weckte Rhiana. Sie blinzelte in das mattblaue Licht der Pilze und dachte zuerst, Eisfell zu sehen, aber dann klärte sich ihr Blick, und sie erkannte einen großen, stämmigen Hund mit braungrauem Fell, der auf den Hinterbeinen über Eisfell stand und auf ihn herunterschaute. Neben ihm stand eine schwarze Katze mit einem großen weißen Fleck über einem Auge, und sie hielt in der aufgerichteten Pfote eine Maus, die wie alle anderen ohne Mühe auf den Hinterbeinen stand.

»Kein Hund, doch ein Hund, kein Hund, doch ein Hund?«, sagte die Katze nun in einem leisen Singsang und hielt die Maus näher an Eisfells Ohren. Rhianas treuer Begleiter lag ganz still, die Pfoten neben dem Kopf, die Ohren angelegt, und seine vor Aufregung rot unterlaufenen Augen zuckten von einem der seltsamen Tiere zum anderen. Das mussten Feenwesen sein, die Tiergestalt angenommen hatten, Biestinger, wie die Thorwaler sie nannten. Jetzt erst erkannte Rhiana, dass sie triefnass waren, und sie glaubte aus dem Wald heraus ein leises Rauschen zu vernehmen, wie von einem Wasserfall.

Die Katze drehte sich um, wies mit der Pfote auf Rhiana und befahl ihr: »Du schläfst schön weiter, Menschenfrau!«

Rhianas Augen wurden schwer, und obwohl sie Finni wecken und ihr die Tierfeen zeigen wollte, sackte sie nach hinten um und war im Nu eingeschlafen.

Als sie nur wenig später wieder erwachte, war von den Wesen nichts mehr zu sehen, und auch Eisfell verhielt sich ganz normal. Hatte sie nur geträumt? Finni würde sie sicher auslachen, wenn sie von sprechenden Tieren erzählte, also hielt sie den Mund, drehte sich noch einmal um und schlief weiter.

Kapitel 22

Ritter Mortenberg warf noch einmal einen Blick auf die Kleidung und anderen Gebrauchsgegenstände, die sein Diener auf dem Bett ausgebreitet hatte. Einige der Kleidungsstücke verwarf er als zu protzig oder wieder nicht protzig genug. Es war noch nicht abzusehen, in welchen Kreisen er sich in Havena würde bewegen müssen, aber es war gut, für alle Möglichkeiten gerüstet zu sein. Unter diesen Umständen wäre möglicherweise auch das rote Samtwams mit den Perlenstickereien angebracht.

Aber die Bewohner des Deltas waren alles in allem doch eher gemächlich und roh wie der Große Fluss selber. Reiche Händler und Schiffer bestimmten die Geschicke der Stadt stärker, als es der Adel wahrhaben mochte oder zugeben würde. So war es nicht unwahrscheinlich, dass der Ritter sich mit Pfeffersäcken und Emporkömmlingen herumplagen müsste, um die von Graf Tedesco geforderten Informationen über die Verteidigungsbereitschaft der Stadt und Albernias Kriegsflotte zusammenzutragen. Er hatte sich von der Sache Rhiana und dem geckenhaften Magister Zaraldus schon zu lang in Abilacht aufhalten lassen. Mortenberg war froh, dass der Dragor von ihm nicht erwartete, sich persönlich um Rhiana oder das Artefakt zu kümmern. Sollte Zaraldus nur seine Unfähigkeit beweisen!

Havena hatte jetzt Vorrang. Sicherlich wartete der Graf schon auf den ersten Bericht. Die unangenehme Reise in die Hafenstadt ließ sich also nicht weiter aufschieben – auf ins nach Fisch stinkende und mit Pöbel angefüllte Havena.

»Das alles räume zusammen, und vergiss mir den goldenen Kamm nicht«, wies er seinen Diener an, einen flinken, dürren Burschen von nicht mal zwanzig Jahren. Er hatte sich seit seiner Anstellung vor einigen Wochen als gut erzogen, gelehrig und verschwiegen herausgestellt. Letzteres hatte Mortenberg von einer wohlgestalteten Hure prüfen lassen, doch der Diener hatte ihren Versuchen, im Bettkasten Geheimnisse von ihm zu erheischen, ebenso widerstanden wie dem großzügigen Bestechungsversuch eines Kauffahrers, der natürlich auch in Mortenbergs Lohn stand. Das alles war kein Garant für immerwährende Treue, aber doch genug Beweis für die Aufrichtigkeit des Mannes. Der Ritter wollte ihn deshalb mit nach Havena nehmen.

Der Diener sprang eilfertig zum Bett und begann die dort aufgedeckten Dinge in zwei großen Reisekisten zu verstauen. Ein leises Knarren der Bodendielen, von Mortenberg selber sorgsam gezüchtet, indem er einzelne Stellen gelockert hatte, deutete den Besuch der Baronin an. Die Tür öffnete sich, und Sarja trat ein.

»Du machst es also wirklich wahr?«, fragte sie grußlos und stemmte die Hände in die schlanke Hüfte, die sich unter einem eng geschnittenen, blassroten Seidenkleid abzeichnete.

Der Ritter verwies seinen Diener mit einem Kopfnicken des Raumes, und der Mann zog ihm Hinausgehen die Tür zu.

»Du weißt, ich bin untröstlich, aber die Angelegenheiten werden dringend«, sagte der Ritter und trat zu der schönen Frau. Der Ausschnitt des Kleides erlaubte einen tiefen Blick auf die hoch geschnürten Brüste, in deren Spalt einzelne Perlen angebracht waren, wohl mit Eigelb befestigt. Ihr langes, rotblondes Haar war mit zahlreichen Kämmen und Nadeln zu einem wagemutig hohen Gebilde gesteckt.

Mortenberg nahm eine ihrer Hände in die seinen, streifte die weiten Ärmelfahnen zur Seite und hauchte einen Kuss auf die makellose Haut der Baronin. Sie konnte sich Tinkturen und Behandlungen leisten, die sie trotz ihrer zweiunddreißig Lebensjahre wie die Haut einer jungen Frau wirken ließen.

»Du bist mir immer noch die Erläuterung schuldig, um was für Angelegenheiten es sich im Einzelnen handelt!« Sie entzog ihm spielerisch die Hand und gab vor, gekränkt zu sein.

»Das Übliche, meine Liebe, das Übliche! Ich habe dir doch von den Verschwörern erzählt, die Graf Tedesco in Albernia vermutet und die sich auch als Gefahr für Fürst Emerthon erweisen können. Ich muss die Dinge an Ort und Stelle in die Hand nehmen, denn ein Magier wie Zaraldus wird in Havena nun mal nicht gern gesehen.« Er machte eine wegwerfende Handbewegung. »Ein paar Wochen, dann gehöre ich wieder voll und ganz dir!«

»Ich hoffe jedoch, du weist auch in der Zwischenzeit, wem deine Treue gilt?«, fragte die Baronin.

Mortenberg sank auf ein Knie, wie zum Schwur, aber dann packte er statt einer Antwort die Baronin bei der Hüfte und drängte den Kopf an ihren Bauch.

Was als Geste der Leidenschaft gedeutet werden sollte, diente ihm als Schutz, denn er fühlte ein unwillkürliches, verräterisches Lächeln um seine Mundwinkel zucken. Seine Treue galt nur ihm selbst, auch wenn Tedesco sich ihrer ebenso sicher zu sein glaubte wie Kunibrand, der Herzog von Tobrien, oder die Baronin. Wenn überhaupt, war er noch am ehesten auf den Flammenbund eingeschworen, doch auch dort war er nur auf seinen Vorteil bedacht.

Die Frau zog an seiner Schulter, bedeutete ihm so,

sich zu erheben, und presste ihre Lippen fordernd auf die seinen, aber Mortenberg war nicht in der Stimmung, ihr beizuwohnen. Er wollte endlich auf dem Weg sein, also löste er sich von ihr. »Sparen wir uns die Leidenschaft für meine Rückkehr auf. Die Enthaltsamkeit bis zu diesem Tag wird sie umso heller lodern lassen.«

Sarjas Mundwinkel zuckten nur kurz. Dann ging sie auf die Posse ein und sagte übertrieben pathetisch. »Wohlan, so werden sich mein Herz und meine Schenkel in gleicher Weise nach Euch verzehren, mein stolzer Ritter!«

Beiden war klar, dass der andere keinesfalls den Freuden der körperlichen Liebe entsagen würde. Ganz im Gegenteil. Mortenberg freute sich darauf, seine Runde bei den höheren Töchtern Havenas zu machen, und plante auch den einen oder anderen Besuch im Rahjatempel ein.

Die Baronin hauchte ihm noch einen Kuss auf die Wange und schwebte dann förmlich mit grazilen Schritten auf die Tür zu. Bevor sie diese hinter sich zuzog, hauchte sie: »Achte nur darauf, dass deine kleine Reise auch mir nützt!«

Mortenberg wartete einen Augenblick, bis das Knarren der Dielen ihm zeigte, das die Baronin nicht im nächsten Augenblick wieder die Tür aufreißen und doch noch auf einen letzten wilden Ritt bestehen würde. Dann wischte er sich das falsche Lächeln aus dem Gesicht.

Er hätte es nicht gedacht, als er zum ersten Mal seinen Blick über den üppigen Körper der Baronin hatte schweifen lassen, aber mittlerweile hatte er sich an der Frau fürs Erste satt gesehen.

Es dauerte bis zum frühen Nachmittag. Dann endlich war die großrädrige Kutsche beladen, man hatte vorgespannt, und das Gefährt setzte sich knarrend in Bewegung. Mortenbergs Diener saß ihm gegenüber, und vier Reiterinnen der Ersten Abilachter Kürassiere flankierten die Kutsche. Hauptmann Lando hatte sie zurückgelassen, so wie er immer die Frauen zurückließ und Männer an seiner Seite bevorzugte, wenn er die Wahl hatte.

Wie dem auch war, die erste Kürrassier-Brigade war auf die Ziele des Flammenbundes eingeschworen – unwissend um das wahre Ausmaß und den Namen der Verschwörung zwar, aber dennoch unverrückbar. Der Form halber hatte er bei der Baronin um diesen Geleitschutz gebeten, weil die Straßen dieser Tage angeblich so gefährlich waren, aber in Wirklichkeit stünde die ganze Brigade mit einem Wort auf Mortenbergs Seite. Er brauchte auch keinen Geleitschutz, denn mit ein paar Wegelagerern würde er schon alleine fertig. Vielmehr hatte er diese vier Frauen mitgenommen, um im Bedarfsfalle einige willfährige Spitzel oder Schwerter schnell bei der Hand zu haben.

Die Fahrt verlief ruhig, das Wetter war gut, der Fahrtwind erfrischend kühl, und der Ritter hing seinen Gedanken nach, plante, wie er seine übrigen Kontakte nutzen konnte, um im Flammenbund an Einfluss zu gewinnen.

Wenn Hauptmann Lando es tatsächlich schaffte, das Artefakt ohne Hilfe des hochnäsigen Magister Zaraldus zu erbeuten, dann wäre das eine große Schlappe für den Magier. Gelang es Lando nicht, war Mortenberg zuversichtlich, dass er alle Schuld auf den Magister abwälzen konnte.

Ein leises Klappern nagte sich in sein Ohr und riss ihn aus seinen Planungen. Er schaute irritiert auf und sah seinen Diener aus dem Fenster schauen und dabei mit den Fingern auf dem Holz trommeln.

»Lon, wenn Ihr diese Finger behalten wollt, dann

haltet sie still!«, mahnte Mortenberg. Der Diener schreckte auf, schaute auf seine Hand und legte sie dann eilig in den Schoß.

»So ist es brav«, sagte der Ritter, wie man zu einem Hund sprach, und wandte den Blick wieder aus dem Fenster. Es war noch eine lange Reise bis Havena, und er gedachte die ungewohnte Ruhe zu nutzen, um sich über die nächsten Schritte klar zu werden.

Kapitel 23

Keta saß gerade fröstelnd auf dem Donnerbalken hinterm Haus, als Oliva nach ihr rief. »Mutter! Mutter!«

Keta unterbrach das angestrengte Geschäft und rief ungehalten: »Was?«

»Jemand will dich sprechen«, rief sie und näherte sich.

»Soll warten«, stöhnte sie.

»Er sagt, er hat Lando gesehen«, rief Oliva und kam um die Häuserecke gebogen.

»Soll warten«, rief Keta ungehalten und winkte Oliva mit einer Handbewegung weg. Sie konnte einfach nicht schittern, wenn ihr jemand zusah, aber es war passend, dass Lando gerade dann auftauchte, wenn sie einen stinkenden Haufen schiss – Gleich und Gleich gesellte sich eben gern. Lang genug Zeit hatte sich der Schweinehund ja gelassen. Seit Monaten hing sie hier in dieser von Rahja verlassenen Gegend fest und langweilte sich eine dritte Brust. Mitte Travia war es, und der Winter kündigte sich bereits mit eisigem Regen an.

Als sie vor die Häuser kam, saß dort ein kahler Mann mit einer breiten Narbe am Kinn und Hals, dessen linker Arm verdreht wirkte, aber nicht von einer Verletzung – vermutlich ein Makel, den er seit seiner Geburt mit sich trug. Vielleicht waren seine Eltern Geschwister, so was kam auf dem Dorf öfter vor, dachte Keta bei sich und kicherte.

»Also …«, sagte Keta und deutete auf ihn.

»Niamad«, sagte er.

»Niamad. Ihr habt den Mann gesehen, den ich suche?« Keta setzte sich zu ihm.

Der Mann nickte: »Klein, kräftig, rot gefärbte Augenbrauen, Narben, schreckliche Ohrringe.«

Keta ermunterte ihn, mit einer Handbewegung fortzufahren.

»Er hat sich bei uns im Dorf mit seinen Leuten bei der Witwe eingemietet.«

Lando zahlte also für seine Unterkunft? Wie ungewöhnlich, das hätte sie nicht erwartet, aber vielleicht war das ein gutes Zeichen. Man hatte ihm vermutlich geraten, vorsichtiger vorzugehen.

»Er ist im Auftrag des Fürsten Emerthon III. unterwegs!«

Keta blickte den Mann erstaunt an. »Seid Ihr Euch sicher, dass Ihr da nicht etwas falsch verstanden habt?«

Der Mann schüttelte den Kopf. »Er ist Hauptmann der ersten Kaiserlich Abilachter Kürassier-Brigade und sucht Aufrührer.«

Keta wiegte den Kopf. Da hatte es die Pottsau doch wirklich weit gebracht seit damals, einen offiziellen Posten hatte er jetzt, einen Titel und Unterstützung an hohen Plätzen. Aber all das würde ihm auch nichts nützen, wenn er im Wald von einem Feenbaum in Stücke gerissen wurde. Es wurde Zeit, die Sache ins Rollen zu bringen.

»Danke, Niamad, hier.« Sie schnippte ihm die versprochene Belohnung zu und kicherte über die großen Augen, die der Mann beim Anblick der Münze machte.

In der Dämmerung arbeitete sich Keta fluchend und schimpfend durch die spitzen Hölzer des dichten Tannichts, musste hier ihre Kleidung mit einem Ruck losreißen und dort ihre Haare ablösen. Überall klebte dickflüssiger Harz an ihr und lockte das Ungeziefer an, das um diese Tageszeit am aktivsten war. Nadeln stachen sie und schienen umso häufiger die Haut zu durchdringen, je vorsichtiger sie sich bewegte. Aber da musste sie jetzt durch – sowohl durch den Schmerz als auch durch das Tannicht. Zu allem Überfluss war der Boden von den starken Regenfällen der letzten Tage aufgeweicht und trügerisch.

Endlich trat sie auf die Lichtung, die sich im Inneren der dichten Nadelbaumreihen verbarg, und pflügte schimpfend Nadeln und Aststücke von sich ab. Hier war es wärmer als im übrigen Teil des Waldes, fast als wäre zwischen den eng stehenden Tannen noch ein Nachhall des Sommers gefangen. In der Mitte der Lichtung war ein dunkler, kleiner Teich, aber es würde ihr nicht gut bekommen, sich dort zu waschen. Schwarzer Lotos schwamm auf den düsteren Wassern und wartete nur darauf, ihr in die Lunge zu steigen, wenn sie an ihn rührte, obwohl es sie in den Fingern juckte, ihn zu ernten. Aber daran würde sie auch das Untier hindern, das in dem Teich hauste. Bei ihrem ersten Besuch hatte Keta mit Schrecken beobachtet, wie das schlangenartige Gewürm aus dem Wasser geschnellt war und einen ausgewachsenen Hirsch hineingezogen hatte, der nicht einmal mehr auftauchte. Darum machte sie jetzt einen weiten Bogen um den Teich, als sie zu ihrem eigentlichen Ziel trat: einer großen Ansammlung von Waldmeister. Aber auch hier wollte sie nicht ernten. Sie verneigte sich vielmehr vor der gut einen Schritt großen Waldmeisterpflanze, die weit über die anderen achtblättrigen Stängel hinausragte, und ließ sich dann auf dem Boden nieder.

Die Dämmerung war nun vollends hereingebrochen, und Keta nickte zufrieden. Die Dämmerung war die Schwelle zwischen Tag und Nacht. In dieser Zeit regten sich die Feen am stärksten, und hier in der Nähe des wahren Waldmeisters, Herr aller Waldmeister in diesem Teil des Farindelwaldes, würde ihr Vorhaben hoffentlich gelingen. Was hieß hier hoffentlich – gefälligst! Es hatte sie mehrere Tage gekostet, die mystische Pflanze zu finden.

Sie zog das Kästchen hervor, das sie sich hatte anfertigen lassen, nahm einige Kleinigkeiten aus der Tasche und verteilte sie neben sich zwischen den Waldmeisterpflanzen. Holzplättchen mit Zahlen darauf, Buchstaben auf Pergament, Figurinen aus Stroh und weiteren Tand, den sie hatte finden können. Dann öffnete sie den Deckel des Kästchens und schob die Hand in das Beutelchen darin. Summend legte sie mal das eine Stückchen unnützes Zeug in den Beutel, dann das andere, holte eines wieder hervor und machte dabei ein ungeheuer geschäftiges Gesicht.

Plötzlich wurde sie sich gewahr, dass jemand sie anstarrte. Sie wendete den Kopf, und direkt neben ihr stand eine kleine, ausgesucht hässliche Gestalt. Der Leib war der eines Kindes, aber das Gesicht wirkte so alt und runzelig wie ein Bratapfel, den man zu lange im Ofen gelassen hatte. Flaumiges, weißes Haar, Federn auf den ersten Blick nicht unähnlich, bildete wirres Haupthaar und einen zauseligen Vollbart. Keta blickte den kleinen Mann an, der unverhohlen zurückstarrte, wandte sie sich wieder ihrem Handwerk zu und werkelte summend weiter. Ein leises Schnauben machte klar, dass der Kobold nicht damit zufrieden war, dass die alte Frau ihn nicht beachtete. Er ging vor die Truhe, beugte sich vor und starrte Keta wieder an.

»Du stehst mir im Weg«, sagte Keta gut gelaunt. »So sehe ich meine kleine Truhe nicht mehr.«

Der Kobold schmatzte mit den dünnen Lippen und sagte dann mit einer schnarrende Stimme: »Was tust du da?«

Keta lächelte breit. »Interessiert dich das?«

Der Kobold schaute verschmitzt. »Und wenn?«

Keta musste kichern. Da hatte die alte Kräuterfrau am Waldrand doch Recht gehabt – gut, dass Keta sie aufgesucht und sie befragt hatte: Kobolde packte man am besten bei ihrer Neubegierde. Man konnte einen Kobold nicht fangen, wenn man nicht seinen Namen kannte, und bei dem Versuch würde der magische Kerl einem böse mitspielen. Wenn man sie aber neugierig genug machte, mussten sie einfach kommen und herausfinden, was geschah. Normalerweise reichte ihnen das Zusehen, um den Zweck zu ergründen, aber wenn etwas keinen Zweck hatte – so wie das, was Keta gerade tat –, dann zeigten sie sich manchmal.

»Na, wenn es dich interessiert, könnte ich es dir verraten. Aber unter einer Bedingung.«

Der Kobold schmatzte wieder. »Lass hören, alte Schreckschraube.«

Keta lächelte. »Du bleibst hier, wenn ich es dir verraten habe, und hörst dir meinen Vorschlag für einen Streich an.«

Der Kobold ließ sich in den Schneidersitz fallen, aber Keta war noch nicht zufrieden. »Du musst es schon sagen!«

»Ha, kommst dir wohl sehr schlau vor, was?«, sagte der Kobold, und die Kleidung glitt von Keta herab, wie Wasser von glattem Marmor, aber Nacktheit hatte die alte Hure und Marketenderin noch nie gestört.

»Na? Wirst du hier bleiben und mir zuhören, wenn ich dir verrate, was ich hier treibe?«, sagte sie unbeeindruckt, und der Kobold ärgerte sich sichtlich.

»Ja, ja!«, sagte er grimmig.

»Ich lege unnützes Zeug in eine Kiste, damit ein Kobold kommt und mich fragt, was ich tue.«

Das kleine, faltige Wesen schwieg eine ganze Weile und stieß dann ein abgehacktes, schrilles Kreischen aus, das Keta erst nach einer Weile als Gelächter erkannte, in das sie einstimmte.

»Du gefällst mir«, krächzte der Kobold und wies auf ihre beim Lachen hüpfenden Brüste mit den obszönen Hautbildern. »Die treiben es aber wild!«

Keta musste noch mehr lachen, und der Kobold schien zufrieden, sie zu beobachten, wie sie sich gar nicht mehr einkriegte vor Gelächter und auf die Seite fiel. Sie bekam schon kaum noch Luft, und ihr Bauch schmerzte. Da schnippte der Kobold mit den Fingern, streckte ihr die Zunge heraus, und der Lachkrampf ließ nach: »Nur damit du weißt, wer hier das Sagen hat.«

Keta hob die Hände. »Gnade!«

Der Kobold nickte zufrieden und nickte ihr dann zu. »Erzähl!«

Sie wollte ihm von ihrem Plan mit Lando berichten, aber es kam nur wirres Zeug aus ihrem Mund. Sie hielt inne und versuchte es erneut, aber die Worte und Sätze, die sie sprach, ergaben keinen Sinn. Nun war es an dem Kobold, vor Lachen hintenüber zu fallen. Er zeigte mit dem Finger auf sie und krümmte sich über die halben Sätze und den Silbensalat, den sie von sich gab, während sie den kleinen, zerknitterten Kerl eigentlich ordentlich beschimpfen wollte.

Endlich fand Keta die Kontrolle über ihre Zunge wieder und sagte grimmig: »Gut, jetzt hast du mir gezeigt, dass du der Schlauere bist. Können wir jetzt vernünftig reden?«

»Ich rede die ganze Zeit vernünftig, aber du …« Der Kobold kicherte, setzte sich jedoch auf und schaute sie auffordernd an.

»Gut. Ich brauche jemanden, der einen Gegenstand zu dem wandelnden Baum bringt und ihn in seinem Holz verbirgt, so gut und fest, dass er nicht versehentlich herausfallen kann.«

»Was für ein langweiliger Streich«, unterbrach sie der hutzlige Kerl, in dem doch unbändige magische Kraft wohnte, wie sie sich immer wieder ins Gedächtnis rufen musste, damit sie ihm keine Ohrfeige verpasste.

»Ich war ja noch nicht fertig! Also: Es wird ein Mann kommen, ein grimmiger Schurke, der zum Lachen ein Fass über den Kopf zieht, damit ihn keiner dabei sieht. Der will diesen Gegenstand, aber …«

»Ach so, er kommt nicht dran, sondern muss hinterherlaufen. Das wird ihm nicht gefallen, dem …« Es folgte ein Wort, das Ketas Ohren zum Klingen brachte, das sie aber weder verstehen, noch in Erinnerung behalten konnte. Der Kobold brach ob ihres ratlosen Gesichts einmal mehr in Gelächter aus und kicherte atemlos: »Das Baumwesen. Das war sein richtiger Name!«

Keta nickte und wartete mit zusammengepressten Lippen, bis der Kauz wieder ruhig war. Dann fragte sie: »Also, hilfst du mir?«

»Ich helfe nur Leuten, denen ich in die Augen sehen kann«, sagte der Kobold, und plötzlich merkte Keta ein Ziehen und Zupfen an ihrem Körper. Zusehends wuchs der Kobold zu immenser Größe heran. Nein, bemerkte sie dann, als der wahre Waldmeister ihr bis zum Kinn reichte – sie war geschrumpft!

»Also gut, ich helfe dir, gib her das Ding«, sagte der Kobold und streckte ihr die Hand hin, die nun groß wie eine Männerhand wirkte.

»Geht das wieder weg?«, fragte Keta und wies an ihrem kleinen Körper herunter – als wenn sie nicht so schon klein genug gewesen wäre. Sie blickte sich um und kämpfte die Angst nieder, den Rest ihres Lebens als Zwerg verbringen zu müssen.

Der Kobold zuckte grinsend mit den Schultern. »Wer weiß?«

Keta grunzte wütend und zog dann das magische

Artefakt aus der Tasche. Der Kobold bekam große Augen, obwohl sie es noch nicht aus dem Tuch gewickelt hatte. »Das hier ist es.«

Die Mundwinkel des kleinen Kerls zuckten aufgeregt, und es fehlte nur, dass er sich die Hände rieb.

»Es muss in den Baum! Wenn die Männer, die es suchen, die Suche nicht überleben, kannst du es meinetwegen haben. Aber erst muss es in den Baum.«

»Ja, ja«, sagte der Kobold eilfertig und kam mit ausgestreckter Hand näher.

»Schwöre es!«, sagte Keta, und das verhutzelte Wesen schaute sie verblüfft an. Dann zuckte es mit den Schultern und sagte: »Ich schwöre es bei allem, was dir heilig ist.«

»Nein«, sagte Keta und schüttelte den Kopf. »Bei deinem Lachen!«

Der Kobold spitzte wütend die Lippen. Keta wartete geduldig, bis er grummelnd und missmutig sagte: »Wenn ich den Handel nicht erfülle, soll nie wieder ein Lachen über meine Lippen kommen.«

Die Marketenderin nickte zufrieden, warf dem Kobold das magische Artefakt zu und schaute ihm nach, wie er einige eilige Schritte in Richtung Wald machte und plötzlich verschwand, während sie blinzelte. Keta blickte an sich herab und sah mit Erleichterung, wie ihr Körper wieder seine alte Größe und vielleicht mittlerweile etwas zu starke Fülle zurückgewann – sie wurde alt und, wie es aussah, auch langsam fett, aber wen scherte das schon?

Sie stand gut gelaunt auf, zog sich an, sammelte ihre Siebensachen ein und ging auf den Waldrand zu. Sofort stolperte sie über ihre eigenen Füße und fiel der Länge nach hin, mit dem Gesicht seitlich in Rehlosung, die matschig an ihrer Wange hängen blieb. Keta seufzte und blieb einfach liegen, bis sich das meckernde Lachen des Kobolds entfernt hatte.

Keta erwachte mit einem Schrei. Sie träumte selten, aber wenn, dann drehte sich der Alb immer wieder um ihren Sohn Coran, jenen blonden Sonnenschein, die Freude ihres Lebens.

Im Bett sitzend, die Augen voller Tränen der Wut und der Trauer, entsann sie sich an den einen Sohn, der in Liebe empfangen wurde. Sie hatte ihre anderen Kinder geliebt, liebte auch die nichtsnutzige kleine Oliva, aber alle fünf waren von Freiern versehentlich empfangen gewesen, eines sogar Frucht eines Vergewaltigers. Geblieben war ihr nur Oliva. Krankheit und Krieg hatten ihr die anderen genommen, und auch Coran starb damals durch eine Klinge – aber nicht im Krieg.

Während sie sich anzog, versuchte sie die Bilder des Traumes zu vertreiben, aber immer wieder flammten die brennenden Hütten vor ihren Augen auf.

Sie schüttelte den Kopf. Das kleine Dorf Wegesend gab es nicht mehr, genauso wenig wie Cuil, den Mann, der sie aus dem billigen Bordell geholt und ihr eine Familie geschenkt hatte, obwohl sie damals schon keine junge Frau mehr gewesen war. Sie konnte noch seinen lauten Ruf hören, mit dem er sie ins Haus zurücktrieb. Dann war er im Pfeilhagel der Söldner gefallen. Bis dahin war der Krieg in Wegesend ein fernes Drohen gewesen, aber in dieser Nacht, einer feuchten Spätsommernacht wie der vergangenen, kam er mit dem stämmigen Lando zur Tür hinein. Keta musste sich setzen, als sie ein Weinkrampf schüttelte und sie den Traum erneut in ihrer Erinnerung erlebte: Cuil, kaum 14 Jahre, der sich dem Söldner mutig in den Weg stellte, ein altes Schwert seines Vaters in der Hand. Der grausame Lando, damals nur ein einfacher Söldner unter vielen, der dem Kind wie nebensächlich den Kopf einschlug und sich, während noch das Herz des Jungen Blut auf die krummen Dielen pumpte, schon auf seine Mutter warf und sie schändete.

Es klopfte, und Oliva trat herein. Rasch warf sich Keta ein Hemd über den Kopf und gab vor, das Kopfloch nicht zu finden, damit ihre Tochter sie nicht weinen sah. Die Zeit der Tränen war vorbei! Nach all den Jahren war die Zeit der Rache gekommen.

»Mutter, es ist schon spät. Ach, du bist schon wach«, hörte Keta gedämpft die Stimme ihrer Tochter und war den Göttern dankbar, dass sie ihr wenigstens das eine Kind gelassen hatten.

»Mach Frühstück«, rief sie unwirsch.

»Ist bereits fertig«, sagte Oliva flötend. Sie war offensichtlich sehr gut gelaunt. Hoffentlich hatte sie mit dem properen Echsenjäger, der dieser Tage verdächtig oft bei den Köhlerleuten vorbeischaute, keine Dummheiten angestellt.

Keta zog sich das Kleidungsstück herunter, achtete darauf, dass es die Tränen mit wegwischte, und ging wortlos an ihrer Tochter vorbei.

Kapitel 24

»Guten Morgen, Korin!«, grüßte die junge Frau und gab ihrem Sohn einen Klaps auf den Hinterkopf. »Was sagt man?«

»Morgen«, maulte der Kleine und streckte Korin die Zunge heraus, wofür es einen weiteren Schlag auf den Hinterkopf gab.

»Guten Morgen«, antwortete Korin lächelnd. Ja, der Wind hatte sich unzweifelhaft gedreht, er war wieder ein angesehener Bürger Thorwals. Er war der Rächer der Stadt, der Mann, dem die schändliche Verbrecherin ins Netz gegangen war.

Einige Wochen waren seit seinem großen Triumph vergangen, und der steife Herbstwind fegte nun schon in den Hafen hinein und ließ sogar die an Kälte gewöhnten Thorwaler erschaudern. Das Met wurde nun angewärmt, und die Feuer wurden geschürt.

Er hielt auf der Brücke zum Marktplatz kurz inne, und sein Blick wanderte zum alten Ugdalf hinauf. Da saß sie, die Schändliche, und zitterte vermutlich wie Espenlaub, während sie darauf wartete, dass ihr Vater sie auslöste. Aber da konnte sie lange warten – Hyggelik war den Berichten der ausgesandten Boten zufolge im Orkland mit ungewisser Rückkehr. Da der Richtspruch Hardreds ausdrücklich verlangte, dass der Hetmann selber vorstellig wurde, würde Swafindra wohl – sofern sie den Winter in den eisigen Kellern der Zwingfeste überlebte – hingerichtet werden.

Korin ging weiter, über den belebten Marktplatz, auf

dem er zahlreiche Grüße erwidern musste. An einem eigens dafür errichteten Pfahl hing kopfüber ein bald sieben Schritt langer Tigerhai. Die schwarz-weißen Streifen auf seinem Leib waren unterbrochen, wo man bereits Stücke für den Verkauf herausgeschnitten hatte. Einige Kinder standen um das riesige Maul herum und bestaunten die langen Zähne, die sich Reihe um Reihe bis weit in den Schlund hinein erstreckten. Der Fischer erzählte lauthals und sicher nicht zum ersten Mal seine Geschichte um den ungewöhnlichen Fang und präsentierte seine blutigen Hände, wo die Angelleine sie aufgeschnitten hatte. Nur das gelegentliche Protestieren seiner Matrosen stellte sicher, dass er ihre Hilfe bei der großen Tat wenigstens am Rande erwähnte.

Korin lächelte und ging weiter, doch seine Gedanken wanderten wieder zu Swafindra. Ihre Verurteilung hatte die Gefolgsleute Hyggeliks in zwei Gruppen gespalten und sie einige Ottas gekostet. Viele folgten Hardred, denn so war es Hyggeliks Wille gewesen, und wenn seine Tochter nun auch noch zur Verbrecherin geworden war, so lieferte dies einen Grund mehr, dem obersten Hetmann die Treue zu schwören. Einige wenige aber glaubten fest an die Unschuld der Frau und weigerten sich, mit jemandem zu fahren, der ungerecht urteilte.

Dennoch waren beide Häfen Thorwals angefüllt mit Schiffen, die Kneipen der Stadt mit Seeleuten und ihre Herzen mit Kampfeslust. Alles wartete nur darauf, dass die Winde günstiger stünden und Hardred den Befehl zum Sturm gab. Denn dass er Havena noch vor dem Winter nehmen wollte, das war unverkennbar. Kaum ein Tag verging, an dem er nicht Pläne schmiedete und sich mit den wichtigsten Leuten aus seinem buntfleckigen Heer beriet.

Korin zog sich die Kapuze seines Umhanges über den Kopf, denn ein leichter, kühler Nieselregen setzte ein, und beschleunigte dann seinen Schritt. Es sah aus, als wollte es sich einregnen, und er wollte nicht völlig durchnässt am Ziel eintreffen.

Seine Befürchtungen stellten sich als unbegründet heraus: Als er durch die schweren Tore des Eisenhofes schritt und sich der Schmiede von Orm Yasmason näherte, hatte der Regen schon wieder aufgehört. Er trat in das trutzige kleine Steinhaus und begrüßte den Schmied, der gerade mit nacktem Oberkörper auf ein Stück glühenden Eisens einhämmerte, das wohl dereinst ein Entermesser oder ein Schwert werden sollte.

»Die Lieferung?«, rief ihm Korin über das Klingen des Hammers zu.

»Ist fertig, liegt hinten«, antwortete der stämmige Mann, dessen Bart vom Funkenflug mit vielen Brandlöchern verziert war.

Korin nickte: »Die anderen schon da?«

Der Schmied schüttelte den Kopf. Das sah diesen Halunken mal wieder ähnlich. Wahrscheinlich schliefen sie noch oder tranken das erste Met des Tages, aus dem dann schnell die ersten paar wurden. Dummerweise konnte er keine anderen Träger bestellen, denn es sollte eine Geburtstagsüberraschung für Hardred werden, und da vertraute er nur wenigen, die verschwiegen genug waren und auch betrunken nicht plaudern würden. Also sagte er: »Sei so gut und schick dein Lehrmädchen nach ihnen, ich warte im Lager.«

Der Schmied nickte und brüllte nach dem jungen Mädchen, das bei ihm die Kunst des Schmiedens erlernen sollte. Als Korin zum Feuer trat und eine Öllampe daran entzündete, verließ sie eilig die Schmiede, und er konnte ihre nackten Füße in die Pfützen klatschen hören. Er ging ebenfalls hinaus, schütze die Lampe mit der Hand vor dem Wind und betrat den fensterlosen Schuppen nebenan, der groß genug war, um ein ganzes Langschiff aufzunehmen, und tatsächlich war er dafür gebaut worden. Nachdem man aber gemerkt hatte, dass der Aufwand, ein fertiges Schiff auf Rollen durch die Stadt bis zum Hafen zu bringen, die Vorteile der Nähe zu allen Zulieferern weit überstieg, hatte man ihn zum Lager gemacht. Korin leuchtete über Eisenvorräte, große Haufen mit Kohle, Kohlenstaub und Holz. Über ihm verlor sich das matte Licht der Lampe fast im Dunkeln, und er konnte das Gebälk nur mit Mühe erkennen. Die Augen einer Eule schimmerten ihm entgegen, und das Tier schuhuhte empört ob der Störung.

»Verzeihung«, sagte Korin lachend und trat zu zwei großen Bündeln, die auf dem Boden lagen. Er schlug das Tuch zur Seite und fand, was er suchte: Das eine war ein langer eiserner Rammsporn, den Korin für die *Swafnirsdotter* hatte anfertigen lassen. Er wusste, dass Hardred sich schon lange mit dem Gedanken trug, sein Schiff mit so einer Waffe auszustatten, und hoffte sehr, dass sich der Hetmann über das Geschenk freuen würde. Das andere waren vierzig Entermesser, die er Hardred überreichen wollte, damit dieser sie an seine Mannschaft verteilen konnte. Wie jede Arbeit von Schmied Orm, dem einzigen Schmied, dem Hardred seine eigenen Waffen anvertraute, waren sie ausgezeichnet. Obwohl sie schnell und grob geschmiedet waren, lagen die Messer doch gut in der Hand und waren dämonisch scharf.

Korin nahm eine Waffe heraus und schlug die Übrigen wieder in das Tuch ein. Er fuchtelte ein paarmal unbeholfen mit der Klinge in der Luft herum, wehrte unsichtbare Gegner ab und streckte schließlich mit einem Ausfallschritt einen eingebildeten Sklaventreiber nieder. Dann ließ er die Waffe sinken und seufzte – wem machte er etwas vor? Er hatte einfach kein Händchen für derlei Dinge.

Er ließ sich schwer atmend auf eine Kiste nieder,

stellte die Lampe neben sich, steckte das lange Messer in die Erde, lehnte sich an die hinter ihm gestapelten Säcke mit Reisig und hing seinen Gedanken nach. Wollte er mit auf die große Raubfahrt gehen? Und, noch wichtiger, sollte er Hardred raten, lieber in Thorwal zu bleiben? Der Hetmann wäre sicher nicht begeistert von diesem Vorschlag – aber brauchte man ihn nicht in der Heimat dringender als in fremden Häfen beim Plündern?

Über diesen Gedanken musste er eingeschlafen sein, denn als er die Augen wieder aufschlug, war es dunkel. Die Lampe war verloschen, und in der Schwärze des großen Lagerhauses flatterte mit lauten Rufen aufgeregt die Eule umher.

Korin wollte sich gerade erheben, um sich zum Ausgang zu tasten und ein neues Licht zu holen, als ihm ein matter Schimmer aus dem Gebälk auffiel. Einige Dachlatten lagen nicht ganz sauber auf, schien es. Korin wusste nicht warum, aber das kam ihm seltsam vor. Er schalt sich einen Narren, stand auf und hielt sofort wieder inne, denn jetzt flammte im Gebälk ein mattes Licht auf. Es war kein offenes Feuer, eher ein Glimmen wie von angestrahlten Katzenaugen. Korin kniff die Augen zusammen und erschreckte sich fast zu Tode, als er um die zwei leuchtenden Punkte ein menschliches Gesicht erkannte. Es war jung, ob Mann oder Frau, konnte er noch nicht sagen, aber das war auch nicht weiter wichtig. Menschen mit leuchtenden Augen waren nicht alltäglich, und wenn sie über das Dach in ein Lagerhaus einstiegen, führten sie nichts Gutes im Schilde. Ob die leuchtenden Augen dem Eindringling die Sicht im Dunkeln ermöglichten? Es schien so, denn die zierliche Gestalt balancierte mühelos über die schmalen Balken und rutschte an dem Mittelpfosten herab. Korin zog sich hinter die Säcke zurück, um nicht entdeckt zu werden, hörte aber die schnellen, leisen Schritte von Stoffschuhen und dann ein Rascheln. Vorsichtig schaute er um die Ecke und sah die Gestalt über den aufgedeckten Waffen kauern. Es war eine junge Frau von schöner Gestalt, aber das unnatürliche grüne Leuchten ihrer Augen ließ sie wie einen Dämon erscheinen. Das Licht reichte aus, dass Korin sie einen kleinen Tiegel herausholen sehen konnte. Sie zog auch ein flaches Stück Holz hervor und bestrich eine Waffe nach der anderen mit einer durchsichtigen Flüssigkeit. Ein Gift, zweifellos. Die Anschläge gingen weiter, also hatte Swafindra doch Komplizen. Es war Korin schon seltsam vorgekommen, dass gar nichts mehr passiert war, aber offensichtlich hatte man sie nur in Sicherheit wiegen wollen.

Korin packte das Entermesser und schlich sich langsam näher. Die grünen Augen ruckten zu ihm hoch, als er rief: »Halt!«

Die Frau legte den Kopf schief, fast wie eine Katze es tun würde, und stand dann mit erhobenen Händen auf.

»Regt Euch nicht oder ich töte Euch«, log Korin und näherte sich der Frau. Sie nickte, doch dann schloss sie plötzlich die Augen, und Korin stand im Dunkeln. Es raschelte. Dann riss ihn ein Tritt gegen seine Beine um, er schlug hart auf den Boden, und seine Waffe entglitt ihm klirrend. Er schaute sich verzweifelt um, aber bis auf die kleine, helle Stelle am Dach war alles schwarz. Korin vernahm ein metallisches Schleifen, als würde eine Waffe aufgehoben, und dann verschwand die helle Stelle vor seinen Augen. Geistesgegenwärtig rollte er sich auf die Seite, und das Entermesser der Angreiferin, die gerade das Licht verdeckt hatte, schlug neben ihm auf den Boden. Korin rollte weiter und sprang dann auf die Beine, die Arme abwehrend vor sich haltend. Da vorn, zwei Schritt entfernt, glommen die beiden Augen wieder auf. Die Frau erblickte ihn und schloss sie wieder. Korin schlich so leise er konnte zur Seite, aber dann stieß er an einen Kohlenhaufen und glitt fast darauf aus. Ein Zischen – sofort duckte er sich, aber zu langsam. Es war ein tief geführter Schlag, und die Waffe traf seinen Oberarm. Der Schmerz entlockte Korin einen Schrei, und die Hand, die er auf die schmerzende Stelle legte, wurde von warmem Blut benetzt. Ein Schlag oder Tritt traf Korin an der Brust und ließ ihn hintenüber schlagen. Verzweifelt trat er, auf dem Rücken liegend, um sich. Sein Fuß traf auf Widerstand und entlockte der Finsternis ein schmerzerfülltes Stöhnen. Vor Schreck oder Schmerz riss die Frau die Augen wieder auf, und das grüne Licht beleuchtete das blutbesudelte Entermesser in ihrer Hand. Sie lächelte boshaft und leckte Korins Blut von der Klinge. War diese Frau von allen guten Geistern verlassen?

Sie duckte sich zum Sprung, doch bevor sie sich auf Korin stürzen konnte, flog das große Tor auf, und er sah, geblendet von der plötzlichen Helligkeit, mehrere Gestalten im Eingang, die sich lachend unterhielten.

Die Frau wirbelte herum, ließ die Waffe fallen, lief zu ihrem Beutel, packte ihn und eilte mit großen Sprüngen auf den Mittelpfosten zu.

»Haltet sie!«, brüllte Korin seinen Leuten zu, und erst jetzt bemerkten diese den Eindringling. Die Frau hatte den Pfosten erreicht und sprang an ihn heran. Dabei wippte ein kurzer Zopf aus blondem Haar auf und ab, ansonsten war die vorherrschende Farbe Schwarz: die Kleidung, die Tasche, sogar das Gesicht hatte sie sich geschwärzt.

Seine Leute stürmten vor, aber Korins Gegnerin war flink wie ein Affe und kletterte geschwind den Pfosten hoch. Sie hatte bereits die halbe Höhe erreicht, als Grima pfiff. Die anderen drehten sich zu ihr um, und auch Korin schaute auf die kräftige Frau, die einen Klumpen Eisen in der Hand hielt und ihn jetzt, als die anderen die Wurfbahn freimachten, gegen die Kletternde schleuderte. Die Wucht des Treffers reichte aus, um der zierlichen Person krachend eine Rippe zu brechen, und sie sackte ab. Deorn sprang vor und packte sie am Bein, aber sie trat ihm mit dem anderen ins Gesicht, und als er stöhnend losließ, stieg sie auf seine Schulter und sprang von dort ab. Sie packte sich zwei der Entermesser und fuchtelte damit herum, versuchte zu entkommen, aber es waren zu viele Gegner. Schließlich stand sie mit dem Rücken zur Wand, umringt von Thorwalern, die mittlerweile ebenfalls ihre Äxte und Messer gezogen hatten.

Sie ließ eines der Entermesser fallen und lachte irre. Korin erkannte nun, dass ihre Augen geweitet und trüb waren. Obwohl ihre Bewegungen es nicht verraten hatten, stand diese Frau unter dem Einfluss eines schweren Rauschkrautes.

»Ihr Narren, Ihr elenden Narren! Eure Zeit ist gekommen, die Flammen werden Euch verzehren!«, rief sie.

Eine der Seefrauen wollte vorspringen, aber blitzschnell zuckte die Waffe der Frau vor und schnitt ihr den Arm auf.

»Wir machen uns Aventurien untertan! Ihr jagt falsche Füchsinnen, hetzt dem roten Stichling hinterher, während unter Euren Augen die Flammen höher lodern.«

Korin hörte die Worte der Frau besorgt. Falsche Füchsinnen? Wollte diese Irre andeuten, sie hätten Swafindra zu Unrecht verhaftet?

»Die Flammen werden über Euch herrschen, und wenn Ihr aufbegehrt oder versagt, werden sie Euch verzehren – so wie mich!«

Sie holte aus ihrem Beutel eine Tonflasche hervor und zog den mit Wachs verplombten Korken mit den Zähnen heraus. Dann ließ sie das Entermesser fallen und übergoss sich mit der Flüssigkeit aus dem Behältnis.

»Auf sie«, rief Deorn und packte sich die Frau, die sich nicht mehr wehrte, doch im gleichen Augenblick entzündete sich die Flüssigkeit und steckte Deorn, der sich an ihr damit benetzt hatte, und die Frau in Brand.

Deorn torkelte schreiend zurück, und sofort machten sich seine Kameraden daran, die Flammen mit einer Decke zu ersticken, aber die Frau schien keine Schmerzen zu spüren. Sie lächelte, während das Feuer ihr das Fleisch von den Knochen fraß, bis sie verbrannt und entstellt zusammenbrach. Korin kämpfte mit der Übelkeit und verlor. Als er sein Essen von sich gegeben hatte, war Deorn bereits unterwegs zum Heiler. Es waren zum Glück keine allzu schweren Verbrennungen, und das Feuer am Leib der Frau war erloschen. Korin betrachtete die Leiche angewidert, aber nachdenklich. Mit wem hatten sie es hier wirklich zu tun?

Hardred schüttelte den Kopf. »Ein schönes Geburtstagsgeschenk«, grummelte er, als Korin seinen Bericht beendet hatte, und nahm einen großen Schluck aus seinem Trinkhorn. »Ich dachte, wir würden heute feiern und uns besaufen bis zur Besinnungslosigkeit. Stattdessen muss ich mir Sorgen um einen besiegt geglaubten Feind machen und darüber, dass ein weiterer der Hetleute mir in den Rücken fällt.«

Korin schaute betrübt zu Boden. »Und dass wir möglicherweise eine Unschuldige verurteilt haben.«

Hardred stand auf und trat zu Korin. »Wie kommst du darauf, dass andere daran beteiligt sein könnten?«

»Kaum einer wusste von dem Geschenk. Deine Tochter Karva und ihr Mann Oremo natürlich, aber die können wir wohl ausschließen. Thinmar Walkir ist der Bruder von Orm, dem Schmied und könnte von ihm darüber erfahren haben. Frenja Kjaskardotter liegt Hetfrau Asgrima bei, auch sie könnte es erwähnt haben. Aber ich verdächtige Garaldsson. Er hat den Stahl besorgt und konnte sich sicher denken, dass ich ein Geschenk für dich bei Orm fertigen lassen würde.«

»Das würde auch erklären, warum er Swafindra so verteidigt hat – sie stecken unter einer Decke.«

Korin nickte.

»Aber wie wollen wir ihm das nachweisen?«, fragte der oberste Hetmann.

»Ich habe da eine gewagte Idee. Lass mir freie Hand und sei nicht überrascht, dann könnte es gelingen. Wir müssen die Verschwörer nur zum Handeln zwingen!«

Hardred nickte. »Tu, was nötig ist, mein Freund. Ich vertraue dir. Nur noch dir.« Der große Mann legte Korin die Hand auf die Schulter und nickte ihm mit grabesschwerer Miene zu.

Kapitel 25

Diesmal hatte sie sich einen Esel besorgt, aber das nützte ihr jetzt auch nicht viel. Im strömenden Regen, der kurz nach ihrem Aufbruch eingesetzt hatte, lief das Vieh langsamer als Keta selbst. Ihre Kleidung war, trotz mehrerer Lagen, völlig durchnässt, und ihr Hintern scheuerte sich am nassen Stoff ihrer Röcke wund. Trotzdem war sie gut gelaunt, denn sie konnte viel Gold und einer süßen Rache entgegenblicken.

Endlich schälte sich aus dem bindfadenartigen Regen eine Häuserfront, und wenig später trat sie in ein einfaches, aber auf den ersten Blick sauberes Gasthaus. Einige Tische und Bänke standen im Schankraum, auf einem Gestell lagerte ein angestochenes Fass Bier, und dem Geruch nach zu urteilen befand sich in dem gusseisernen Topf über dem Kaminfeuer ein Rüben-Eintopf. Die Fensterladen waren gegen das Unwetter verschlossen, und nur eine Fackel und das Feuer erhellten den Raum. Eine mit Stroh bestreute Treppe führte nach oben, vermutlich in den Schlafsaal, und die Wirtin und der Wirt, beide stämmig und wohl an die vierzig Sommer, er mit einer Glatze, sie mit ungezähmten schwarzen Locken, eilten zwischen gut einem Dutzend Soldaten in der Uniform der Abilachter Kürassiere umher. Das gold-blau geteilte Banner mit einem Pferdekopf in jeder Hälfte lehnte an der Wand, und ihre runden Hüte – hellblau, wie der Überwurf über dem schmucklosen Brustpanzer, der den Kürassieren ihren Namen gab – hatten sie auf die Stuhllehnen gehängt oder neben sich auf den Tisch gelegt.

Der Trupp bestand ausschließlich aus Männern, und das überzeugte Keta davon, dass sie richtig war – Lando hatte nie gern mit Frauen in einer Einheit gestritten – er befürchtete wohl, dass ihn eine übertreffen könnte. Oh ja, sie hatte ihren Feind und seine Eigenheiten studiert.

Die Männer starrten sie an, während Keta die drei Stufen bis auf den mit Stroh bedeckten Boden heruntersteig. Mit ihr kam ein Schwall schmutzigen Wassers herein, das ihre durchnässten Rockschöße die Treppe herunterfegten.

»Den Göttern zum Gruße«, sagte Keta fröhlich und begann, ihre Kleidung auszuwringen.

»Ihr seid ja ganz nass, Frau«, sagte der Wirt und wies in Richtung Feuer: »Wärmt euch erst einmal!« Er packte einen Lehnstuhl aus der Ecke – so einen, wie man ihn einer Großmutter reichen würde, ging es Keta durch den Kopf – und stellte ihn vor das Feuer. Mit einem dankbaren Blick nahm Keta Platz, und das wenig später gereichte gewärmte Bier und den Eintopf entgegen. Verstohlen beobachtete sie die Soldaten und bemerkte schnell, dass die eine Hälfte wohl seit langem als Rotte zusammen unterwegs war. Sie machten Scherze, über die nur sie lachen konnten, und die anderen Kameraden, so sehr sie sich auch bemühten, konnten nicht so recht an ihrem Spaß Anteil haben. Die miteinander vertrauten Kämpen waren sicher Landos Trupp, denn sie waren kampferprobt, narbenverziert und schmutzig. Sie rotzten auf den Boden und prahlten eben just mit der Größe ihres Gemächts. Neben ihnen nahmen sich die anderen Soldaten wie Novizen einer Magierakademie aus.

Keta konnte Lando nirgendwo entdecken, aber Geduld war eine Tugend – eine der wenigen, die Keta ihr eigen nennen durfte. Er würde schon eintreffen, oder es würde sich eine Gelegenheit ergeben, seine Männer zu befragen.

Sie kam schneller, als Keta zu hoffen gewagt hatte. Kaum hatte sie ihren Humpen Bier und ihre Schale Eintopf geleert, hatten die Soldaten sich in ihrer Prahlerei so angestachelt, dass einer die Geschichte aus dem Rahja-Tempel erzählte, die Keta schon in vielen Variationen vernommen hatte: wie sehr er es der Oberpriesterin besorgt habe und wie sie gesagt haben sollte, sie habe einen wie ihn noch nie gehabt.

Keta trat lächelnd an den Tisch. »Diese Geschichte kenne ich auch. War es nicht die Oberpriesterin Danu, die von diesem Moment an keinem Manne mehr beiliegen wollte?«

Der Soldat runzelte erst die Stirn, aber dann nickte er und zeigte auf Keta. »Da hört ihr es!«

»Ja, sie sagte, der letzte Mann habe sie so enttäuscht, dass sie sich mit Euresgleichen nicht mehr abgeben wolle.«

Lautes Gelächter übertönte den Fluch, den der Soldat Keta entgegenschleuderte, aber als er zu seinem Schwert greifen wollte, hielt ein anderer seine Hand auf. »Seid Ihr nicht Keta?«, fragte ihr Retter, der augenscheinlich nicht zu dem vertrauten Kreis der Soldaten gehörte.

Sie nickte und trat etwas näher zur Fackel.

»Ihr habt mir den Bauch zugenäht«, sagte der Soldat strahlend und hob sein Hemd, wodurch eine breite weiße Narbe auf seinem Bauch offenbar wurde.

Keta erinnerte sich an diesen Mann. Sie hätte nicht gedacht, dass er es überleben würde, denn sie hatte wenig mehr getan, als seine Gedärme mit Wasser zu reinigen, wieder in seinen Leib zu stopfen und das Ganze zuzunähen.

»Setzt Euch zu uns, Marketenderin. Was treibt Euch in diese Gegend?« Der Soldat schob ihr seinen Becher zu und winkte dem Wirt nach einem neuen. Keta nahm einen kleinen Schluck und sagte dann: »Ich habe gehört, dass Ihr etwas sucht.«

Der Soldat nickte: »Aufrührer. Wir haben Hinweise, dass sich ein Nest Umstürzler hier in der Gegend versteckt, und das werden wir ausräuchern. Aber nicht bei dem Wetter.« Der Soldat lächelte und goss sich aus dem großen Krug Bier in den Holzbecher.

Keta nickte nur stumm – der Bursche wirkte, als glaubte er die Posse mit den Aufrührern aufrichtig. Vermutlich waren nur wenige über die wahren Beweggründe für diesen erneuten Ausflug zum Farindel unterrichtet.

Die Treppe nach oben knarrte laut, und mit knallenden Absätzen kam Lando herab. Er wirkte verschlafen und sehr schlecht gelaunt – keine guten Vorraussetzungen für ein Gespräch, aber was sollte es. Man konnte eben nicht immer die besten Bedingungen vorfinden.

Lando trat wortlos an den Tisch, nahm sich den Bierkrug und leerte den Rest in einem Zug. Dann erst bemerkte er Keta und runzelte die Stirn.

»Guten Tag, Hauptmann Lando«, sagte Keta höflich.

»Kennen wir uns?«, fragte der grobschlächtige Kerl, und seine Stimme klang belegt.

Keta schüttelte den Kopf. »Ich kenne Euch – wer hätte nicht schon vom tapferen Hauptmann Lando gehört –, aber Ihr kennt mich nicht.«

»Sie hat Angaben zu den Aufrührern zu machen«, sagte ihr Retter kriecherisch.

Lando warf ihm einen geringschätzigen Blick zu. Dann wandte er sich wieder an Keta. »Stimmt das?«

»Sagen wir, ich habe Angaben über das zu machen, was Ihr sucht.« Sie lächelte hintergründig und erkannte am Augenzucken des Hauptmanns, dass er verstanden hatte.

»Dort drüben«, sagte er und brüllte dann unvermittelt los: »Und ihr faules Pack macht euch auf die Suche nach dem Verbrechergesocks.«

»Bei dem Wetter?«, fragte einer der Männer und wurde im nächsten Moment von einem wuchtigen Schlag ins Gesicht mitsamt Stuhl umgeworfen.

»Sonst noch jemand was zu meckern?«, fragte Lando drohend, aber die Männer wussten es besser. Sie standen auf und beeilten sich, die Mäntel anzulegen und in den Regen hinauszutreten.

Lando schob Keta grob zu einem Tisch in der Ecke und sagte erstaunlich freundlich: »Also, Ihr habt Neuigkeiten für mich?«

Die Marketenderin zögerte einen Augenblick. Das war die Gefahr bei Verrückten wie dem Hauptmann: Man wusste nie, wie sie auf eine Aussage reagierten. Ihre Stimmung konnte sich von jetzt auf gleich ohne ersichtlichen Grund ändern, und nach einem sanften Gesäusel konnten sie einem ohne Ankündigung die Kehle durchschneiden.

»Ich kann Euch verraten, wo sich befindet, was Ihr sucht – Ihr wisst, was ich meine«, sagte Keta.

»Umstürzler.«

»Nein«, antwortete Keta knapp. »Das andere.«

Landos Augen wurden schmal. »Was sollte das anderes sein?«

»Ihr habt es im Farindel knapp verfehlt, doch ich weiß, wo es liegt.«

»Ihr wisst, wo das Auge ist?«, fragte Lando überrascht.

Auge? Etwa ein Schwarzes Auge? Keta versuchte unbeeindruckt zu wirken und nickte stumm.

»Dann heraus damit!«, sagte Lando und beugte sich vor.

»Das kostet Euch eine Kleinigkeit.«

»Wie viel?«, fragte Lando, und ein drohender Unterton mischte sich in seine Vorfreude.

»Einhundert Dukaten, die Hälfte im Voraus«, sagte Keta.

»Ihr seid von Sinnen!«

»Ist es Euch das nicht wert?«

Lando sprang so schnell auf, dass der Stuhl hinter ihm bis zur Wand geschleudert wurde, packte Keta an der Kehle und zerrte sie auf den Tisch. »Ihr habt keine Vorstellung, was ich Euch antun könnte«, grollte er.

Keta wurde schmerzhaft über ihren Buckel gebeugt, und ihr Herz schlug ihr bis zum Hals. Trotzdem blieb ihre Stimme ruhig, als sie ihm fest in die Augen sah, und sagte: »Doch, die habe ich!«

Lando ließ sie irritiert los, und Keta sank, nach Luft schnappend, auf ihren Stuhl zurück.

»Woher soll ich wissen, dass Ihr die Wahrheit sagt?«

Keta zuckte mit den Schultern: »Könnt Ihr nicht. Aber wenn ich lüge, werdet Ihr mich vermutlich töten, und ich bin nicht für meine Dummheit bekannt. Da draußen gibt es genug Toren, die ich verladen kann, da brauche ich es nicht mit einem wie Euch zu versuchen.«

Lando nickte. »Lasst hören!«

Keta schüttelte den Kopf: »Erst das Geld!«

Lando knirschte mit den Zähnen: »Ich gebe Euch zwanzig im Voraus.«

»Vierzig – und dann siebzig, wenn Ihr es habt.«

»Dreißig und noch mal dreißig danach, und jetzt haltet mich nicht länger zum Narren, oder ich schlitze Euch auf und vergnüge mich mit Euren Innereien.« Lando sagte dies in einem Plauderton, doch gerade dadurch bekam es einen ganz neuen Schrecken, und Keta merkte, dass die Grenze des Machbaren erreicht war. Das Geld war ihr ohnehin fast gleich, aber sie musste ja ein glaubhaftes Schauspiel aufführen.

Sie hielt die Hand auf, aber Lando machte keine Anstalten, Geld hineinzulegen. Keta ließ die Hand wieder sinken und verschränkte die Arme vor der Brust. »So kommen wir nicht weiter, Hauptmann Lando.«

Lando grollte, und seine Faust ballte sich. Dann lächelte er unvermittelt und stand auf. »Wenn Ihr mich einen Augenblick entschuldigt, werde ich meine Barschaft holen.«

Vermutlich war ihm eingefallen, dass er Keta das Geld im Nachhinein immer noch abnehmen und sie umbringen konnte, wenn ihm nicht gefiel, was sie sagte, und das war auch Keta schmerzlich bewusst. Das war der eine Punkt in ihrem Plan, an dem alles schief gehen konnte.

Als er wenig später zurückkam und einen kleinen Beutel vor ihr auf den Tisch warf, entschied sie sich dafür, nicht nachzuzählen. Sie nahm den Beutel und steckte ihn in eine der unzähligen Taschen ihrer Röcke.

»Also?«, fragte Lando noch immer mit der gleichen unheimlichen Freundlichkeit.

»Es befindet sich in einem Versteck im Farindel. Ich kann Euch einen Boten mitgeben, der Euch hinführt.«

Lando schaute sie eine Weile lang an und fragte dann: »Woher wisst Ihr, wo es ist?«

Keta kicherte erleichtert – der Hauptmann hatte angebissen. Jetzt musste sie ihn nur noch an Bord ziehen. »Ich stehe mit Mächten im Bunde, über die Ihr nichts wissen möchtet, Hauptmann, deren Dienste Ihr aber sicher auch in Zukunft nützlich finden werdet, wenn wir uns wieder sehen.«

Lando hob die roten Striche, die seine Augenbrauen ersetzten.

»Schickt uns Euren Boten, und die Götter mögen Euch gnädig sein, wenn Ihr mich belogen habt.«

»Der Bote ist etwas … eigentümlich. Ich werde ihn rufen, sobald es aufgeklart hat. Bis dahin bin ich Euer Gast, nehme ich an?«

Lando lachte bellend. »So viel Dreistigkeit muss belohnt werden. Fresst und sauft, so viel Ihr wollt.«

Kapitel 26

Korin erwachte fröstelnd und zog lächelnd die Decke zu sich herüber. Dadurch glitt sie von dem geschwungenen, runden Körper von Solva Oriksdotter, den sie so lange Zeit sträflicherweise mit weiter Kleidung vor Korins Augen verborgen hatte. Sie war dünn, fast dürr, aber so mochte Korin seine Frauen – so konnte er sich wenigstens sicher sein, beim Liebesspiel nicht irgendwann durch die Stube geworfen zu werden, wie es einem bei einer rechten Thorwaler-Streiterin schon passieren mochte. Die nutzten jede Gelegenheit für eine Kraftprobe, und meistens unterlag Korin.

Bei Solva aber war alles sanft, zärtlich und vorsichtig. Ihre erste Liebesnacht, die nur stattgefunden hatte, weil sich Korin das Bild der verbrannten Attentäterin hatte aus dem Kopf saufen wollen, würde ihm immer in Erinnerung bleiben. Verschwommen zwar, aber dafür umso angenehmer.

Die Wunde an seinem Oberarm schmerzte etwas, und Korin fand getrocknetes Blut um den Verband herum – offensichtlich war ihre Huldigung an Rahja doch heftiger vonstatten gegangen, als er sich darauf besann. Aber wie er die schlanke junge Frau da so auf der Seite vor sich liegen sah, das sonst zu Zöpfen gefasste Haar lang, golden und gelockt um sie ergossen, wollte er sich von Schmerzen im Arm nicht abhalten lassen.

Die Waffe war bereit, wie er nun spürte, als er sich

bewegte und sein Glied an der Decke entlang glitt – auf in den Kampf!

Er begann seine erneute Liebeswerbung mit sanften Küssen auf die geschwungene Linie ihrer Hüfte, folgte der Beugung über den seitlichen Rücken bis hinauf zu ihren Schultern.

Die Skaldin seufzte wohlig und drehte sich auf die Seite, sodass er gar nicht umhin konnte, auch ihre kleinen, festen Brüste zu liebkosen. Er zupfte mit den Zähnen an ihrer Brustwarze, und mit gespielter Empörung schlug sie die Augen auf. »Aber Herr Berater!«

»Frau Skaldin?«

»Wie kannst du nur so grob auf diesem feinen Instrument spielen?«, fragte sie und legte die Hände auf ihre Brüste.

»Willst du sagen, du könntest es besser?«, fragte Korin.

»Das will ich wohl meinen. Immerhin bin ich Skaldin.« Sie lächelte und stieß ihn um, dass er auf dem Rücken lag und sein Mast sich forsch in den Wind stellte.

»Das sieht mir nach einem Schwegel aus – da gilt es die Mundblätter erst anzufeuchten, bevor man gescheite Töne herausbekommt«, neckte sie ihn und beugte den Kopf, um, wie es die Rahjageweihten nannten, »mit dem Stabe zu sprechen«.

Wenig später waren sie in ein erregtes Liebesspiel verstrickt, das trotz der Schwere ihrer Glieder vom Gelage der letzten Nacht für Korin wonniglich war wie selten eines zuvor.

Als er erhitzt neben Solva auf das Lager glitt, wollte ein Lächeln nicht aus seinem Gesicht weichen.

»Bist du glücklich?«, fragte die Skaldin ihn, und er nickte nur stumm.

»Ich bin es auch«, sagte sie und legte den Kopf auf seine Brust. Sie schwieg lange, und Korin glaubte schon, sie wäre wieder eingeschlafen, als sie sagte: »Man erzählt sich, eine Frau habe sich gestern bei lebendigem Leibe verbrannt und sie habe vorgehabt, die ganze Stadt zu vergiften.«

Korin lachte bitter. »So, sagen das die Skalden?«

Solva richtete sich empört auf. »Nein, das sagen die Thorwaler. Ein ehrenhafter Skalde berichtet nur, was er für glaubwürdig hält.«

Korin zog sie an sich. »Verzeih mir. Die Sache steckt mir noch in den Knochen. Es ist kein schöner Anblick, einen Menschen brennen zu sehen.«

Solva schaute ihm in die Augen. »Dann ist es wahr?«

Er nickte. »Aber selbstredend wollte sie nicht die ganze Stadt vergiften – nur die Waffen für Hardreds Geburtstagsfeier.«

Die Skaldin schaute erschrocken drein. »Dann ist es noch nicht vorbei! Die Verschwörer sind noch nicht besiegt.«

»So scheint es«, musste Korin ihr zustimmen, während er nach dem Wasserkrug griff. Egal, wie viel Met er abends trank, er hatte am Morgen Durst. Seltsame Laune der Natur. Er nahm einen tiefen Schluck und reichte den Krug an seine Gefährtin weiter, denn als solche sah er sie bereits. Sie trank behutsam und gesittet, nicht ein Tropfen ran ihren Hals herab, wo doch Korin ihn nur zu gerne weggeleckt hätte.

Er war verliebt, das war offenbar, aber konnte er Solva vertrauen? Er entschloss sich, es zu riskieren – er brauchte ihre Hilfe ohnehin, und da sie sich nun so nahe gekommen waren, wollte er ihr nichts vorschwindeln.

»Ich bin mir sicher, dass einer der Hetleute mit im Bunde ist.«

Solva setzte den Krug ab, wischte sich mit dem Handrücken über den Mund und schaute ihn erstaunt an. »Wer?«

»Das weiß ich nicht genau – es gibt mehrere Verdächtige. Jeder, der von der Sache mit dem Geschenk wusste. Aber ich habe eine Idee, wie wir den Täter zwingen können, sich zu offenbaren, wenn er nur dreist und dumm genug ist.«

Solva blickte ihn erwartungsvoll an.

»Ich brauche deine Hilfe dafür!«

Solva nickte. »Sollst du haben, wenn ich es einrichten kann.«

»Aber es wird dir nicht gefallen!«

Die Frau blickte ihn misstrauisch an. »Hast du mich darum mit in dein Bett genommen, um dir meine Hilfe zu erkaufen?«

»Nein, nein, nein!«, beeilte sich Korin zu versichern. »Das ist passiert, weil ich im Suff endlich den Mut dazu hatte, es dir anzubieten.«

»Ich habe es dir angeboten«, sagte Solva schmunzelnd.

»Dann den Mut, es anzunehmen. Nein, das eine hat mit dem anderen nichts zu tun, und wenn du mir sagst, du willst oder kannst so etwas nicht tun, sehe ich es ein und nippe stattdessen einfach noch ein wenig aus dem Kelch deiner Wonnen!« Korin spitzte die Lippen, und sie küsste ihn darauf.

»Süßholzraspler«, lachte sie. »Erzähl schon.«

»Gut!« Er erläuterte ihr seinen Plan, und sie war sofort Feuer und Flamme dafür, sich auf diese Weise an dem Skalden mit der Donnerstimme zu rächen. Sie sprang aus dem Bett und war zu Korins Bedauern wenig später angezogen und zur Türe hinaus.

So war das eben – er opferte jede Freude für das Wohl seines Herrn.

»Wie alt sind diese Karten?«, fragte Hardred den stolzen Kapitän der *Sklavenbefreier*, der nach vorn trat, am Beraterstab des obersten Hetmannes vorbei, und sich dabei sichtlich wohl fühlte.

»Der Pfeffersack, dem wir sie abnahmen, schwor, sie wären auf dem neuesten Stand – und er hielt daran auch noch fest, nachdem wir ihn einmal durchs Wasser gezogen hatten und er Auge in Auge mit den Haien gewesen war.«

Korin las die Bezeichnung auf dem Kartenrand, welche die Karte auf den vierten Phex des Jahres 913 nach Bosparans Fall datierte. Das war einige Monate her, aber die Frage war ja nicht, wann die Karte gezeichnet wurde, sondern welchen Stand sie anzeigte – man konnte auch eine Jahre alte Karte abzeichnen und ein neues Datum darauf schreiben.

Hadred nickte und klopfte mit dem Finger auf eine Stelle auf der Karte, die Havena und die Untiefen des Yaquir zeigte, der mitten durch sie hindurchführte. »Das hier zeigt die Fahrrinne bei Flut, richtig? Idra, du hast die Stadt befahren.«

Die Angesprochene, eine einäugige Thorwalerin mittleren Alters, deren Haar wild in allen Richtungen abstand, als wären sie eben erst von einem Sturmwind zerzaust worden, trat näher an den Tisch heran und blickte ebenfalls auf die Karte.

»Ja, bei Ebbe trauen sich nur Fischerboote in den Hafen. Der Tiefgang anderer Schiffe ist zu groß, sie würden stranden.«

Hardred nickte. »Wie viel Wasser nimmt die Ebbe der Rinne?«

»Zwei, manchmal drei Schritt.«

Hardreds Augen fuhren suchend über die Karte, an den eingezeichneten Tiefen und Sandbänken vorbei.

»Die Sandbänke verlagern sich oft?«, fragte er wieder die Seefrau.

»Ständig. Beinahe nach jeder Flut fahren die Lotsen den Fluss ab und vermessen neu.«

»Können wir nicht einfach einen Lotsen entführen?«, fragte Thinmar Walkir, der aus dem gleichen Grund anwesend war wie der in einem Eckstuhl sitzende Garaldsson, Hetfrau Asgrima und sogar Hardreds Tochter Karva und ihr Mann Oremo: Sie waren Verdächtige. Korin hatte erst abgelehnt, sie zu dieser Besprechung des Angriffs hinzu zu bitten, aber Hardred hatte ihn mit zwei Argumenten überzeugt. Wenn die Verschwörer Havena warnen wollten, wäre das längst geschehen, denn die Hafenstadt war ja von Anfang an als erstes Angriffsziel geplant gewesen. Zum anderen sollte der Hetmann den versammelten Beratern einen Plan schmackhaft machen, den er nie im Leben wirklich ausführen würde.

»Das hat keinen Sinn«, beschied die Einäugige. »Sie würden lieber sterben, als Feinde in die Stadt zu bringen.«

Thinmar schaute noch einmal auf die Karte. »Dann müssen wir bei Flut kommen und …«

»Und ihnen vor die Geschütze fahren?«, vollendete Hardred den Satz. »Nein, wir werden es wie folgt machen: Wir werden kleine Knorren mit geringem Tiefgang bauen, vielleicht drei Schritt lang, ohne Segel, mit je vier Riemen. Sie fahren vor unseren Drachen den Fluss ab und lotsen uns. Die Masten legen wir um, damit man uns nicht so schnell entdeckt.«

Die Masten würden tatsächlich umgelegt, aber nur, um unter der Zollbrücke hindurch zu kommen, die anderen Schiffen den Weg in die Stadt versperrte, bis sie ihre Reede bezahlt hatten. Die niedrigen Drachenschiffe würden mit liegendem Mast einfach unter der geschlossenen Brücke hindurchrudern und sich dann mitten im Südhafen befinden, von wo aus sie die Stadt nehmen konnten. Auch die Knorren würde man bauen, aber nicht um zu lotsen, sondern um ungesehen vor dem eigentlichen Angriff Leute auf die Halbinsel im Süden der Stadt zu bringen und die Wachsoldaten dort mundtot zu machen.

»Aber die haben mit Hornissen besetzte Schiffe«, gemahnte Idra und strich sich durch ihr wildes Haar. »Wenn wir bei Niedrigwasser angreifen, können wir nicht manövrieren und werden wie ein treibender Baum von ihnen getroffen.«

»Mit denen werden unsere Geschütze schnell fertig«, wiegelte Hardred ab. Doch natürlich würde man sich nicht bei Ebbe auf den Yaquir wagen. In den frühen Morgenstunden, um die vierte herum, hatte der Fluss Hochwasser, und in der Dunkelheit würden die Thorwaler über die Stadt herfallen wie der Wolf über die Schafe.

Idra war noch immer nicht zufrieden, schien es, was nur für sie sprach, aber Thinmar fiel ihr ins Wort. »Dann müssen wir sicherstellen, dass die Boote so leicht wie möglich sind!«

Hardred nickte, aber Korin konnte sehen, dass er enttäuscht war über die Leichtigkeit, mit der die Anwesenden seinen Plan annahmen. Er hatte sich so viele hanebüchene Erklärungen einfallen lassen, die er jetzt wohl gar nicht brauchte.

Von draußen klang Tumult herein – wurde auch Zeit, dachte Korin bei sich und ging auf den Fingerzeig Hardreds zum Eingang, um nachzusehen, was los war. Der Form halber fragte er die vor der Türe versammelten Skalden und neugierigen Bürger, was Sache sei.

»Torkil Donnerstimme hat eine Verlautbarung zu machen«, sagte ein Mann, dessen Namen Korin nicht kannte. Er war sich nicht mal sicher, ihn jemals gesehen zu haben.

»So? Und wo ist er?«, fragte Korin und schaute sich um.

»Er trifft bald ein«, versprach der Mann. »Wir wollten vor ihm hier sein, um nichts zu verpassen.«

Korin tat erstaunt. »Ich weiß gar nichts von einer

Verkündigung, aber gut, das Haus des obersten Hetmannes steht immer offen. Kommt!«

Er trat beiseite, und während die Massen hineinströmten, fragte er Garald Garaldsson, der aus einem Schlummer erwachte: »Dein Skalde hat etwas zu verkünden?«

Garald runzelte die Stirn. Dann zuckte er mit den Schultern. »Er hat mir nichts davon berichtet.«

Hardred trat hinzu. »Dann weißt du auch nicht, was er will?«

Der alte Sippenälteste schüttelte den Kopf: »Weiß der Henker, was der Brüllaffe jetzt wieder vorhat.«

Seit er bei der Anklage gegen Swafindra eine so schlechte Figur gemacht hatte, wer der Skalde bei seinem Brotgeber in Ungnade gefallen, ein Grund mehr, dass er nun eifrig bemüht sein würde, seinen Ruf wieder gerade zu rücken.

Hardred lächelte Korin verstohlen zu, doch dann wich seine Verschwörermiene wieder dem neugierigen, etwas besorgten Blick eines Mannes, der auf ein Ereignis mit ungewissem Ausgang wartete.

Dann betrat Torkil Donnerstimme den Raum. Er hatte sich mit gelb-rot gestreifter Kleidung und einem weit fallenden Brokatmantel für die Gelegenheit herausgeputzt.

»Werter oberster Hetmann, liebe Anwesenden, ich habe eine Ansage zu machen, die möglicherweise den gesamten Feldzug in Frage stellt«, dröhnte er.

Im darauf folgenden Gemurmel schaute sich Korin um und konnte so problemlos den Weg verfolgen, den ihre Lügengeschichte genommen hatte. Iskra war nicht überrascht, denn Solva hatte ihr das Ganze unter dem Siegel der Verschwiegenheit berichtet. Doch Iskra erzählte Olvir stets alles, und der schwatzsüchtige Skalde trug, was er hörte, seiner Schwester Salda zu. Die wiederum leckte zu jeder Mahlzeit Torkils Speichel und hatte ihm das Ganze brühwarm zugetragen. All diese Skalden hatten eines gemeinsam: Sie mochten sich auf das Geschichtenerzählen verstehen, aber die alten Überlieferungen waren nicht eben ihre Stärke. Nur so war es zu erklären, dass ihnen der große Fehler in der Geschichte nicht aufgefallen war.

»Dann redet, Mann«, forderte Hardred und gab sich gekonnt ungehalten.

Torkil nickte. »Durch die Studie alter Schriften und im Gespräch mit weisen Skalden aus dem ganzen Land ist es mir gelungen, die Geschichte der Wellenkammtänzer-Otta zusammenzutragen, die unter dem allseits bekannten Hetmann Tjalf Tjalfson fuhren. Ihnen gelang es dereinst, vor nunmehr zweihundert Jahren, dreißig Schiffe gegen Havena zu führen und die Stadt im Sturm zu erobern, doch schlossen sie einen bis heute vergessenen Bund mit Swafnir: Aus den Knochen ihrer Toten fügten sie eine mächtige Axt aus Bein, und nur wer im Besitz dieser Waffe wäre, dem Knochenbeil, solle jemals wieder erfolgreich Havena nehmen können.«

Lautes Gemurmel erklang. Das war wirklich eine schlechte Neuigkeit für die abergläubischen Thorwaler.

Solva lächelte ihm von ihrem Platz aus zu und erhob sich – die Stunde der Rache war gekommen. »Torkil Donnerstimme, Ihr sprecht vom Otta der Wellenkammtänzer?«

Torkil nickte und lächelte Solva überheblich an. Natürlich wusste er, dass sie diese Sage – angeblich – entdeckt hatte und er sich mit ihren Federn schmückte.

»Und vor zweihundert Jahren, sagt Ihr?«, vergewisserte sich Solva.

»Ganz recht – die Kaperfahrt jährt sich sogar in diesem Herbst zum zweihundertsten Male, was zweifellos ein Zeichen ist, dass man sich an das Versprechen, das unsere Vorfahren Swafnir gaben, zu halten hat.«

Torkil sah sich Zustimmung heischend um, und bekam sie von den meisten. Nur einige der erfahreneren und beleseneren Skalden runzelten bereits die Stirn.

»Das macht mich wundern«, sagte Solva und holte mit hörbarem Triumph in der Stimme zum Schlag mit Worten aus. »Ich mag mich irren, aber ist Jurge Arvason, der letzte Hetmann der Wellenkammtänzer-Otta, nicht vor zweihundert und noch einmal neunzig Jahren verstorben und die Otta aufgelöst worden?«

Einige der anwesenden Skalden stimmten nun etwas lauter zu, während andere es abstritten. Für einen Augenblick flackerte Panik in seinen Augen auf, als Torkil erkannte, dass er in eine Falle gelockt worden, aber dann fing er sich wieder und wollte etwas erwidern – doch Solva ließ ihn nicht zu Wort kommen.

»Und ich habe auch niemals von einem Tjalf Tjalfson in dieser Otta gehört. Vielleicht habt Ihr etwas durcheinander geworfen, werter Torkil?«, fragte die Skaldin zuckersüß, doch ihre Stimme und die höfliche Form nahmen dem Vorwurf die Schärfe nicht. Sie warf dem angesehenen Skalden vor, die Überlieferungen miteinander zu mischen oder falsch im Gedächtnis zu haben. Bei Geschichten mochte es angehen, dass der Skalde sie ausschmückte und spannender gestaltete, aber bei Richtsprüchen und der Überlieferung der Traditionen waren Fehler unverzeihlich. Nicht umsonst hieß der erste Satz, den ein Skalde von seinem Meister lernte: »Falsche Erinnerungen gleichen Lügen, und Lügen tragen keinen Segen.«

Der imposante Torkil zupfte jetzt verzagt an seinem Überwurf: »Dann mag es vielleicht früher geschehen sein, aber bei Tjalf Tjalfson und beim Knochenbeil bin ich mir sicher.«

»So sicher, dass Ihr bei Eurem Seelenheil darauf schwören würdet?«, fragte Solva, und die Freude in ihrer Stimme war nicht zu überhören.

Der Skalde wurde bleich, und sein Atem ging hastig, als er sagte: »Natürlich.«

»Dann schlage ich vor, wir bemühen den Efferdpriester zu uns, dass er Euch diesen Schwur abnimmt?«, fragte Solva, und ihre Schadenfreude klang durch den ganzen Saal.

Torkil schien einer Ohnmacht nahe. »Wenn es der oberste Hetmann wünscht«, rang er sich ab und blickte ängstlich zu Hardred, der mit der Hand am Mund dem ganzen Schauspiel gefolgt war. Korin vermutete, dass sein Freund ein Lächeln hinter der Hand verbarg. Nun erhob er sich, und seine Miene war wieder ernst: »Versammelte Skalden, sagt mir, wer steht zu Torkil und seiner Überlieferung?«

Der Skalde blickte sich mit schweißbedeckter Stirn um, aber es erhoben sich nur wenige, seine engsten Freunde. Selbst wer sich nicht ganz sicher war, spürte, dass Torkils Schiff im Sinken begriffen war, und blieb sitzen.

Doch es standen schließlich genug, dass Hardred glaubhaft die Worte sagen konnte, die Korin ihm in den Mund gelegt hatte: »Ich sehe verdiente und aufrechte Leute zu deiner Verteidigung stehen, Torkil Donnerstimme, und mögest du auch die Jahreszahlen durcheinander werfen, so hat doch deine Suche uns möglicherweise vor großem Unheil bewahrt. Dafür gilt dir mein ewiger Dank, denn wir können nicht das Wagnis eingehen, ein heiliges Bündnis mit Swafnir selbst zu brechen. Korin, schick Boten aus, die in alle Himmelsrichtungen ausreisen und das Knochenbeil suchen. Bevor es nicht in Thorwal eingetroffen ist, werden wir nicht aufbrechen!«

»Ja, Hetmann«, gehorchte Korin und machte sich auf den Weg zur Tür, als sich Gundrid Arvedotter wie gehofft erhob und sagte: »Aber es ist doch schon längst in Thorwal.«

Die Überraschung war vollendet, und im Tumult, der daraufhin ausbrach, gestattete sich Korin ein kleines Lächeln. Es hatte ihn einige Mühe gekostet, etwas zu finden, das außergewöhnlich genug war, um einzigartig zu sein, im Besitz eines treuen Anhängers Hardreds, aber doch unbekannt genug, um nicht sofort augenfällig zu sein. Als sich der Aufruhr etwas gelegt hatte, fragte Hardred: »Sprich Frau, was meinst du damit?«

»Ich habe in meinem Haus ein Beil, gefügt aus weißen Knochen, an meiner Wand hängen. Es trägt das Bildnis eines Tänzers auf dem Blatt, der auf einem Wellenkamm steht, welcher wiederum von Swafnir selbst aufgetürmt wird. Das muss das Knochenbeil sein, von dem der ehrwürdige Torkil sprach.«

Hardred runzelte die Stirn und tat unschlüssig, obwohl laute Zustimmung und »Das wohl!« aus den Reihen der Anwesenden klang.

»Wo hast du es her, gute Frau?«, fragte der oberste Hetmann kritisch.

Die dickliche Frau wedelte mit den Armen, während sie erzählte. »Mein Urgroßvater brachte es dereinst mit, als er aus seinem Dorf im Norden kam. Er sagte, es wäre ein Geschenk eines wandernden Zimmermanns für die Unterkunft gewesen, die er ihm gewährte.«

Doch Hardred war angehalten worden, immer noch zweifelnd zu tun. »Doch wer sagt uns, dass das Beil das rechte ist und nicht ein bloßes Kunstwerk, dem echten nachgemacht?«

Solva trat vor. »Der ehrenwerte Torkil Donnerstimme hat doch alles darüber in Erfahrung gebracht. Er kann das Beil untersuchen und erkennen, ob es das ist, von dem er behauptet, dass es gefertigt wurde.«

Torkil warf der Skaldin einen wütenden Blick zu, denn er erkannte wohl seine Niederlage. Was er als großen Schlag gegen den verhassten Hetmann und seinen Feldzug begann, war nun eine Schmach für ihn. Wenn er dem Beil die Echtheit absprach, würde es niemals einen Beweis für seine gestohlene Geschichte geben und sein Ruf wäre auf ewig ruiniert. Wollte er retten, was noch zu retten war, musste er die Herkunft der Waffe bestätigen und so Hardred zu seinem Triumph verhelfen.

»Bist du dazu in der Lage, Torkil?«, fragte Hardred, und matt erklang die Antwort: »Selbstverständlich.«

Hardred wandte sich an die Besitzerin des Beils. »Und willst du, tapfere Frau, mir die Waffe zur Verfügung stellen, damit ich mit ihr Havena nehme?«

»Das wohl!«, jauchzte die Frau und sprang Hardred um den Hals, der verdutzt auf sie herabschaute und ihr dann unbeholfen den Rücken tätschelte, bis sie unter lautem Gelächter der Anwesenden mit hochrotem Kopf von ihm abließ.

»Hetgarde, begleitet diese Frau und bringt mir das Beil, damit Torkil uns sagt, ob uns damit Swafnirs Segen gewiss ist!«

Die Frau eilte zum Ausgang, und sofort schlossen sich ihr zwei Männer und Frauen der Hetgarde an.

Es dauerte nicht lange, bis sie wieder eintrafen. In der Zwischenzeit hatte sich jedoch das Ereignis bereits in der Stadt herumgesprochen, und so waren gleich acht Hetgardisten nötig, um die Frau mit dem Beil durch die Menschenmassen ins Haus der Hetleute zu bringen. Sie hielt die Waffe wie eine Trophäe über den Kopf.

Im Inneren des Langhauses hatte Hardred mittlerweile Met und Brot verteilen lassen, und Torkil sprach dem Getränk munter zu, umgeben von seinen wenigen Getreuen und angestarrt von den Übrigen.

»Sie kommt«, sagte Solva leise zu Korin und wies zur Tür.

»Wollen wir hoffen, dass Torkil nicht aus Trotz das Falsche tut.«

»Nein«, beantwortete Solva seine Sorge lachend. »Dazu hat er nicht den Schneid.«

Die Waffe wurde dem Skalden vorgelegt, und er musterte sie eingehend, nahm sie in die Hand, schwang sie, machte kurzum wie immer einen großen Aufstand um kleine Dinge und verkündete schließlich: »Ja, ohne Zweifel, das ist Skalf Skalfsons Knochenbeil!«

Lauter Jubel erklang, pflanzte sich sogar bis nach draußen fort, obwohl man dort vermutlich noch gar nicht wusste, warum gejubelt wurde, und beruhigte sich erst ein wenig, als Hardred laut um Gehör bat.

»Die Götter wollen, dass wir Havena im Herbst nehmen. Darum haben sie Torkil Donnerstimme geleitet, den alten Bund auffinden, und darum haben sie in ihrer Weisheit das Beil bereits auf verschlungenen Wegen nach Thorwal kommen lassen. Wir werden siegreich sein, denn die Götter lieben uns, und Swafnir ist unser Freund! In drei Tagen brechen wir auf!«

Nun war kein Halten mehr. Die Leute sprangen auf und warfen die Arme in die Luft, jubelten und riefen den Namen des Hetmannes. Während alles sich in ein Gelage stürzte, stellte Korin sicher, dass die Axt wohl verwahrt und ständig von vier Leuten bewacht wurde. Die Verräter sollten sie nicht bekommen – noch nicht.

Kapitel 27

Keta erwachte durch einen groben Stiefeltritt in die Seite, und als sie die Augen aufschlug, grinste ihr Lando aus nächster Nähe entgegen. Die Dämonen auf seinen großen, silbernen Ohrringen imitierten sein widerwärtiges Lächeln, aber die stanken wenigstens nicht so sehr nach Zwiebeln und Bier.

Keta richtete sich auf. Der Hauptmann war nun in einen abgeschabten, eingedellten, leichten Plattenpanzer gekleidet – offensichtlich erwartete er, im Farindel auf Ärger zu stoßen. Zu Recht, dachte Keta und musste kichern.

»Was gibt's da zu glucksen?«, fragte der Hauptmann harsch.

»Ich hatte einen lustigen Traum«, sagte sie und stand auf. »Was gibt es?«

»Der Regen hat aufgehört, die Sonne ist aufgegangen, und Ihr habt Euch lange genug auf meine Kosten fett gefressen. Schafft diesen Führer her!« Lando stapfte mit klirrender Rüstung zur Treppe nach unten und wandte sich noch mal um. Die überlappenden Eisenplatten an seinem Oberschenkel wippten quietschend hin und her. »Und wenn Ihr mich verschaukelt habt …« Er fuhr sich mit dem Daumen über den Bauch und über die Brust, um ihr anzuzeigen, wo er sie aufschneiden würde.

Als Lando die Treppe herunterstapfte, war er sehr zufrieden mit sich. Entweder würde er heute eine alternde Hure aufschlitzen oder Zaraldus der Peinlichkeit preisgeben, indem er das magische Artefakt als Erster fand – so oder so würde es ein guter Tag. Wurde auch Zeit. Zwei Tage hatte es durchgeregnet und die Alte sich geweigert, endlich zur Sache zu kommen. Er trat vor die Tür des kleinen, verlausten Gasthauses und kratzte sich ausgiebig im Schritt. Die Platte am rechten Oberschenkel war leicht verzogen, und wenn er ungünstig stand, stach sie ihm in die Hoden. Eigentlich hatte er das schon eine ganze Weile reparieren lassen wollen, aber es immer wieder vergessen. Seine Männer standen draußen auf der nassen Wiese im Licht der Herbstsonne und unterhielten sich. Die seinen waren darauf vorbereitet worden, wieder in den Farindel zu gehen, aber sie freuten sich nicht darauf. Wenn Lando ehrlich mit sich selbst war, war er auch nicht eben glücklich, wieder in diesen verwunschenen Wald voller Ungeheuer zu stapfen, aber wenn es dem Bund half und ihn in den Augen des Flammerates aufwertete, war es das wert. Bald schon würde er nicht nur diesen jämmerlichen Haufen Kuhscheiße befehligen, der nur zufällig auf zwei Beinen herumlief. Er würde eine riesige Armee unter sich haben und Land um Land dem Flammenbund unterjochen.

Aber bis dahin musste er den neu in seine Brigade gekommenen Tölpeln einen Bären aufbinden, damit sie unentdeckt blieben, denn mächtige Feinde tötete man am besten von hinten, und die Wichtigen des Reiches wussten gar nicht, wie viele Leute schon mit dem Dolch in der Hand hinter ihnen standen.

»Männer!«, rief er. Als er ihre Aufmerksamkeit hatte, fuhr er fort: »Wir haben die Lage des Unterschlupfes gefunden. Die Schweine verstecken sich im Farindelwald und glauben sich in Sicherheit. Aber da haben sie nicht mit den Ersten Abilachter Kürassieren gerechnet.«

Die Männer sahen nicht sehr begeistert aus, aber das war Lando egal. Und wenn er sie mit der Axt vor sich hertreiben musste, diesmal würde er es schaffen und sich das Schwarze Auge holen.

Die alte Hure kam aus dem Gasthaus und schaute sich blinzelnd um. Lando verabscheute das alte, buckelige Weib, so wie er alle alten Weiber verabscheute. Er wollte sie jung und drall, schreiend und zuckend unter ihm – das war der einzige Zweck, den Frauen für ihn erfüllten, und der einzige Nutzen, den sie seiner Meinung nach hatten.

Die Bilder in ihrem Gesicht waren vom Alter schon ein wenig aus den Fugen geraten, aber noch immer erkannte man Leute, die sich in den unterschiedlichsten Stellungen besprangen. Von diesen so genannten Rahja-Freuden hatte Lando noch nie viel gehalten, sogar als er noch die Zwölfe anbetete – wen interessierte es denn, ob die Frau die ›Rahja-Wonnen‹ erlebte?

»Hol den Mann, der uns führen soll!«, befahl Lando. Er wollte wieder in das Gasthaus gehen, denn die Marketenderin würde sicher eine Weile brauchen, bis sie den Kerl herbeigeholt hatte. Da sagte sie mit ihrer rauen, bäuerlichen Stimme: »Kein Mann!«

Sie wollte doch wohl nicht andeuten, dass sie sich beim Weg durch feindliches Gebiet einer Frau anvertrauen sollten? Da könnte er sich gleich ersäufen gehen, das wäre ein schnellerer Tod.

Die Alte pfiff auf den Fingern und wartete. Als Lando vor Ungeduld Lust verspürte, ihr sein Schwert dort in den Leib zu rammen, wo die Götter bereits einen Spalt gelassen hatten, erschien mit einem Mal ein großer, roter Vogel über dem Wald und landete auf dem kahlen Ast eines toten Baumes. Sein Schwanzgefieder war lang und leuchtend. Er kam Lando wage bekannt vor – so ein Vogel war ihm im Wald schon einmal begegnet. Das Tier stieß einen lauten Schrei aus, und als Antwort darauf stieg ein Schwarm schwarzer Krähen unter lautem Getöse auf.

Die Soldaten schlugen Schutzzeichen in die Luft und tuschelten erschrocken miteinander.

»Ein Vogel?«, fragte Lando ungehalten.

Die Hure lächelte hinterhältig. »Ich sagte Euch, Hauptmann Lando, ich stehe mit Mächten im Bunde … Folgt dem roten Vogel, er wird Euch zu Eurem Ziel führen und Gefahren von Euch abhalten.« Sie zog ein weißes, feines Tuch aus der Tasche und reichte es Lando, der es achtlos wegsteckte. »Tragt dies stets bei Euch, oder Ihr seid verloren«, mahnte sie. »Aber seid trotzdem auf der Hut! Der Farindel hat schon größere Brocken als Euch verschluckt.«

Die Alte lachte und wollte sich entfernen, aber Lando nickte einem seiner Leute zu, der ihr einen Knüppel über den Kopf hieb, dass sie zusammensackte.

»Du gehst nirgendwohin, alte Hexe«, sagte Lando leise und dann lauter zu dem Soldaten: »Du bleibst bei ihr. Macht sie Mucken, kitzele sie ein bisschen mit dem Dolch. Und nimm ihr mein Gold wieder ab!«

Der Soldat nickte erleichtert, nicht in den Wald zu müssen, und die anderen schauten ihm sehnsüchtig nach.

»Auf geht's«, scheuchte sie Lando auf, und sie betraten den Farindelwald ein weiteres Mal.

»Dem Vogel hinterher«, befahl er, und tatsächlich erhob sich das Tier von seinem Platz und flog elegant in den Wald hinein. Wenig später kämpften sie sich bereits durch Dickicht und Gestrüpp, aber es schien leichter zu sein als beim ersten Mal. Dornengespickte Hecken offenbarten bei der Annäherung einen Durchschlupf, der Boden war nass, aber fest, und sie glitten nicht aus. Auch das Ungeziefer ließ sie diesmal in Ruhe, aber das mochte an der Jahreszeit liegen.

Trotz dieser guten Vorzeichen machten sich seine Männer noch fast in die Hose, und Lando konnte es ihnen ausnahmsweise kaum verdenken. Auch ihn ließen die dunklen Sträucher, die hohen Bäume, die manches Mal den Himmel völlig verdeckten, und das dichte Unterholz vorsichtig werden. Immer wieder scheuchten sie Tiere auf, doch keines von ihnen stellte sich als gefährlich heraus. Es waren nur Hasen, Rehe und Vögel.

Sie erreichten eine Stelle, an der Föhren eben so nah zusammenstanden, dass sich im von den Nadeln sauren Boden kein Unterholz halten konnte, aber weit genug auseinander, um eine bequeme Passage unter ihren hohen Kronen zu erlauben. Der Vogel war ein gutes Stück vorangeflogen, schien aber einen Punkt hinter den Nadelbäumen anzusteuern. Also wies Lando auf die Stämme und rief: »Wir kürzen ab.«

Die Männer schwenkten um, und der Erste trat zwischen den harzigen, dunklen Stämmen hindurch, als der Vogel kreischend herbeigeflogen kam. Er segelte niedrig heran, seine Schweiffedern glitten über den Boden, und wo sie die Erde berührten, sprossen mit unglaublicher Geschwindigkeit Triebe hervor, die in Augenblicken zu dichten, blattlosen Stängeln wurden und sich zu einer undurchdringlichen Mauer verwoben. Die Männer wichen zurück und wurden von ihrem Kameraden getrennt, der erschrocken herumwirbelte. Im selben Augenblick wuchsen aus den Stämmen um ihn herum in atemberaubender Geschwindigkeit spitze Äste, die sich knirschend in seinen Leib bohrten. Der Mann schrie vor Schmerz, und der Geruch von Blut füllte die Luft. Die Soldaten hieben mit ihren Schwertern auf die dicken Äste ein, die ihnen den Weg versperrten, und einer hob die Armbrust, um den teilnahmslos auf einem Ast sitzenden Vogel zu erschießen. Lando sprang hinzu und schlug ihm ins Gesicht. Während der Mann zurücktaumelte, fragte er: »Was tust du da?«

»Dieses Vieh hat ihn umgebracht! Es hat ihn in eine Falle gelockt!« Der Mann wies anklagend auf den Vogel, und Lando schüttelte über so viel Dummheit den Kopf.

»Er hat uns daran gehindert, dort hineinzugehen, du Idiot.« Endlich verstummten auch die Schreie des aufgespießten Soldaten. Gut, sie hatten schon begonnen, Lando auf die Nerven zu gehen.

»Wir gehen weiter«, befahl er, und seine eigenen Leute gehorchten schnell, aber die Kameraden des Soldaten hackten weiter auf die blattlose Hecke ein. »Er ist tot, wir gehen!«

Der Mann, den Lando gestern Abend wegen seiner Weigerung, in den Regen zu gehen, schon geschlagen hatte, muckte wieder auf. »Ihr könnt ihn doch nicht einfach da hängen lassen, Hauptmann. Er braucht ein göttergefälliges Begräbnis, sonst wird seine Seele für immer durch diesen verfluchten Forst streifen.«

Lando schaute ihn ruhig an. »Da hat er ja gute Gesellschaft«, sagte er dann, und seine Leute grölten.

»Das werde ich nicht zulassen«, sagte der Soldat und zog sein Schwert. Lando zuckte mit den Schultern, nahm sein Schwert aus dem Wehrgehänge und bedeutete dem Soldaten mit einer Handbewegung anzugreifen. Der Boden war hier trocken, aber die Bäume standen zu nah beieinander, als dass er mit der Axt viel hätte ausrichten können. Der Kerl zögerte, aber jetzt konnte er nicht mehr zurück, ohne seine Ehre zu verlieren. Pech für ihn.

Lando legte den Kopf schief. »Wird das heute noch was?«

Der Mann brüllte auf und griff mit einem ungestümen Hieb an, den Lando mit dem Schwert abgleiten ließ und den Burschen taumelnd in den Wald schickte. Er prallte an einen Baum, wirbelte aber sofort wieder herum.

»Lern erst mal gehen, bevor du versuchst zu kämpfen«, höhnte einer von Landos Männern.

Der Soldat war nun vor Wut rot im Gesicht. Trotzdem näherte er sich diesmal vorsichtiger. Die beiden Kämpfer umkreisten sich in einigem Abstand, immer wieder verdeckt von Bäumen, die sie dabei passierten.

»Komm her, du Feigling«, rief Lando, dem das dauernde Herumtanzen auf die Nerven ging.

Der Soldat antwortete nicht. Als das Blickfeld des Gegners das nächste Mal durch einen Baum verdeckt war, sprang Lando vor und rammte das Schwert am Baum vorbei in seinen Leib. Der Mann keuchte erstaunt auf, aber Lando ließ ihm keine Zeit, die blutende Wunde in seinem Bauch zu betrachten, sondern trieb seinen Gegner mit wuchtigen Schlägen vor sich her, die der Mann nur durch Glück abwehren konnte. Dann stolperte der Soldat über eine Wurzel, und noch im Fallen schlug Lando ihm das Schwert auf den Kopf, dass es krachte. Der Mann stand nicht wieder auf.

»Will sonst noch jemand die Toten mitschleppen oder sich aus sonst einem Grund mit mir anlegen?«, fragte Lando schwer atmend und wischte sich das Blut des Soldaten aus dem Gesicht.

Er sah Wut und Enttäuschung über den Tod ihrer beiden Gefährten in den Gesichtern der Neuen, aber keiner wagte mehr aufzumucken. Wohl auch, weil seine Leute in der deutlichen Überzahl waren.

»Dann kann es ja weitergehen«, sagte er, wischte das Schwert am Hemd des Toten ab und blickte zu dem Vogel auf.

»Mach schon, damit wir von der Stelle kommen, du rotes Dämonenvieh!«

Der Vogel erhob sich in die Luft, flog voran, und sie folgten ihm weiter in den verfluchten Wald hinein. Hoffentlich hatte das hier bald ein Ende, damit er seine Belohnung einheimsen und sich erholen konnte. Vor allem aber wollte er diese unwissenden ›aufrechten‹ Soldaten wieder loswerden.

Kapitel 28

Finni drang mit zwei Dolchen auf Rhiana ein und machte ihr ernstliche Probleme. Die kleine Halbelfin unterlief ihre Schläge, die sie nur vorsichtig und mit Bedacht führte, um ihre Freundin nicht versehentlich niederzustrecken. Das Schwert mochte in seiner Scheide stecken, aber es war dennoch aus Metall und konnte Knochen brechen.

Finni rollte sich an ihr vorbei, unter einem Schlag, den Rhiana parallel zum Boden angesetzt hatte, und klopfte ihr mit den Dolchen einen Trommelwirbel auf den Hintern.

»Du hältst dich zurück, gib es zu«, lachte sie und sprang beiseite, als Rhiana herumwirbelte.

»Du hast es erkannt, kleine Gauklerin, ich könnte dich mit einem Schlag in Stücke hacken«, sagte Rhiana in ihrer besten Imitation eines Schurken.

»Niemals!« Finni lachte und deutete einen Stich an. Als Rhiana zur Parade das Schwert hochnahm, warf sie sich nach hinten und zog ihre Füße in einem rückwärtigen Rad durch die Luft. Der dünne Stiefel der Elfe traf Rhiana am Kinn, aber der versehentliche Treffer war nicht der Rede wert.

Trotzdem kam Finni sofort zu ihr gesprungen: »Rhiana, das tut mir so Leid, ich wollte nicht …«

Die Kriegerin winkte ab und lächelte. »Nicht der Rede wert, nichts geschehen. Einer Kriegerin wie mir kannst du mit diesen Spielmannsschühchen nicht wehtun!«

Finni lächelte erleichtert, musterte aber Rhianas Gesicht auf der Suche nach Wunden. »Und du tust auch nicht nur tapfer?«

Die blonde Frau blickte auf die viel kleinere Gauklerin hinab und war versucht, ihr beruhigend übers Haar zu streicheln. Obwohl die zierliche Frau nicht viel jünger war als sie selbst, kam sie ihr wie ein Schutz suchendes Kind vor. »Bei den Kämpfen mit Tjalmar setzte es regelmäßig richtig Dresche«, sagte sie und knuffte Finni gegen die Schulter.

»Hören wir auf für heute, es ist schon fast dunkel.«

Finni nickte und verstaute ihre Dolche wieder in der Tasche.

»Es wird Zeit, dass wir uns auf den Weg machen. In Havena wartet man sicher schon auf uns – wir sind immerhin seit fast einer Woche im Wald.« Rhiana blickte Finni an. »Das heißt, wenn du immer noch mit mir gehen willst.«

Finni kam zu ihr. »Um nichts in der Welt könnte ich dich allein lassen.« Die knabenhafte Frau legte die Arme um Rhianas Leib, drückte sie fest, und Rhiana erwiderte die Umarmung nach kurzem Zögern. »Allein machst du doch nur Unfug!«, setzte Finni hinzu, und Rhiana gab ihr eine sanfte Kopfnuss dafür, als sie sich wieder voneinander lösten.

»Also, dann ist es beschlossen! Morgen früh brechen wir auf«, verkündete Rhiana und ließ sich neben Eisfell auf das Moos sinken. »Dann kriegst du auch wieder was Ordentliches zu fressen.«

Der Hund hob den Kopf, schaute Rhiana verschlafen an, ließ sich dann brummend auf die Seite fallen und schob sie ein Stück mit den Füßen von sich weg, als er sich streckte.

Finni ging zu dem kleinen Teich, zog sich aus und stieg hinein, um sich zu waschen. »Glaubst du, die kommen noch mal wieder?«

»Du meinst Lando und seine Leute?«

Finni nickte.

Rhiana zuckte mit den Schultern. »Weiß ich nicht. Ich hoffe nicht. Offensichtlich haben sie ja nicht gefunden, was sie suchten. Möglich, dass sie noch einmal herkommen und weitersuchen. Oder sie haben es aufgegeben. Aber wir können ja auch nicht ewig hier im Wald hocken und auf sie warten. Wenn es nur eine Möglichkeit gäbe, mit Maruna zu sprechen.«

»Meine Mutter konnte das«, sagte Finni, tauchte unter und prustend wieder auf.

»Sie konnte was?«

»Na, mit Leuten reden, die weit entfernt waren. Aber ich glaube, nur mit Elfen.«

Rhiana blickte die junge Frau zweifelnd an, aber andererseits wäre das nicht das Seltsamste, was man sich über Elfen erzählte.

»Sind die eigentlich wirklich so friedliebend, wie man immer sagt?«, fragte sie neugierig.

»Elfen?«, fragte Finni zurück, und auf die Zustimmung der Kriegerin hin sagte sie: »Die meisten. Aber natürlich gibt's auch bei denen Streit. Nur legen sie ihn meistens bei, ohne sich zu prügeln.«

»Wie denn dann?«, fragte Rhiana und reichte Finni ihre Kleidung an.

»In der Sippe meiner Mutter haben sie gerne ein Wettsingen veranstaltet. Wem die anderen dann bescheinigt haben, dass er schöner gesungen hat, der hat den Streit gewonnen.«

Rhiana verzog das Gesicht. Als Kriegerin, erzogen im Sinne Rondras und nach amazonischen Werten, konnte sie sich nicht vorstellen, einen Streit singend beizulegen. Vor allem, weil sie dann wohl immer verloren hätte. Man sagte ihr zwar immer wieder, sie hätte eine schöne Stimme, aber für Rhiana hörte sich jeder Ton aus ihrer eigenen Kehle wie das Krächzen eines Raben an.

»Manchmal haben sie aber auch einen Wettbewerb der Geschicklichkeit, Stärke und Schnelligkeit abgehalten. Einmal mussten zwei Prahlhansel sich zum Beispiel einen Wettlauf rund um ein vorher festgelegtes Gebiet liefern und danach noch einen schweren Stein auf einen Baum hinaufschaffen. Das war sehr lustig, weil sie beide nach dem Lauf schon so kaputt waren, dass sie sich lieber friedlich einigten, als auch noch die Strapazen der Baumbesteigung auf sich zu nehmen.« Finni lachte in Erinnerung an diesen Tag, wurde aber gleich wieder ernst.

»Am Tag darauf starb meine Mutter.« Sie seufzte schwer, aber dann erschien wieder ihr unermüdliches Lächeln auf ihren Lippen.

»Also, was machst du als Erstes, wenn wir in der nächsten Stadt sind?«

Rhiana brauchte nicht lang zu überlegen. »Ein heißes Bad«, sprudelte es aus ihr hervor. »Nein, doch eher einen Braten essen. Oder Honig. Oder eine frische Milch trinken.« Sie brach ab und lachte.

»Also Milch mit Honig zu einem Braten trinken, während du im heißen Wasser sitzt«, fasste Finni zusammen. »Ist da wohl noch ein Platz in diesem Zuber für mich?«

Rhiana lachte. »Das schon, aber wehe, du naschst von meinem Braten!«

Finni antwortete nicht, und als sich Rhiana zu ihr umblickte, schrak sie zusammen. Das Wasser des Teiches hatte sich selbstständig gemacht. Es wölbte sich hoch, wie ein riesiger, umgekehrter Tropfen, bevor er von der Dachkante fiel. Dann floss er plötzlich herab und offenbarte die Gestalt eines nackten, wunderschönen Mannes mit wasserblauen Haaren und ebensolchen Augen, von Rahja mit Wohlgestalt gesegnet an allen Stellen seines Körpers. Als Rhiana einen Blick zur Seite warf, bemerkte sie denn auch, dass Finni sich nicht sehr für das Gesicht des Mannes interessierte, sondern erstaunt woandershin starrte.

»Seid mir gegrüßt, Ihr Damen«, sagte er und seine Stimme ließ wohlige Schauer über Rhianas Haut wandern. Als er näher trat, trug eine sanfte Brise seinen schmeichelnden, aber auch zutiefst männlichen Geruch mit sich.

»Ich bitte untertänigst um Entschuldigung, wenn mein Auftreten Euch erschreckt haben sollte. Wie es scheint, habe ich einige Zeit geschlafen, dass ich die Anwesenheit solch wunderschöner Frauen nicht bemerkt habe.« Er kam noch näher heran, stand jetzt nur noch wenige Spann von den beiden Frauen entfernt, die ihn immer noch entgeistert anstarrten. Oder eher begeistert, wie Rhiana jetzt mit einem kleinen Schrecken bemerkte. Seine Gestalt war imposant, ohne grobgliedrig zu wirken, seine Haut war makellos, seine Augen tief wie ein See, aber mit aufrichtigem Blick. Als er jetzt die Hand hob, um sie den Frauen zu reichen, fand Rhiana auch diese ohne Fehl, groß und kräftig, aber schwielenlos. Sie konnte sich nicht recht erklären warum, doch es erschien ihr unmöglich, dass diese Hände jemals grob sein könnten.

»Eure Namen, werte Damen, damit ich sie in meinem Herzen von Stund an tragen darf?«

Rhiana streckte die Hand aus, schüttelte die des Mannes und sagte mit leiser Stimme: »Rhiana«. Als sie seine Haut berührte, stieg ein warmes Gefühl in ihrem Bauch auf, als hätte sie nach langer Zeit einen guten Freund wieder getroffen, doch dann wanderte das Gefühl in ihre Lenden und wurde zu aufsteigender Lust. Schnell ließ sie die Hand des Mannes los und machte einen Schritt zurück, erschrocken über ihre eigene Wollust.

Finni bemerkte von all dem nichts. Sie nahm nun

fast ehrfürchtig die Hand des Mannes und piepste: »Finni. Mein Name ist Finni. Und Eurer?«

Der Mann löste den Griff, und Finnis Hand folgte seiner Bewegung noch einen Augenblick nach, als wollte sie die Hand wieder einfangen. Was war denn nur los mit ihnen? Sie verhielten sich wie kleine Mädchen, die zum ersten Mal einen Ritter sahen. Oder schlimmer noch: wie alternde Witwen, die zu lange keinen Mann mehr abbekommen hatten.

»Was glaubt Ihr, was mein Name sein sollte?«, fragte das Feenwesen und legte den Kopf wartend schief.

»Rahjan«, sagte Finni nach kurzem Nachdenken.

Der Mann lächelte. »Dann ist er nun Rahjan. Seltsam, ich kannte dereinst eine Frau, ich liebte sie sehr und oft, die mich ebenso nannte. Sieht dieser Rahjan mir ähnlich?«

Was sollte man darauf antworten? Er sah wirklich wie Rahjas Sohn aus, darum passte der Name gut. Finni schien auch keine passende Antwort zu finden – seltsam eigentlich, dass die sonst so geschwätzige Halbelfin nun schwieg. Irgendetwas ging nicht mit rechten Dingen zu, aber wer wollte sich beschweren, wenn er mit einem solchen Traum von Mann zusammen sein konnte?

»Ihr habt prachtvolle Körper – warum verbergt Ihr sie in geflochtenen Pflanzen und Tierhäuten?«, fragte der Rahjan Getaufte und zupfte an Rhianas Hemd.

»Gegen die Kälte ...«, stammelte Finni, »und zum Schutz.«

»Aber hier ist es warm, und ich schütze Euch«, sagte der Mann und trat näher an Finni heran. Rhiana bemerkte erstaunt einen Stich von Eifersucht auf die Halbfelfin, die nun Rahjans volle Aufmerksamkeit genoss.

Er begann Finnis Hemd aufzuknöpfen, die das mit großen Augen geschehen ließ. Langsam näherten sich die Lippen der beiden einander an, während Rahjan sagte: »Und wenn Euch die Kälte schreckt, dann solltet Ihr noch ein paar Tage hier bleiben, bis der Winter in Eurer Welt vorbei ist.«

Dann küsste er Finni, die sich sofort darauf an ihn drängte und den Kuss erwiderte. Rhiana war drauf und dran, die beiden auseinander zu reißen, so eifersüchtig war sie und so sehr sehnte sie sich danach, dass sie die von ihm Geküsste wäre. Da sprang Eisfell zwischen den beiden hindurch und trieb sie so auseinander.

»Holla!«, rief Rahjan. »Was soll denn das, kleiner Freund? Hast du diese hier als die Deine in Betracht gezogen? Oder verlockt dich etwa ein Kuss von meinen Lippen?« Er lachte glockenhell, was Eisfell ein dumpfes Knurren entlockte.

»Nicht sehr vergnügt, Euer Hund«, sagte Rahjan und wandte sich Rhiana zu. »Ich bin nun gespannt, wie Eure Lippen schmecken, schöne Goldhaarige.«

Er kam langsam näher, aber durch die Vorfreude und die fast kindliche Aufregung, die Rhiana bei der Aussicht auf einen Kuss dieses – ihres – Traummannes empfand, grub sich die vage Erinnerung an etwas, das er gesagt hatte. Etwas über ihre Welt und über den Winter. Aber sein ebenmäßiges Antlitz, das sich ihr näherte, vertrieb all diese Gedanken – dies war der Mann, den zum Gemahl zu nehmen sie sich von Kindesbeinen an wünschte.

Irgendwo bellte ein Hund, aber das war nun wirklich nicht wichtig. Sie trat Rahjan einen Schritt entgegen, als plötzlich das Bild vor ihren Augen verschwamm. Es sackte auf Hüfthöhe ab, und sie sah sich selbst, zitternd und erregt wie ein Bauernmädchen vor dem ersten Kuss, doch ihr gegenüber stand nicht der schöne Mann, dem sie so entgegenfieberte. Es war eine Masse, die nach schlammigem Wasser roch, versetzt mit Algen und Wasserpflanzen, und eine vage menschliche Form besaß. Nun glitt sie auf jene Rhiana zu, die sie mit Eisfells Augen sah, und ein Arm glitt um die Hüfte der Frau, die sie mit einem Mal wieder selbst war. Sie sah nun nicht mehr Rahjan, sondern eine gekräuselte Wasseroberfläche, geformt wie ein Kopf, und wo sie die wunderschönen Augen vergeblich suchte, schwamm ein kleiner, schmuckloser Fisch umher. Der Zauber war gebrochen, und mit einem Laut des Ekels wich Rhiana zurück.

»Was schreckt Euch? Stinke ich aus dem Halse?«, fragte das Wasserwesen in einer Stimme, die klang wie ein murmelnder Bach, und lachte. Finni stimmte sofort in das Gelächter ein und trat wieder näher an den Feenmann heran, wohl in der Hoffnung, ihn nach Rhianas Ablehnung wieder ganz für sich zu haben. Die Augen der Halbelfin waren glasig und rot, denn sie starrten ohne zu blinzeln auf den vermeintlichen Traummann.

Wie ein Schlag traf Rhiana die Erinnerung an seine Worte. »Was meintet Ihr damit, dass wir den Winter in unserer Welt abwarten sollten?« Sie bemühte sich, der Fee noch nicht zu offenbaren, dass ihr Zauber nicht länger auf sie wirkte, und hielt ihre Stimme sanft und verwirrt.

»Nun, es ist hier immer Sommer, die Zeit steht still, nur Tag und Nacht wechseln sich ab. So können die Tiere des Waldes auch im bittersten Winter eine Zuflucht finden«, erklärte das Wesen, das Rhiana als Rahjan geliebt hatte.

»Dort ist die Schwelle.« Das Wesen wies auf zwei stämmige Eichen, durch die das Einhorn Rhiana getrieben hatte. »Wer sie übertritt, findet sich in der richtigen Welt wieder. Aber dort wollt Ihr nicht hin, glaubt mir! Es ist nass und regnerisch dort, der Herbst ist fortgeschritten, und in dieser dünnen Kleidung würdet

Ihr vermutlich wirklich frieren!« Er kam wieder näher. »Doch dann könnte ich Euch wärmen.«

Für einen Moment legte sich wieder das verlockende Äußere Rahjans über die Wassermassen, aber die Kriegerin schüttelte den Kopf und konzentrierte sich auf die Bedeutung seiner Worte.

Herbst, sagte er. Als sie die Lichtung vor wenigen Tagen betreten hatten, war es Hochsommer gewesen. Während Finni von ihrer Verletzung genesen war, mussten in der Welt außerhalb dieser Lichtung Monate vergangen sein. Zeit genug für Lando und seine Schergen, den ganzen Wald zu durchsuchen. Wer wusste, was alles geschehen war in diesen Tagen, die der Rest Aventuriens als Wochen erlebt hatte.

Rhiana wich vor dem unbeholfen grabschenden Wasser zurück und packte Finni bei der Schulter. »Wir müssen gehen«, zischte sie der Halbelfin zu.

»Aber nein! Ich möchte bei Rahjan bleiben«, sagte Finni mit schwerer Zunge.

»Das geht nicht«, sagte Rhiana und zog die Elfe hinter sich her zu ihren Sachen. Die Pferde fielen ihr ein. Die armen Tiere waren vielleicht verhungert, gerissen, erfroren. Sie zog noch heftiger am Hemd ihrer Gefährtin. Jeder Augenblick, den sie hier verweilten, mochte Stunden oder Tage in der wirklichen Welt bedeuten und die Chancen schmälern, dass sie Rabe, Windspiel und Sturmbraut retten könnten.

Finni riss sich los. »Lass mich, du neidische Ziege! Nur weil er mich geküsst hat und dich nicht! Wenn du gehen willst, dann geh, aber ich bleibe hier!«

Sie strebte wieder zu dem Wasserwesen, das einladend seine fließenden Arme öffnete, nein, sie aus der Wassersäule seines Körpers bildete, wie Schnecken ihre Augen ausfuhren.

Rhiana schüttelte die Halbelfin. »Das ist kein Mann, Finni, das ist ein Wassergeist! Komm zu dir!«

Finni blinzelte, aber da rief die Fee: »Nein, Ihr werdet nicht gehen!«

Finnis Blick ruckte zu der unnatürlichen Gestalt zurück, und das weggetretene Lächeln erschien wieder auf ihren Lippen. Rhiana schlug ihr eine harte Ohrfeige. Da endlich kam die junge Frau zu sich und fuhr Rhiana verwirrt an: »Wofür was das denn?«

»Wir müssen hier weg«, drängte Rhiana, und als Finni jetzt zu dem Wassermann schaute, schrie sie erschrocken auf.

Rhiana klaubte ihre Sachen zusammen und reichte die von Finni an die verstörte Halbelfin weiter.

»Aber meine Damen? Ihr wollt doch in Wirklichkeit gar nicht gehen. Seht Euch um – egal was euch da draußen lockt, es kann niemals so schön sein wie diese Lichtung oder meine Gegenwart!« Das Gurgeln des Wesens wurde drängender, und Rhiana beeilte sich noch mehr.

»Schnell!«, drängte sie Finni.

»Niemand verschmäht mich!«, donnerte das Wesen plötzlich, und ein lautes Rauschen erklang. Rhiana wirbelte herum zu dem Teich, dessen Wasser wie eine Welle an das Ufer schlug und gischtschäumend über die Wiese schwappte. Überall quoll Wasser aus dem Boden, und im Nu waren die Sachen, die sie noch nicht in die Rucksäcke gestopft hatte, in brackig schwarzem Wasser verschwunden.

»Mein Bogen!«, rief Finni entsetzt, aber Rhiana zog sie in Richtung der beiden Eichen.

»Egal«, rief sie über das laute Tosen des Wassers, das noch immer unvermindert aus dem Boden und dem Teich herausdrängte und auf sie herabregnete. Sie stolperten über die matschige Wiese, die nun so gar nichts mehr mit dem Idyll zu tun hatte, in dem sie die letzten Tage verbracht hatten.

Rhiana stolperte und warf Finni mit um, als sie sich

an ihr festhalten wollte. Mühsam, von dem Wasser fast mitgerissen, das in den die Lichtung umgebenden Wald abfloss, kämpften sie sich wieder auf die Beine und mussten erschrocken feststellen, dass die nun deutlich größere Gestalt des Wassermannes, aufgepeitscht und wirbelnd, nur noch entfernt menschenähnlich, den Durchgang durch die beiden Eichen versperrte.

»Niemand verschmäht mich«, donnerte seine Stimme, und das Wasser vibrierte mit jedem Ton.

Rhiana blickte sich verzweifelt um, aber über dem herabregnenden Wasser konnte sie keine andere Stelle sehen, wo der Waldrand passierbar gewesen wäre – und wer wusste, ob sie irgendwo anders überhaupt aus der Feenwelt entkamen und nicht auf ewig in ihr herumirren würden, verfolgt vom wütenden Wassergeist.

»Hindurch«, brüllte Rhiana Finni zu. Als diese sie ungläubig anstarrte, wiederholte sie, befehlender: »Hindurch!«

Sie lief los, so schnell sie es im fast kniehohen, schlammigen Wasser schaffte, und sprang kopfüber in den Leib des Wassermenschen. Er bot kaum mehr Widerstand als ein aufgewühlter See, und ehe sie es sich versah, war sie durch ihn hindurch geglitten und schlug auf harten, trockenen Waldboden auf. Es war hell auf dieser Seite der Schwelle.

Sie sprang auf, drehte sich um und sah auf eine Wand aus wirbelndem Wasser, den Rücken des Wassergeistes, wenn man so wollte, aber von dem abfließenden Wasser war hier keine Spur. Sie sah einen Schemen größer werden, dann glitten Finnis Arme und ihr Oberkörper durch den Wasservorhang. Doch plötzlich wurde ihre Bewegung gestoppt, als sich Algen um ihre Beine schlangen und sie langsam wieder in das Wasser hineinzogen. Rhiana sprang vor, packte den Arm der Halbelfin und zog. Stück für Stück zerrte sie Finni aus dem Wasservorhang, aber immer neue Algen schlossen sich um die schlanken Gliedmaßen der Frau und zogen kräftiger. Verzweifelt stemmte sich Rhiana gegen eine der Eichen und schaffte es schließlich, mit einem Ruck die Elfe aus dem Wasser zu ziehen, doch ihre Beine waren noch immer grün umwunden, und die Pflanzen schleiften sie wieder auf den Wasservorhang zu. Rhiana zog ihr Schwert und hackte auf die grünen, faserigen Fäden ein, bis die Halbelfin befreit war. Im selben Augenblick schoss Eisfell mit angelegten Ohren durch das Wasser, plumpste zu Boden, sprang auf und bellte das Wesen wütend an. Eilig zog Rhiana ihre Gefährtin von dem Wasser weg und auf die Beine. »Lauf«, mahnte sie.

Sie hielten erst an, als die Eichen nicht mehr zu sehen und das Rauschen des Wassers nicht mehr zu hören waren. Schwer atmend, klatschnass und in der kalten Luft fröstelnd lehnte sich Rhiana an einen Baum. Sie schaute zum Himmel, der hier nur in einer schmalen Lücke der dichten Baumkronen zu sehen war. Er war mit grauen Wolken bedeckt, die tief hingen. Wirklich und tatsächlich Herbst.

Ihr fielen die Reittiere wieder ein. »Schnell, wir müssen zu den Pferden.«

Finni schaute sich um, drehte sich im Kreis und fragte dann: »Aber wo geht es lang?«

Auch Rhiana suchte nach einem Hinweis, in welcher Richtung der Ort liegen konnte, an dem sie die Tiere angebunden hatte – oder zumindest der Waldrand –, aber die Tannen, Kastanien und Buchen um sie herum sahen in jeder Richtung gleich aus.

»Ich weiß es nicht«, sagte Rhiana niedergeschlagen.

»Hast du dir denn den Weg nicht gemerkt?«, fragte Finni schlotternd und verschränkte die Arme vor der Brust, im sinnlosen Versuch, sich zu wärmen.

Rhiana verzog den Mund. »Das Einhorn hat mich

geführt, ich habe nicht aufgepasst. Ich dachte, du wärst so gut wie tot, und außerdem ... Selbst wenn ich mir den Weg hätte merken können – was nützt einem das in diesem vermaledeiten Wald, der sich ständig ändert?« Sie schrie wütend auf und trat gegen einen Baum.

»Die Bäume zu verprügeln hilft uns jetzt auch nicht weiter. Wir gehen da lang.« Finni zeigte in eine Richtung. »Lass uns einfach versuchen, immer geradeaus zu gehen, dann werden wir irgendwann schon an den Waldrand kommen. Hier holen wir uns nur den Tod!«

Rhiana nickte und kämpfte die Tränen zurück. Sie hatten Monate verloren. Vielleicht waren Maruna, Neel und all die anderen schon tot, vielleicht hatten dieser Lando und sein Magierfreund das Schwarze Auge an sich gebracht und ihr schändliches Werk – wofür auch immer sie das Artefakt brauchten – bereits vollbracht. Aber wie hatte Tjalmar immer gesagt: Es lohnte nicht, sich über ein verfehltes Ziel zu ärgern – man durfte nur nie aufhören, neu anzulegen.

Sie stapften schon seit Stunden durch den Wald. Rhiana hatte das Gefühl, ihre Haut wäre nicht mehr an ihrem Körper, so kalt und gefühllos war sie geworden. Die Kleidung war noch immer klamm, denn in dieser Kälte und mit dem Nebel, der in der Luft lag, konnte sie gar nicht richtig trocknen. Sogar Eisfell trottete kraftlos vor sich hin, aber stehen bleiben oder sich hinsetzen wäre womöglich ihr Ende gewesen. Es wurde schon wieder dunkel – in dieser Welt.

»Ich kann nicht mehr, Rhiana, lass uns eine Pause machen«, stöhnte Finni und lehnte sich an einen Baum.

Sie hatten schon vor einer Weile aufgehört, sich Wege durch Dickichte zu bahnen oder Gebüsche zur Seite zu hacken. Es war einfach zu anstrengend. Stattdessen waren sie dort durch den Wald gegangen, wo er mehr oder weniger einen Weg ließ. Rhiana war sicher, dass sie sich verlaufen hatten, aber das war auch nicht weiter verwunderlich, wenn man nicht wusste, von wo man losgegangen war, und keinen blassen Schimmer hatte, wo man hinwollte.

»Wir haben schon zu viel Zeit verloren«, sagte sie verzweifelt und zog Finni am Arm. »Komm schon, nur noch ein Stückchen. Vielleicht ist da vorn schon der Waldrand.«

Finni schnaubte nur, und auch Rhiana konnte es nicht wirklich glauben. Der Wald zeigte zwar regelmäßig ein neues Gesicht, aber spätestens beim nächsten Tannicht wussten sie nicht mehr, ob sie nun im Kreis gegangen waren oder sich die dicht stehenden Nadelbäume einfach nur ähnelten.

Die alten Hilfen – beispielsweise, dass man sich am Moos der Bäume orientierte – hatten hier keinen Wert, denn die Bäume waren meist rundum vom weichen Filz der Natur umgeben.

»Lass uns einen sicheren Rastplatz für die Nacht suchen, Rhiana. Es nützt uns doch nichts, wenn wir todmüde in eines der Ungeheuer dieses Waldes stolpern!«

Rhina blickte ihre Begleiterin an. Die Augen waren von tiefen Rändern der Müdigkeit umgeben, ihre Glieder zitterten vor Kälte und Erschöpfung, in ihrem schwarzen Haar steckten Äste, und Schrammen von den kleinen, scharfen Ästen verunzierten ihre Wangen und Hände. So wie Rhiana sich fühlte, sah sie selber vermutlich auch nicht besser aus.

»Du hast Recht«, gab sie zu. »Lass uns einen Unterschlupf suchen.«

Sie näherten sich gerade einer viel versprechenden, trockenen Stelle unter einem weit ausladenden Apfelbaum. Rhianas Magen knurrte, und jetzt hätte sie auch für einen saftigen Apfel schon ihr Bad aufgegeben.

»Das hier …«, sagte Finni, als hinter ihr ein roter Fleck durch das Grün huschte.

Rhiana warf die verdutzte Elfe zu Boden und wisperte: »Still!«

Im nächsten Augenblick zischte der rote Vogel mit den langen Schweiffedern nur wenige Schritt neben ihnen durch den Wald. Er schien sie nicht bemerkt zu haben, aber vielleicht scherte ihn ihre Anwesenheit auch einfach nicht.

Doch die Horde von Männern, die ihm hinterher stapften, die wäre ganz sicher an ihnen interessiert: Es waren Lando mit seinen Schurken, aber der Magier befand sich offenbar nicht bei ihnen.

Finni wies auf den Trupp, und Rhiana nickte. Egal wie müde sie waren, sie mussten ihnen folgen. Vielleicht hatte es eine Macht im Farindel so gefügt, vielleicht waren es die Götter gewesen. Wer auch immer für diesen Zufall verantwortlich war, er hatte Rhianas Dank – Lando würde niemals durch den Farindel laufen, wenn er nicht immer noch auf der Suche nach dem Schwarzen Auge wäre.

Also setzten sie sich in Bewegung, sobald der Letzte des Trupps ihr Versteck passiert hatte – es war ein rundlicher, dünnhaariger Mann, der schwächlich wirkte, obwohl er wenig älter als fünfundzwanzig Sommer sein konnte. Seine Lederrüstung war abgeschabt und saß so eng, dass zwischen Vorder- und Rückteil ein Spalt blieb und sich sein Speck zwischen den Riemen herausdrückte. In den folgenden Stunden lernten Finni und Rhiana den Rücken und den Hinterkopf dieses Soldaten gut kennen, hätten wohl jede Narbe auf seiner Haut und jeden Striemen auf seiner Rüstung auswendig aufmalen können, während sie ihm hinterher schlichen.

Mittlerweile war die Praiosscheibe verschwunden, und die Dunkelheit des Farindel machte sich breit. Der

Trupp zog Fackeln hervor, entzündete sie und schritt weiter voran – offensichtlich fühlten Lando und seine Schergen sich so sicher, dass sie auch die Nacht im verwunschenen Wald nicht mehr fürchteten. Ob das mit ihrem geflügelten Führer zusammenhing? Hatten sie es geschafft, sich den Farindel untertan zu machen oder einen Schutz gegen seine Gefahren zu finden? Aber wie sollte ihnen das gelungen sein, ohne die magische Kraft ihres geckenhaften Zauberers?

Doch egal, was der Grund war, der rote Vogel führte die Mordgesellen immer weiter in den Wald, und kein Tier und auch keine unnatürlichen Pflanzen hinderten sie auf ihrem Weg.

Als die Gruppe eine Lichtung passierte, die im bleichen Licht des Madamals lag, blieben Rhiana und die Halbelfin vorsichtshalber zurück. Wenn Lando sie entdeckte, würde er die Gelegenheit nutzen, um sie einen Kopf kürzer zu machen, und in ihrem momentanen Zustand wären sie ihm leichte Beute.

Erst als der dickliche Soldat, den Rhiana für sich Mondgesicht getauft hatte, im Wald verschwand, machten sich die Frauen geduckt daran, die Lichtung zu überwinden.

Sie gelangten bis in die Mitte, als sich aus dem Gras um sie herum kleine, schwarze Punkte erhoben und sie umschwirrten. Ein unangenehmes Summen ging von ihnen aus, und Rhiana dachte zuerst an Käfer oder Fliegen, aber dann erhob sich eines der Wesen vor ihren Augen, und sie schreckte zurück. Das Wesen hatte den Leib eines Käfers, schwarz glänzend, mit langen Stacheln an den Beinen und am Bauch. Seine Flügel waren kaum sichtbar, so schnell bewegten sie sich, um den runden Körper in der Luft zu halten. Doch was Rhiana erschreckt hatte, war das Gesicht des Insekts: Es hatte winzige, menschliche Augen und eine mit Haut bedeckte Stirn.

Das Summen veränderte sich in seinem Ton und wurde zu einem auf und ab wogenden Geräusch. Rhiana packte Finni und zog sie hinter sich her auf den Waldrand zu. Diese Wesen mochten so erschreckend und widerwärtig sein wie sie wollten, aber die beiden jungen Frauen mussten aufschließen, wenn sie den Feind nicht aus den Augen verlieren wollten.

Doch schon nach wenigen Schritten musste Rhiana stehen bleiben, weil Tausende, wenn nicht Zehntausende dieser Kreaturen einen dichten Vorhang vor ihr bildeten.

Das Summen veränderte einmal mehr seinen Ton, und diesmal erkannte Rhiana ein Wort in den Geräuschen der Käferwesen, das stetig wiederholt wurde: »Tribut, Tribut, Tribut.«

Rhiana stolperte fast über Eisfell, der sich mit gesträubtem Nackenfell, eingeklemmtem Schwanz und hochgezogenen Lefzen knurrend um ihre Beine drängte. Er war ein bemerkenswertes Tier, aber doch trotz allem eben ein Tier und reagierte ängstlich auf einen Gegner, den er nicht einschätzen konnte.

»Hörst du das auch?«, fragt Finni und machte einen verunsicherten Schritt zur Seite. Die Mauer dünnte nur unmerklich aus, als sie sich streckte, um beiden Frauen den Weg zu versperren.

»Ja«, gab Rhiana zurück und fragte dann: »Was wollt ihr denn für einen Tribut?«

Das Stakkato des Summens wechselte erneut, und es dauerte eine Weile, bis sie wieder ein Wort heraushören konnten: »Blut, Blut, Blut!«

Rhiana wich zurück, aber nicht schnell genug. Mit einem gewaltigen, hornigen Brummen stürzte die Wand aus Käfern über ihnen zusammen, und im nächsten Augenblick spürte Rhiana Abertausende winziger Dornen, die sich in ihre Haut bohrten, und Käfer, die unter ihr Hemd und in ihre Hose krochen. Sie presste verzweifelt die Hände auf das Gesicht, damit keins der Tiere durch Mund oder Nase in sie hineinkriechen oder ihre Augen verletzen konnte, und ließ sich geistesgegenwärtig fallen. Doch so oft sie auch hin und her rollte und knackende Käferleiber zermalmte, das Brummen ließ so wenig nach wie die Pein der unzähligen Nadeln in ihrem Fleisch.

Plötzlich ließen die Kreaturen von ihr ab. Vorsichtig öffnete sie die Augen, nur um sie gleich darauf wieder geblendet zu schließen. Blinzelnd gewöhnte sie sich an das plötzliche Licht und sah Finni vor sich stehen. Gesicht und Arme waren von einem Muster an winzigen Schnitten überdeckt, aber auf dem angestrengten Gesicht der Halbelfin lag trotzdem ein Glanz des Triumphes. Über ihrer geöffneten Hand schwebte ein gleißender Lichtball und hielt die wütend brummenden Käfer auf Abstand. Wie an einer unsichtbaren Wand entlang flogen sie außerhalb des Lichtkreises umher, und wo einer sich hinein traute, zerfiel er zu dunklem Staub.

»Weg hier, nur weg!«, sagte Rhiana, und Finni nickte stumm. Schnell liefen sie bis zum Waldrand, fanden im hellen, magischen Licht der jungen Frau schnell die Spur der Schurken und folgten ihr eilig einige Schritte in den Wald.

»Mit diesem Licht sehen sie uns auf Meilen kommen«, sagte Rhiana.

»Ich kann es jederzeit beenden, aber können wir sicher sein, dass uns diese kleinen Ungeheuer nicht verfolgen?« Finni starrte angestrengt in Richtung Lichtung, die aber zwischen den dichten Bäumen und im Dunkeln außerhalb des Lichtkegels nicht mehr zu erkennen war.

»Wenn sie es tun, machst du diese Zauber einfach noch mal«, schlug Rhiana vor und betrachtete mit verzogenem Gesicht ihre Unterarme, auf denen sich unzählige winzige Striemen befanden, auf denen das Blut aber bereits wieder getrocknet war. Die Reste der toten Käfer lösten sich im Licht in Staub auf, hinterließen auf dem Leder ihrer Kleidung jedoch trotzdem dunkle Flecken. Rhiana blickte auf, als Finni nicht antwortete, und sah, dass ihre Freundin schamrot im Gesicht war.

»Was ist denn?«, fragte Rhiana erstaunt.

Finni druckste etwas herum und gestand dann ein: »Es ist das erste Mal, dass dieser Zauber funktioniert hat. Er ist angeblich einer der simpleren, aber ich bekomme ihn normalerweise einfach nicht hin.«

»Vielleicht hast du jetzt den Dreh raus?«

»Oder auch nicht – und dann werden wir bei lebendigem Leib von Käfern aufgefressen«, erwiderte Finni.

»Ich vertraue dir«, sagte Rhiana und berührte sie an der Schulter. Im nächsten Moment zuckte sie zusammen, weil sich unter ihrer Hand etwas bewegte.

»Da ist noch einer«, rief sie und drosch mit der Faust auf Finnis Schulter, die unter dem Schlag in die Knie ging und sich mit einem Schmerzenslaut beschwerte, der sich über das Knacken des Käfers legte.

Finni verzog angeekelt das Gesicht. »Pfui, es läuft mir den Rücken runter!«

Das Gesicht der Halbelfin war so verdrießlich und sah dabei auf eine kindliche Art putzig aus, dass Rhiana loslachen musste. Finni starrte sie einen Augenblick ärgerlich an, aber dann glätteten sich ihre Züge, und sie begann ebenfalls zu lachen. Nach einem kurzen Augenblick legten sich beide Frauen die Hände vor den Mund und erstickten ihr Gelächter zu einem leisen, fast mädchenhaften Kichern.

»Lösche das Licht, Finni«, sagte Rhiana, als der Lachanfall vorbei war.

Finni schaute auf ihre Hand und nickte. Langsam verblasste das Gleißen, und danach war es für einen Moment pechschwarz. Rhiana wartete mit angehaltenem Atem, aber das Brummen der Kreaturen blieb aus, und endlich hatten sich auch ihre Augen wieder an das matte Licht des Mondes gewöhnt.

»Die verschiedenen Käfer des Farindel sind wohl keinem wohl gesonnen«, sagte Finni, während sie mit schweren Gliedern, aber eilig die Spur der Männer verfolgten.

Rhiana nickte. Erst die Riesenkäfer, nun das – blieb nur zu hoffen, dass der Farindel nicht noch einen Eimer mit vielbeinigen Schrecken über ihnen ausleeren würde.

Es dauerte nicht lange, bis sie die Männer eingeholt hatten und Mondgesicht, der immer noch am Ende des Trupps lief, wieder auf den Rücken und sein teigiges Hinterteil starren konnten.

Plötzlich hielten die Männer inne und versammelten sich auf einen leisen Ruf Landos um ihn. Der rote Vogel war verschwunden, und auch sein helles Kreischen war nicht mehr zu vernehmen. War man am Ziel der beschwerlichen Reise angekommen?

Finni deutete auf einen Wildpfad, der seitlich von ihnen verlief und augenscheinlich im Bogen um die Männergruppe herumführte. Die Spuren deuteten auf Wildschweine und Rotwild hin, das sich hier einen Weg durch den Wald gebahnt hatte. Rhiana nickte und schlich geduckt weiter.

Vor ihnen öffnete sich eine große Lichtung, die zur Mitte leicht abfiel, wo ein kleiner Bach über runde Steine murmelte. Moosbewachsene Findlinge erhoben sich hier und da aus dem grasbedeckten Boden, und ein schwarzer, vom Blitz gespaltener Baumstamm stand auf der Wiese. Am Rand des Baches wuchs zudem eine große, knorrige, blattlose Weide.

»Ist das nicht …«, setzte Finni an und deutete auf den Baum. Rhiana nickte, bevor Finni den Satz ausgesprochen hatte, und flüsterte, während sie sich ein

Stück weiter in die Büsche am Waldrand zurückzog: »Ja, das ist der lebende Baum.«

Es war unverkennbar dieses Baumwesen, das sie schon an Finnis Krankenlager besucht hatte. War es Zufall, dass Lando ausgerechnet hier vorbeikam?

Lando und seine Leute betraten die Lichtung und erhellten sie mit ihren Fackeln. Ein Schaudern ging durch den Stamm des Baumes, aber die suchend umhergehenden Soldaten schienen es nicht bemerkt zu haben. Es waren zehn – Rhiana konnte sie endlich zählen – und allesamt in eine hellblaue Uniform oder zumindest einen solchen Überwurf über einem schmucklosen Brustpanzer gekleidet. Als Waffen trugen die meisten ein Schwert oder einen Säbel. Nur Lando, der anhand seines verzierten Kürasses als Hauptmann zu erkennen war, hielt in der Hand – offenbar mühelos – eine schwere, zweiblättrige Streitaxt.

Die Soldaten liefen über die Lichtung, leuchteten unter jeden Strauch, krochen auf und unter den Findlingen umher, aber sie fanden nicht, was sie suchten.

»Hauptmann Lando, hier ist nichts! Die Hexe hat uns den Flussfischer gemacht!«, rief einer der Soldaten.

›Den Flussfischer machen‹ – so nannte man es in Havena, wenn jemand dick auftrug und Lügen erzählte. Aber welche Hexe gemeint war, wusste Rhiana nicht. Vielleicht hatte Lando eine der naturliebenden Frauen dazu gezwungen, ihm das Versteck des Schwarzen Auges zu verraten.

»Es muss hier sein, sucht weiter«, brüllte Lando ungehalten.

»Ich verstehe nicht so ganz, warum wir nicht einfach das Lager der Umstürzler niedermachen. Warum kriechen wir hier herum und suchen etwas, von dem wir nicht mal wissen dürfen, wie es aussieht?«, fragte Mondgesicht und lehnte sich schnaufend an einen Findling, um sich Schweiß von der Stirn zu wischen.

»Weil damit der Anführer der Umstürzler gefunden werden kann. Jetzt sucht weiter!«, blaffte ihn Lando an.

»Aber könnten wir dazu nicht einfach einen der Verschwörer befragen, wenn wir sie gefangen haben?«, fragte Mondgesicht weiter.

»Jetzt hab ich aber die Faxen dicke!«, bellte Lando, setzte mit einem überraschend gelenkigen Sprung über den kleinen Bach und hackte ansatzlos dem vor Schreck erstarrten Mondgesicht den Kopf herunter. Das Axtblatt schlug Funken auf dem Stein hinter dem Mann, und während sein Kopf den leichten Hang bis in das sanft fließende Wasser rollte, sackte sein Körper Blut spritzend zusammen. Der rote Lebenssaft benetzte das Moos des Findlings und lief dann daraus wie Saft, den man aus Beeren presste.

Rhiana konnte den erschrockenen Blick nicht abwenden, auch wenn sie ob solcher unmenschlicher Gewalt gerne die Augen geschlossen hätte.

»Genug der Possen, macht sie nieder!«, rief Lando nun, und sofort stürzten sich sieben der Soldaten auf die zwei übrigen. Der eine war niedergestreckt, bevor er auch nur zu seiner Waffe greifen konnte. Der andere schaffte es, sein Schwert herauszureißen und mit wildem Fuchteln wenige Augenblicke dem Ansturm seiner ehemaligen Kameraden standzuhalten. Dann drehte er sich um und versuchte den Waldrand zu erreichen. Doch er kam nicht weit, denn einer der Soldaten zog ein Wurfmesser, warf und traf den Flüchtenden in den Oberschenkel. Der Mann schrie auf und schlug der Länge nach hin.

»Volltreffer«, rief der Messerwerfer begeistert, und im nächsten Augenblick waren die anderen über dem Niedergestreckten. Wie Schweine, die sich um den Trog drängten, umringten sie ihn und schlugen auf ihn ein, bis seine flehenden Schmerzenslaute verstummten. Dann lachten sie zufrieden und machten sich, den Toten nicht mehr beachtend, wieder an die Suche.

All das war zu schnell passiert, als dass Rhiana Zeit gefunden hätte, sich zu überlegen, ob sie den Angegriffenen zu Hilfe kommen sollte. Aber sie war sich auch nicht sicher, ob sie eingegriffen hätte – immerhin hatten sie nun drei Gegner weniger. Rhiana erschrak über ihre Gedanken – begann sie die Gewalt und das Töten bereits abzustumpfen gegen das Leiden von Menschen? Folgte sie dem Weg von Neel, der Amazone? Fügte sie sich dem Willen von Rondra, die in den Traumvisionen behauptete, ihre Mutter zu sein?

»Warum haben sie das getan?«, wisperte Finni, die ebenfalls erschrocken aussah.

»Ich nehme an, dass die armen Kerle nicht an der Verschwörung beteiligt waren«, mutmaßte Rhiana, behielt dabei aber Lando und seine Leute im Auge.

»Diese Schweine! Hätte ich nur meinen Bogen«, zischte Finni, und Rhiana sah, dass sie ihre Dolche gezogen hatte.

»Halte sie unterhalb der Blattlinie«, wies Rhiana sie an und drückte die rechte Hand ihrer Mitstreiterin nach unten. »Sonst spiegelt sich das Fackellicht darin, und sie entdecken uns.«

Finni nickte und verbarg die Dolche, aber ihr Blick auf die Männer blieb voller Abscheu und Wut.

Die Soldaten suchten weiter, aber sie wurden nicht fündig, und Rhiana merkte, wie ihr trotz der Aufregung immer wieder die Augen zufielen. Da rief einer der Soldaten, ein dürrer Kerl mit nur noch einer halben Oberlippe, nuschelnd: »Hier ist was!«

Er stand unter den Zweigen der Weide und leuchtete mit seiner Fackel nach oben in die Krone. Tatsächlich glänzte in einem Astloch in gut drei Schritt Höhe etwas silbern.

»Na, dann hol es raus«, rief Lando grob, aber es war auch freudige Erregung in seiner Stimme zu hören.

Der Soldat steckte die Fackel in den Boden und machte sich an den Aufstieg. Er hatte gerade die Hälfte hinter sich gebracht, da ging plötzlich ein Ächzen durch den Stamm der Weide, und ihre Äste gerieten in Bewegung. Der Soldat schrie erst erschrocken, dann schmerzerfüllt auf, als sich einer der Äste um sein Bein schlang und ihn mühelos vom Stamm zog. Er riss sein Schwert aus der Scheide und hackte auf das knorrige Holz ein, aber der Ast war zu dick und stark, die Hiebe glitten wirkungslos ab. Die Weide hielt einen kurzen Moment inne. Dann schlug sie den Mann wie einen nassen Sack wieder und wieder auf den Boden. Schon beim ersten Auftreffen verstummte der angsterfüllte Schrei des Soldaten, und seine Knochen brachen krachend.

Die übrigen Kerle standen mit vor Schreck geweiteten Augen bewegungslos auf der Lichtung und starrten auf die Weide, die den Toten nun achtlos fallen und die Äste wieder sinken ließ. Ein letztes Schaudern, dann konnte man das Wesen nicht mehr von einem normalen Baum unterscheiden.

Jetzt erst kam Bewegung in die Männer, aber sie formten sich nicht zum Angriff, sondern eilten auf den Rand der Lichtung zu.

»Halt!«, dröhnte Landos Stimme, und tatsächlich verharrten die Männer. »Der Erste, der die Lichtung verlässt, verliert beide Füße!«

Die Männer wandten sich unsicher um, den Blick zwischen dem Baum und ihrem Anführer wechselnd. »Zu mir!«, erging der Befehl, und die Männer sammelten sich um Lando, den sie allesamt um bald einen Kopf überragten.

Wie groß musste die Furcht dieser hart gesottenen Männer vor ihrem Anführer sein, wenn sie bereit waren, sich einem so monströsen Gegner zu stellen, nur um Landos Zorn zu entgehen.

»Wer mir das silberne Ding bringt, erhält für den Rest seiner Tage doppelten Sold«, verkündete der Hauptmann jetzt, und Rhiana konnte sehen, wie die Goldgier die Angst aus den Augen der Männer vertrieb.

Lando deutete auf einen der Männer. »Das Lampenöl!«

Der Mann verstand sofort, und auch Rhiana erkannte mit Schrecken, was die Männer vorhatten, doch Finni sprach es als Erste aus: »Sie wollen den Baum in Brand stecken!«

Rhiana nickte. Das konnten sie nicht zulassen, zum einen, weil es Unrecht war, zum anderen, weil Lando und seine Schergen auf diese Weise an das silberne Ding gelangten, das in dem Baum steckte und vermutlich das Schwarze Auge war – obwohl Rhiana nicht wusste, wieso es dann silbern sein sollte. Vielleicht steckte es in einer Schmuckschatulle.

Rhiana zögerte. Das waren sieben kampferprobte Männer und der gefährliche Lando gegen sie beide und Eisfell, ein Kampf, den sie nicht gewinnen könnten. Aber sie konnten auch nicht zulassen, dass dem Feind ein mächtiges Artefakt in die Hände fiel.

Rhiana spürte, wie sie ein ungekannter Mut erfasste. Die Müdigkeit und die Schmerzen der unzähligen Schrammen traten in den Hintergrund, verschwanden dann ganz, und mit ruhiger, gefasster Stimme sagte sie zu Finni: »Wir greifen an.«

Die Halbelfin blickte sie erstaunt an, aber was sie sah, gab ihr offensichtlich neuen Mut, denn auch aus ihren Zügen wich die Sorge, und sie fasste ihre Dolche fester.

Es war fast wie ein Wunder, dass die beiden Frauen ihre Erschöpfung so einfach vergessen konnten. Wer wusste es – vielleicht war es wirklich ein Wunder. Oder stärkte Rondra die Frau, die sie ausgesucht hatte, und ihre Begleiterin? Und gab es nicht diese Prophezeiung, dass Rhiana zu Großem bestimmt war? Wie auch immer – jetzt war nicht die Zeit für Grübeleien, sondern die Zeit des Kampfes.

»Für Rondra!«, sagte sie leise. »Und für Neel!« Dann zog sie blank und stürmte auf den ersten Soldaten in ihrer Nähe zu, der sich erst umwandte, als er ihren lauten Ruf hörte: »Schwert für Gerechtigkeit!«

Geistesgegenwärtig hob er das Schwert, um zu einem tödlichen Hieb auszuholen, aber das sollte das Letzte sein, was der Mann unternahm. Rhiana war schneller als er und stieß ihm ihre Klinge in den Leib.

Der Mann sackte mit einem verblüfften Gesichtsausdruck zusammen, und Rhiana verlor sich für einen Augenblick in den brechenden Augen. Sie hatte einen weiteren Mann getötet. Gern hätte sie es vermieden oder zumindest ein ehrenhaftes Duell vorgezogen. Aber ihre Amazonenlehrerin Neel hatte ihr eingebläut, dass man im Kampf mit mehreren Gegner so viele wie möglich so schnell es ging ausschalten musste, wenn man eine Chance haben wollte. In der Schlacht um die *Zuflucht* hatte sie sich nicht immer an Neels Worte gehalten. Aber dieses Mal gab es keine Neel, die ihre Schülerin beschützte. Rhiana musste für sich selber sorgen.

Während der Körper des Mannes auf den Boden rutschte, krachte eine Tonflasche mit Lampenöl auf den Baum. Der harzige Geruch der dicken Flüssigkeit breitete sich aus, und Rhiana sah, wie ein anderer Soldat, weit außerhalb ihrer Reichweite, eine Fackel schleuderte. Das Licht flog, sich überschlagend, durch die Luft, und der benetzte Baum fing Feuer, als die Flamme seine Äste erreichte.

Vor Rhiana wandten sich die Soldaten zu ihr um, und einer brüllte: »Angreifen!«

Aber im nächsten Augenblick wandten sich einige wieder dem brennenden Baum zu, der in Bewegung geriet. Finni erschien mit blitzenden Dolchen neben Rhiana und deckte ihre Flanke.

Die Weide brannte an vielen Stellen. Noch war nicht zu sehen, ob das Feuer auch auf die trockenen Äste und den Stamm übergriff oder sich nur vom Lampenöl nährte. Doch auch wenn der nun mit den Ästen – Rhiana war versucht, sie als Arme anzusehen – um sich schlagende Baum bis auf ein lautes Knarren keinen Ton von sich gab, der über das Prasseln der Flammen und die Rufe der Soldaten zu hören gewesen wäre, war Rhiana bewusst, dass er schreckliche Schmerzen erlitt.

Dann war der Moment der Ruhe vor dem Sturm vorbei, und drei Soldaten drangen auf die beiden Frauen ein. Den ersten Schwerthieb – er kam von einem hässlichen Kerl mit geschlitzter Nase – lenkte sie seitlich ab und ließ ihn in den Boden fahren. Der Hieb des anderen, eines gut aussehenden Burschen, hätte sie beinahe am Oberschenkel erwischt, aber im letzten Moment konnte sie nach hinten springen. Sie sehnte sich ihren Schild herbei, aber sie würde ohne das trutzige Holz auskommen müssen. Zum Glück war sie auch für den Kampf nur mit dem Schwert geschult.

Sie hörte Metall klingen, und aus dem Augenwinkel sah sie Finnis Gestalt über den Wiesenboden flirren. Die flinke Halbelfin parierte die Schläge nicht – sie war einfach nicht mehr dort, wo der Angreifer hinschlug. Aber im Gegenzug brachte auch ihr Gegner sein Schwert und einen breiten Dolch, den er in der anderen Hand trug, immer wieder zwischen die vorschnellenden Dolche und seinen Leib.

Rhiana schlug dem Hässlichen mit Wucht nach dem Arm, doch er konnte die Hand wegziehen, musste aber dafür sein Schwert im Boden stecken lassen. Dann riss sie ihre Waffe in einem Bogen hoch, und das Schwert sauste knapp vor dem Gesicht des anderen Angreifers vorbei, der sich duckte und seine Waffe wiedererlangte.

Sie hörte lautes Rufen und schaute über die Schulter des Schönlings zu dem Baum, der nun brennend hinter anderen Soldaten her kroch, aber zu langsam war, um sie einzuholen. Immer mal wieder schlug er peitschend nach einem Gegner, doch der konnte sich wegducken oder sprang außer Reichweite.

»Ergebt Euch, und ich lasse Euch alle Freuden der Welt erleben«, sagte der Soldat vor ihr, und als er jetzt mit der Zunge über seine Lippen leckte, erkannte Rhiana faulige Zähne in seinem Mund, die seinen üblen Atem erklärten. Sie riss das Knie hoch und traf ihn im ungepanzerten Schritt.

Der Mann sackte stöhnend in die Knie. Da hörte Rhiana Finnis Warnruf und warf sich zur Seite. Das Schwert des anderen Soldaten zischte durch die Luft, und statt Rhianas Rücken zu treffen, fuhr der Angreifer seinem eigenen Kumpanen mit der Klinge über den Arm.

Vor Schmerz wimmernd, blieb der zweifach Getroffene liegen, und Rhiana wandte sich ganz dem anderen Gegner zu, der jetzt mit listigem Grinsen einige Schritte zurückwich, ein Wurfmesser zog und es auf Rhiana schleuderte. Die Klinge sauste drehend durch die Luft. Rhiana wandte sich zur Seite, schlug mit dem Schwert zu und lenkte mit einem Klirren die Waffe aus der Bahn, dass sie Funken schlagend gegen einen der Findlinge trudelte. Rhiana blickte der Wurfwaffe mindestens ebenso verdutzt nach wie ihr Gegner, der jetzt einen weiteren respektablen Schritt nach hinten machte.

»Hört auf mit dem Herumhüpfen und holt euch diese Kerle«, brüllte Lando und wies mit der Axt auf die Frauen. Offensichtlich hatte er sie – schmutzig, verschrammt und sich im Kampfe schnell bewegend – noch nicht einmal als Frauen erkannt. Das war gut! Weniger gut war, dass nun die übrigen Soldaten sich auf die Frauen zu bewegten.

Rhiana zählte drei Feinde, die sich ihnen näherten. Hinzu kamen der Verletzte, der sich gerade wieder aufrappelte, und Finnis Gegner. Ein Mann war tot. Das machte zusammen sechs. Wo war der siebte?

Eisfells Bellen ließ ihren Kopf herumschnellen, und sie sah den Soldaten auf einem schräg aus der Erde ragenden Findling hocken, eine Armbrust im Anschlag. Doch statt zu schießen, blickte er überrascht auf den bellenden Hund, der sich mit aufgerissenem Maul auf ihn stürzte. Der Mann wich einen Schritt zurück. Der Hund traf ihn an der Brust. Während der Armbrustier ächzend von einem Findling stürzte und auf den steinigen Boden krachte, spuckte Eisfell hellblaue Uniformstücke aus.

Rhianas Aufmerksamkeit wurde wieder auf ihre Gegner gerichtet, als einer verwundert rief: »Hauptmann, das sind zwei Frauen.«

Lando lachte bellend und machte einige erstaunlich schnelle Schritte aus der Reichweite des gequälten Baumwesens. Die Weidenborke warf an einigen Stellen Blasen und war abgefallen, aber es war offensichtlich, dass ihr Holz nicht brannte wie das anderer Bäume.

»Wenn es Weiber sind, dann tötet sie nicht. Wir wollen doch unseren Triumph gebührend feiern, und dafür schlüpfe ich gerne in etwas Bequemes, Enges«, rief Lando und erntete das Lachen seiner Leute. Doch über das Geräusch legte sich ein wütender Schrei, der die Köpfe der Männer und dann auch den von Rhiana herumrucken ließ: Finni hatte aufgeschrien und dem überraschten Soldaten den Dolch in die Brust gestoßen, doch sie beließ es nicht bei einem Treffer. Sie stach immer wieder in den Leib des bereits sterbenden Mannes, so blitzschnell, dass sich das Geräusch der in den Körper fahrenden Klingen und das matte Singen beim Herausziehen zu einem einzigen Ton verwoben.

Erst als der Leib zusammensackte, ließ sie von ihrem Gegner ab und schaute aus großen, wutentbrannten Augen, die fast irr wirkten, um sich.

»Wer ist der Nächste?«, fragte sie, und Rhiana fühlte sich an die Geschichten von Tjalmar erinnert, wenn er von seiner Heimat Thorwal erzählt und die Walwütigen erwähnt hatte. Jene Seeleute gerieten im Kampf in einen solchen Rausch, dass sie nur schwer wieder zu bändigen waren und nicht selten nach dem Gegner auch die eigenen Leute angriffen.

»Holt sie euch!«, brüllte Lando, nun gar nicht mehr amüsiert. Seine Leute liefen los, überbrückten die Strecke bis zu den Frauen und hatten sie brüllend und mit erhobenen Waffen fast erreicht, als ein Donnern direkt über der Lichtung erklang und ein Blitz in einen der Findlinge einschlug. Dicke Brocken des Steins prasselten herunter und krachten auf den Rücken des Armbrustschützen, der sich eben ächzend wieder erheben wollte. Nun würde er für immer liegen bleiben, denn der größte der Steine hatte seinen Kopf aufgebrochen.

Die Kämpfenden verharrten einen winzigen Augenblick erschrocken und überrascht, aber lange genug, dass Eisfell ein lautes, wölfisches Heulen von sich geben konnte. Im nächsten Augenblick strömte Nebel mit ungeheurer Macht auf die Lichtung. Er war wie Mehl, das aus einem fallen gelassenen Beutel geblasen wurde, drängte in seiner Macht die Äste der Bäume nach vorne. Dann war die Lichtung angefüllt mit weißem Nebel, so dicht, dass man die Hand kaum vor Augen sah. Er verzerrte die erschreckten Rufe der Männer, und über den hallenden, verblüfften und ängstlichen Lauten lag ein lautes Zischen: Der Nebel löschte den brennenden Baum.

Rhiana orientierte sich in die Richtung, in der sie Finni vermutete, hielt aber das Schwert bereit, was eine weise Entscheidung war. Aus dem Nebel schräg vor ihr tauchte plötzlich einer der Soldaten auf, der sie erst verblüfft, dann wütend anschaute. Rhiana war schneller, schlug mit dem Schwert eine schnelle Serie von hohen, wuchtigen Schlägen, aber der Mann brachte seinen Säbel dazwischen, wanderte dabei aber wie gehofft mit seiner Abwehr immer höher, sodass Rhiana ihm bequem ihren Stiefel in den Bauch treten und ihn damit nach hinten in den Nebel senden konnte. Die Prinzessin setzte nach, aber der Gegner war wie vom Erdboden verschluckt. Sie wagte es nicht, nach Finni oder Eisfell zu rufen, denn der Feind könnte sie stattdessen vernehmen.

Sie fühlte sich allein und erkannte, dass dies trotz Finnis Anwesenheit oft das vorherrschende Gefühl der letzten Wochen gewesen war. Seit sie ausgezogen war, Tjalmar zu rächen, hatte sie sich auf einen einsamen Weg begeben. Die Reise mochte mit Gefährten wie Maruna, Neel oder Finni einfacher werden, manchmal sogar regelrecht angenehm, aber schlussendlich stand sie doch allein auf dem steinigen Weg, und niemand konnte die Schritte für sie setzen. Würde sie die verbliebenen Getreuen des toten Königs Arlos in die Heimat zurückführen und Großes in Aventurien vollbringen, wie es Marunas Prophezeiung wollte? Oder würde sie hier und jetzt schmutzig und wütend im Nebel von dem Schwert eines Vergewaltigers niedergestreckt werden? Es lag allein bei ihr. Noch vor den Göttern, vor Prophezeiungen, vor Freunden und Weggefährten war sie selber es, die über den Verlauf ihres Lebens bestimmte.

Plötzlich kam Wind auf, pfiff hohl durch den Nebel,

und im nächsten Moment zog sich das weiße Tuch um die Weide zusammen, die stark lädiert war. Einige Äste hingen schlaff herunter, wo der Stamm darum herum schwarz verkohlt war, an anderen Stellen war die Borke abgefallen und offenbarte darunter eine Art hartes Fleisch oder weiches Holz, je nachdem, wie man es sehen wollte.

Dann entstieg dem Nebel die Fee, die Rhiana und Finni bereits auf der ›Lichtung der Feenzeit‹ besucht hatte, wie Rhiana ihren Aufenthaltsort in einer Anwandlung für sich genannt hatte, für die sie sich nun kindisch schalt. Die Fee glitt aus dem Nebel, nahm Form an, und der Nebel folgte ihr nach wie eine im Wind aufgewehte lange Schleppe, als sie nun einige Schritte auf die Soldaten zuging.

»Wie könnt ihr es wagen«, sagte sie, doch diesmal klang ihre Stimme nicht lieblich, zart und verspielt wie damals auf der Lichtung, sondern rau und laut wie das wütende Brüllen unzähliger Tierkehlen. Rhiana widerstand der Versuchung, sich die Ohren zuzuhalten.

»Ich leite euch, ich schütze euch, ich hege euch, und ihr zahlt es mit Verrat heim?«, dröhnte die Fee.

Rhiana fragte sich, ob Finni und sie gemeint waren, war sich aber keiner Schuld bewusst.

»Ihr Menschen seid so schwach, dass mich dauert, euch wohlgesonnen zu sein«, fuhr sie fort. Ihre Gestalt wurde dichter und schwerer, landete auf dem Waldboden und drückte das Gras herunter. Rhiana bemerkte, dass der kleine Bach versiegt war, und sah erstaunt, dass er nun direkt in die Gestalt der Fee hineinfloss, aus seinem Bett heraus und den Berg hinauf.

Plötzlich wuchs eine armdicke Nebelschwade aus dem Leib der Frau und zischte neben Rhiana gegen einen der Soldaten. Der Mann hatte versucht, den Augenblick der Verwirrung zu nutzen, um die junge Kriegerin anzugreifen, aber jetzt war er in einem Käfig aus nebligen Stangen gefangen. Er hieb mit dem Schwert danach, und die Waffe durchdrang die weißen Gebilde, doch sie schlossen sich sofort hinter dem Stahl wieder. Er streckte die Hand aus, doch sie blieb an den Stangen hängen – das Gefängnis war für Fleisch undurchdringlich.

»Ihr habt genug Kampf und Zerstörung in den Wald gebracht. Geht auf dem schnellsten Wege und kehrt nie wieder, und ich will Gnade walten lassen!« Die Stimme der Fee war immer noch kraftvoll und laut, aber das Tierische war aus ihr gewichen. Sie glich nun mehr einem lauten Wintersturm.

Lando blickte Rhiana und Finni grimmig an. Dann schaute er weniger selbstsicher zu der Fee und an ihr vorbei auf die Weide, in deren Astloch, nun schwarz vom Ruß, immer noch das kleine, runde Ding steckte, wegen dem sie sich hier stritten.

Keiner der Anwesenden traute sich, eine Bewegung zu machen. Rhiana glaubte nicht, dass die Fee ihnen etwas antun wollte. Ihr Angebot war aufrichtig gemeint. Aber die beiden Frauen konnten nicht gehen, solange Lando und seine verbliebenen fünf Leute noch hier waren. Die Soldaten waren offensichtlich mehr als gewillt, der Aufforderung der Fee zu folgen, Lando hingegen war bei aller Verachtenswürdigkeit ein bemerkenswert willensstarker Mann. Er schaute der Fee eher trotzig als ängstlich entgegen, und seine Hand umklammerte die Axt, wohl in der Überlegung, sie der Fee in den Leib zu schlagen. Auf jeden Fall würde er nicht weichen. So waren sie also alle auf Gedeih und Verderb der Fee ausgeliefert.

Rhiana wollte gerade Worte an das Wesen richten, als aus dem dichten Unterholz ein riesiger Eber gestürmt kam und sich mit voller Wucht, mit dem Kopf voran, gegen die Weide warf. Das Tier war bald so groß wie Rabe, Rhianas stolzer Rappe. Seine Hauer schlugen in das Holz oder besser das Fleisch der Weide und rissen es auf, bis rotes, harziges Blut heraustrat. Die Weide wurde umgeworfen, im wahrsten Sinne des Wortes wie ein gefällter Baum, und mit lautem Krachen brachen einige der Äste ab. Der Eber grunzte und röhrte, und in seine Laute mischte sich das laute Krachen der zahlreichen hölzernen Arme, als sie begannen, auf den Eber einzuschlagen und blutige Striemen in sein borstiges Fell zu reißen.

»Sie!«, kreischte die Fee, und Wassertropfen stoben aus ihrer Form, als habe man einen Stein mit Wucht in einen Teich geworfen.

»Sie hat euch geholt«, schrie die Fee und zeigte anklagend mit dem Finger auf Lando, den sie wohl als Anführer erkannt hatte. Dann fuhr ihr Finger herum, und nebelige Arme griffen nach dem Eber, entrissen ihn der gewaltsamen Umarmung der Weide und schleuderten ihn quer über die Lichtung gegen einen Baum, der krachend unter dem Gewicht des stiergroßen Wildschweins umknickte.

»Ihr bringt mich dazu, uralte Regeln zu brechen, und ich mag euch nicht mehr dulden«, schrie sie nun mit einer Stimme aus Vogelgekreisch und Klauen auf Metall. Nebelfäden rasten in alle Richtungen auf die Soldaten und auch auf Rhiana und Finni zu, doch bevor der vermeintliche Angriff die Menschen treffen konnte, drängte ein dunkler Schatten aus dem Wald und schloss sich ringförmig um die Fee. Ihre Strahlen aus Nebel trafen auf die Schwärze, die wie gerußtes Eis als Schimmer in der Luft hing, und faserte auf. Dann schrumpfte das Dunkel zusammen und wurde eine Frau, die der Fee aufs Haar glich. Aber ihre Züge waren weniger fein modelliert, wie bei einer Statue, die ein Bildhauer schuf, ohne die Züge des Abzubildenden genau zu betrachten. Wie ein Wesen, das die Menschen nicht so lange studiert hatte, bevor es ihre Form annahm. Und doch glichen sich die beiden Feen unverkennbar, als wären sie Schwestern.

Seltsame Gesänge erklangen um Rhiana herum, und erst, als sie ihr Ohr schon lang passiert hatten, erschloss sich ihr die Bedeutung der Feenworte.

»Du hast Regeln gebrochen, meinem Eber geschadet«, sagte die Hinzugekommene, die Rhiana ›dunkle Fee‹ taufte.

»Weil er meine Weide angriff«, verteidigte sich die Herrin des Baumwesens, die Rhiana als ›lichte Fee‹ empfand.

Sie blickte sich erstaunt um, aber auch Finni und sogar Lando und seine Leute schienen die Worte verstehen zu können. Vielleicht wollten die Feen es so, vielleicht war es ihnen aber auch egal. Vielleicht konnte jeder die Feensprache verstehen, wenn er sie hörte. Im Grunde war dies nicht wichtig. Auf jeden Fall war es zugleich unangenehm und sanft lockend, die Bedeutung im Kopf zu spüren, während der sanfte Gesang der Worte die Ohren sausen und klingen ließ.

»Das tat er immer, das ist seine Bestimmung«, sagte die dunkle Fee.

»Sie waren immer schon gleich stark, und du hast als Erste eingegriffen«, warf ihr die andere vor.

»Es waren Menschen, die es taten. Du magst doch Menschen!«

Die Worte der dunklen Fee waren voller Hohn, der wie ein Messer in Rhianas Kopf stach.

Sie blickte sich um und sah, dass sich die Soldaten auf knappe Gesten von Lando hin um ihren Anführer scharten. Rhiana ging langsam und vorsichtig zu Finni, die wie gebannt auf die beiden Feen blickte, die sich nun über die Lichtung erhoben.

»Was tun wir?«, fragte Finni leise, ehrfürchtig.

Rhiana blickte zu den Soldaten, die auf Landos

Worte hörten, dann auf die Weide, die sich knarrend auf die Wurzeln erhob, und den lahmenden Eber, der trotz einer blutenden Wunde an seinem Bein offensichtlich auf eine Fortsetzung des Kampfes lauerte.

»Du hast sie gedungen«, warf die lichte Fee ihrem Spiegelbild vor, das daraufhin glockenhell lachte. Das Lachen steigerte sich zu einem lauten Dröhnen, wie von großen Messingglocken. Im gleichen Augenblick begann es zu regnen, und leichter Wind kam auf. Ein helles Licht ging von der dunklen Fee aus und glitt über den Leib des Ebers, dessen Wunden sich daraufhin schlossen.

»Sie lassen sich dingen. Das ist es, was du nicht einsehen willst – der Mensch ist im Herzen schlecht. Sie hacken die Bäume um, töten das Wild ...«

Der Wind wurde stärker, als von der lichten Fee dünne Nebelfäden ein Geflecht um die wankende Weide bildeten und neue Borke aus ihrem Holz wuchs und ihre Äste krachend wieder zusammenwuchsen.

Rhiana musste ihre Antwort auf die Frage der Halbelfin schon rufen, damit sie über dem pfeifenden Wind verstanden wurde: »Wir müssen um jeden Preis das Ding aus der Weide haben.«

Finni blickte verstohlen hinüber, nickte dann und sagte: »Überlass das mir! Halt du mir nur die Kerle vom Leib!«

Rhiana betrachtete die dünne Frau nachdenklich und nickte dann zögerlich. »Aber pass auf dich ...«, setzte sie an. Doch dann sprach die lichte Fee wieder, und sobald Feensprache erklang, verdrängte ihr Sinn alle eigenen Gedanken, die sich hätten in Sprache fassen lassen, aus dem Kopf.

»Schon lange schlagen Menschen hier kein Holz mehr, weil es eine Absprache gibt. Farindel ...«

»Unfug«, unterbrach sie die dunkle Fee. »Weil ich sie fern halte, weil ich sie strafe. Die Menschen sind ein

Unkraut, das ausgerissen werden muss, wenn es bis in meinen Wald wuchert.«

»Deinen Wald?«, fragte die lichte Fee, und der Regen verwandelte sich in eisigen Graupel. Es lag etwas in der Luft, wie vor einem schweren Gewitter, und die nächsten Worte der Fee waren von Donner untermalt. »Deinen Wald?«

Die Gestalt der lichten Fee faserte auf, weitete sich und wirbelte die Blätter im stärker werdenden Wind. Die dunkle Fee breitete die Arme aus, und wie weißer Rauch im Winter lockerte auch ihre Gestalt sich auf und verteilte sich, aber fester und weniger fließend als die weißen Fluten ihres Ebenbildes.

Wo sich Nebel und Rauch berührten, bildeten sich dunkle, klingende Kreise in der Luft, und im Nu war die Lichtung von einer Kakophonie aus singender Luft erfüllt. Rhiana konnte nicht mehr verstehen, was die Feen einander sagten, aber die Tonlage und ihre sich mischenden Ausläufer machten klar, dass es keine freundlichen Worte waren.

Doch der starke Wind, der die Bäume am Lichtungsrand durchschüttelte und an Rhianas Haaren zerrte, das Prasseln des harten, fast zu Hagel erstarrenden Regens und das Klingen der Luft, wo sich die Feen, langsam, tastend wie zwei Kämpfer vor der Schlacht, umtanzten, klärten Rhianas Kopf. Sie konnte wieder denken und handeln, und den anderen ging es offensichtlich auch so, denn Lando brüllte: »Holt euch das Ding aus dem Baum.«

Die Soldaten zögerten noch einen Augenblick, lang genug für Finni, mit geducktem Kopf unter den nun drei Schritt hoch schwebenden Feen hindurch zu laufen, sich an den Stamm der reglosen Weide zu werfen und an ihr hinaufzuklettern.

Rhiana lief los, um den Angreifern den Weg abzuschneiden und Finni die nötige Zeit zu verschaffen.

Sie sprang von Ast zu Ast, schwang sich in einem weiten Bogen nach oben, drehte sich in der Luft und landete auf dem nächsten Ast. Die Weide kam in Bewegung, aber wo ihre Äste auch hintasteten, Finni war nicht mehr dort.

Lando brüllte seinen Leute etwas zu, das Rhiana über den Lärm nicht verstand, aber sie stürmten auf die Weide zu, und Lando selbst drehte sich zu Rhiana um.

Die Kriegerin machte sich zum Kampf bereit – sie konnte es nicht riskieren, den Hauptmann in ihren Rücken zu lassen, und hoffte inständig, dass Finni den Männern lang genug entkommen konnte.

Lando hatten ihren Blick auf die springende Gauklerin bemerkt und schaute ebenfalls auf Finni, die nun fast an dem Astloch angekommen war.

»Ich werde sie zureiten, die kleine Wildkatze«, brüllte er über lauten Donner, der unvermittelt erklang.

Rhiana versuchte, sich zusammenzunehmen. Dieses kleine, kantige Schwein wollte sie wütend machen, doch wenn sie ihrem Ärger erlaubte, das Schwert zu führen, würde sie nicht lange bestehen.

»Und dich lege ich auch noch flach – tot oder lebendig!«, drohte der Hauptmann, und Rhiana musste sich auf die Lehren von Neel besinnen, um nicht mit einem lauten Schrei auf den Soldaten loszustürmen.

In diesem Augenblick spürte Rhiana einen Sog, und der Sturmwind wurde zu einer Windhose, die sich um die beiden streitenden Feen drehte. Das Klingen hallte, und der Wind zerrte an Rauch und Nebel und wirbelte sie durcheinander, ohne sie aber zu vermischen. Es war wie Öl, das man in Wasser goss – überall waren Striemen und Tropfen, aber doch blieb beides für sich. Die Gestalten der Feen waren in dem dichten, sirrenden Wirbel nur noch vage zu erahnen.

Rhiana musste einen Ausfallschritt machen, um von

dem Sog der Windhose nicht von den Beinen geworfen zu werden, und Lando nutzte den Augenblick für einen wuchtigen Angriff. Seine gewaltige Axt schnitt parallel zum Boden durch die Luft und fetzte Rhianas Hemd entzwei. Hätte sie sich nicht im letzten Moment nach hinten geworfen, er hätte sie wohl in der Mitte gespalten. Lando hob die Axt über den Kopf, setzte nach und schlug zu. Rhiana wartete, bis die Waffe in der Abwärtsbewegung war und nicht mehr herumgerissen werden konnte, und rollte dann zur Seite. Das Blatt drang tief in den Boden ein. Rhiana sprang auf, stemmte ihren Fuß auf den Axtknauf und schlug mit dem Schwert nach dem Hals des Mannes. Aber Lando war schnell – er zog den Arm schützend vor den Kopf, und ihr Schwert schlug klirrend auf seine eiserne Unterarmschiene, die eine Delle mehr davontrug. Dann riss er mit ungeahnter Kraft die Axt mit ihrem Fuß darauf aus dem Boden und ließ Rhiana damit einige Schritte nach hinten taumeln. Ihr Blick wurde von Finni angezogen, die jetzt mit dem Dolch in dem Astloch herumstocherte und mit den Fingern angelte, aber offensichtlich steckte der Gegenstand zu tief im Inneren. Die übrigen Männer liefen um die Weide herum, wehrten deren Hiebe ab und suchten eine Lücke, um zu der Halbelfin vorzudringen, der die Weide seltsamerweise nun nichts mehr tat.

Mit lautem Brüllen kam der Hauptmann wieder auf Rhiana zugestürmt, doch sie hatte ihren sicheren Stand zurück, tänzelte einem weiteren wuchtigen Schwung aus dem Weg und sprang vor, um die Distanz zu überbrücken und ihm die Möglichkeit zu nehmen, seine schwere Waffe einzusetzen. Doch statt zurückzuweichen, löste der kleinere Mann die rechte Hand von der Axt, sprang ihr entgegen und schlug ihr mit voller Wucht ins Gesicht. Rhiana ging mit dem Schlag mit, aber trotzdem war er noch stark genug, um sie nach hinten von den Füßen zu reißen und mit blutender Nase auf den Boden schlagen zu lassen.

Das dreckige Lachen des Mannes konnte die Prinzessin sogar noch über das Donnern und Knallen hören, das von der ganz eigenen Schlacht herrührte, die von den beiden nichtmenschlichen Wesen über ihnen geschlagen wurde.

Lando schwang die Axt zu einem weiteren Angriff, und diesmal würde er ihn schräg ansetzen. Die Waffe sauste herunter, und Rhiana rollte sich zur Seite weg, aber sie hatte die falsche Seite gewählt. Die Axt würde sie mit voller Wucht treffen und in der Mitte auseinander schneiden.

Kapitel 29

Hardred blickte unruhig zur Tür, aber noch immer wurde der Durchgang von einem Fell verdeckt und nicht von einem Boten, der ihn zu Korin rief.

In der Mitte des Raumes stand der Skalde Torkil Donnerstimme und sang ausdrucksvoll und leidenschaftlich das Jurga-Lied:

»Wir wollen mit Liedern der Helden gedenken,
die fielen im Kampf gegen feindliche Heere,
die tapfer sich schlugen zu Land und zu Meere,
und ihnen Unsterblichkeit schenken.«

Normalerweise war das Jurga-Lied in Hardreds Haus den jungen und unerfahrenen Skalden vorbehalten, die zeigen sollten, dass sie den Ton trafen und sich zumindest die ersten hundert der unzähligen Gesänge des Epos merken konnten. Aber Hardred hatte sich über die unehrenhafte Lügerei des erfahrenen Skalden so geärgert, dass er Torkil gebeten hatte, es dieses Mal vorzutragen. Was auf den ersten Blick eine Ehre war, offenbarte sich für das Auge des aufmerksamen Betrachters natürlich als Schmach, denn der verdiente Skalde wurde damit vor den anwesenden Hetleuten von Hardred als Anfänger hingestellt. Es war eine von vielen Demütigungen, die Hardred für den selbstgefälligen Mann geplant hatte. Die Donnerstimme sollte leiden für all die anderen, unentdeckt gebliebenen Ehrverletzungen und den Verrat an den Traditionen.

»Der Recken und Maiden, der Jungen und Alten,
Streben und Kämpfen, ihre tapfere Taten
soll'n uns auf ewig zum Vorbild geraten,
wir woll'n unser Leben wie ihres gestalten.«

Ein weiterer Sang beendet – und immer noch keine Spur von Korins neuer Geliebten, der Skaldin Solva Oriksdotter, die ihnen bereits so gute Dienste geleistet hatte. Sie war eine der wenigen, der Korin noch vertraute, und bevor der Verräter nicht gefangen und die Namen seiner Komplizen aus ihm herausgeholt worden waren, wollte es Hardred ihm gleich tun. Er versuchte, das Misstrauen aus seinem Blick zu halten, als er diesen jetzt über die versammelten Feiernden schweifen ließ. Alle Hetleute und Jarle, die sich unter seinem Segel zusammengefunden hatten, waren anwesend, und einer versuchte den anderen zu übertrumpfen. Beim Saufen wie beim Singen, und im hinteren Teil des Raumes verglichen starke Männer und Frauen ihre Hautbilder und prahlten damit, welche Schmerzen sie erdulden mussten, als sie gestochen wurden.

Hardreds erfahrener Blick wanderte weiter und erkannte an einem kleinen Tisch einen aufkommenden Streit. Mit einem Nicken und einem Fingerzeig schickte er zwei Hetgardisten los und dies keinen Augenblick zu früh, denn eben sprang einer der beiden Männer auf und holte zum Schlag aus. Der andere ließ sich nicht lange bitten und schickte sich an, ihm den Bierkrug ins Gesicht zu rammen. Beide kamen nicht zum Angriff, weil die Hetgarde sie vorher packte und auf die Stühle drückte.

Hardred hatte eigentlich nichts gegen eine zünftige Prügelei, aber auf einer Feier wie dieser war die Gefahr zu groß, dass sie sich ausweitete und im Nu alle munter aufeinander eindroschen. Normalerweise ein großer Spaß, heute aber könnte es Hardreds Aufmerksamkeit zu sehr von Wichtigerem ablenken.

Donnerstimme übertönte mit seiner tiefen Stimme alles, als er sang:

»Doch auch ihre Fehler soll'n Mahnung uns sein,
denn in unser'n Liedern und unser'n Geschichten
wollen wir über die Torheiten richten,
die allen Menschen im Herzen gemein.«

Garald Garaldsson ließ sich mit leisem Stöhnen an Hardreds Seite des Tisches nieder, stellte einen mit Met gefüllten großen Humpen, den er dem Trinkhorn stets vorzog, ab und blickte den obersten Hetmann eine Weile schweigend an. Dieser blickte ebenso schweigend zurück.

Garaldsson stand ganz oben auf ihrer Liste der Verdächtigen, und Hardred wollte sich keinesfalls verplappern und so den Erfolg von Korins Plan gefährden.

»Bald geht es nun also wirklich auf«, sagte Garald und nippte an seinem Met. »Ich muss sagen, ich bedauere es, dass ich zu alt bin, um mitzufahren.«

Hardred hob die Augenbrauen.

»Ja, ich weiß, du denkst, ich wäre den Pfeffersäcken aus Havena schon zu ähnlich geworden, aber in dieser alten Brust schlägt immer noch ein thorwalsches Herz!« Garald klopfte sich auf den Brustkorb. »Ich möchte dir meinen Sohn mitschicken, Hallar Garaldsson. Er wird langsam ein Mann, und ich will, dass er erlebt, wie die Thorwaler wirklich sind.«

Und der Junge würde sicher so ganz nebenbei für den alten Garald spitzeln, aber das würde nicht weiter schaden. Hardred musste nur aufpassen, dass der Junge ihm nicht mit einem Schwert in den Rücken kam.

»Pass auf ihn auf, Hardred, ich vertraue ihn dir an. Er ist mein Ein und Alles.« Garald schaute verlegen in seinen Krug, und Hardred wurde nachdenklich. Die Gefühle des Mannes schienen ihm aufrichtig zu sein. Wie passte das zusammen? Auf der einen Seite sollte der Alte Hardreds Untergang planen, auf der anderen ihm seinen Sohn mitgeben, den er offensichtlich mehr liebte als seinen Erben, der nach alter Tradition Garald Garaldsson genannt ward?

»Ich halte ihn im Auge, wenn es mir möglich ist«, sagte Hardred, versöhnlicher gestimmt. Garald nickte, hob seinen Krug und rief so laut, dass Torkil in seinem Vortrag stockte: »Auf Hardred Bjarnisson, Schrecken Havenas!«

Die anderen Thorwaler stimmten ein und unterbrachen Torkil damit endgültig. Hardred weidete sich am roten, empörten Gesicht des Skalden und lachte leise. Das wäre auch für Korin ein lohnenswerter Anblick gewesen – ob der Plan seines Freundes und Beraters aufging?

Korin wechselte vorsichtig auf die andere Hinterbacke und fragte sich, ob sein Plan aufgehen würde. Und im nächsten Moment fragte er sich, warum er nicht an ein Kissen gedacht hatte. Er hockte nun schon seit Stunden hinter einer doppelten Zeltbahn auf diesem vermaledeit kleinen und harten Hocker, ohne Essen und ohne einen Schluck Wasser, und spähte durch einen kleinen Schlitz auf das rote Samtkissen, auf dem die Beinaxt ruhte. Aus einiger Entfernung, gedämpft durch den Zeltstoff, konnte er die feiernden Thorwaler hören. Er hätte sich gerne angeschlossen, aber er würde erst feiern, wenn es dafür auch wirklich einen Grund gab – wenn er den Verräter gefangen hatte.

Falls es dem Schurken wirklich ernst war, würde er oder sie heute Nacht zuschlagen müssen. Morgen früh sollte die Beinaxt Hardred in einer großen Zeremonie verliehen werden, die sie gleich mit der Legende um den Swafnirbund und das Beil erfunden hatten. Er bekam damit nach angeblicher alter Sitte die unwiderrufliche Berechtigung, die Flotte Thorwals nach Havena zu schicken, und für jeden Seemann und jede Seefrau wäre es die heilige Pflicht, seinem Befehl zu folgen.

Die Verschwörer hatten also nur noch heute Nacht Zeit, das Beil an sich zu bringen oder zu beschädigen – nach der Feier wäre Hardreds Anspruch so gefestigt, dass keine Gaunerei Aventuriens den Feldzug noch verhindern und Hardred vom Thron stoßen könnte.

Aber die vermaledeiten Kerle kamen einfach nicht, und Korin konnte seine Hinterbacken kaum noch spüren. Er versuchte sie durch leichtes hin und her Wiegen wieder zum Leben zu erwecken, aber der Hocker fing bald an zu knarren und würde seine Anwesenheit verraten. Also harrte er aus, während seine Hinterbacken immer tauber wurden, und versuchte sich durch die Betrachtung der Schnitzarbeiten an der leichten Armbrust abzulenken, die gespannt auf seinen Knien ruhte.

Endlich hörte Korin das Rascheln, als die Plane vor dem Eingang beiseite geschlagen wurde. Da kam wieder einer. Wer auch immer sich in das Zelt begab, war eine wichtige Person in Thorwal, denn das gute Dutzend Wachen war instruiert worden, nur angesehene, einflussreiche Leute durch das Tor der eigens errichteten Palisade zu lassen, in der verschiedene Heiligtümer der Familien zur Erbauung und Kräftigung der Hetmänner und Jarle vor dem großen Raubzug ausgestellt wurden.

Korin hoffte nur, dass er die Wachen gut ausgewählt und ihre ehrenvolle Aufgabe sie wachsam gehalten hatte.

Die Wachen waren verblüfft gewesen, dass sie nicht in den Zelten bei den Gegenständen Wache halten sollten, aber Korin hatte es mit der Ruhe für die Kontemplation notdürftig erklärt – stille Andacht war in Thorwal eine nicht sehr verbreitete Idee.

War es der Schurke? Oder nur ein weiterer Jarl oder eine Hetfrau, die sich die Gegenstände betrachten wollte?

Korin spähte gespannt durch das Guckloch und hielt den Atem an. War es der Schuft, der ihn so lange zum Narren gehalten hatte? War es das faule Ei im Nest?

Beinahe hätte er enttäuscht geseufzt, als der Kerl in seinen Blickwinkel trat und einen Überwurf mit Kapuze trug, die sein Gesicht verdeckte. Also musste er sich noch gedulden.

Die Gestalt, recht groß und kräftig von Statur, zog unter ihrem Umhang einen Tuchbeutel heraus und wickelte mit einiger Mühe und sehr vorsichtig eine weitere Beinaxt heraus. Das war ihr Mann – oder ihre Frau? Auf jeden Fall war er nicht dumm! Er würde die Waffe nicht einfach zertrümmern oder stehlen, sondern austauschen. Vermutlich war der Ersatz so gefertigt, dass er in seine Einzelteile zerfiel, wenn jemand ihn härter anpackte.

Korin wartete nicht lange, sondern sprang aus seinem Versteck und zielte mit der Armbrust auf den erschrockenen Verräter, der sich ihm ruckartig zuwandte. Es war Thinmar Walkir, der Hetmann der Otta der Windschmecker, und Korin wusste nicht, ob er darüber überrascht oder enttäuscht sein sollte. Er hatte beinahe gehofft, dass es ein Garaldsson wäre. Nun gut, das hier war auch kein schlechter Fang.

»Leg die Axt ab, Thinmar, das Spiel ist aus«, sagte Korin und legte mit der Armbrust an.

Thinmars Augen zuckten hin und her. Seine Hand wanderte langsam zu einer Skraja an seinem Gürtel.

»Pfui«, sagte Korin, »Du hättest sie nicht mal in der Hand, da lägest du schon tot am Boden. Du weisst so gut wie jeder andere, dass ich nie ein Ziel verfehle!«

»Aber nur eines, das Ihr seht«, sagte eine helle Stimme hinter ihm. Korin wirbelte herum und blickte in die giftgrünen Augen einer nackten, dunkelhäutigen Frau, deren lange schwarze Haare von ihren üppigen Brüsten geteilt wurden. Wo kam diese Frau so plötzlich her? Es war, als wäre sie vorher unsichtbar gewesen!

Sie tippte dem völlig überrumpelten Korin auf die Stirn, und im selben Moment fuhr ein schrecklicher Schmerz in all seine Glieder. Er fiel krampfend zu Boden, wand sich unter Schmerzenslauten, und seine Augen füllten sich mit Tränen. Er konnte nicht schreien, denn sein Hals war wie zugeschnürt, und obwohl er das Gefühl hatte, das Fleisch würde ihm mit glühenden Haken von den Knochen geschnitten, hörte er die Stimme der Frau: »Töte ihn und lass es uns beenden!«

Korin wollte die Wachen rufen, wollte sich gegen den Schemen wenden, der nun über ihn trat, aber er war vor Pein der Ohnmacht nahe. Ein weiterer, schneidender Schmerz gesellte sich hinzu und vertrieb das dumpfe Reißen des Zaubers. Korin blinzelte. Blut lief seine Schläfe herunter.

»Er zuckt so hin und her – verdammt, wie soll man da ordentlich treffen?«, hörte er Thinmar sich beschweren und sah, dass er sich zu der Frau umgewandt hatte.

Korin fand die Armbrust neben sich. Er griff danach, hob sie und drückte auf die Frau ab, bevor die beiden Angreifer bemerkt hatten, dass der Zauber gebrochen war. Alles drehte sich um ihn, und das Blut lief ihm nun auch über die Augen, aber er hätte getroffen – wäre nicht der Bolzen bei seinem Sturz von der Armbrust gefallen. So schnalzte die Sehne wirkungslos nach vorne, und die Frau zeigte auf Korin. »Bemerkenswert dumm!«

Ihre Lippen bewegten sich, und sie legte die rechte Hand an ihre Schulter. Korin wartete nicht ab, bis die Magierin ihren nächsten Zauber vollenden konnte, sondern schleuderte ihr die Armbrust gegen den Kopf.

Eine Wunde platzte auf, und die Frau riss eher empört als schmerzvoll die Augen auf.

»Wache!«, schrie Korin und noch einmal: »Wache!«

Thinmar riss sein Schwert heraus und drang auf Korin ein, der hinter eine Zeltstange sprang, die den ersten Hieb abhielt. Er wich weiter zurück und spürte das Podest der Beinaxt im Rücken, duckte sich unter einem weiteren Schlag des wutschäumenden Thinmar weg und sah mit Schrecken, wie die Gestalt der Magierin durchscheinend wurde, gerade in dem Augenblick, als die Wachen hereinstürmten. Korin überlegte nicht lange, packte die Beinaxt und schleuderte sie dorthin, wo noch einen Wimpernschlag zuvor die Frau gestanden hatte.

Die Wache in der Wurfbahn der Axt riss mit einem Schrei den Schild hoch und blickte dann erstaunt auf die nackte Frau, die plötzlich sichtbar wurde und mit einem Röcheln zu Boden sank, in ihrem blutigen Rücken die von Korin geschleuderte Waffe.

Thinmar sprang an Korin vorbei, hieb ungezielt nach ihm und schlitzte dann mit lautem Reißen die Zeltbahn auf. Aber schon an der Palisade wurde er überwältigt, zu Boden geworfen und gefesselt. Korin lächelte triumphierend und schmeckte das Blut von seinem Kopf dabei auf den Lippen. Er musste Hardred Bericht erstatten, und er musste ihm auch mitteilen, dass Swafindra Hyggeliksdotter unschuldig war – diese schwarze Hexe dort hatte sicherlich mit ihren bösen Kräften die Seeschlange herbeigerufen. Und er würde sich feiern lassen und sich besinnungslos betrinken. Gleich, wenn es ihm wieder besser ging. Seine Beine gaben unter ihm nach, und er schlug der Länge nach hin. Kurz sah er noch die besorgten Blicke der Wachen über sich. Dann wurde ihm schwarz vor Augen.

Kapitel 30

Landos Axt sauste durch die Luft, genau auf sie zu, und Rhiana rief mit lauter Stimme: »Schwert für Gerechtigkeit«, um nicht vor Angst aufzuschreien. Sie schloss die Augen nicht, wollte dem Tod ins Antlitz schauen, auch wenn es so hässlich sein musste wie die Narbenfratze von Lando.

Kurz bevor die Axt ihr Fleisch traf, schlug plötzlich mit lautem Knall ein gleißendes, heißes Licht in alle Richtungen aus dem Kegel der Windhose und erschütterte die Lichtung. Lando wurde von den Füßen gerissen, und auch über die liegende Rhiana ging ein heißer Wind. Ein Blitz hatte eingeschlagen, genau zwischen der jungen Kriegerin und ihrem stämmigen Gegner. Das Gras war verbrannt und qualmte noch, und Rhiana konnte mit weit aufgerissenen Augen Brandstellen überall auf der Lichtung erkennen. Ihr Blick wanderte nach oben und fiel auf die Feen, nun sicher fünf Schritt über ihnen. Die Windhose war in sich zusammengebrochen, Rauch und Nebel waren beinahe verschwunden, und der Regen hörte schlagartig auf. Es blieben zwei grob menschliche Formen mit erhobenen Armen, die sich langsam umeinander drehten und zwischen denen blaue und grüne Blitze überschlugen, aber immer etwa in der Mitte, auf jeden Fall bevor sie die andere trafen, abgelenkt wurden. Die meisten Blitze verblassten zischend und knisternd in der kalten Luft, aber einige gelangten bis zum Boden, und wo sie auf das klamme Gras trafen, geschahen seltsame Dinge: Bunte Blumen in voller Blüte sprossen, knorrige Sträucher wuchsen in Augenblicken, und Quellen sprudelten hervor.

Lando kämpfte sich mühsam wieder auf die Beine, als der Eber mit lautem Schnauben auf die Weide zustürmte. Vielleicht hatte er auf einen Befehl gewartet und ihn nun erhalten, vielleicht hatte ihn aber auch ein Blitz getroffen und losgeschickt.

Der Eber traf aus vollem Lauf auf die Weide und scherte sich nicht um den Soldaten, der nicht rechtzeitig aus dem Weg kam. Der bedauernswerte Mann wurde zwischen dem riesigen Schädel des Untiers und dem Stamm der Weide zerquetscht, und sein Todesschrei hallte in der Stille nach dem Sturm über die Lichtung, dass es Rhiana schüttelte.

Der Stamm erbebte unter dem Ansturm des Ebers, und Finni rutschte mit einem erschreckten Schrei ab. Der Dolch verkantete sich in dem Astloch, und als sie sich Halt suchend an ihm festklammerte, löste er sich mit leisem Klirren und katapultierte den silbernen Gegenstand durch die Luft. Er segelte durch die Äste der Weide, die wieder auf den Eber eindroschen, und in die Hände eines herbeispringenden Soldaten. Aber sein Triumphschrei verstummte in dem Moment, wo seine Hände sich um das begehrte Artefakt schlossen. Sein Körper erschlaffte, und er kippte nach hinten um. Das Auge, das Rhiana sich ganz anders vorgestellt hätte, dunkel und geheimnisvoll, nicht so glänzend, rollte den Hang herunter und landete zwischen den Feen, inmitten schlagender Blitze.

Finni fiel auf den Boden und wurde von den zuckenden Ästen der Weide verborgen. Rhiana wollte zur Seite treten, um an dem sich windenden Holzvorhang vorbeizuspähen, und konnte erst im letzten Augenblick ihr Schwert hochreißen und einen Axtstreich mit schmerzenden Händen zur Seite abgleiten lassen. Dieser Dreckskerl hatte sich herangeschlichen.

»Unaufmerksam? Wenn ich erst in Euch stecke, holde Prinzessin, dann wird mir Eure Aufmerksamkeit gewiss sein!«

»Ihr seid ein Schwein!«, entfuhr es Rhiana, doch Lando lachte nur.

»Und Ihr seid eine Verliererin, genau wie Euer Vater«, erwiderte der hässliche Mann.

Rhiana spürte den Ärger in sich aufkochen. Diesem dreckigen Mistkerl stand es nicht zu, schlecht über ihren Vater zu sprechen. Mit Beleidigungen gegen ihre Person hatte sie gerechnet. Ehrenhaftes Verhalten war bei solchen Schurken nicht zu erwarten. Aber König Arlos, Ihren Vater, ließ sie nicht beleidigen!

Mit einem Kriegsschrei stürzte sie vor und deckte den Gegner mit schnellen, wuchtigen Hieben ein. Erst lächelte der Hauptmann noch, triumphierte darüber, Rhiana wütend gemacht zu haben. Aber dann wich sein Lächeln, denn die Schläge prasselten so schnell und wohl gezielt auf ihn nieder, dass er sein Axtblatt als Schildersatz nutzen musste. Erst als Rhiana Finni aus dem Augenwinkel aus den Ästen der Weide springen und sich elegant abrollen sah, stockte ihr unermüdliches Schwert-Stakkato. Lando nutzte die Gelegenheit, ihr die Axt entgegenzuschleudern und bei einem Satz nach hinten sein eigenes Schwert zu ziehen.

»Man hat Euch gut geschult, aber jetzt wollen wir mal sehen, wie Ihr Euch gegen einen wirklichen Gegner haltet.«

Rhiana lächelte grimmig und erwiderte: »Gerne, wenn Ihr einen kennt, dann schickt ihn her. Ich sehe hier nur eine geschminkte Hure.«

Sie fuhr sich mit der Linken die Augenbrauen nach, die dem Mann fehlten und stattdessen mit roter Farbe aufgemalt waren. Lando brüllte irr, deutete einen Stich an, schwang dann stattdessen das Schwert von unten nach oben. Rhiana parierte seitlich und verfluchte sich im nächsten Augenblick dafür, als die Kraft des so viel stärkeren Mannes ihr eigenes Schwert nach oben federn ließ und es ihr bald an den Kopf geschlagen hätte.

Sie tänzelte leichtfüßig nach hinten, zuckte zusammen, als ein weiterer Blitz zwischen sie fuhr und knallend verblasste, aber diesmal verbrannte er nicht das Gras oder ließ etwas wachsen. Mit einem Mal stand da ein Ritter in silberner Rüstung mit Vollhelm, der eine vollendete Verbeugung vor Rhiana vollführte, die ihm verwundert zusah. Dann wandte er sich zu Lando um und hob seinen Bidenhänder in herausfordernder Geste. Der Hauptmann schüttelte verwirrt den Kopf und zögerte einen Augenblick. Zeit genug für Rhiana, um zu Finni zu schauen, die ihrerseits um einen Gegner herumtänzelte, der bereits mehrere kleine Stiche in den Armen und im Rücken hatte. Immer wieder wich sie seinen Schlägen aus und stach zu wie eine Biene.

Ein zweiter Gegner war, wie Rhiana erschrocken bemerkte, auf dem Weg zu dem magischen Gegenstand, auf den jetzt ihr Blick fiel. Ein stetiger blauer Strom führte, von schwarzem Rauch durchzogen, von dem Artefakt nach oben in die Mitte der beiden Feen und fächerte dort aus, führte in ihre nun durchscheinenden Leiber hinein. Sie nährten ihre Magie von dem Schwarzen Auge, denn dass es ein solches war, war nun auch Rhiana klar. Eine nachtdunkle Kugel lag dort. Zwei silberne Schalen waren wie Eierschalen von ihr abgefallen, und der Blick wurde von der Schwärze in dem Artefakt angezogen.

Die Blitze der Feen zuckten stärker, und wo sie auf den Boden oder auf Bäume trafen, erschienen seltsame Bilder und Gestalten.

Eine tanzende, prunkvoll geschmückte Gesellschaft sprang in ihrem Reigen über die Wiese und vermischte sich mit der Ansicht einer Straßenschlucht, in der Leute in Kleidung herumliefen, wie Rhiana sie nur von alten Wandteppichen kannte. Eine Herde Ziegen mit vier statt zwei Hörnern trabten einen durchscheinenden Hügel hinab und traf auf eine Reiterschar im Jagdrock. All das ging still und ohne einen einzigen Laut über das Knacken der Blitze hinaus vor sich.

Lando wich einem wuchtigen Hieb des Ritters aus, warf sich mit voller Macht nach vorn, das Schwert in Stichposition, um es mit seinem ganzen Körpergewicht durch die Zierrüstung des Gegners zu treiben, aber das Ziel bot keinen Widerstand. Der Hauptmann torkelte hindurch und fiel über einen losen Stein nach vorn. Das Schwert entglitt seinem Griff und landete ein Stück weit entfernt am Boden. Rhiana nutzte die Gelegenheit, trat darauf und hielt den Mann mit dem Schwert in Schach.

»Ergebt Euch, Hauptmann Lando, und Ihr werdet einem ordentlichen Gericht vorgeführt!«

Sie riskierte einen Blick auf Finni, die noch immer Katz und Maus mit ihrem Gegner spielte. Der andere Soldat stand am Rande der zuckenden Blitze, starrte verwundert auf die Gestalten, die zum Teil geradewegs durch ihn hindurch schritten, und wartete auf eine Gelegenheit, sich das Auge zu sichern. Aber wo war der dritte? Einer fehlte noch. Ihr Blick wanderte zu den sich im Kampf wälzenden Kreaturen der Feen. Es war nicht zu erkennen, wer die Oberhand hatte, aber Rhiana erkannte, dass eines der Dinge, mit dem die Weide auf ihren Gegner eindrosch, kein Stein war, den sie gegriffen hatte, sondern der schlaffe und zerschlagene Leib des dritten Soldaten.

»Ist das die Art, wie eine Kriegerin heutzutage erzogen wird?«, fragte Lando, trotz der misslichen Lage, in der er sich befand, scheinbar vergnügt. »Warum gebt Ihr mir nicht mein Schwert, und wir bringen es zu Ende, wie es Rondra gefiele?«

»Einer wie Ihr darf nicht über die Göttin sprechen

oder sich auf ihr Recht zu berufen«, beschied Rhiana und hielt die Spitze des Schwertes auf Lando gerichtet.

»Dann bitte ich Euch, lasst mich gehen«, flehte der Hauptmann jetzt. Angewidert von seiner Feigheit und doch voller Mitleid sah Rhiana Tränen in seinen Augen.

Rhiana bemerkte, wie der Soldat bei den Feen, ohne die Lage seines Anführers zu bemerken, losstürmte, durch eine dicke, nackte Frau in einem Badezuber lief und sich eben bückte, um das Schwarze Auge aufzuheben, als ihn einer der Blitze traf. Der Mann schrie auf, und sein Schrei wandelte sich in ein erstauntes Blöcken, als sein Oberkörper in den einer Ziege verwandelt wurde. Er schlug vornüber, sein viehischer Kopf schüttelte sich, und dann versuchte er sich mit den Vorderbeinen aus der beängstigenden Umgebung zu ziehen, wobei sein menschlicher Unterleib schlaff hinterhergeschleift wurde. Rhiana lief es kalt den Rücken herunter, und sie warf besorgte Blicke zu den Feen hinauf, zwischen denen nun immer häufiger Blitze hin und her zuckten.

»Ein Gericht würde mich hängen lassen. Habt doch Gnade, großmütige Prinzessin Rhiana!«, bettelte Lando und lenkte mit leiernder, unterwürfiger Stimme wieder die Aufmerksamkeit Rhianas auf sich. Er senkte mit verschränkten Armen die Stirn auf den Boden.

Sie konnte ihn keinesfalls gehen lassen. Er war ein Verbrecher, der den Tod verdient hatte und zudem einer der wenigen bekannten Feinde der Gemeinschaft von Talania.

»Erhebt Euch, Lando, und …« Weiter kam sie nicht, denn in diesem Moment schlug der Mann mit seinem Armschutz ihr Schwert zur Seite und stach mit der anderen ein kleines Messer in ihren Unterarm.

Rhiana schrie auf vor Schmerz und Überraschung. Ihr Schwert entglitt ihrer plötzlich kraftlosen rechten

Hand, und sie konnte den aufspringenden Lando gerade noch mit einem Tritt nach hinten stoßen, als er ihr das Messer in die Brust zu rammen versuchte. Dieser elende Schweinehund hatte ihr die Reue nur vorgespielt, um sein verstecktes Messer zu ziehen. Aber so etwas konnte Rhiana auch aufbieten. Sie duckte sich unter einem Stich des Mannes weg in die Hocke und zog mit der Linken ihren Dolch aus dem Stiefelschaft. Die Linke war nicht ihre starke Hand, aber Neel und Tjalmar hatten sie gezwungen, auch diese in schweißtreibenden Stunden zu üben. Sie ließ den Dolch vorzucken, und Lando wich zurück.

Zu spät bemerkte Rhiana, dass er nun vor seinem Schwert stand. Er lupfte es mit dem Fuß in die Luft, packte es und drang auf Rhiana ein. Eine Hochzeitsgesellschaft zog zwischen ihnen hindurch und verdeckte Lando für einen Augenblick, doch dann sprang er durch die Brautleute hindurch, und sein Stich traf Rhianas linke Schulter. Im Versuch, das Schwert wieder aus ihrem Fleisch zu bekommen, wich Rhiana zurück, aber nach wenigen Schritten, in denen Lando lachend mitlief, prallte sie mit dem Rücken gegen einen Findling, und der Schwung der Bewegung trieb das Schwert noch weiter in ihren Körper. Sie unterdrückte mühsam einen Schrei und wollte mit dem Dolch nach Lando stechen, aber die mit Tränen gefüllten Augen und die Schmerzen erschwerten das Zielen, und der Stoß ging fehl. Lando packte ihr Handgelenk und drehte zugleich das Schwert in der Wunde, dass Rhiana fast die Sinne schwanden vor Schmerz.

»Man schickt kein kleines Mädchen, um einen Mann zu töten!«, höhnte Lando.

»Aber zwei!«, rief Finni hinter ihm und sprang dem Mann in den Rücken, schlang einen Arm um seinen Hals und stach mit dem Dolch in der Hand des anderen zu, traf aber nur die hohe Brustplatte. Lando torkelte zurück, schlug mit der Faust neben seinem eigenen Kopf nach Finni, aber die Halbelfin lehnte sich zurück und entging so dem Treffer. Im selben Moment sprang Eisfell durch das Bildnis eines riesigen, bocksbeinigen Wesens und an den Arm des Mannes. Die langen Zähne des Wolfshundes schrammten über das Metall der Armschiene, und mit wütendem Grollen ließ der Hund wieder ab. Aber der Ruck hatte gereicht, um Lando das Schwert aus der Hand zu werfen. Finni trieb ihren Dolch durch einen schmalen Spalt an der Seite des Brustpanzers in das Fleisch des Mannes, aber er bewegte sich just nach vorn. Die Fugen der Rüstung drückten sich aufeinander und klemmten die Klinge ein, bevor die Waffe tief eindringen konnte.

Lando drehte sich um und ließ sich mit Finni auf dem Rücken gegen einen anderen Findling fallen, aber die Halbelfin sprang rechzeitig auf die Schultern des Kriegers und setzte sich mit einer Luftrolle vorwärts mitten in eine Schule springender Delfine ab, die durch den Boden schwammen.

Lando ächzte und wurde von einer mit Perlen geschmückten Sänfte verdeckt, die von acht dunkelhäutigen Männern in Sklavenketten getragen wurde. Finni tauchte neben Rhiana auf und zog sie hinter den Findling und dort auf den Boden. Sie presste den Finger auf die Lippen und bedeutete Rhiana, in Deckung zu bleiben. Aber die junge Kriegerin musste trotzdem einen Blick auf die Feen werfen.

Die Blitze zwischen ihnen waren nun zu einem stetigen Flackern geworden, aber noch immer konnte keine die Oberhand gewinnen. Die Lichtung war mittlerweile überfüllt von Szenen aus Rhiana unbekannten Zeiten und von ungewissen Orten, und mit jedem Augenblick wurden es mehr, die sich überlagerten und verwischten. Man konnte den Waldrand kaum noch sehen, so viele Gestalten trieben sich herum.

Eine junge Frau und ein junger Mann in langen Kutten teilten eine zärtliche Umarmung, einige Krieger in abgeschabten, altertümlich wirkenden Rüstungen im Kriege miteinander, eine Kutsche mit sehr kleinen Rädern, aber vorgespannten Pferden ohne Zahl. Einmal glaube Rhiana sogar ein bekanntes Gesicht zu sehen, das eines kleinen, dicken Jungen, der ihr vertraut vorkam und von einem seltsamen, schuppigen Wesen ins Wasser gezogen wurde.

Lando war weder zu sehen noch zu hören, aber das Krachen und Knacken des Feenkampfes wurde immer lauter. Ein dumpfes Brummen ging von dem Schwarzen Auge aus, das so laut und tief war, dass es in Rhianas Magen zu tanzen schien.

Finni blickte sie ängstlich an. »Was geschieht?«, formten ihre Lippen stumm, und Rhiana hätte ihr gerne Antwort darauf gegeben, aber sie wusste es selber nicht. Doch dass etwas geschehen würde, war unverkennbar. Sie spürte es in jeder Faser ihres Körpers, in den Gefühlen der Tiere, die sich um die Lichtung versammelt hatten, zugleich angezogen und doch zutiefst verängstigt von den Geschehnissen.

Dann passierte das Unglaubliche, und Rhiana würde es ihr Lebtag nicht vergessen.

Kapitel 31

Keta lehnte sich zur Seite und ließ einen lang gezogenen, lauten Furz aufsteigen. Der Soldat neben ihr rümpfte die Nase und hob den Kopf. »Das stinkt ja schlimmer als bei meinem Pferd.«

Keta zuckte die Schultern: »Alte-Weiber-Fürze sind eben die besten! Was soll ich machen? Wenn ich auf der Seite liegen muss, rumort es in meinem Magen, und Efferd spricht mir böig aus dem Arsch.«

Der Soldat richtete sich im Stroh halb auf. »Dann leg dich auf den Rücken.«

»Das, mein Lieber, geht nicht, wenn meine Arme gebunden sind.« Keta presste und schaffte es, noch einen kleinen Nachschlag donnern zu lassen.

»Das ist ja nicht zum Aushalten!« Der Soldat erhob sich, und Keta setzte sich auf, damit er ihre auf den Rücken gebundenen Arme befreien konnte. Aber stattdessen packte der Mann sie an der Schulter und schleifte sie vom Stroh herunter unter ein kleines Loch im Dach, wo ein Sturm Teile der Ziegel abgedeckt hatte. Das Holz war kalt und klamm, und Keta wurde neben eine fette Spinne geworfen, die drohend mit den Vorderbeinen wedelte, bevor sie sich aus dem Staub machte.

»Hier kannst du Furzen, so viel du willst!«, brummte der Soldat und legte sich wieder zur Ruhe. Nun gut, so dumm war er also nicht, aber dumm genug – hier konnte sich Keta winden und ihre Fesseln an einer gesplitterten Bodendiele schaben, ohne dass der Mann erwachte. Es dauerte nicht lange, dann hatte sie das

Seil durchgeschabt, richtete sich auf und zog aus einem ihrer unzähligen Unterröcke eine kleine Klinge ohne Griff, die der Mann neben diversen anderen Kleinigkeiten bei der flüchtigen Durchsuchung übersehen hatte. Im Nu hatte sie sich auch der Beinfesseln entledigt. Leise wie eine alte Katze erhob sich Keta und trat zu dem Bündel des Mannes, um sein Schwert aufzunehmen. Keta wünschte dem Mann einen schönen Traum, als sie ihm die Waffe ins Herz stieß, denn er würde nicht mehr aus ihm erwachen. Ihr Opfer riss mit einem erstaunten Stöhnen die Augen auf. Dann erschlaffte sein Leib auch schon, und das Blut lief dickflüssig aus seiner Brust.

Rasch sammelte sie ihre Siebensachen ein, verstaute sie in gewohnter Unordnung auf die ungezählten Taschen ihrer Röcke und nahm dann von den Sachen des Soldaten, was sie gebrauchen oder verkaufen konnte. Die Mordwaffe ließ sie liegen – das Schwert war das Leben dieses Mannes gewesen – sollte es ihn auch im Grab begleiten.

Ein letzter Blick – das Blut des Toten hatte sie nicht besudelt. Dann ging sie die knarrende Treppe herunter. In der Schankstube lagen die Wirtsleute auf dem Boden, und als sie nun zur Türe ging, hob der dicke Wirt verschlafen den Kopf.

»Schlaft ruhig weiter! Ich breche auf, aber mein Geliebter wird noch eine lange Weile ruhen. Er ist sehr erschöpft.« Sie zwinkerte dem Mann zu, der angewidert das Gesicht verzog – offenbar behagte ihm die Vorstellung nicht, dass jemand Rahjas Segnung mit Keta vollzog. Die alte Marketenderin grinste. »Eigentlich bin ich in Eile, aber wenn Ihr leise seid, damit Eure Frau nicht erwacht …«

Sie griff beherzt unter ihre Röcke und entblößte ihren nackten Schritt. Der Wirt hob erschrocken die Hände in einer abwehrenden Geste, und Keta ging lachend zur Türe hinaus. Sie hörte hinter sich noch die schlaftrunkene Stimme der Wirtin fragen: »Was'n los?«

»Nichts, Liebes, schlaf weiter«, sagte der Wirt.

Keta ging zum Stall, sammelte die Pferde zusammen, die den Soldaten gehörten, band sie in einer langen Reihe aneinander und schwang sich mit einiger Mühe in den Sattel des vordersten. Sie konnte es nicht verhehlen – das Alter holte sie langsam, aber sicher ein. Die Satteltaschen würde sie in Ruhe durchsuchen, wenn sie Oliva eingesammelt und auf dem Weg zurück nach Havena war. Ihre Arbeit hier war erledigt – entweder schaffte es der Kindsmörder Lando, das Baumwesen zu töten – dann wollte sie nicht mehr in der Nähe sein, wenn er zurückkam. Oder er schaffte es nicht – und dann wäre die Fee sicher sehr ungehalten und würde ihr die Belohnung verweigern. So oder so war alles Gold der Erde nicht ihr Leben wert.

Außerdem hatte sie mit der erbeuteten »Entschädigung« für ihre unbequeme Nachtruhe ihren Schnitt gemacht. Sie tätschelte das Pferd am Hals – das Tier und seine Freunde würden ihr so manchen Dukaten verschaffen. Und sogar wenn Lando den Farindel überleben sollte, was sehr bedauerlich wäre, hätte er eine böse Schlappe erlebt und müsste vermutlich zu Fuß zu seiner Kompanie zurücklaufen.

Keta ritt mit einem vergnügten Lied auf den Lippen ins Dunkel der Nacht davon.

Kapitel 32

Rhiana riss die Augen auf und ächzte erstaunt und ängstlich. Das zu einem Trommelwirbel gesteigerte Krachen der Blitze verstummte mit einem Mal, und der blaue Lichtstrom aus dem Artefakt breitete sich wie ein ungezähmter Fluss um die beiden Feen aus. Dann sackte das Licht wie eine faule Frucht in sich zusammen, fiel auf das Schwarze Auge zurück, und als es auf die kleine Kugel traf, platzten bunte Farben zu allen Seiten weg wie aus einem Tüncheeimer, in den man einen Stein geworfen hatte.

Die Farben spülten über Rhiana hinweg und mitten in sie hinein. Vor ihren Augen breitete sich, gespenstisch stumm wie alle Bilder dieser unkontrollierten Zauberei, eine atemberaubende Szenerie aus: Sie sah ein Heer, sicher einhundert mal einhundert Soldaten beiderlei Geschlechts, in zusammengewürfelten Rüstungen aller Länder, aber in Reih und Glied wie bei der strengsten kaiserlichen Parade. Der Blick des Auges schweifte über die Soldaten und offenbarte, dass Jungen und Greise, Mädchen und alte Frauen unter ihnen waren, doch in ihren Gesichtern zeigte sich keine Angst, nur mutige Entschlossenheit. Ihr Blick war auf die Spitze des Zuges gerichtet, vorbei an sicher dreihundert Reitern, an denen nun auch das Auge vorbeistreifte. Die Pferde waren ebenso unterschiedlich wie ihre Reiter. Breithufige Kaltblüter liefen Schulter an Schulter mit schlanken tulamidischen Schönheiten, und die Färbungen umfassten alles, was die Natur hergab.

Ganz an der Spitze ritt eine prächtige Gestalt in einer goldenen Plattenrüstung auf einem riesigen weißen Ross. Sie trug einen geflügelten Helm auf dem Kopf, unter dem jedoch blondes Haar im Reitwind hervorwehte – es war wohl eine Frau, die diesen Zug anführte. In der Rechten reckte die Frau ein prächtiges, mit Edelsteinen besetztes Schwert in die Luft, um ihrem Heer zu bedeuten, dass es anhalten möge. Sofort zügelten die Reiter ihre Pferde. In der Linken hielt die Frau eine Stange, an der sich nun im Wind das Banner wieder straffte, auf das Rhiana vorher nicht geachtet hatte: Es trug das Bild des aufsteigenden Löwen, das Wappen ihres Vaters, das Wappen von Talania. Nun wandte sich die Reiterin um, und mit einem Laut der Verwunderung erkannte Rhiana große Ähnlichkeit in den Zügen der wohl weit über dreißig Sommer zählenden Frau mit ihren eigenen. War dies eine ihrer Vorfahrinnen? Oder zeigte das magische Auge ihr gar die Zukunft? Würde es ihr bestimmt sein, ein solch großes Heer gegen einen nicht zu erkennenden Feind zu führen? Oder war all das nur ein boshaftes Trugbild?

Dann wurden die Bilder aus ihr herausgesogen und fielen in sich zusammen. Sie blickte dem Farbenspiel sehnsüchtig nach, wollte mehr ergründen über ihre Vergangenheit oder ihre Zukunft, aber die Vision raste zurück in das Auge. Für einen winzigen Augenblick war es still. Dann zersprang das Artefakt singend in unzählige Splitter, die drehend und klirrend wie steinerne Federn zu Boden regneten.

Rhiana starrte noch immer, überwältigt von den Eindrücken, auf die Stelle, wo bis vor kurzem das Artefakt geruht hatte. Dann wandte sie ihren Blick langsam nach oben, dorthin, wo die Feen mit ihrem magischen Gefecht all das ausgelöst hatten. Doch da war nur noch eine Fee. Hatte sie das Gefecht gewonnen und mit dem Schwarzen Auge auch ihre Widersacherin vernichtet?

»Wir sind eins«, sagte die Fee nun mit klarer, überraschter Stimme.

Rhiana kniff ihre brennenden Augen zusammen und sah genauer hin – der Leib der Fee war aus Nebel, durch den Flocken und Fäden von Rauch wanderten, sich im Nebel auflösten, dann wieder zu Rauch wurden.

»Wir sind erneut vereint. Wir … Ich bin wieder ich!«, fuhr die Fee fort und stieß dann ein glockenhelles Lachen aus.

Finni tauchte neben Rhiana auf und schaute besorgt an ihr auf und ab.

»Alles in Ordnung«, versicherte Rhiana. »Und bei dir?«

Finni nickte. »Ein paar Schrammen und viel zum Nachdenken, aber sonst alles in Ordnung.«

»Ich erinnere mich«, sagte die Fee, und ihre Gestalt faserte aus, sandte dünne Nebel- und Rauchfäden aus, die sich wie im Spiel umwanden.

»Die Strafe. Die Trennung. Wieder vereint!« Die Fee blickte an sich herab, hob die Arme und betrachtete sie wohlwollend. »Wieder vereint!«

Plötzlich kam Lando um den Findling gesprungen, die Axt zum Schlag erhoben. Doch als er sie brüllend herunterreißen wollte, wurde sie mühelos von nebligen Fingern aufgehalten und seinem Griff entwunden. Wie man einen Käfer aus dem Hause trägt, um Tsa zu huldigen, statt ihn zu zertreten, wurde Landos kantige Gestalt zappelnd angehoben und am anderen Rand der Lichtung abgesetzt.

»Ich sehe nun den Weg der einen, und ich sehe den Weg der anderen, denn beides ist mein Weg«, sagte die Fee. »Ihr Menschen sollt gewarnt sein, denn wen man nicht mahnt, den darf man nicht strafen. Doch ihr Menschen sollt auch gestraft werden, wenn ihr die Mahnung in den Wind schlagt. Geht und verkündet euresgleichen, dass der Mensch im Farindel nicht willkommen ist. Wenn er wütet, wird er Wut ernten, und die Wut der unsrigen ist schlimmer als alles, das ihr ersinnen könnt. Gnade nur für den Gnadenvollen. Ihr dürft ziehen. Du hier entlang.« Sie wies zu Landos Seite, und eine schmale Gasse tat sich zwischen den Bäumen auf.

»Ihr dort«, fuhr sie fort, wies zur anderen Seite der Lichtung, wo sich die Büsche und Äste ebenfalls raschelnd zur Seite bewegten. »Geht, und kehrt niemals wieder zurück in den Farindel, denn ihr seid hier nimmermehr wohlgelitten«, rief die Fee, während sich ihre Form in Wassertropfen auflöste, die in das Bachbett regneten und es wieder füllten.

Jetzt erst ließen Weide und Eber, beide schwer verletzt, voneinander ab. Das Schwein wandte sich Lando zu und trieb den unbewaffneten, wütenden Mann vor sich her. Die Weide wankte auf Rhiana und Finni zu und trieb sie mit wedelnden Ästen auf ihren Pfad zu.

Finni half Rhiana auf die Beine. Die Schulter der Kriegerin schmerzte stark, aber als sie mit zusammengebissenen Zähnen den Arm bewegte, stellte sie erleichtert fest, dass nichts Wichtiges beschädigt worden war.

Gemeinsam liefen sie auf den Weg, der in den dunklen Wald führte, sich aber schon nach wenigen Schritten verlor. Eisfell kam mit langen Sprüngen hinter ihnen her, duckte sich unter den Ästen der Weide hindurch und setzte sich vor sie. Er hatte mehrere blutige Striemen im Fell, aber nichts, was eine Heilkräutersalbe und die Zeit nicht heilen könnten.

Rhiana trieb Finni zur Eile an. Sie wussten nicht, wie lange Lando in die andere Richtung laufen würde, bevor er einen Bogen schlug und hinter ihnen herkam. Rhiana war sich sicher, dass der Hauptmann seinen Herren jetzt zumindest ihren Kopf bringen wollte, wenn er schon ohne Artefakt vor sie treten musste, und im

Moment wären sie vermutlich nicht in der Lage, ihm standzuhalten.

Eisfell spitzte die Ohren und blieb stehen, schaute sich um und witterte. Sein Schwanz stand starr nach oben – in der Nähe lauerte Gefahr. Rhiana blickte sich um und entdeckte kleine, bösartige grüne Augen im dunklen Blätterwerk. Ein leises, gemeines Murmeln erklang vielstimmig, und Rhiana stieß die ängstlich umher schauende Finni vorwärts: »Lauf!«

Die beiden Frauen eilten über den rutschigen Waldboden einen kleinen Abhang herunter. Neben ihnen hielten auf beiden Seiten kleine Körper mühelos mit, schnellten raschelnd durch das Unterholz und sprangen mit kratzenden Krallen von Baum zu Baum, aber die Prinzessin bekam keines der Wesen genauer zu Gesicht. Sie hetzten sie, kam es Rhiana in den Sinn, wie Wölfe ihre Beute hetzen.

Plötzlich endete ihr Weg vor einem breiten, mit Schwämmen bewachsenen Stamm. Rechts und links säumten Dornenhecken den schmalen Trampelpfad, den sie entlanggeeilt waren. Sie waren in eine Sackgasse gelaufen – oder waren sie nicht sogar hierher getrieben worden?

Schmatzende Laute, die Rhiana irgendwie vorfreudig vorkamen, klangen aus den Baumwipfeln über ihnen. Dutzende grüner Augen schimmerten in den dunklen Blättern, bereit, sich auf die Frauen zu stürzen, und Rhiana hätte vor Bitterkeit beinahe laut gelacht. Da hatten sie es so weit gebracht – nur um jetzt von irgendwelchen kleinen Monstern verspeist zu werden. Aber sie würden ihre Haut teuer verkaufen. Mit der Linken zog sie ungelenk ihr Schwert, und Finni machte es ihr mit den Dolchen nach.

»Es sind viele«, sagte die Halbelfin ängstlich.

Rhiana nickte. »Ich versuche, sie auf mich zu ziehen. Du fliehst!«

Rhiana spürte den entsetzen Blick ihrer Begleiterin auf ihrem Gesicht ruhen, aber sie wandte den Kopf nicht, starrte weiterhin aufmerksam nach oben. Wenn das Erste der Wesen, die im Moment nur gierig murmelten, sich auf sie fallen ließ, würden die anderen wie reife Kirschen folgen.

»Ich kann nicht …«, setzte Finni an, aber da knatterte das Laub, und kindsgroße, graupelzige Wesen stürzten aus dem Baum auf sie herab. Im Mondlicht blitzten lange Krallen und Zähne. Rhiana konnte eines mit dem Schwert aus der Luft schlagen, eines hatte sich verschätzt, ein anderes landete Finni im Nacken und schlug seine Fänge in ihren Oberarm.

Das war die Vorhut, dachte Rhiana grimmig, wirbelte herum und stach an Finnis Kopf vorbei, um das widerliche Untier von ihr herunter zu schneiden.

Plötzlich öffnete sich die Hecke, und ein strahlend weißes Pferd sprang schnaubend durch die Schneise. Auf seiner Stirn prangte ein gedrechseltes, wie Perlmutt schimmerndes Horn, und als es sich auf die Hinterläufe stellte und laut wieherte, nahmen die Angreifer laut schimpfend und kreischend wie aufgeregte Affen Reißaus.

Das Einhorn trabte auf die beiden Frauen zu und presste seine Nüstern zuerst gegen Finnis Gesicht, dann auf Rhianas Stirn. Zögernd strich Rhiana dem wunderschönen Tier über die Schnauze. Das Einhorn schnaubte leise, schüttelte dann den Kopf und spitzte die Ohren. Eisfell knurrte und sprang auf der Stelle mit den Vorderläufen auf und ab, als müsse er einen Rivalen von seiner Stärke überzeugen.

Das Einhorn drängte sich seitlich an Rhiana und warf sie damit fast um. Als sie nichts unternahm, schaute es sie an und wieherte ungeduldig. Da verstand die Kriegerin. »Es will, dass wir aufsteigen!«

»Ein Einhorn reiten?«, fragte Finni erstaunt. Aber als

Rhiana sich mit einem Schwung auf den Rücken des Tieres zog, mit ihrem verletzten Arm nicht richtig zugreifen konnte und zur Seite zu kippen drohte, packte sie zu und half ihrer Begleiterin. Kaum saß die Kriegerin sicher, sprang Finni mühelos auf den Pferderücken. Das Tier wieherte noch einmal. Dann setzte es auf die Hecke zu, die sich im letzten Augenblick vor dem Tier teilte, wie ein Vorhang, den man auseinander zog – und los ging der wilde Ritt. Bäume zischten handbreit an ihnen vorbei, mit weiten Sprüngen setzten sie über Bäche und Erdspalten, im gestreckten Galopp ging es durch Dickichte und unter Felsüberhängen hindurch. Nicht einmal schlug den Frauen ein Ast ins Gesicht, nicht einmal mussten sie einem Felsen ausweichen. Es war, als machte der ganze Wald bereitwillig Platz für das Einhorn.

Schließlich trabte das Einhorn aus dem Wald und auf eine grüne, saftige Weide zu, die Finni und Rhiana noch nicht kannten. Sie hatten den Wald hinter sich gelassen, aus dem Eisfell nun schwer hechelnd hervortrabte. Das Einhorn war schneller gelaufen als jedes andere Pferd, das Rhiana jemals geritten hatte – kein Wunder, dass Eisfell da außer Atem geriet. Der Hund ließ sich auf den Boden fallen und blieb hechelnd liegen, ohne aber seine Herrin aus den Augen zu verlieren.

Rhiana blickte sich um und entdeckte weiter unten am Hang eine Herde wilder Pferde, bunt gemischt in Farbe und Art, und unter ihnen, ohne Sattel und Zaumzeug, konnte sie erst Rabe, dann auch Sturmbraut und Windspiel erkennen.

Voller Freude stieg Rhiana ab und verneigte sich mit Finni zusammen dankend vor dem Wesen aus dem Farindel. Es hatte sie gerettet und sich um die Pferde gekümmert, die ohne seine Hilfe sicher gerissen worden oder verhungert wären. Langsam ging sie auf die Herde zu, und bei ihrer Annäherung scheuten viele der Tiere, brachen seitlich aus und galoppierten davon. Doch ihre Pferde, der treue Rappe, der Schecke und die Schimmelstute, drehten ihr die Ohren zu und trabten schließlich, als sie einen leisen Pfiff ausstieß, auf sie zu. Sie klopfte den Tieren den Hals, sprach beruhigend auf sie ein und freute sich, sie schmutzig, aber in bester Verfassung vorzufinden.

Sie wandte sich um und sah, dass Finni dem Einhorn nachschaute, das nur noch kurz als weißer Schemen im Wald zu erkennen und dann für immer verschwunden war.

Seufzend kam die Halbelfin zu ihr und tätschelte ihrerseits den schmalen Windspiel.

»Ob wir hier irgendwo unsere Sättel und das Zaumzeug finden?«, fragte die Gauklerin und blickte sich suchend um.

»Vermutlich dort, wo ich die Pferde zurückgelassen habe«, antwortete Rhiana, orientierte sich kurz und wies dann in eine Richtung. »Dort entlang.« Es war eine Wohltat, anhand von Landmarken und den Sternen wieder zu wissen, wo ungefähr man war. Rhiana warf einen letzten Blick auf den dichten, abweisenden Farindel und sah einen roten Vogel, der hoch in die Luft stieg und dann im Sturzflug wieder in den dichten Wipfeln verschwand. Sie schwor sich, nie wieder einen Fuß in diesen Wald zu setzen.

Kapitel 33

Korin zuckte vor Schmerz zusammen, als Ahrim den Verband auf seinem Kopf mit Wasser benetzte, um ihn leichter von der Wunde lösen zu können.

»Ich bitte um Vergebung, werter Freund, doch das Blut ist bereits verkrustet. Ich muss es aufweichen, dass ich Euch nicht den halben Kopf mit herunterziehe«, sagte der tulamidische Heiler und lächelte.

Korin winkte ab. »Ich weiß, ich weiß. Wir haben das ja nun schon einige Male hinter uns.« Er schrie auf, als Ahrim den Verband mit einem Ruck herunterriss.

»Mir ist bewusst, dass Ihr das Vorgehen kennt. Verzeiht meine Heimtücke – ich wollte Euch reden machen, damit Ihr den Ruck nicht erwartet.«

Korin starrte den Heiler einen kurzen Augenblick ärgerlich an, dann seufzte er und lehnte sich zurück. »Fahrt fort mit Eurer Kunst, edler Ahrim, wirkt Eure Wunder. Ich lege mein Wohl in Eure Hand.«

Der Tulamide verneigte sich im Sitzen. »Ich weiß diese Ehre zu schätzen! Es wird Euch freuen zu hören, dass just an diesem Morgen eine neue Lieferung aus dem Süden eintraf.« Der Tulamide warf einen prüfenden Blick auf die nässende Wunde und sagte: »Und keinen Moment zu früh, wie ich sagen muss. Eure Wunde bereitet mir Sorgen.«

Korin blickte erschrocken auf. »Glaubt Ihr, es bleibt eine Narbe? Oder ist es noch schlimmer?«

Ahrim legte ihm beruhigend die Hand auf die Schulter und schüttelte den Kopf. »Weder noch! Haltet bitte einen Augenblick still!«

Der Tulamide zog eine kleine, mit Eisendraht umwickelte Phiole aus einer Ledertasche, öffnete sie, roch daran, träufelte sich einen Tropfen auf die Hand und schmeckte ihn. Dann nickte er zufrieden und goss die rote, süßliche Flüssigkeit auf die Wunde. Korin erschauderte, als wohlige Wellen sich von seinem Kopf ausbreiteten, der Schmerz erst gelindert wurde und dann ganz verschwand. Der Medicus hatte einen Heiltrank benutzt!

»So, das sollte damit der Sorgen Ende sein. Es wird einige Zeit dauern, bis Euer Haar an dieser Stelle in gewohnt edler Form gewachsen ist, aber meine Arbeit ist hiermit vollendet. Mehr vermag ich nicht zu vollbringen.«

Korin tastete vorsichtig nach der Wunde am Kopf, aber außer abgefallenem Schorf, der unter seiner Hand zerbrach, war nichts mehr von ihr zu entdecken.

»Ich danke Euch, Ihr seid ein wahrer Meister Eures Faches! Was bin ich schuldig?«, fragte Korin und wollte zur Geldkatze greifen, aber er hatte sie zu Hause liegen lassen.

»Was Ihr geben wollt, edler Herr, wie immer«, sagte Ahrim mit einem Schmunzeln.

Korin nickte. »Ich lasse es Euch schicken!«

Ahrim verneigte sich dankbar, und der Thorwaler nahm sich vor, ihn reichlich zu entlohnen.

Die Tür öffnete sich zögerlich, und Solva steckte ihren Kopf herein. Korin winkte sie zu sich. »Liebste, komm herein.«

Er zog sie an sich und küsste sie leidenschaftlich, bis Ahrim sich räusperte und ungewöhnlich laut mit dem Teegeschirr klapperte.

»Verzeiht, Meister«, sagte Korin peinlich berührt zu ihm und fragte dann die Skaldin: »Was gibt es?«

»Hardred will dich sehen. Der Verräter hat endlich gestanden«, sagte sie und nickte Ahrim einen Gruß zu, den der Tulamide mit einer erneuten Verbeugung beantwortete. »Die Sonne ist nun erst wirklich aufgegangen, da Ihr ihren Glanz in meine karge Stube tragt«, sagte er.

Solva kicherte wie ein kleines Mädchen und winkte ab. »Ihr seid ein Schmeichler, Herr Ahrim.«

»Nur ein Mann, der die Wahrheit spricht«, erwiderte der Tulamide, reichte Korin ein nasses Tuch und deutete an, dass er sich damit über den Kopf wischen sollte.

Korin rieb das getrocknete Blut und den Schorf von der kahlen Stelle am Kopf – das restliche Haar würde sicher noch schmutzig sein, aber darum konnte er sich später kümmern.

»Ich mag deinen neuen Haarschnitt«, neckte ihn Solva und kraulte die vom Schwerthieb geschaffene Glatze.

»Kommst du mit?«, fragte Korin und stand auf. Er wollte nun endlich wissen, wer hinter all dieser Schurkerei steckte, denn Thinmar war, darauf hätte Korin jeden Eid geschworen, nur Handlanger einer größeren Macht.

Solva schüttelte den Kopf. »Ich muss mich für die Feier bereit machen und vielleicht vorher noch ein wenig mit Meister Ahrim sprechen.«

»So!« Korin lachte. »Muss ich eifersüchtig sein?«

Ahrim erhob sich und legte die Hand auf die Brust. »Ich schwöre, bei meiner Ehre, dass …«

»Nein«, prustete Korin. »Verzeiht, Ahrim, es war ein schlechter Scherz. Niemals würde ich an Eurer Ehre zweifeln, und an deiner natürlich auch nicht, liebste Solva.« Er küsste sie einmal mehr und wandte sich dann der Tür zu. »Wir sehen uns auf der Feierlichkeit.«

»In Ordnung«, sagte Solva und fügte hinzu: »Du solltest dich vorher waschen! Du riechst, als wärest du in das Fass eines Kalfaterers gefallen.«

Korin winkte über die Schulter ab und trat auf die Straße hinaus.

In den Kellerräumen des alten Ugdalf war es bitterlich kalt. Korin schauderte bei dem Gedanken, dass sie beinahe eine unschuldige Frau im nahenden Winter hier hätten erfrieren lassen. Eine Wache versperrte ihm den Weg zu den Kerkerräumen, trat aber beiseite, als sie sein Gesicht im Fackelschein erkannte.

Hardred erwartete ihn mit grimmigem Gesicht, die Hände hinter dem Rücken ineinander gelegt, damit den breiten Pelzmantel auseinander haltend. Darunter trug er bereits die Prachtkleidung für das kommende Fest: eine nachtblaue Seidenhose mit silbernen Stickereien, die fliegende Fische zeigten, ein rotes Samtwams ohne Ärmel über einem grünen Hemd aus ebenfalls feinster Seide. An seinem Gürtel hing kein Beil – hier würde er später die Beinaxt verstauen, denn der Schein musste gewahrt werden, auch wenn ihr Plan aufgegangen war.

In der Ecke lag wimmernd, zusammengekrümmt Thinmar, in Schach gehalten von zwei Frauen mit Speeren – von seinem stolzen Gehabe war nichts mehr übrig. Die alte Frenja kniete neben ihm, aber Korin konnte nicht erkennen, was die Heilerin tat, denn sie verdeckte ihre Arbeit mit ihrem Körper.

»Er hat geredet«, empfing ihn Hardred grußlos. »Aber es hat ihn viel gekostet.«

Der oberste Hetmann wies auf einen Holzblock, in dem eine kleine Axt steckte. Neben der Axt waren drei abgeschlagene Finger aufgenagelt. Korin wusste, dass man die Nägel hindurch getrieben und dann erst die Finger abhackt hatte.

»Und was sagt er?«, fragte Korin und wandte sich von dem schrecklichen Bild ab.

»Ein mächtiger Mann sei sein Herr, den er nur unter dem Namen Molch kennt. Er hat ihn nie getroffen, jedoch immer großzügige Zahlungen von einem Boten übergeben bekommen, den er an wechselnden Orten traf. Ihm brachte er seine Berichte.« Hardred schnaubte wütend. »Ich hab bereits Reiter ausgeschickt, dass sie sich an allen Treffpunkten umschauen und jeden Verdächtigen überprüfen, aber ich sehe keine Hoffnung. Thinmar behauptet, dass auch die Boten immer ihr Gesicht verhüllten, und ich glaube ihm – er hat es mit einem Finger belegt.«

Korin lief ein Schauer über den Rücken. »Die Magierin?«, fragte er.

»Eine Hexe aus dem Süden, auch im Auftrag dieses mysteriösen Molches geschickt. Sie war es, die das Monstrum auf Thorwal losließ, und sie war es auch, die Thinmar mit dem Gift versorgte.« Hardred blickte wütend auf den Gefangenen.

»Und was ist mit Garaldsson und seinem fetten Knecht Donnerstimme?«

Hardred schüttelte den Kopf: »Nicht beteiligt. Nicht mal unwissentlich.«

Korin war ein wenig enttäuscht, denn er hätte Torkil Donnerstimme gerne baumeln sehen. Andererseits hatte ihm der dicke Skalde nichts getan – sollte er doch seine Narretei weiter aufführen. Mittlerweile nahm ihn keiner mehr ernst, und Garald war drauf und dran, ihn aus Lohn und Brot zu entlassen. Dennoch wusste mit Sicherheit jemand außerhalb Thorwals von den Plänen des obersten Hetmann, und wer konnte wissen, ob Havena gewarnt wurde.

»Gut, dass die Flotte heute aufbricht!«, sagte Korin.

»Und wir werden sie begleiten«, ergänzte Hardred leise.

Korin traute seinen Ohren kaum. »Wie meinst du das, Herr? Du musst doch Thorwal regieren, während die Otta auf großer Fahrt sind.«

Hardred lachte und klopfte ihm auf die Schulter. »Es ist für alles gesorgt, mein Freund. Heute ist es an dir, überrascht zu werden.«

Als Korin sich auf dem geschmückten Deck der reparierten *Swafnirsdotter* umsah und den Blick über die vielen hunderte Thorwaler auf den unzähligen Drachen im Hafen und auf den Kaimauern schweifen ließ, erfüllte Stolz sein Herz. Dies war sein Volk, die stolzen Thorwaler, die einmal mehr ausfahren, ihren Namen in die Geschichtsbücher aller Völker schreiben und mit Reichtümern für ihre Kinder zurückkehren würden.

Der Gong des Efferdtempels, der auf einem kleinen Podest am Kai aufgestellt war, erklang laut und gemahnte die Menschen zur Ruhe. Der Efferdpriester trat an die Reling der *Swafnirsdotter*. Seine laute Stimme hallte über das Wasser und brach sich an den Hafenmauern: »Heute soll ein uralter Bund zwischen dem Sohn unseres gnädigen Herren Efferd, dem Urwal Swafnir und den Thorwalern neu begründet werden. Mit diesem Beil…« Er hob die Hand, und eine junge Akolythe reichte ihm die Waffe auf einem seidenen Tuch. Er hielt die Waffe hoch. »Mit diesem Beil wird der uralte Schwur erneut gesprochen.«

Der Mann in der langen, meerblauen Robe trat zu Hardred, der aufrecht und stolz dort stand und ihm entgegenblickte.

»Hardred Bjarnisson, Hetmann aller Hetleute, wollt Ihr dieses Beil gegen die Feinde Thorwals führen, zum Ruhme Efferds, zum Ruhme Swafnirs, zum Ruhme Thorwals?« Er hielt dem stattlichen Mann die Waffe hin.

»Das wohl!«, rief Hardred laut, ergriff die Beinaxt und reckte sie in die Luft. Der laute Jubel der Menge brandete wie Donner über das Wasser, und Korin hätte es nicht gewundert, wenn er allein ausgereicht hätte, die Drachen übers Wasser zu treiben.

Es dauerte lange, bis der Tumult sich gelegt hatte, und diese Zeit nutzten sechs Drachen, um in einer langen Reihe Seite an Seite mit der *Swafnirsdotter* zu gehen. Das Schiff des Hetmannes lag von all diesen Schiffen am weitesten weg von der Kaimauer, war über einhundert Schritt von dem Holzpodest entfernt, auf dem Hardreds Thron stand. Das Letzte der zehn Schiffe trieb wohl etwa dreißig Schritt vor dem Kai.

Als der Jubel abgeflaut war, sprach der Efferdpriester erneut. »Doch das ist nicht der einzige Bund, der heute besiegelt werden soll. Auch das Band zu einer Otta muss geschlossen sein.«

Karva Hardredsdotter trat auf das Deck. Seit ihrer missglückten Ottajara, bei der ihr die Seeschlange zum Glück nur das Bein brach, hatte der Rat der Hetleute besprochen, was als zweite Prüfung geeignet wäre. Da viele sich zwar gezwungen sahen, Hardred zu folgen, ihm aber doch jeden erdenklichen Stein in den Weg werfen wollten, war eine Prüfung beschlossen worden, die Korin schlichtweg für unmöglich hielt. Er wünschte Karva alles Glück Aventuriens und den Segen Swafnirs.

Karvas Wunden waren vollständig verheilt, und als sie jetzt aus ihrer Robe glitt und ihren kräftigen Körper offenbarte, der bis auf blaue Tücher nackt war, die sie sich um Hüfte, Schritt und die Brust gebunden hatte, zeugte nur eine breite weiße Narbe von ihrer Begegnung mit dem Seeungeheuer.

Hardred trat zu ihr, reichte ihr ein Beil und ein kleines Fass mit Premer Feuer, das bei dieser Ottajara das traditionelle Thin ersetzen sollte. Er sagte einige Worte, die Korin nicht verstand, denn nun ging lautes Raunen durch die Menge, als man erkannte, dass Karva offensichtlich zehn Schiffe in der Breite untertauchen sollte, dazu noch beladen mit einem solchen Fass.

Hardreds Tochter nickte ernst, erwiderte etwas, das Korin nach »Das wohl!« aussah, und wandte sich um. Mit einem beherzten Sprung setzte sie kopfüber über die Reling, tauchte platschend ins Wasser und war dann unter dem Rumpf der *Swafnirsdotter* verschwunden.

Es dauerte unendlich lange, und noch immer war sie nicht aufgetaucht. Das laute Stimmengewirr erstarb nach und nach, wich angstvoller Spannung. Oremo, der Ehemann von Hardreds Tochter, machte Anstalten, sich das Hemd auszuziehen, um ihr nachzutauchen und sie zu retten, aber Hardred packte ihn hart an der Schulter und schüttelte leicht den Kopf.

Da endlich tauchte Karva prustend auf, aber nicht vor dem letzten Boot, sondern an der Kaimauer! Ungläubige Rufe erklangen zuerst, dann lauter Jubel, als Karva die Axt zwischen die Zähne nahm, schwer atmend das Fass schulterte und sich am Fallreep nach oben zog, das vor dem Podest ins Hafenbecken hing.

Korin hatte die Strickleiter vorher nicht bemerkt, und als er Karva jetzt daran hinaufklettern sah, warf er seinem Freund einen erstaunten Blick zu. Karvas unglaublicher Tauchgang, von dem die Skalden noch lange sprechen würden, war geplant oder doch zumindest erhofft worden.

Karva hatte die Kaimauer erreicht, stieg die hölzernen Stufen des Podestes hinauf, schlug den wasserdichten Verschluss von dem Fässchen und warf die Axt in das Holz zu ihren Füßen. Dann setzte sie das Fass an den Mund und leerte es. Dass dabei das meiste Premer ihr Kinn herab und über ihren ohnehin schon nass glänzenden Leib floss, verzieh ihr das Volk gerne. Ihr Name wurde wieder und wieder gerufen. Die Thorwaler drängten sich um das Podest, dass die Hetgarde eingreifen musste, damit das Holzgerüst nicht ins Wanken geriet und ins Hafenbecken stürzte. Schließlich senkte Karva das Fass, schrie ihren Triumph hinaus und schleuderte es weit in die Wasser des Hafens. Dann wandte sie sich um, trat zu Hardreds Thron, blickte sich zu ihrem Vater um, der die Hand hob, und nahm auf dem Thron Platz.

Der Tumult wurde lauter, Jubel und ungläubiges Staunen mischten sich, und Korin verstand: Hardred ließ Karva an seiner Statt zurück, überließ es ihr, Thorwal zu regieren, während er sich Ruhm und Reichtum in der Ferne holte. Der Rat der Hetleute musste zugestimmt haben, in jener einen, letzten Sitzung, die Korin wegen seiner Kopfwunde verpasst hatte.

Hardred ließ sich ein großes Horn reichen, eines von zweien, die man aus dem Kopfschmuck des größten Ochsen gefertigt hatte, den man auf allen Märkten des Landes hatte finden können. Sein Fleisch hatte Hardred an die Armen der Stadt verteilen lassen, seine Hörner waren ausgehöhlt und reich verziert worden und sollten als Hardreds Hörner bekannt werden.

Der oberste Hetmann führte das Horn zum Mund, und sein voller, dunkler Klang hallte über das Wasser. Im nächsten Moment antwortete ihm das andere Horn, und Korin sah zu seiner Verwunderung und Freude, dass es in der Hand von Swafindra Hyggeliksdotter lag, die an Bord ihres Schiffes stand und die Faust in die andere Hand rammte. Hardred hatte sie also zu seiner Flottenherrin gemacht. Sie war verantwortlich dafür, dass seine Befehle weitergeleitet und ausgeführt wurden, und sollte er fallen, wäre sie seine Nachfolgerin. Der stolze Blick, den die Tochter des großen Helden Hardred zuwarf, beruhigte Korin, denn er glaubte in ihm auch Zuneigung zu erkennen. Wenn sie Wut über die ungerechte Behandlung verspürt hatte, dann war sie offenbar bereits verraucht, wie es bei den Thorwalern so oft war. Schnell erhitzt, schnell wieder gütig, das könnte ihr Motto sein.

Hardred blies das Horn erneut, und nun antworteten ihm von den Hafenmauern und von den anderen Schiffen vielstimmig weitere dieser Instrumente. Die Segel fielen, und eine frische Brise, unzweifelhaft von Swafnir selber geschickt, griff in das gestreifte Tuch. Die Flotte Thorwals stach voller Pracht in See, und schon bald würde der Ruf erschallen: »Die Thorwaler kommen!«

Epilog

Der Waldrand lag still da, beschienen von der goldenen Sonne des späten Herbstes. Bunte Blätter wirbelten im kühlen Abendwind über die Wiese und wirkten wie spielende Vögel. Ein Fuchs kam herangeschlichen, witterte und steckte seine Nase in Mäuselöcher am Waldrand.

Aelfwin nahm einen weiteren Zug aus der Pfeife und ließ den Rauch genüsslich aufsteigen. Er liebte es, an kühlen Herbsttagen hier am Rand des Farindel zu sitzen und die Tiere zu beobachten. Es war eine der wenigen Freuden des Alters, die er sich leisten konnte. Seine Frau würde wieder schimpfen, dass er doch nicht auf nacktem Stein sitzen sollte, denn oft brannte es ihm danach beim Wasserlassen, aber er saß hier so gerne. Er strich über den abgewetzten Stein – hier saßen die Männer seiner Familie schon seit Generationen, hierher kamen sie zum Nachdenken und um sich nach einem Streit wieder abzukühlen, aber auch, um ihren Liebsten den Travia-Bund anzutragen. Es war so etwas wie ihr Familienstein – dabei unterschied ihn außer der glatt gesessenen Oberfläche nichts von den anderen Findlingen.

Der Fuchs hob unvermittelt den Kopf, spitzte die Ohren und rannte mit einem Keckern davon. Im nächsten Augenblick sah Aelfwin einen dunklen Schatten, hörte lautes Rascheln und heiseres Krähen.

Zwischen den trutzigen Stämmen der Bäume kam eine schmutzige, klobige Gestalt hervorgestolpert. Die

Kleidung war zerrissen, unzählige Löcher und Schnitte von Klauen zeichneten sich ab, und um die zerfetzte Kleidung war das Tuch blutrot. Der Mann schleifte das Rückenteil eines Plattenpanzers an einem angerissenen Gurt hinter sich her. Gewaltige schwarze Krähen, bald doppelt so groß wie die Tiere, die man auf dem Feld sah, kamen hinter ihm aus dem Wald geflattert.

Der Mann riss torkelnd ein Schwert mit abgebrochener Klinge hoch und schlug nach den Tieren, die in einer grausamen Imitation menschlicher Sprache riefen: »Komm her, komm her!« und »Sei lieb, sei lieb!« Der Mann stürzte und rollte stöhnend den Hang hinunter. Die Krähen kreisten noch einen Augenblick über der schlaff daliegenden Gestalt. Dann verschwanden sie so schnell im Wald, wie sie gekommen waren.

Aelfwin stand auf, so schnell es seine alten Knochen zuließen, legte die Pfeife ab und eilte zu dem Mann, den der Farindel gleichsam ausgespien hatte. Es war ein kräftiger Bursche, und die Kleidung, die er trug, musste einmal wertvoll gewesen sein, bevor sich der Mann mit dem verwunschenen Wald angelegt hatte.

Sein Gesicht war mit getrocknetem Lehm bedeckt, der jedoch nicht verstecken konnte, dass es von Narben verunziert war und die Augenbrauen fehlten. Tiefe, blutende Schnabelwunden fanden sich auf den Wangen und an der Stirn des keuchenden, gehetzt um sich blickenden Mannes, der sich nun auf alle viere wälzte und langsam auf die Beine kämpfte. Es war ein Wunder, dass die sprechenden Krähen seine Augen verschont hatten – oder vielleicht hatte er sie auch nur mit den ebenfalls bös in Mitleidenschaft gezogenen Händen schützen können.

»Herr?«, sprach Aelfwin den Mann an. »Herr, geht es Euch gut?« Eigentlich eine dumme Frage, schalt der Alte sich. Es war doch deutlich zu sehen, dass es dem armen Kerl nicht gut ging. Er würde Hilfe holen müssen, seine Stieftochter und seinen Sohn.

Der Mann schaute Aelfwin an und durch ihn hindurch. Er hielt mühsam das Gleichgewicht und reckte dann das Schwert in die Luft. »Rhiana!«, schrie er hasserfüllt, und Aelfwin war sich sicher, dass der Mann der Trägerin dieses Namens alles erdenklich Schlechte wünschte. Schwer atmend ließ der kräftige Bursche das Schwert sinken, rollte mit den Augen und schlug bewusstlos auf den Boden. Aelfwin lief, so schnell ihn seine alten Beine trugen. Noch war der Mann am Leben, und wenn er so stark war, wie er aussah, würde er es auch bleiben, vorausgesetzt er kam mit Hilfe zurück, bevor sich Aasfresser und wilde Tiere an ihm gütlich taten.

Rhiana wischte sich ganz undamenhaft das Fett des Bratens mit dem Ärmel vom Kinn und biss in das knusprige Brot. Die dürre Wirtin, die trotzdem hervorragend kochte, kam lächelnd mit einer Holzschale voll geschmorten Rüben.

Rhiana schaute unschlüssig zwischen Brot und Braten hin und her und konnte einfach nicht entscheiden, was von beidem sie ablegen sollte, um sich die Rüben zu sichern. Mit zufriedenem Lächeln tunkte sie dann das Brot in die Rüben, nahm es als Ersatz für den bisher unbenutzten Löffel und führte die dampfenden, mit Speck und Nelken versetzten Rüben zum Mund.

»Köftlif«, teilte sie der ebenfalls auf beiden Backen kauenden Finni mit, die nickte und es Rhiana nachmachte. Seit sie sich gewaschen und umgezogen hatten, sahen sie wohl beide wieder aus wie Menschen – oder, in Finnis Fall, wie eine Halbelfin. Rhiana blickte etwas bedauernd auf den dunklen Fettfleck auf dem einfachen Hemd, aber dann zuckte sie die Schultern. Wenn sie sich morgen früh auf den Weg nach Havena machten, würde das Hemd ohnehin im Nu vor Dreck stehen. Sie griff noch einmal bei den Rüben zu.

»Ich hätte nicht gedacht, dass mir ein einfacher Schafsbraten mit Rüben und Brot jemals so gut schmecken könnte«, gestand die Gauklerin ihrer Begleiterin ein und leckte sich die Finger ab, um nach dem Krug mit dem verwässerten Wein zu greifen. »Oder saurer Wein!«

Rhiana lachte, als die Halbelfin nach dem Schluck den Mund verzog und aus dem Tonkrug noch mehr Wasser in ihren Becher schüttete.

»Erst wenn man lange auf etwas verzichtet hat, lernt man es wirklich schätzen, hat Onkel Tjalmar immer gesagt«, teilte sie ihre spärlichen Lebensweisheiten mit Finni. Die Halbelfin packte den Braten mit gierigem Blick und biss wieder hinein.

Rhiana blickte aus dem Fensterloch auf die Straße hinaus. Bald würden sie Havena erreichen und dort hoffentlich die Flüchtlinge wohlbehalten vorfinden. Für drei Monate hatte Bel Ghadi, der inoffizielle Herr der verkommenen und teilweise überfluteten Unterstadt, ihnen Zuflucht versprochen, drei Monate, die dieser Tage um sein müssten. Würde man die Flüchtlinge davonjagen? Würden sie eine Möglichkeit finden, ihre Spur wieder aufzunehmen? Und würde Finni sie überhaupt begleiten wollen? Fragen über Fragen, die nur die nächste Etappe ihrer langen Reise beantworten konnte. Doch bis dahin …

»Auf uns!«, sagte Rhiana und hob ihren Becher hoch. Finni stieß mit ihr an: »Auf uns!« Beide Frauen lachten und leerten ihre Becher.

Es mochte eine lange Reise werden, dachte Rhiana, aber mit den richtigen Begleitern würde sie auch angenehm sein.

Glossar

Götter und Monate

Gottheit	*Kompetenz*	*Symboltier*	*Monat*
Praios	Gott der Sonne und des Gesetzes	Greif	Juli
Rondra	Göttin des Krieges und des Sturms	Löwin	August
Efferd	Gott des Wassers, des Windes und der Seefahrt	Delphin	September
Travia	Göttin des Herdfeuers, der Gastfreundschaft und der ehelichen Liebe	Gans	Oktober
Boron	Gott des Todes und des Schlafes	Rabe	November
Hesinde	Göttin der Künste, der Gelehrsamkeit und der Magie	Schlange	Dezember
Firun	Gott des Winters und der Jagd	Eisbär	Januar
Tsa	Göttin der Geburt und Erneuerung	Eidechse	Februar
Phex	Gott der Diebe und Händler	Fuchs	März

Gottheit	*Kompetenz*	*Symboltier*	*Monat*
Peraine	Göttin des Ackerbaus und der Heilkunde	Storch	April
Ingerimm	Gott des Feuers und des Handwerks	Feuer	Mai
Rahja	Göttin des Weines, des Rausches und der Liebe	Pferd	Juni

Zwischen den Monaten Rahja und Praois liegen 5 Tage ohne Namen, die an den verfehmten 13. Gott, den Namenlosen, erinnern.

Wochentage

Windstag = Montag
Erd(s)tag = Dienstag
Markttag = Mittwoch
Praiostag = Donnerstag
Rohalstag = Freitag
Feuertag = Samstag
Wassertag = Sonntag

Maße

Meile = 1 Kilometer
Schritt = 1 Meter
Spann = 20 Zentimeter
Finger = 2 Zentimeter

Münzen

Dukat (Goldstück)	=	125 Euro
Silbertaler	=	12,50 Euro
Heller	=	1,25 Euro
Kreutzer	=	0,12 Euro

Die Umrechnung in Euro soll eine ungefähre Vorstellung des Wertes ermöglichen. Einprägsamer sind aventurische Preise: ein Maß Bier kostet in der Schankwirtschaft 6 Kreutzer, ein Laib Brot auf dem Markt 15 Kreutzer, ein gutes Leinenhemd 8 Silbertaler, ein Kurzschwert oder eine einfache Lederrüstung 8 Dukaten.

Sonstige Begriffe

Albernia – Fürstentum, Provinz des Mittelreichs

Akolythe – Anwärter auf die Weihe eines Gottes, Vorstufe des Geweihten

Aventurien – Kontinent der Welt Dere

Backbord – vom Heck aus gesehen die linke Seite eines Schiffes

BF – Bosparans Fall, allaventurische Zeitrechnung; es gibt andere Zeitrechnungen, z. B. nach Hal. Das Jahr 0 Hal entspricht dem Jahr 993 BF, das Jahr 0 BF dem Jahr 993 v. H.

Dragor – Führer des Flammenbundes

Druide – Zauberer, der seine Magie als Kraft der Erde und der Natur ansieht

Elf – kulturschaffende aventurische Rasse

Fallreep – Strickleiter

Flammenbund – Geheimbund, der den Drachen Pyrdacor verehrt und die Macht in Aventurien anstrebt

Hetman, Hetfrau, Hetleute – die von einer thorwalschen Ottajasko oder von einer ländlichen Siedlung bestimmten Anführer, denen als Kapitäne auf See das Recht über Leben und Tod gegeben ist und die als Verhandlungspartner für andere Sippen auftreten

Hjalding – zweimal jährlich tagende Versammlung der thorwalschen Hetleute, Jarle, Sippenvorstände und Dorfältesten, bei der Recht gesprochen, Land verteilt und der Hetmann der Hetleute beraten wird. Das Hjalding hat das Recht, die obersten Hetleute wegen erwiesener Unfähigkeit abzusetzen (auch wenn dies bislang selten vorgekommen ist).

Hranngar – angeblich eine große Seeschlange; mythologischer Gegner des von Thorwalern verehrten Gottwals Swafnir. Der Name wurde vermutlich vom H'Ranga der Echsenmenschen entlehnt.

Jarl – von mehreren Dörfern oder (seltener) Ottajaskos gewählter Friedensrichter, militärischer Oberbefehlshaber im Kriegsfall und Repräsentant der Dörfer auf dem Hjalding. Die Jarle sind oft Skalden oder stammen aus Skaldenfamilien und verfügen daher über ein umfassendes Wissen thorwalschen Rechts.

kalfatern – das Abdichten der Bootsplanken mit Pech

Kürasse – Plattenpanzer, der nur den Oberkörper bedeckt

Larve – andere Bezeichnung für eine Gesichtsmaske

Luv – die dem Wind zugewandte Seite eines Schiffes

Lee – die dem Wind abgewandte Seite eines Schiffes

Madamal – Mond mit den Phasen Kelch, Rad, Helm und Tote Madra

Magier – in der Regel ein akademisch ausgebildeter Zauberer, der einer von mehreren Magierichtungen folgt; daneben gibt es nicht ausgebildete Magietalente, ferner Druiden, Hexen, Geoden (Zwergenmagier), Kristallomanten sowie zur Magie befähigte Rassen wie Elfen und Kobolde

Magister, Magistra – Magier mit Lehramt

Mittelreich – größtes Staatsgebilde Aventuriens

Nordmarken – Herzogtum, Provinz des Mittelreichs

Necker – Meermenschen

Ork – primitive kulturschaffende Rasse

Orknase – umgangssprachlicher Ausdruck für eine lange Axt oder eine Streithacke

Otta – Lang- oder Drachenschiff der Thorwaler

Ottajara – nach thorwalscher Sitte die Aufnahme in die Ottajasko; wird für gewöhnlich im Alter von 15 Jahren abgelegt, umfasst Prüfungen zur »Seetauglichkeit« und Trinkfestigkeit und endet – traditionell – in einem großen Gelage

Otta(jasko) – thorwalsche Schiffsgemeinschaft

Ottaskin – eine thorwalsche Siedlungsform, bei der die Jolskrmi (Langhäuser) einer Ottajasko innerhalb eines palisadengekrönten Ringwalls errichtet werden

Praiosscheibe – Sonne

Rechtschritt – ein Schritt mal ein Schritt, also ein Quadratmeter

Riemen – Ruder

Skalde – thorwalsche Barden und Erzähler, denen wegen ihrer Geschichtskenntnisse oft auch die Bildung der Jugendlichen und die Beratung in Rechtsfragen obliegt; im thorwalschen Kulturraum vor Übergriffen durch die Obrigkeit geschützt

Skraja – eine Waffe thorwalscher Herkunft; die einzige einhändig geführte Doppelaxt. Diese Waffe fällt außerdem vor allem durch ihren extrem kurzen Stiel auf, der die Bärte der Klingen fast bis zum eisenverstärkten Handgriff zurückreichen lässt.

Steuerbord – vom Heck aus gesehen die rechte Seite eines Schiffes

Sumu – nach allgemeingültiger Auffassung die Urriesin, die mit dem Himmelsgott Los kämpfte und in diesem Kampf die Welt erschuf; ihre Lebenskraft – Sikaryan genannt – durchströmt alle bekannten Lebewesen.

Swafnir – Halbgott; Sohn der Rondra und des Efferd. Der Gottwal Swafnir wird besonders bei den Thorwalern verehrt. Das heilige Tier des Swafnir ist der weiße Pottwal.

Talania – Inselkönigreich im Meer der sieben Winde

Thorwal – Landschaft im Nordwesten Aventuriens, Siedlungsgebiet der Thorwaler

Thurgold – im thorwalschen Recht eine Entschädigungszahlung, die ein Missetäter an sein Opfer oder dessen Verwandten zahlen muss

Tobrien – Herzogtum, Provinz des Mittelreichs

Walwut – Übersetzung des thorwalschen Begriffs Swafskari; unkontrollierte Raserei

Zwölfgötter – Gesamtheit der aventurischen Götterwelt

Das Schwarze Auge

1. Band: Ulrich Kiesow, *Der Scharlatan* · 06/6001
2. Band: Uschi Zietsch, *Túan der Wanderer* · 06/6002
3. Band: Björn Jagnow, *Die Zeit der Gräber* · 06/6003
4. Band: Ina Kramer, *Die Löwin von Neetha* · 06/6004
5. Band: Ina Kramer, *Thalionmels Opfer* · 06/6005
6. Band: Pamela Rumpel, *Feuerodem* · 06/6006
7. Band: Christel Scheja, *Katzenspuren* · 06/6007
8. Band: Uschi Zietsch, *Der Drachenkönig* · 06/6008
9. Band: Ulrich Kiesow (Hrsg.), *Der Göttergleiche* · 06/6009
10. Band: Jörg Raddatz, *Die Legende von Assarbad* · 06/6010
11. Band: Karl-Heinz Witzko, *Treibgut* · 06/6011
12. Band: Bernhard Hennen, *Der Tanz der Rose* · 06/6012
13. Band: Bernhard Hennen, *Die Ränke des Raben* · 06/6013
14. Band: Bernhard Hennen, *Das Reich der Rache* · 06/6014
15. Band: Hans Joachim Alpers, *Hinter der eisernen Maske* · 06/6015
16. Band: Ina Kramer, *Im Farindelwald* · 06/6016
17. Band: Ina Kramer, *Die Suche* · 06/6017
18. Band: Ulrich Kiesow, *Die Gabe der Amazone* · 06/6018
19. Band: Hans Joachim Alpers, *Flucht aus Ghurenia* · 06/6019
20. Band: Karl-Heinz Witzko, *Spuren im Schnee* · 06/6020
21. Band: Lena Falkenhagen, *Schlange und Schwert* · 06/6021
22. Band: Christian Jentzsch, *Der Spieler* · 06/6022
23. Band: Hans Joachim Alpers, *Das letzte Duell* · 06/6023
24. Band: Bernhard Hennen, *Das Gesicht am Fenster* · 06/6024
25. Band: Niels Gaul, *Steppenwind* · 06/6025
26. Band: Hadmar von Wieser, *Der Lichtvogel* · 06/6026
27. Band: Lena Falkenhagen, *Die Boroninsel* · 06/6027
28. Band: Barbara Büchner, *Aus dunkler Tiefe* · 06/6028
29. Band: Lena Falkenhagen, *Kinder der Nacht* · 06/6029
30. Band: Ina Kramer (Hrsg.), *Von Menschen und Monstern* · 06/6030
31. Band: Johan Kerk, *Heldenschwur* · 06/6031
32. Band: Gun-Britt Tödter, *Das letzte Lied* · 06/6032

Das Schwarze Auge

33. Band: Barbara Büchner, *Das Galgenschloß* · 06/6033
34. Band: Karl-Heinz Witzko, *Tod eines Königs* · 06/6034
35. Band: Hadmar von Wieser, *Der Schwertkönig* · 06/6035
36. Band: Barbara Büchner, *Schatten aus dem Abgrund* · 06/6036
37. Band: Barbara Büchner, *Seelenwanderer* · 06/6037
38. Band: Hadmar von Wieser, *Der Dämonenmeister* · 06/6038
39. Band: Christel Scheja, *Das magische Erbe* · 06/6039
40. Band: Linda Budinger, *Der Geisterwolf* · 06/6040
41. Band: Momo Evers, *Und Altaia brannte* · 06/6041
42. Band: Barbara Büchner, *Blutopfer* · 06/6042
43. Band: Lena Falkenhagen, *Die Nebelgeister* · 06/6043
44. Band: Karl-Heinz Witzko, *Die beiden Herrscher* · 06/6044
45. Band: Bernhard Hennen, *Die Nacht der Schlange* · 06/6045 Hardcover
46. Band: Barbara Büchner, *Das Wirtshaus* Zum lachenden Henker · 06/6046
47. Band: Karl-Heinz Witzko, *Die Königslarve* · 06/6047
48. Band: Tobias Frischhut, *Geteiltes Herz* · 06/6048
49. Band: Hadmar von Wieser, *Erde und Eis* · 06/6049
50. Band: Britta Herz (Hrsg.), *Gassengeschichten* · 06/6050
51. Band: Heike Kamaris & Jörg Raddatz, *Sphärenschlüssel* · 06/6051
52. Band: Alexander Huiskes, *Die Hand der Finsternis* · 06/6052
53. Band: Martina Nöth, *Zwergenmaske* · 06/6053
54. Band: Gun-Britt Tödter, *Koboldgeschenk* · 06/6054
55. Band: Heike Kamaris & Jörg Raddatz, *Blutrosen* · 06/6055
56. Band: Ulrich Kiesow, *Das zerbrochene Rad: Dämmerung* · 06/6056
57. Band: Ulrich Kiesow, *Das zerbrochene Rad: Nacht* · 06/6057
58. Band: Jesco von Voss, *Der Letzte wird Inquisitor* · 06/6058
59. Band: Olaf Flatergast, *Druiden-Rache* · 06/6059
60. Band: Alexander Wichert & Christian Thon, *Blakharons Fluch* · 06/6060
61. Band: Karl-Heinz Witzko, *Westwärts, Geschuppte!* · 06/6061
62. Band: Thomas Finn, *Das Greifenopfer* · 06/6062

Das Schwarze Auge

63. Band: Alexander Lohmann, *Die Mühle der Tränen* · 06/6063
64. Band: Sarah Nick (Hrsg.), *Aufruhr in Aventurien* · 06/6064
65. Band: Thomas Baroli, *Lichter Tag* · 06/6065
66. Band: Thomas Baroli, *Die Schwärze der Nacht* · 06/6066
67. Band: Alexander Wichert, *Sand und Blut* · 06/6067
68. Band: Alexander Huiskes, *Der geheime Pfad* · 06/6068
69. Band: Markus Tillmanns, *Das Daimonicon* · 06/6069
70. Band: Martina Nöth, *Verborgene Mächte* · 06/6070
71. Band: Martina Nöth, *Die letzte Schlacht* · 06/6071
72. Band: Thomas Plischke, *Fuchsfährten* · 06/6072
73. Band: André Wiesler, *König der Diebe* · 06/6073

Sonderausgabe des 15., 19. und 23. Romans in einem Band:
Hans Joachim Alpers, *Die Piraten des Südmeers* · 06/9185

Sonderausgabe des 12., 13. und 14. Romans in einem Band:
Bernhard Hennen, *Drei Nächte in Fasar* · 06/9197

Sonderausgabe des 24. und 45. Romans in einem Band:
Bernhard Hennen, *Im Schatten des Raben* · 06/9186